Diogenes Taschenbuch 22860

W0201132

Joan Aiken

Die Party-Köchin

Roman

Aus dem Englischen von Edith Walter und Michaela Link

Diogenes

Titel der 1983 bei Doubleday & Company, Inc.,
New York, erschienenen Originalausgabe:
›Foul Matter‹
Copyright © 1983 by Joan Aiken
Die Mottos zu den einzelnen Kapiteln stammen aus
John Miltons *Lycidas.* Sie wurden zitiert nach
John Miltons Poetische Werke,
herausgegeben von Hermann Ullrich,
Leipzig 1913, S. 199–204
Alle anderen Gedichte wurden von
Christa Schuenke übertragen
Umschlagillustration:
Abraham van Beyeren, ›Nature morte au homard‹,
zweite Hälfte des 17. Jahrhunderts

Deutsche Erstausgabe

Alle deutschen Rechte vorbehalten
Copyright © 1996
Diogenes Verlag AG Zürich
30/00/36/4
ISBN 3 257 22860 0

1

Beginnt, o Schwestern des geweihten Quells…
John Milton, *Lycidas*

Wie viele Zwiebeln muß ich wohl noch schneiden, bevor ich sterbe? ist ein Gedanke, der mich gelegentlich heimsucht, wenn ich wieder einmal darangehe, eines jener Gerichte aus den Resten von Lammfleisch zu zaubern, die mit einer gehackten und sautierten Zwiebel beginnen. Die Grundlage aller Kochkunst ist eine gehackte Zwiebel, hat meine Freundin Ellen einmal behauptet. Sie sagte auch, zur feinen Lebensart gehöre es anscheinend, daß man um sechs Uhr morgens aufstehen müsse. Beide Behauptungen sind zutreffend. Einer meiner Liebhaber hat einmal erklärt, meine Hände röchen immer nach rohen Zwiebeln (das war lange bevor ich lernte, sie sofort in kaltes Wasser zu tauchen). Ich entschuldigte mich, aber er sagte, er möge den Geruch; er erinnere ihn an Gärten und Gewächshäuser und Umtopfschuppen. Larry hieß er. Was wohl aus ihm geworden sein mag? Er hatte ein so rührendes, unschuldiges Profil – nur sanfte Rundungen. Einer Ente nicht unähnlich.

Ich sitze in einem neun Meter langen und knapp vier Meter breiten Zimmer der Campus Tavern. Die Innenausstattung ist spanische Gotik – massive, polierte hölzerne Spiegelrahmen, Lampensäulen aus Holz, Grabplatten ähnliche, geschnitzte hölzerne Kopfteile für zwei riesige Doppelbetten, jedes groß genug für eine Orgie von Flußpferden; Stehlampen so hoch wie die Freiheitsstatue; am entgegengesetzten Ende des Raums ein zusammenklappbarer Wandschirm aus Holz (braun wie Hundekot, karamelbraun, lackiert), hinter dem sich Dusche und Ausguß verschämt verbergen; gelb und rostbraun gestreifte Vorhänge (passend zu den Tagesdecken) bedecken die verglaste Vorderseite, die sich zu einem Dachgarten von der Größe eines Paradeplatzes öffnet.

Neben der Nachttischlampe, vorsorglich bereitgelegt, ein Merkblatt: *Wie man einen Hotelbrand überlebt.*

Weder Tageslicht noch frische Luft können je in diesen Raum gelangen; Soziologen einer späteren Epoche werden zu dem Schluß kommen, daß es sich um eine jener Kerkerzellen handelt, dazu bestimmt, den Gefangenen zu demoralisieren und seine Persönlichkeit schnell zu zerstören.

Ich wähle die Nummer des Zimmerservices und warte eine Weile.

Behalten Sie Ihren Zimmerschlüssel in der Hosentasche oder legen Sie ihn auf den Nachttisch.

»Oh, leider können wir Ihnen vor halb acht Uhr morgens nichts aufs Zimmer bringen«, teilte man mir mit und strafte vergnügt die Speisekarte Lügen, die Service rund um die Uhr versprach. Sinnlos mein Einwand, daß es für mich jetzt fünfzehn Uhr europäischer Zeit war.

Sollten Sie in Ihrem Zimmer Rauch spüren oder riechen, rollen Sie sich aus dem Bett, und kriechen Sie zur Tür.

Ich wartete bis halb acht und versuchte es dann wieder.

»Melone, Kaffee und ein Omelett.«

»Wir haben keine Melonen.«

»Aber auf der Speisekarte steht, Melone, je nach Saison. Wann ist denn die Saison für Melonen, wenn nicht im Sommer?«

»Bedaure, wir haben keine Melonen. Dürfen wir Ihnen statt dessen vielleicht einen Fruchtsaft servieren?«

Dieser Dialog erinnert mich an das, was George immer ›die Sprechblase‹ nannte.

Die Sprechblase ist das Ding aus den Comics, das über deinem Kopf schwebt und Perfektion verspricht; die Sprechblase ist das transzendente Gegenteil der Realität. Die Sprechblase hatte mir den Eindruck vermittelt, Mitchison, Nevada, sei ein kleines, malerisches Bergstädtchen, ungefähr so groß wie – sagen wir – Ronda; die Campus Tavern ein gemütliches, kompaktes Gebäude, im Stil eines Chalets vielleicht, und vom Campus der Universität Mitchison zu Fuß zu erreichen. Statt dessen scheint Mitchison sich über ungefähr hundert Quadratmeilen flachen Landes zu erstrecken, bestehend aus rechteckigen Betongebäuden, die durch ein kompliziertes System gebührenfreier Schnellstraßen und Autobahnen voneinander getrennt sind. Keines Menschen Fuß berührt je dieses Land, von einem Punkt zum anderen gelangt man nur mit dem Auto, dem Hubschrauber oder Heißluftballon. Und die Campus Tavern habe ich bereits geschildert. Ihre riesigen, stillen Räume sind durch kugelsichere Fensterscheiben und verschlossene Türen gegeneinander abgeschirmt.

Betasten Sie die Tür mit der Handfläche. Wenn die Klinke heiß ist, öffnen Sie nicht.

Als ich ein Kind war, gelang mir nie etwas. Meine Versuche, Anleitungen aus Büchern zu befolgen – wie man Papierfächer, indianischen Kopfschmuck, Möbel für ein Puppenhaus bastelt –, endeten stets als totales Fiasko. Schokoladeautomaten weigerten sich regelmäßig, meine Münzen zu behalten, oder erwiesen sich als leer; Sonderangebote waren ausverkauft, kurz bevor meine Bestellung eintraf; oder die bestellte Ware war, so sie mich doch erreichte, geradezu beleidigend klein und entsprach ganz und gar nicht der Abbildung im Katalog; außerdem hatte man die falsche Farbe geliefert. Nie erfüllte etwas meine Erwartungen. Mit zwölf Jahren hatte ich mich damit abgefunden, daß das Leben eine einzige Enttäuschung war. Als Jugendliche konnte mich keine Sprechblase mehr an der Nase herumführen.

Erst in den letzten Monaten habe ich, Gott weiß, warum, auf geheimnisvolle Weise wieder Hoffnung geschöpft und bin voller Erwartungen.

Angenommen, Daniels Kind wäre nicht ertrunken, sondern lebte noch; lebte noch – er wäre jetzt dreizehn –, wäre behütet, würde von Fremden aufgezogen, die über seine Herkunft nichts wüßten. Der kleine Finn, ein lächelnder blonder Junge. Wage ich, an diese Möglichkeit zu denken?

Ich ertappe mich dabei, daß ich es immer häufiger tue.

Dans Sohn, Ingrid Christs Sohn; was für eine Mischung wilder, aufmüpfiger und trauriger Gene müßte durch seinen kleinen Körper jagen – Poesie, Betrug, Ehrgeiz, Liebe, Genie und vor allem der Drang zur Selbstzerstörung. Beide Eltern haben Selbstmord verübt. Wenn ich den kleinen Finn je fände, wenn ich mich ganz seinem Wohlergehen widmete, wäre ich dann wohl imstande, diesen heftigen Drang in ihm umzupolen in Energie, Leben, Glück? Wer sollte besser wissen als ich, wie man das machte? Seit meinem neunzehnten Lebensjahr stehe ich mit dem Tod auf du und du. Für mich birgt er kaum noch ein Geheimnis. Seit sechzehn Jahren esse ich den Tod zum Frühstück, sauge ihn aus meinen Teppichen, grabe ihn aus meinen Blumenbeeten aus, mische ihn in meine Soßen, mähe ihn von meinem kleinen Rasen.

In diesen sechzehn Jahren habe ich eins ganz sicher gelernt: Diese Welt ist ein Ort des Schreckens, die Menschen sind ein Risiko, unzuverlässig, voller Meinungen, die auf Hörensagen beruhen; Tatsachen lassen sich nicht beweisen, denn jeder erzählt eine andere Geschichte. Doch wenigstens ist das Essen real. Wenn man den Leuten etwas zu essen gibt, tut man etwas Handfestes.

Feuer sind heiß, entwickeln Rauch und lösen Panik aus; halten Sie sich daher am Treppengeländer fest, damit Sie nicht von verängstigten Hausbewohnern umgerannt werden...

Zum Glück habe ich Feuer nie gefürchtet.

Die Konferenz beginnt nicht vor halb vier. Jeder Gang einer jeden Mahlzeit ist bis zur letzten Olive, bis zum letzten Butterbällchen exakt geplant; die Zutaten sind geliefert, aufgelistet, geprüft und noch einmal geprüft. Im Augenblick bin ich aller Pflichten ledig, brauche nur zu warten. Ich kann hier in diesem düsteren, stillen, kühlen Limbus liegen und Bestandsaufnahme machen.

Kurz vor meiner Abreise aus England habe ich Anthony Roche aufgesucht. Die Unterredung war sehr, sehr unangenehm und schmerzlich.

Sein Haus abzuschließen muß immer ein trauriger Vorgang sein – auch wenn es nur für einen Monat ist. Die Gegenstände sind ein einziger stummer Vorwurf: Tassen an ihren Haken, aufgeräumte Schreibtischplatte, Kissenbezüge gewaschen und zum Trocknen aufgehängt, Bücher, ordentlich in den Regalen aufgereiht, Glyzinien und Rosen, die den Blick mit glühendem Rubinrot locken, Büschel wehmütigen Graublaus; am Tag der Rückkehr wird alles verblaßt, verwelkt, im Unkraut erstickt sein. Wenn dieser Tag je kommt. Jede Abreise ist ein Vorgeschmack des Todes.

Ich denke an Tante Thisbe, die jedes Toilettenpapier ganz aufrollt (sie kauft die steife, glänzende *Upper-class*-Sorte, haltbar wie ägyptischer Papyrus, sehr geeignet für Mönchschroniken, ägyptische Hieroglyphen oder testamentarische Verfügungen) und mit rotem Kugelschreiber auf das letzte Stück schreibt: *Fremdling, so ich tot bin, wenn dieses Blatt erreicht ist, gedenke meiner. Thisbe Angela Churchill.*

»Warum schreibst du nicht ›Bete für die Seele von Thisbe Angela‹?« fragte ich einmal, als ich mit einer gewissen Scheu ihre Mahnung hinuntergespült hatte.

»*Seele,* Tuesday?« Thisbe ist noch die einzige, die mich Tuesday – Dienstag – nennt. »Du solltest mich besser kennen, hoffe ich doch«, sagte sie scharf. »Auf welche Weise, glaubst du, könnte das Gebet einer dritten Person meiner Seele dienen? Immer vorausgesetzt, daß ich eine habe. Wirkung zeigen nur die eigenen Anstrengungen.«

»Also, ich weiß nicht. Die Gebete anderer könnten helfen – eine Art Schmierfett – wie ein Zehntausend-Kilometer-Kundendienst.«

»Igitt!« Tante Thisbe gehört einer Generation an, die tatsächlich ›Igitt‹ sagt. »Wahrscheinlich hat dich dein katholischer Freund mit solchen Ideen angesteckt.«

Tante Thisbe weiß durch Osmose – denn ich pflege mich ihr nicht anzuvertrauen – eine Menge und mehr als alle anderen über meine Privatangelegenheiten. Aber sie hinkt immer mehrere Jahre hinterher. Sie muß über vieles nachdenken – die Sozialdemokratische Partei, Amnesty International, den Stadtrat von Pimlico.

Ich sagte: »Ich sehe ihn nicht mehr. Schon seit fünf Jahren nicht. Seit Hughs Tod.«

»Ich hätte gedacht, daß er – nach dem Tod seiner Frau – über deine Gesellschaft froh gewesen wäre.«

»Es ist anders gekommen.«

»Auch gut«, sagte sie grollend. »Du hättest dich zu sehr an ihn gewöhnen können – er war ein interessanter, kluger Mann. Obwohl ich mir nicht vorstellen kann, daß du einen Katholiken heiratest. Aber«, fügte sie unerwartet hinzu, »heiraten solltest du doch wieder.«

»Anthony heiraten? Genausogern würde er Madame Mao heiraten. Und ich sogar noch lieber.«

»Sei nicht albern, Tuesday. Wie könntest du Madame Mao heiraten?«

Ich schloß das Haus. Schüttete unverbrauchte Milch weg, hinterließ dem Milchmann eine Nachricht, füllte die ausgehöhlte Kokosnuß mit Fett für die Meisen, blickte aus meinem kleinen, von einer Mauer umfriedeten Garten hinauf zu dem dornigen Abhang unter der Brustwehr des Schlosses, deren Zinnen zahnlückig in den Himmel ragten, hoch über meinen Schornsteinkappen, auf denen wie immer Sperlinge scharrten und schwatzten. Trug meine Reisetasche hinaus, schloß leise die Haustür, als wolle ich die Lauscher im Haus nicht stören. Warum habe ich ein schlechtes Gewissen, wenn ich Haus und Garten sich selbst überlasse? Vielleicht sind sie froh, wenn ich ihnen den Rücken kehre; wenn ich nicht da bin und sie aufeinander angewiesen sind, müssen andere Ordnungen existieren.

Tür zu, zählen, lauf hinaus,
Wo nun Stille ist im Haus:
Wer hält meinen Stuhl besetzt?
Wer schleicht auf der Treppe jetzt?
Wer ist in mein Bett gekrochen?
Und wessen Mund hat dies geprochen?

Eines von Ingrids frühen Gedichten. *Kinderspiele* hatte sie es genannt.

Liebes, kleines, uraltes Haus. *Watch Cottage* – das Wächterhaus. Ich drehe mich immer um, damit ich es noch einmal liebevoll betrachten kann. Weiß, kompakt, verschalt, winzig, steht es voller Würde unterhalb des von Dornengestrüpp bewachsenen Castle Mound am Ende einer kurzen, steilen, kopfsteingepflasterten Sackgasse, Watch Hill, die in die Bastion Street hinunterführt. Hier ist nicht Platz genug, um einen Wagen abzustellen, die Häuser stehen so dicht beieinander wie Zähne in einem zu kleinen Kiefer, daher habe ich meinen Citroën in der Bahnhofsgarage eingemietet, wo er manchmal wochenlang in kostspieliger Muße verharrt. Mit dem Zug ist man genauso schnell in London, und man kann lesen und sich mit den Leuten unterhalten.

Eine ehrwürdige Glyzinie überwuchert die Fassade von Watch Cottage. In den beiden winzigen Blumenbeeten im Vorgarten blühen, hinter eisernen Stäben eingesperrt, Glockenblumen und Geranien in Hülle und Fülle.

Drei abgetretene Steinstufen führen zu der ausgeblichenen, blauen Haustür mit dem Messingklopfer.

Zum erstenmal habe ich das Haus am Tag vor meiner Hochzeit gesehen.

»Verreisen Sie wieder?« Die alte Miss Crutchley, die in Nummer zwei ihre Milchflaschen herausstellt, sieht meine Reisetasche. Sie nuschelt stark, hat das Gebiß noch nicht im Mund.

»Für einen Monat. Nach Amerika.«

»Kochen Sie wieder bei einer Ihrer Konferenzen?«

»Genau. Diesmal sind es Ärzte. Ich glaube, sogar der Leibarzt von Breschnew ist dabei.«

Heutzutage koche ich eigentlich nicht mehr selbst, aber für Miss Crutchley kommt das auf dasselbe heraus. Außerdem bereite ich für eine besondere Mahlzeit im allgemeinen auch eigenhändig eine festliche Speise zu.

»Ärzte? Das sind große Esser, wette ich. Wenn Sie sie nur gut genug füttern, werden Sie Ihnen noch einen Orden verleihen. Ich werde Ihre Geranien gießen, meine Liebe, wenn es heiß wird.«

»Danke, Miss Crutchley, Sie sind wirklich reizend.«

»Sie bringen mir so oft Erdbeer- und Käsekuchen, meine Liebe. Ich sage immer, was hat das Leben denn für einen Sinn, wenn wir andern nichts Gutes tun können?«

Angetan mit Schürze und Pantoffeln, geht sie ins Haus zurück. Die alte Miss Crutchley. Wenn sie stirbt, wird sich irgendein junges Paar aus irgendeiner Chefetage das Haus schnappen.

Weiter, den steilen Hügel hinunter. Die Stadt Affton Wells breitet sich zu meinen Füßen wie ein Theaterprospekt aus hellgrauen, ziegelroten und geschindelten Giebeln aus. Tudor im Zentrum, 17. und 18. Jahrhundert an der Peripherie. Dahinter graue Salzmarsch, die in den Ärmelkanal zurückweicht.

Und nun, anstatt mich links zu halten, wie sonst immer, biege ich nach rechts in die Monmouth Street ab – in die Straße mit den hübschen Queen-Anne-Häusern und der Allee süß duftender Lindenbäume, die am Rand der breiten, gepflasterten Gehsteige stehen, dem würdevollen Monmouth Hotel mit seinen weißen Säulen und den Büros der einem Gentleman wohlanstehenden Berufe: Arztpraxen, Architekturbüros und Büros von Kirchenvertretern, Anwaltskanzleien.

Für mich ist es der kürzeste Weg zum Bahnhof. Seit fünf Jahren habe ich jedoch immer den längeren Weg genommen, durch Shadow Twitten und Quakers' Row.

Wuchtig, vier Stockwerke hoch und eindrucksvoll die steinerne Fassade von Roche, Quimper and Durrenmatt, des Gebäudes, dem ich seit Jahren so sorgfältig aus dem Weg gegangen bin. Die großflächig paneelierte schwarze

Eingangstür mit den dicken, sauberen Matten steht an diesem Sommertag offen. Ich stecke den Kopf durch das Schalterfenster des Empfangs, der von der Halle durch eine brusthohe, polierte Barriere aus Nußbaumholz abgetrennt ist, und nenne meinen Namen.

»Miss Churchill. Mr. Roche erwartet mich um halb zehn.«

»Aber Miss Churchill! Natürlich kenne ich Sie noch, das will ich doch hoffen.«

Miss Knowles, schon ältlich, mit Bärtchen und Brille, strahlt zur Begrüßung. »Obwohl es schon *so* lange her ist, seit wir Sie zu sehen bekommen haben. Mr. Roche erwartet Sie. Sie können sofort hinaufgehen, wenn Sie wollen.«

Einmal im Haus, sieht man, daß die Queen-Anne-Fassade rein äußerlich ist. Schräge Stufen, von Generationen abgetreten, Türen, für Zwerge geschaffen, verraten einen viel älteren Ursprung. Anthonys Büro liegt im dritten Stockwerk. Seinem Alter entsprechend wäre er berechtigt, in einer der unteren Etagen zu residieren, doch er liebt den dramatischen Ausblick über die Stadtmauern bis hin zu dem ebenen, grasbewachsenen, von Platanen gesäumten Park, the Severals, um den sich der Fluß Aff schlängelt.

Verglichen mit der Atmosphäre in Anthonys Zimmer, wäre die Antarktis eine warme Zone.

Ich hatte – merkwürdig genug – vergessen, wie groß er war. Ein ›prachtvoll gewachsener Mann‹, wie Tante Thisbe sagen würde, massig, aber gut proportioniert, mit starker Nase, kräftigem Kinn, muskulösem Hals, klangvoller Stimme, tiefliegenden Augen. In seinen dichten, buschigen

Brauen und im widerspenstigen schwarzen Haar war jetzt mehr als nur eine Spur von Grau.

Als Kind teilte ich die Menschen, egal welchen Alters, in *wir* und *sie* auf, Kinder und Erwachsene. Anthony hätte immer zu den Erwachsenen gehört.

Aber Dans schwarze Brauen waren schöner gewesen: weich und glänzend, wie Haarpinsel; am liebsten hätte man immer darübergestrichen. Ich denke, sie waren es, in die ich mich zuallererst verliebt hatte.

»Guten Morgen. Willst du dich nicht setzen?«

Anthonys Stimme, seine ganze Haltung waren steif vor Empörung und Widerwillen über diese Verletzung seiner Privatsphäre, hinter der er sich vor fünf Jahren verschanzt hatte. Er zeigte auf den mit schwarzem Leder bezogenen Polstersessel vor seinem Schreibtisch. Und ich dachte: Diese Hand hat einmal so bewundernd meine Brust umfangen, diese Stimme – tief, mit leicht irischem Tonfall – hatte, sogar am Telefon, die Macht gehabt, mich zerfließen zu lassen wie eine Kerze.

Anthony kann seine Abstammung ganz klar bis zu einem Mann zurückverfolgen, der mit Wilhelm dem Eroberer herübergekommen ist. Seine Vorfahren hatten die Stammesfehden im County Cork siebenhundert Jahre lang unterdrückt. Und, wage ich zu behaupten, sich durch Generationen immer wieder mit den einheimischen Kelten verheiratet. Von ihnen hat er den Hang geerbt, über Jahre hinweg zu grollen und unversöhnlich zu sein.

Ich erinnerte mich deutlich an die letzten Worte, die er mir entgegengeschrien hatte, wie der Zufall es wollte, genau in diesem Raum: »Du bist nichts weiter als eine Hure!«

»Ach, komm schon, Anthony, wer bist du denn, daß du dir erlaubst zu urteilen, wenn ich fragen darf?«

Doch meine Worte verhallten ungehört, und was hätten sie auch geändert? Er war so leidenschaftlich erregt, und seine Hand zitterte so unbeherrscht, als er wieder eine Zigarette ausdrückte, daß ich mich fragte, ob er mir vielleicht den schweren gläsernen Aschenbecher an den Kopf werfen würde. Außerdem war unsere Unterredung (wenn man es so nennen konnte) ohnehin zu Ende. Es gab nichts mehr zu sagen, also verließ ich den Raum, in dem mir Anthony noch immer einen langatmigen Vortrag hielt, und seither hatte ich ihn nicht wiedergesehen.

Als ich mich jetzt höflich umsah, fiel mir in seinem sonst völlig unveränderten Büro ein einziger Unterschied zu früher auf: Der Aschenbecher war nicht mehr da.

»Du hast das Rauchen aufgegeben?« rief ich.

Er warf einen Blick auf seine Uhr.

»Ich habe nicht sehr viel Zeit. Wenn du nichts dagegen hast…« Mit übertriebener Geduld.

»O ja. Nun. Es ist so.« Der Anfang fiel mir schwer, besonders angesichts seines unverhohlenen Mißtrauens und feindseligen Verhaltens. Ich sagte: »Seit einiger Zeit frage ich mich – habe ich oft darüber nachgedacht –, ob – ob Daniels Sohn vielleicht noch am Leben sein könnte.«

»Daniels Sohn.«

»Der Sohn von Daniel Suter. Meinem Ehemann.«

Anthony sperrte sich absichtlich. Er wußte sehr gut, von wem ich sprach. Er war ursprünglich mit Dan befreundet gewesen, sie hatten einander gekannt, bevor ich einem von ihnen begegnet war; sie hatten sich irgendwo in einem Zug getroffen, ein paar Worte gewechselt und festgestellt, daß sie beide aus Affton Wells kamen, was zu einer lebhaften Unterhaltung über den South Eastern Arts Council geführt hatte, über seinen Geiz, seine Borniertheit und seine geradezu widerwärtige Art, die Cinque Ports University auszunutzen. Dan liebte es, sich im Zug mit Fremden zu unterhalten, und schloß auf diese Weise mehrere dauerhafte Freundschaften. Daher suchte er natürlich auch bei Anthony Hilfe, als er und Ingrid sich scheiden lassen wollten. Es war nicht zur Scheidung gekommen, aber Anthony hatte nach Ingrids Tod alle anfallenden rechtlichen Probleme geklärt. Und das gleiche auch nach Dans Tod getan. Ein paar Schulden, Schwierigkeiten aus seiner Vergangenheit, waren im Lauf der Zeit ans Licht gekommen, und Anthony hatte sie in der für ihn charakteristischen Manier für mich erledigt: schnell, energisch, sachkundig und mit rücksichtsloser Aufrichtigkeit.

»Muß ich diesen gräßlichen Menschen bezahlen, Anthony?«

»Dan war dein Mann, nicht wahr? Du hast ihn beerbt.«

»Tausend Pfund von der Lebensversicherung und neunhundert Pfund Schulden.«

»Du kannst die Schulden jetzt mühelos zahlen«, erklärte Anthony.

Und das stimmte auch. Inzwischen arbeitete ich wieder bei Daisy Dairy Products und war zum Marketing Director befördert worden. Auch hatte meine Mutter Vanessa mir, ihrem einzigen Kind, alle Rechte für ihre Übersetzungen griechischer Dramen übertragen, für die sie den Epidaurospreis bekommen hatte und die mir jährlich eine anständige Summe einbrachten. Also bezahlte ich die hinterlassenen Schulden des armen Dan und blutete innerlich jedesmal ein bißchen, wenn wieder neue auftauchten.

Wenn Seelen wie ein Narbengewebe aussehen können, muß meine einer Patchworkweste gleichen.

»Du erinnerst dich vielleicht«, sagte ich jetzt zu Anthony und richtete meine Geduld an der seinen aus, »daß Daniel und Ingrid ein Baby hatten, den kleinen Finn. Er war sechs Monate alt, als Daniel und ich heirateten.«

»Selbstverständlich weiß ich das«, antwortete er ziemlich scharf, als hätte ich ihn bezichtigt, senil zu sein. »Aber das Kind war in dem Boot, als es sank.«

»Dafür hat es nie einen Beweis gegeben. Seine Leiche wurde nie gefunden – als die beiden anderen...«

Ich schluckte und verstummte.

Anthony sah mich mit äußerstem Widerwillen an.

»Und was in aller Welt läßt dich vermuten, nach so langer Zeit – nach zwölf Jahren...«

»Dreizehn. Ich war zweiundzwanzig, als ich Dan heiratete.«

»...daß das Kind noch am Leben sein könnte? Warum – zum Beispiel – hätte man die Behörden nicht verständigt, wenn ein Kind an Land gespült worden wäre?«

»Vielleicht hat jemand es vorgezogen, es nicht zu tun.«

»Und ein unbekanntes Kind wurde einfach fraglos in eine Gemeinde aufgenommen? Was für eine Schauergeschichte spukt denn da in deinem Kopf herum?« erkundigte er sich bissig.

Ich zögerte mit der Antwort.

Tatsächlich hatte das Drum und Dran ein bißchen was von einer Schauergeschichte gehabt.

Als ich in Watch Cottage einzog, hatte es kein Telefon im Haus gegeben. (Es hatte vor mir einem neunundachtzigjährigen Exzentriker gehört, der sich nach seiner Rückkehr aus Trinidad dorthin zurückgezogen hatte und friedlich verhungert war.) Für meine Arbeit war ein Telefon zwar lebensnotwendig, doch damals war es nicht ungewöhnlich, daß man neun Monate auf einen Anschluß warten mußte, ehe das Postamt sich erweichen ließ, den leidenschaftlichen Bitten des künftigen Teilnehmers nachzukommen. Aber ich hatte in meinem Beruf gelernt, hartnäckig zu sein: Ich bombardierte das General Post Office mit Briefen, Karten und Anrufen aus Telefonzellen; stand Tag für Tag am Schalter der regionalen Anmeldestelle, fluchte, drohte und bettelte; das Ergebnis war, daß nach alle Rekorde brechenden drei Wochen mein Telefon von zwei Technikern nach Dienstschluß in Schwarzarbeit angeschlossen wurde. Zwei Drahtenden wurden in dem Glyziniendschungel vor dem Vorderfenster miteinander verknotet, durch die weiße Holzwand wurde hastig ein Loch gebohrt, und Watch Cottage war mit der Außenwelt verbunden. Angeblich eine provisorische Einrichtung, doch erschien nie wieder eine Menschenseele, um die ziemlich primitive Leitung zu überprüfen oder in Ordnung zu bringen. Daher mußte ich mich damit abfinden – zweifellos als Strafe für meine Penetranz gedacht –, daß meine Leitung bei windigem Wetter entweder tot war oder mit anderen Leitungen durcheinandergeriet. Auf diese Weise hörte ich alle möglichen Gespräche von mir völlig Fremden mit – über Krankheiten, die Unarten der Kinder, berufliche Probleme, die Gewohnheit, Schweizer Uhren zu schmuggeln, Fehden zwischen Nachbarn und Pläne für Weihnachten.

Ein- oder zweimal machte ich dem General Post Office den Vorschlag, etwas dagegen zu unternehmen, doch da der Service im großen und ganzen zufriedenstellend war, verfolgte ich die Angelegenheit nicht so energisch wie damals, als es mir darum ging, eine Telefonleitung zu bekommen; außerdem war ich zu der Zeit bitter allein, trotz – oder vielleicht wegen – meiner verschiedenen Liebhaber, und es wurde für mich zur Unterhaltung, bescherte mir eine Art geisterartiger Gesellschaft, als stumme Zeugin am Leben der mir unbekannten Menschen teilzuhaben. Ein Stückchen Zucker im leicht bitteren Gebräu des Lebens.

Bis zu jenem Tag im vergangenen Jahr, als ich den Hörer abnahm, um beim Gaswerk anzurufen, und zwei Frauen reden hörte.

Zuerst kamen ein paar schauerliche chirurgische Einzelheiten. Eine der beiden litt an den Nachwirkungen einer Zahnoperation; vielleicht waren ihr ein paar Weisheitszähne gezogen worden.

»Sie holen noch immer Knochensplitter aus meinem Kiefer. Ich werde noch eine ganze Woche nichts essen können. Schon mindestens neun Pfund habe ich abgenommen.«

»Gratuliere. So viel kann ich in einer Woche zunehmen«, antwortete Nummer zwei trocken, deren Mitgefühl man bestenfalls recht oberflächlich nennen konnte. »Zu viele Geschäftsessen, das ist der Jammer. Wann kommst du wieder zur Arbeit?«

»Oh, erst in ein paar Tagen.«

Beide sprachen unverkennbar mit dem Akzent der oberen Zehntausend, die das Glück der Erde auf dem Rücken ihrer Pferde fanden; es waren jene herzhaften, hallenden britischen Töne, die Einzelheiten über Ansichten und häusliche Sorgen ihrer Besitzerinnen klar und deutlich in jeden Winkel eines vollbesetzten Restaurants trugen. Der heilige Antonius selbst hätte der Versuchung, sie zu belauschen, nicht widerstanden. Und ich bin nicht der heilige Antonius.

»Und was ist mit Robert?«

»Meine Liebe! Er war am Boden zerstört, weil Neil ihm so zugesetzt und gedroht hat, sich umzubringen, in Roberts Badezimmer, vermute ich. Das hat Robert mir in einem Brief geschrieben.«

»Ach wirklich?« Die andere Stimme klang jetzt aufrichtig interessiert. »Das muß man sich mal vorstellen! Ich komme gelegentlich auf eine Tasse Kaffee vorbei, dann kannst du mir den Brief zu lesen geben.«

»Na schön, in Ordnung.« Mangel an Begeisterung jetzt auf dieser Seite. Nun ja, dem armen Ding tut der Kiefer weh, dachte ich, sie hat wohl kaum Nerven für gelegentlich vorbeikommende Besucher. »Wir haben diese Jungs hier, weißt du«, wandte sie zögernd ein.

In der Leitung knackte es – das passierte manchmal – ein paar Sekunden, doch dann waren die Stimmen wieder da, glasklar. Die lautere der beiden, die mit den Geschäftsessen, sagte jetzt: »Aber was ist mit Daniels zweiter Frau?

Du meinst, sie hat wirklich nicht *gewußt*, daß sein Kind noch lebt?«

»Nein, woher sollte sie es wissen? Überleg doch, sie hatte einfach keine Möglichkeit, es herauszufinden.«

»Hatte sie es nicht versucht?«

»Warum sollte sie? Er ging sie schließlich nichts an. Sie hatte ihr eigenes Leben. Und überdies, woher sollte ihr der Gedanke kommen? Sie mußte schließlich annehmen, daß er tot war.«

»Aber wenn sie ihren Mann sehr geliebt hätte?«

»Hm. Darüber muß ich ein bißchen gründlicher nachdenken. Vielleicht kann ich es irgendwie benutzen.«

»Benutzen! Das will ich meinen! Es ist der Schlüssel! Das wäre durchaus ein Gesichtspunkt. Ich glaube, da ist jede Menge Geld drin.«

»Glaubst du das wirklich?« Hoffnungsvoll; gierig; eifrig fragend.

»Dessen bin ich sicher.«

Und dann, genau in diesem Moment, mußte ich husten – ich war zu Hause, weil ich die Grippe gehabt hatte –, und eine der beiden Frauen sagte scharf: »Ist da noch jemand in der Leitung?«

Ich blieb mäuschenstill, aber Schmerzender Kiefer sagte: »Egal, ich soll ohnehin jede Stunde gurgeln. Ich rufe dich bald wieder an, sobald ich Genaueres weiß.«

»Auf Wiedersehen. Und das sehr bald.«

Wartet! Wartet! wollte ich rufen. Was habt ihr da über Dans zweite Frau und das Kind gesagt? Aber sie waren zu meinem Leidwesen unwiderruflich im Äther verschwunden. Ich stand da, umklammerte den weißen Bakelithörer, als wär's eine Hotline zu den Ufern des Flusses Styx, den gespenstischen Gefilden des Tartarus.

Monatelang brütete ich über dem Inhalt dieses Gesprächs. Ich handelte nicht voreilig. Ich war vorsichtig. Am Ende kam ich jedoch zu dem Schluß, daß es nicht schaden konnte, Dans Mutter zu schreiben und sie zu bitten, sich mit mir zu treffen. Mrs. Suter hatte mich stets genauso verabscheut wie ihre erste Schwiegertochter und verabscheute mich bestimmt auch noch jetzt, obwohl ich ihr die vierhundert längst zurückgegeben hatte, die Dan sich von ihr lieh, um das Boot, die ›Walküre‹, anzuzahlen. Plus Zinsen. Sie hat es mir nie bestätigt, obwohl ich wußte, daß der Betrag ihrem Konto auf der Postbank gutgeschrieben worden war. Auch als ich ihr mitteilte, daß ich mich im Watch Cottage niedergelassen hatte, beantwortete sie meinen Brief nicht; ich fuhr trotzdem zu ihr. Es war eine lange, trostlose Reise mit der Nordlinie, vorbei an einer Menge Vorstädte mit angelsächsischen Namen wie Thane Acre und Edwell's Wood, aber von nicht besonders angelsächsischem Aussehen. Eine endlose Wildnis aus roten Ziegelhäusern.

Dann eine halbe Stunde Fußmarsch von der U-Bahn-Station Dodman's End durch immer melancholischer wirkende Straßen mit kleinen, vernachlässigten Häusern. Und schließlich die Enttäuschung.

»Nein. Bedaure. Mrs. Suter wohnt nicht mehr hier.«

Eine dicke Frau mit einer Frisur, die wie ein Mop aussah; ihrem Leibesumfang entsprechend, hätte sie gutmütig und fröhlich sein sollen, hatte aber Augen, die wie gefrorene Erbsen aussahen.

»Sie war schon fort, als wir einzogen. Weiß nicht, wie

lange. Nein, sie hat keine Nachsendeadresse hinterlassen; wenigstens nicht bei uns. Sie könnten auf der Post nachfragen. Aber wir wohnen schon fast zwei Jahre hier.«

Jetzt fiel mir auf, daß Haus und Garten viel ungepflegter aussahen als bei meinen früheren, unregelmäßigen Besuchen. Mager, desillusioniert und freudlos, fand Dans Mutter ihre einzige Befriedigung darin, das Haus peinlich sauberzuhalten, und ihr Garten prunkte mit gräßlich unnatürlichen Blumen, plexiglasfarbenen Dahlien, Gladiolen und Begonien. Ihre Gartenwicken wucherten wie billige Zuckerwatte, und ihre Rosen hatten die Farben von Vorhangmaterial aus Plastik. Doch jetzt war der Garten zertrampelt und überwuchert, mit kahlen Stellen dazwischen.

Ich erkundigte mich auf der Post, doch es war nur eine winzige Nebenstelle, wo man auch Süßigkeiten, Dosensuppen und Zeitungen kaufen konnte. An Mrs. Suter konnte man sich kaum noch erinnern und war auch sonst wenig hilfreich. Ich fragte beim Arzt nach und beim Bestattungsamt, fand jedoch keinen Hinweis darauf, daß Dans Mutter erkrankt oder gestorben war. Warum auch? Sie war erst fünfzig, als er ertrank. Er war ihr einziges Kind gewesen, und sie hatte ihn sehr jung, mit neunzehn Jahren, bekommen; sie hatten heiraten müssen. Ihr Mann, ein Alkoholiker, hatte es ihr überlassen, den größten Teil des Lebensunterhalts für die Familie zu verdienen. Als Dan dreizehn war, starb der Vater. Kein Wunder, daß sie so verbittert, so eifersüchtig und besitzergreifend war. Aber ihre Liebe zu Dan hatte bei ihm das Gegenteil bewirkt. Er konnte sie nicht ausstehen, und ich verstand ihn sehr gut.

Ingrids Zeilen *Was für große falsche Zähne du hast,*

Großmütterchen. Willst du Rapunzel lehren, sich das Haar abzubrennen? war auf Mrs. Suter gemünzt gewesen.

Kein Nachbar wußte etwas über sie, doch das überraschte mich nicht; sie verachtete die Vorstadt, in der Dan sie untergebracht hatte; sie wollte keine Freunde.

Mrs. Suter war weggezogen, aus Doman's End verschwunden, wozu sie natürlich das Recht hatte. Ich fragte mich, ob sie vielleicht nach Affton Wells zurückgegangen war, und sah im Telefonbuch nach; es gab mehr als dreißig Suters. Der Name kommt dort häufig vor, aber es gab weder eine Edith Agnes noch eine E. A. Und niemand wußte etwas von ihr, als ich ein paar Nummern anrief, um mich nach ihr zu erkundigen.

Ich konnte es ihr kaum übelnehmen, daß sie mich von ihrem Umzug nicht verständigt hatte; ich hatte mir keine große Mühe gegeben, mit ihr in Verbindung zu bleiben.

Nachdem ich gründlich nachgedacht hatte, beschloß ich zu inserieren.

Ich setzte kurze Annoncen in *The Lady, The Times, Exchange & Mart* und in ein paar Wochenblätter, die wegen ihrer persönlichen Kolumnen berühmt waren.

Ich interessiere mich für jede Information, die man mir über den derzeitigen Aufenthaltsort des Kindes von Daniel und Ingrid Suter geben kann. Dazu meine Adresse: *Mrs. Suter, c/o Barclay Bank, Victoria Station, London SW.*

Ich benutzte diesen Namen, weil ich nicht zur Zielscheibe eines Haufens von Spinnern werden wollte.

Es hatten jedoch ein paar Artikel über mich in der Presse gestanden, als ich anläßlich der Geburtstagsfeierlichkeiten meinen Orden bekam, und in einem Fernsehinterview war erwähnt worden wo ich wohnte. Im Telefonbuch stehe ich unter Churchill, C., denn ich habe vor zwölf Jahren meinen Mädchennamen wieder angenommen. Wenn es jemand darauf anlegte, fiele es ihm vermutlich nicht schwer festzustellen, wo ich war.

Und offensichtlich hatte es jemand darauf angelegt. Nach ein paar Monaten – auf meine Inserate war keine einzige Antwort eingegangen – fingen die anonymen Briefe an.

Einen davon reichte ich jetzt Anthony Roche schweigend über den großen, glänzenden Schreibtisch. Er nahm ihn mit einem angeekelten Blick, als sehe er die Typhusbakterien förmlich, die sich auf der schmierigen Karte tummelten; sie war mit aus Zeitungen ausgeschnittenen Wörtern beklebt.

HA HA, DU KLEINES MISTSTÜCK, MÖCHTEST WOHL GERN WISSEN, WER DAS KIND HAT.

Wortlos betrachtete er die Karte eine Weile und fragte dann: »Was ist mit dem Umschlag? War er handgeschrieben? Gedruckt? Getippt?«

»Nein. Jemand hat sich sehr viel Mühe gemacht.«

Das hatte er in der Tat. Man kann gummierte Vignetten kaufen, auf denen Name und Adresse aufgedruckt sind; aber nicht weniger als tausend Stück. Also mußte irgendwo irgend jemand noch neunhunderteinundneunzig Vignetten mit meinem Namen und meiner Adresse haben: *Miss Clytie Churchill, Watch Cottage, Watch Hill, Affton Wells, East Sussex.* Ich zeigte Anthony eine.

»Wie viele Briefe hast du bis jetzt bekommen?«

»Das ist der neunte. Alle gleichlautend. Die anderen habe ich nicht aufgehoben.«

»Poststempel?«

»Central London. Sie kommen jeweils Ende der Woche, zwischen Donnerstag und Samstag.«

Er betrachtete die Karte in seiner Hand noch immer forschend. Sein Gesichtsausdruck besagte, daß diese schmutzige und widerliche Angelegenheit genau eine von denen war, in die ich mich immer wieder erwartungsgemäß hineinritt. Und er hat recht, dachte ich.

Ich sagte, weil ich unterschwellige Feindseligkeit verabscheue – und wenn er mir mit diesem Problem helfen sollte, mußte ich wenigstens irgendeine Art von Beziehung zwischen uns aufbauen: »Du siehst müde aus, Anthony.« Und das sollte er nicht, denn es war noch sehr früh an einem Montagmorgen. »Wie geht es dir jetzt überhaupt?« fuhr ich fort.

»Gut.« Sein Ton war schroff, abweisend. Geht dich nichts an, vielen Dank, und bitte bleib mir vom Leib. Ich wurde rot, denn ich erinnerte mich, zu spät, an die Bedingungen des gräßlichen Dokuments, *Letzter Wille* und *Testament* genannt, und an die Grausamkeit, mit der man mich über den Inhalt informiert hatte. Aber gewiß hatte er inzwischen dieses gehässige Stück Papier vernichtet und ein neues Testament gemacht. Da ich Anthony jedoch sehr gut kannte, konnte ich darauf nicht vertrauen.

Glaubte er vielleicht, ich wollte ihn aushorchen, wollte eine Erklärung über seinen Gesundheitszustand und seine Lebenserwartung? O verdammt, verdammt!

Um seine Gedanken in eine andere Richtung zu lenken, sagte ich hastig: »Glaubst du, ich sollte diese Karten der Polizei zeigen?«

»Nein, mit so etwas kann sie kaum etwas anfangen. Man hat dich nicht bedroht, niemand will Geld von dir.«

»Aber angenommen, es läuft darauf hinaus?« Ich erinnerte mich an das Gespräch, das ich mitgehört hatte. *»Ich denke, in dieser Sache könnte eine Menge Geld stecken.«* Und tausend Vignetten wiesen darauf hin, daß sich jemand auf eine lange Belagerung vorbereitet hatte.

»Erst wenn es soweit ist, kann man die Polizei hinzuziehen.«

»Wie soll ich mich in der Zwischenzeit verhalten?«

»Nun...« Er legte die Karte mit spitzen Fingern auf den Schreibtisch zurück. »Wir müssen annehmen, daß man dich im Moment nur erschrecken und nervös machen will. Irgendwo muß jemand warten und beobachten, wie du reagierst. Es hätte wenig Sinn, dir diese Schmierereien zu schicken, wenn man deren Wirkung nicht sehen könnte.«

Was für ein scheußlicher Gedanke.

»Wie Anrufer, die einen mit Obszönitäten belästigen? Die auf Hysterie hoffen, so daß man ihnen am schnellsten das Wasser abgräbt, indem man sie auslacht?«

»Darüber weiß ich nichts«, antwortete Anthony eisig.

Wieder ein Minuspunkt für die arme Clytie, die durch und durch unmoralisch ist, sich in Schwierigkeiten bringt, das natürliche Opfer von Wucherern, Erpressern und schlüpfrigen Telefonanrufen.

»Du – du denkst also, die – die Person, die mir diese Botschaften schickt, müsse jemand sein, den ich regelmäßig im alltäglichen Leben sehe, weil es sonst nicht viel Sinn hätte? Aber wer in aller Welt kann mir auf so abscheuliche Weise grollen – sich so benehmen?«

»Diese Frage kannst du als einzige beantworten«, sagte Anthony trocken wie die Wüste Gobi.

Ich strengte mich an, zermarterte mir das Hirn, aber sein Blick machte mich nervös. Nun, mein Leben war gewiß nicht ereignislos. Mit neunzehn hatte ich eine echte Feindin, eine Frau namens Eleanor Foley, eine Paranoikerin, die mich haßte wie die Pest, ihr Bestes tat, um mich zu ermorden, auch ihren eigenen Bruder umbringen wollte und zufällig für den Tod von zwei oder drei anderen Menschen verantwortlich war, von denen zwei zu meinen besten Freunden gehörten. Wäre Eleanor noch am Leben gewesen, hätte ich ihr gewiß zugetraut, mir derartige Botschaften zu schicken, es hätte sie überglücklich gemacht. Aber sie war schon lange tot, daran gab es keinen Zweifel. Und obwohl ich in meinen persönlichen Beziehungen weiterhin ziemlich unbedenklich – manche würden sagen leichtsinnig und verantwortungslos – war, konnte seit damals wohl kaum behauptet werden, ich hätte jemandem so schlimm geschadet, jemanden so tief verletzt, um einen solchen Haß, solche Gehässigkeit auszulösen.

Hastig ging ich im Geist den Kreis meiner Freunde und Kollegen durch. Kein möglicher Kandidat in der Cuisine Churchill; meine beruflichen Angelegenheiten werden streng sachlich und geschäftsmäßig gehandhabt; ich verlasse mich auf mein Personal; ich wähle es nach bestimmten Kriterien aus, erwarte Lebhaftigkeit, Flexibilität und ein fröhliches Wesen ebenso wie kulinarisches Talent und lasse mich selten täuschen; daher sind wir eine kongeniale, harmonische Gruppe. Und in meinem Privatleben …

Ich dachte an meine beiden liebsten Freundinnen Elly

und Chris. Elly kenne ich seit unserer Schulzeit, und Chris habe ich mit zwanzig kennengelernt, als wir zusammen einen gräßlichen Kurs in Eilschrift besuchten. Ich erholte mich von drei gewaltsamen Todesfällen, sie sich von drei Jahren an der Londoner School of Economics. Elly, Chris und ich haben uns über Ehen, Todesfälle und schlimme Zeiten hinweggeholfen, wissen alles voneinander, was es zu wissen gibt, treffen uns zufällig oder verabredet mehrmals im Monat und sind trotz allem noch immer eng befreundet. War es vorstellbar, daß eine von ihnen plötzlich ausgerastet – Opfer einer geistigen Verwirrung geworden war?

Nein.

Es ist alles zu lange her.

»Mir fällt keine Menschenseele ein, ehrlich«, sagte ich zu Anthony.

Dann kam mir ein wirklich grotesker Gedanke.

Der einzige Mensch in meinem Bekanntenkreis, der aus seiner Empörung, seiner Wut und seiner Verachtung nie einen Hehl gemacht und sich unmißverständlich und offen über mich geäußert hatte, saß mir jetzt gegenüber.

»Du hast rückwirkend mein ganzes Leben vergiftet. Wenn ich nur an dich denke, wird mir speiübel. Deinetwegen werde ich nie wieder fähig sein, eine Frau gern zu haben, zu respektieren oder ihr zu glauben. Du hast meinen Glauben an die Menschen zerstört – und sogar meinen Glauben an Gott. Oh – ich kann deinen Anblick nicht ertragen. Du hast sogar meine Erinnerungen an Rose beschmutzt. Verdammt sollst du sein! Verdammt!«

Das war der Punkt, an dem ich gewußt hatte, daß ich raus mußte, und zwar schnell. Wird man von einer so hohen

Flutwelle von Emotionen überrannt, kann man nicht diskutieren. Aber seither waren fünf Jahre vergangen. Fünf ist eine mystische Zahl. Wir streifen unser physisches Selbst ab, machen in sieben Jahren eine totale körperliche Veränderung durch; Schulden werden getilgt, die Eigentumsrechte der Siedler auf bis dato regierungseigenem Land werden gültig, Freier gewinnen die Hand ihrer Angebeteten. Gewiß sollte nach fünf Jahren eine moralische Schuld getilgt sein; zumindest sollte man die Tilgung in Erwägung ziehen.

Konnte Anthony in seiner Schreibtischschublade neunhunderteinundneunzig Vignetten versteckt haben? Konnte er so verrückt sein, daß er mir bösartige anonyme Briefe schrieb? Wenn das der Fall war, dann war es ganz bestimmt ein sensibles und absolut ins Bild passendes Stückchen Ironie, daß ich mich, trotz unserer gestörten Beziehung, um Hilfe an ihn gewandt hatte.

Doch nein: Anthony war eine solche Bosheit nicht zuzutrauen. Er war schließlich katholisch, ging treu und brav zur Beichte.

Oder vielleicht nicht mehr?

Was wußte ich über den heutigen Anthony wirklich? Er hatte nie wieder geheiratet, das wußte ich. Die Leute sagten, es sei jammerschade.

›Gehst du noch zur Beichte, Anthony?‹

Ich konnte mir vorstellen, daß ich ihm plappernd diese Frage stellen würde, und daran merkte ich, daß es für mich Zeit war zu gehen.

»Du meinst also, daß man nichts tun kann?«

»Nichts – im Moment. Wart ab, was passiert. Sehr wahrscheinlich wird sich die ganze Sache totlaufen. Der Schreiber wird gelangweilt aufgeben, wenn es keine sichtbare Wirkung gibt.«

»Wie, wenn man versuchte, die Vignettendruckerei ausfindig zu machen?«

Er zuckte die Schultern. »Ich könnte es versuchen. Aber sie werden hauptsächlich in Kleinbetrieben hergestellt, und die schießen wie Pilze aus dem Boden und verschwinden wieder.«

»Nun«, sagte ich, »es wird mir nicht schwerfallen, nichts zu tun. Ich fliege noch heute in die USA, für einen Monat vielleicht für länger.« Du siehst also, fügte ich im stillen hinzu, diese Unterredung ist kein Versuch, unsere abgebrochene Bekanntschaft fortzusetzen. Ich mache mich zu neuen Ufern auf. Clytie ist ihr eigener Herr, bitte vergiß das nicht.

»Geht es um einen Job?« erkundigte er sich höflich.

»Ich liefere Speisen und Getränke für eine medizinische Tagung.« Ich hoffte, einen wehmütigen Ausdruck in seinen Augen zu entdecken. Früher war Anthony ganz verrückt nach meinen Eierpastetchen. Ich bereite sie aus leichtem Teig mit Petersilienbutter, mit einem Hauch Parmesan und etwas Kaviar zu. Freitagabend war er immer auf einen Sprung in die Ordnance Mansions gekommen und hatte zehn bis zwölf Pastetchen hintereinander vertilgen können.

Jetzt sagte er nur: »Das ist ja ausgezeichnet. Zehn zu eins, daß der Ärger vorbei ist, wenn du zurückkommst. Was passiert mit deiner Post, während du nicht hier bist?«

»Sie wird mir nachgeschickt. Hättest du etwas dagegen,

wenn ich hinterlasse, daß Briefe mit gedruckten Adreßvignetten an dich weitergeleitet werden sollen?«

Nach einem kurzen Zögern sagte er: »In Ordnung. Ich kann verstehen, daß du nicht damit belästigt werden möchtest, solange du die Doktoren verköstigst.«

Die Ironie in seiner Stimme war nicht zu überhören. Ich stand auf, bedankte mich sachlich dafür, daß er mir seine Zeit gewidmet hatte, und verschwand durch die Tür, ehe er hinter seinem massiven Schreibtisch hervorkommen konnte – vorausgesetzt, er versuchte es überhaupt. Ich drehte mich nicht um, wollte es gar nicht sehen.

Ich lief die flachen, abgetretenen Stufen hinunter, und ich erinnerte mich an das letztemal, als ich sie tränenblind hinuntergestolpert war; und erinnerte mich an andere frühere Gelegenheiten, als ich unterwegs gewesen war, um mich von ihm im Zusammenhang mit der Cuisine Churchill Ltd. über dies oder jenes beraten zu lassen; zu einer bestimmten Zeit waren die Mulden dieser Stufen und das massive alte Treppengeländer für mich mit einer solchen Bedeutung befrachtet, hatten einen solchen Einfluß auf mich, daß ich, als ich sie jetzt sah und fühlte, für einen Moment in jenen früheren Seelenzustand zurückversetzt wurde.

Es ist vorbei, es ist erledigt. Vergiß es. Laß Vergangenes vergangen sein. Humpty Dumpty kann nicht wieder heil gemacht werden, und deine Firma floriert, du bist beruflich erfolgreich.

Eines hatte ich nicht fertiggebracht, Anthony zu erzählen. Ich vermute, wenn man regelmäßig zur Beichte geht, fallen einem intime Bekenntnisse leichter. Aber Verschlossenheit war mir schon lange zur Gewohnheit geworden, und was ich zu sagen gehabt hätte, war so widerlich – als fände man eine Made in seiner eigenen infizierten Wunde –, daß ich nicht imstande war, darüber zu sprechen. Das war sehr schade, wie es sich später erwies.

Ich holte meine Reisetasche aus dem Empfangsbüro und lief den Hügel hinunter zum Bahnhof, der eine architektonische Kostbarkeit ist, mit einer verschwenderischen Menge edler Schnörkel wie ein barocker Notenschlüssel, der sich über drei Notenlinien – oder Gleise – verteilt, die in verschiedene Richtungen streben, nach London, Hastings oder Brighton.

Beim Bücherkiosk blieb ich stehen, teilte Mrs. Fisher mit, daß ich für einen Monat verreiste, und bat sie, meine Tages- und Wochenzeitungen vorläufig abzubestellen. Dann stieg ich hinunter zu dem langen, kurvigen Bahnsteig.

Zum erstenmal hatte ich diesen Bahnhof gesehen, als ich an einem hellen, windigen Oktobertag mit Dan aus dem Londoner Zug gestiegen war.

Er war mit mir hergefahren, damit ich mir ein Haus ansah. Das Haus, in dem er geboren war und seine Kindheit verbracht hatte.

2

Wo wart ihr, Nymphen, als sich überm Haupt
des Lycidas die Flut schloß mitleidslos?

Als ich Daniel Suter kennenlernte, war ich in einem Schockzustand. Ich saß in einem Zug aus Cornwall, wo mir viel zu plötzlich zu viele schreckliche Dinge zugestoßen waren, und war unterwegs nach London, das sich, soweit es mich betraf, vor mir auftat wie das besagte Schwarze Loch im Kosmos. In Cornwall hatte ich meine liebste Freundin verloren. Sie war von einem armen, verrückten Kerl an Stelle einer anderen irrtümlich erschossen worden; er selbst war später durch einen Sturz von einem Viadukt ebenfalls ums Leben gekommen. Und so war keiner mehr da, den man beschuldigen oder trösten konnte. Außerdem hatte ich meine Chance zu lieben verloren; hatte mich mit größtem Widerstreben und unter schlimmsten Qualen aus der Nähe eines Mannes abgesetzt, für den ich auf den Scheiterhaufen gegangen wäre. Unglücklicherweise brauchte er niemanden, der für ihn auf den Scheiterhaufen ging; er brauchte nichts dergleichen. Ich hätte ihm nicht gutgetan, und obwohl ich noch so jung war, begriff ich das – zum Glück für ihn. Er war einfach, ich bin schwierig; mit der Zeit hätte ich ihm sehr geschadet. Wir wollen, wenn's recht ist, nicht einmal seinen Namen nennen.

Ich war neunzehn.

Da fand ich mich also in diesem gottverdammten Zug wieder, der erst in sechs Stunden am Ziel sein würde. Sechs Stunden schleichender, schmerzlicher Leere. Ich war wie eine Schnecke, der man das Haus weggerissen hatte, war wund und blutete vom Nacken bis zur Ferse. Meine ganze Vergangenheit war mir gewaltsam entrissen worden; ich hatte nichts mehr, vor mir lag nur Leere. Auch – achten Sie nicht auf die Redewendungen – hatte ich ein gebrochenes Bein in einem unförmigen Gipsverband und war gezwungen, mich mühsam und nicht gerade schmerzfrei an zwei die Arme verrenkenden Krücken herumzuschleppen. Nur der liebe Gott wußte, wie ich im Zug mit den lebensnotwendigen Dingen zurechtkommen sollte; zum Beispiel durch den schmalen Gang zur Toilette zu gelangen war ein Ding der Unmöglichkeit, das war mir klar.

Wir krochen durch das feuchte, hügelige Cornwall und immer weiter bis nach Devon.

Inzwischen entdeckte ich in *The Times* (die freundliche Frau, die mich zum Bahnhof gefahren hatte, hatte sie mir gekauft), daß noch einer meiner Freunde gestorben war; ein Mann, den ich seit mehreren Jahren kannte und mit dem ich eine Zeitlang auch ins Bett gegangen war; er war bei einer transatlantischen Segelregatta ertrunken – würde also nie zurückkommen; allerdings hatte ich sowieso nicht mit einem Wiedersehen gerechnet, denn wir hatten uns ziemlich förmlich getrennt. Aber er war ein rücksichtsvoller, aufrichtiger Mensch, und ich hatte ihn gern gehabt. Warum, warum hat ausgerechnet er sterben müssen? fragte ich wütend die leere Luft im leeren Abteil. Wieviel wird einem eigentlich auferlegt? Findet man es irgendwo amüsant zuzusehen, daß wir uns wie zerquetschte Käfer krümmen?

Daß ich allein im Abteil war, schien das einzige Wertvolle, das ich besaß, daher wurde ich noch wütender, als in Exeter jemand zustieg und mein Alleinsein störte. Der Zug (es war ein Vormittag in der Wochenmitte) schien alles andere als überfüllt zu sein. Warum zum Teufel konnte der Mensch sich nicht woanders einen Platz suchen?

Ich hatte getrocknete Tränen auf den Wangen, und ich würde sie nicht abwischen oder sonst etwas tun, um diesem Menschen zuliebe gesellschaftliche Formen zu wahren. Ich zeigte ihm die kalte Schulter, als er sich mit seinem Gepäck auf dem Sitz gegenüber niederließ. Für mich war er einfach nicht vorhanden, und ich schaute entschlossen aus dem schmutzigen Abteilfenster, während wir an den Vororten von Exeter vorüberratterten. Meine *Times* rutschte zu Boden, und ich übersah es betont, als der unerwünschte Eindringling sie wortlos aufhob und auf den Sitz neben mir legte.

Ich vergrub mich in eine dumpfe, apathische Verzweiflung und begann zu hoffen, daß es mir möglich sein würde, die nächsten fünf Stunden in diesem Zustand durchzustehen, doch Daniel eröffnete nach ungefähr zwanzig Minuten das Gespräch, indem er ruhig feststellte: »Ich habe Sie natürlich sofort erkannt, als ich Sie durchs Fenster sah. Sie haben den Roman *Chaos en miniature* geschrieben, nicht wahr? Sie sind doch Aulis Jones?«

Dieser Eröffnungszug riß mich kurz aus meiner schmerzlichen Erstarrung, denn das hatte ich am allerwenigsten erwartet. Ja, er hatte recht, ich war Aulis Jones, zumindest war das der Name, unter dem ich mein schockierendes Buch veröffentlicht hatte, das ich mit siebzehn in einem Anflug von Trotz geschrieben hatte, um die Erwachsenen und Lehrer zu verärgern. Aulis ist mein zweiter Vorname, da ich zwischen Athen und den Thermopylen geboren wurde und meine Mutter Hellenistin war. Jones war ihr Mädchenname. Doch die meisten Leute nannten mich damals Tuesday. Aulis, ein Name, den ich nicht mag, wird nur bei ernsthaften Ereignissen hervorgeholt, an Sterbebetten, bei Beerdigungen und auf juristischen Dokumenten.

In diesem Augenblick war es mir gar nicht lieb, an mein Buch erinnert zu werden, durch das ich vor zwei Jahren berühmt-berüchtigt geworden war. Außer einem zweifelhaften Ruhm hatte es mir tausend Pfund eingebracht, die ich längst leichtsinnig auf den Kopf gehauen hatte. Kein Verlag hatte bisher auch nur das leiseste Interesse an meinem zweiten Roman *Die letzte Tasse Kaffee auf dieser Welt* gezeigt, und bis dato hatte ich noch keine Zeit gefunden, mein drittes Buch zu schreiben. Tatsächlich erwartete ich auch kaum, daß ich je den Wunsch haben würde, es zu tun. Ich war zu dem Schluß gekommen, daß Schreiben nicht mein Ventil war, es war mir nicht sinnlich genug, ich wurde nicht unbarmherzig dazu getrieben, als sei es eine Berufung. Es gibt da einen Protagonisten bei Tschechow – Trigorin, nicht wahr? Meiner Meinung nach Tschechow selbst, oder? –, der ständig von etwas in seinem Innern angetrieben wird, das sagt: *Ich muß schreiben, ich muß schreiben*. Dieses Gefühl habe ich überhaupt nicht. Ich schreibe, wie ich Rollschuh laufen gelernt habe, um alles einmal auszuprobieren. Aber man will ja nicht ununterbrochen Rollschuh laufen. »Es war ein sehr komisches Buch, hat mir großen Spaß gemacht«, fügte der Fremdling hinzu, der sich in mein Abteil gedrängt hatte.

»Gut«, sagte ich und wäre zu meiner Bestandsaufnahme der Hintergärten von Taunton (eine trostlose Stadt) zurückgekehrt, aber mein Reisegefährte wollte reden. Hatte mich offenbar mit besonderer Sorgfalt ausgesucht, um mich zu seiner Vertrauten zu machen. Als ich ihn mir jetzt genauer ansah, erkannte ich übellaunig ein Gesicht, das mich in Exeter forschend durchs Fenster angestarrt hatte. Er war den Bahnsteig entlanggegangen und hatte auf der Suche nach irgend jemandem in jeden Waggon geschaut. Anscheinend war ich dieser Jemand. Ich wage zu behaupten, daß wir alle unaufhörlich Signale aussenden, die von anderen empfangen werden, die wiederum ihrerseits... Mir war nicht bewußt, daß ich es getan hatte, aber er hatte, selbst in Hochspannung, offenbar meine Schwingungen aufgefangen.

Ich habe einen sehr feinen atavistischen Geruchssinn. Durch die Berufspraxis – alle guten Köchinnen und Köche sind von ihrem Geruchssinn abhängig – war er nur noch feiner geworden, aber dennoch scharf genug. Die Körpergerüche anderer Menschen, für den durchschnittlichen Geruchssinn nicht wahrnehmbar, übermitteln mir laute Botschaften. Ich spüre sofort, ob jemand nervös, verzweifelt oder unglücklich ist; die Menschen sondern dann unterschiedliche Gerüche ab. Ich rieche auch noch nach zehn Minuten, wenn jemand, den ich kenne, durch ein Zimmer gegangen ist. Von mir weiß ich, daß ich unter Streß einen leicht metallischen Geruch habe wie ein Stahlmesser, das man eben aus dem heißen Wasser gezogen hat. Wenn ich krank bin, wird dieser Geruch noch deutlicher, gleichgültig, wie oft ich bade, dusche oder mich mit Kölnischwasser besprühe. Manche Leute senden, wenn sie glücklich sind, so angenehme Gerüche aus wie ein reifes Weizenfeld an einem heißen Tag oder wie frisch gebackenes Brot.

Anthony roch im Bett nach gerösteten Walnüssen; George ziemlich scharf und säurehaltig; als Vergleich fällt mir bestenfalls französischer Senf ein.

Auch der Geruch nahen Todes ist daher unverkennbar.

Ich merkte also sofort, daß der Mann mir gegenüber unter starkem emotionalem Streß stand, großen Ärger und große Angst hatte; er strömte einen leichten, aber deutlichen Geruch nach Mineralien aus, wie zertrümmertes Gestein.

»Werden Sie einen zweiten Roman schreiben?« fragte er.

»Hören Sie«, sagte ich, »ich will Ihnen gern glauben, daß Sie es nicht böse meinen, aber ich fühle mich im Moment scheußlich; eine sehr liebe Freundin von mir ist vorige Woche gestorben, und eben lese ich in dieser *Times*, daß jemand ertrunken ist, den ich sehr gut kannte. Mir ist wirklich nicht nach Reden zumute, falls Sie nichts dagegen haben.«

»Ach wissen Sie«, sagte der hartnäckige Mensch, »Ertrinken ist nicht der schlechteste Tod. Wenn ich die Wahl hätte, würde ich ihn wahrscheinlich wählen.«

»Mein Freund wollte nicht sterben«, fauchte ich ihn wütend an. »Er hat sich diesen Tod nicht ausgesucht.« Dann dachte ich: Was weiß ich denn wirklich darüber? Außerdem ist das eine sehr seltsame Unterhaltung mit einem mir völlig Fremden.

Ich betrachtete ihn noch einmal sehr gründlich. Hinterher sah ich mich gezwungen zuzugeben, daß ich sein Äußeres nicht unsympathisch fand: ein schmales, kluges Gesicht, voller Charme, hohe, gutgeformte Stirn, humorvoller Mund, gute Zähne, betörende (was für ein Ausdruck, aber sehr zutreffend) haselnußbraune Augen und weiches dunkles Haar.

Und diese Brauen! Ach, armer Dan.

»Hören Sie«, sagte er überredend, »ich versuche nicht, mit Ihnen anzubändeln, meine Absichten sind streng ehrenhaft und absolut untadelig. Ich bin kein Wolf. Ich bin verheiratet, ich habe eine Ehefrau, und sie ist auch Schriftstellerin, wie Sie. Aber, um ehrlich zu sein, ich selbst bin ziemlich verzweifelt, brauche auf dieser Reise unbedingt jemanden, mit dem ich sprechen kann. Und ich dachte, Sie sähen – nun ja, mitfühlend und offen aus. Sobald wir in London sind, brauchen wir uns nie wieder zu sehen, müssen nie wieder miteinander sprechen, wenn Sie wollen. Ich werde Ihnen nicht einmal meinen Namen sagen. Ich bin ein ziemlich neurotischer Mensch, das weiß ich. Ich möchte Sie nicht belasten, möchte Ihnen nicht meine Sorgen aufladen. Aber ich schaffe es einfach nicht, eine so lange Reise ohne Gedankenaustausch mit einem sympathischen Menschen zu überstehen.«

All das war für Dan natürlich sehr charakteristisch, der ständig in einem wolkenähnlichen Zustand der Verzückung lebte, sich selbst im romantischen Licht des dunklen Fremdlings sah, und ich in meiner Niedergeschlagenheit fiel darauf herein. Er war viel älter als ich, Ende Zwanzig, schätzte ich (tatsächlich war er achtundzwanzig), interessant, schlagfertig, sensibel, doch vor allem war mir klar, daß es ihm auch schlechtging, daß er ein ernstes Problem hatte und genauso litt wie ich. Also hörte ich mir seine Geschichte an. Wenn ich mich mit seinen Problemen befaßte, half mir das vielleicht über meine eigene lähmende Verzweiflung hinweg.

Armer Dan, natürlich litt er, daran bestand kein Zweifel, aber er wollte auch eine kritische Zuhörerschaft. Ihm genügte es nicht, sein Klagelied vor einem x-beliebigen Ohr anzustimmen, er wollte ein besonderes, und das meine, das Ohr einer Frau, die dieses leicht anrüchige Buch geschrieben hatte und deren Bild in den farbigen Sonntagsbeilagen erschienen war, schien ihm das beste, das er im Zehn-Uhr-dreißiger von Penzance nach Paddington auftreiben konnte. »Heirate nie des Geldes wegen, aber geh dahin, wo Geld ist« wäre ein Sprichwort, das Dan wie ein Handschuh paßte, wenn man statt Geld Berühmtheit einsetzte.

Er war gern in der Nähe prominenter Leute, besonders der Kunst- und Literaturszene; er liebte es, mit Namen um sich zu werfen, die etwas mit Kultur zu tun hatten. Selbst bisher noch unveröffentlicht, strebte er zielsicher auf jene zu, die schon gedruckt worden waren, und pflegte ihre Bekanntschaft mit derselben Hingabe, die er Oasenblumen in der Wüste hätte angedeihen lassen. Ich muß in diesem trostlosen Zug ein einziger Glücksfall für ihn gewesen sein.

Sobald er sicher sein konnte, daß ich ihm zuhören würde, verlangte er kaum Antworten von mir, sondern breitete seine Seele vor mir aus. Zwischen Taunton und der Endstation bekam ich seine ganze Lebensgeschichte zu hören. Sein verstorbener Vater, Alkoholiker; seine Mutter, eifersüchtig und zu besitzergreifend; sein dreijähriger Dienst bei der Marine. »Wir sind seit Generationen eine seefahrende Familie«, erklärte er mir. »Einige meiner Vorfahren waren Admiräle, daher hat man vorausgesetzt, daß ich als Seeoffiziersanwärter zur Marine gehe.« Die Schrecken des Matrosenlebens, verrückter, sadistischer, strenger reglementiert, puritanischer und engstirniger als Kafkas irrster Traum; die widerwärtigen Verschrobenheiten der Kapitäne, die sich, einsamer als sonst jemand auf der Welt, in ihre Kabinen zurückziehen, abgesondert in ihren Kabinen leben müssen, Einsiedler des Establishments, Monat für Monat. Einer hatte ihn verführt; ein anderer ihn scheußlichen geistigen Quälereien unterzogen; ein dritter hatte sich hoffnungslos in ihn verliebt, war dann übergeschnappt, hatte Eier nach dem Zahlmeister geworfen und obszöne Variationen geistlicher Lieder gesungen.

Mich begannen seine Geschichten aufrichtig zu interessieren (die vom häufigen Gebrauch schon eine glänzende Patina hatten); verglichen mit solchen Abenteuern schienen meine eigenen sehr alltäglich.

»Warum schreiben Sie das nicht nieder?« fragte ich. »Es wäre ein großartiger Roman.«

Doch unglücklicherweise hatte er genau das getan. Conrad, Melville, Masefield waren seine Vorbilder gewesen. Nur, aus irgendeinem Grund wollte kein Verleger sein

Buch drucken. Er hatte es bei zwanzig Verlagen versucht. Eine mögliche Verleumdungs- oder Beleidigungsklage habe sie vermutlich abgeschreckt, sagte er.

Später entdeckte ich, daß nicht das der Grund war. Der arme Dan war nicht fähig, einen einfachen, klaren Satz niederzuschreiben, wenn er ein eigenes Erlebnis schilderte. Sein Buch war schwülstiges Zeug. Merkwürdig, denn wenn er beruflich etwas zu schreiben hatte, war sein Stil unverschnörkelt und klar, und erzählen konnte er sehr fesselnd.

Mit Verletzungen, die sein Leben lang immer wieder aufbrechen würden, hatte er sich aus der Marine in den Journalismus geflüchtet. Er hatte noch immer die Absicht, Schriftsteller zu werden, und begonnen für kleine, elitäre Magazine zu schreiben – Zeitschriften von der Art, die eine Story zwar abdrucken, aber nicht dafür bezahlen. Dann hatte er in einem günstigen Moment den Absprung vom Kreativtexter (bei einer Werbeagentur) in Autoren-Workshops geschafft, besuchte Seminare und Wochenendkurse über Selbstfindung, Subjektivismus, Sexualpolitik und existentielle Methodik. Man hatte ihn aufgefordert, ein Buch über die Technik kreativen Schreibens zu verfassen, und er sollte Großbritannien bei einer internationalen Autorenkonferenz auf den Seychellen vertreten. Der Arts Council subventionierte seine Untersuchungen über verwaiste Schriftsteller.

All das beeindruckte mich sehr. Es schien mir eine viel intellektuellere Annäherung an die Literatur zu sein als meine schlichten Vorstellungen vom Bücherschreiben.

»Was ist mit Ihrer Frau?« fragte ich. »Haben Sie nicht gesagt, sie sei auch Schriftstellerin?«

»O Gott, ja.«

Sie, erfuhr ich, war der Grund für seine nervöse Spannung und Verzweiflung. Allem Anschein nach hatte sie vor kurzem versucht, sich das Leben zu nehmen. Er war gezwungen gewesen, einen Kurs für kreatives Schreiben an der Universität von Exeter abzusagen, wo er Vorlesungen über die Heldenmythen gehalten hatte, um so schnell wie möglich an ihr Krankenbett im St. Mary Abbotts Hospital zu gelangen.

»Selbstmord?« Ich war entsetzt. »Aber warum?«

Sogar in meinem tiefen Jammer fiel es mir schwer, mir eine Verzweiflung vorzustellen, die mich zu dem Wunsch bewegen könnte, alles zu beenden. Nicht mehr neugierig genug sein, nicht mehr erfahren wollen, was hinter der nächsten Ecke lag; nicht mehr fühlen, daß das Leben, und mochte es jetzt auch noch so schrecklich sein, Besseres für mich bereithielt...

Er fing an, mir von seiner Frau Ingrid zu erzählen. Aristokratische Vorfahren, Dänin, Mutter gestorben, Vater wieder verheiratet; Streitereien in der Familie, lieblose Stiefmutter, feindselige Stiefschwester, Vater inzwischen auch verstorben. Sie hatte, wenn ich es richtig verstand, Dan geheiratet, um nach England zu kommen und ihren unglücklichen Familienverhältnissen zu entrinnen.

»Wie, sagten Sie, ist ihr Name? Was schreibt sie?«

»Sie ist Dichterin. Sie heißt Ingrid Christ.«

Der Name kam mir irgendwie bekannt vor. Ich glaubte, ein schmales Bändchen gesehen zu haben. Vielleicht sogar zwei mit dem Impressum eines ziemlich renommierten Verlagshauses.

»Aber warum hat sie versucht, sich umzubringen?« fragte ich Dan. »Warum wollte sie sich aus dieser Welt davonstehlen?«

Ich fühlte mich von ihrer Tat persönlich betroffen, als hätte ich eine Party gegeben, und ein Gast hätte sich geringschätzig umgesehen und wäre gegangen, ehe die ersten Getränke und die ersten Appetithäppchen gereicht worden waren.

Dans Gesicht bekam einen wachsamen Ausdruck. »So war sie immer«, sagte er. »Sie ist Dichterin – Sie wissen, was das bedeutet. Sie schwitzt buchstäblich Blut bei ihren Dichtungen. Jedesmal wenn sie ein Gedicht schreibt, ist es, als zerre sie ein Stück ihres Innern ans Licht und biete es der Menschheit dar. Alle Dichter sind so«, fügte er säuerlich hinzu.

»Ich bin noch nie einem begegnet.« Doch wenn ich an die dachte, an deren Leben ich mich erinnerte, hatte er vermutlich recht. Dichter sind ein verrückter Haufen, immer treibt sie etwas um – sie sterben jung, bringen sich mit Drogen um, mit Alkohol, mit Pistolen. Aber warum? Sie sind doch ganz besonders privilegiert.

»So funktioniert es nicht«, sagte Dan. »Sie glaubt, daß die Welt ihr für das, was sie produziert, alles schuldet. Und nichts, was irgend jemand für sie tut oder tun kann, wird je genug für sie sein.«

Das klang bedrückt und gekränkt. Doch als Ehemann einer Dichterin war man wohl nicht auf Rosen gebettet, nahm ich an. Sappho war unverheiratet, Browning und Wilfred Meynell waren selbst Dichter und wußten Bescheid. Sehr wahrscheinlich fühlte der arme Dan sich von den Mysterien des Orpheus ausgeschlossen. Oder er erwartete, daß sie ihre Gedichte über ihn schrieb und fühlte sich vor den Kopf gestoßen, als sie es nicht tat. Oder er fühlte sich in ihrem Werk verkannt.

»Als wir heirateten, war alles anders«, jammerte er. »Damals hat sie mir vertraut. Ich dachte, ich könnte sie mit dem Leben versöhnen – sie glücklich machen.«

Ich weiß natürlich, daß es ein fataler Fehler ist, jemanden in dem Glauben zu heiraten, man könnte sein Leben ändern.

»Wovon handeln ihre Gedichte?« fragte ich.

»Hauptsächlich vom Tod.«

»Wie sind sie? Können Sie eins aufsagen?«

»Aufsagen?« Das klang so fassungslos, so empört, als hätte ich ihn gebeten, mich einen Blick auf seine Fußnägel werfen zu lassen. Engländer rezitieren in Eisenbahnzügen keine Gedichte.

»Können Sie sich denn an kein einziges erinnern? An keine einzige Zeile?«

»Nein, nicht aus dem Stegreif«, antwortete er kurz und fuhr fort, mir zu schildern, wie entsetzlich schwierig sich die Beziehung zwischen Ingrid und seiner Mutter gestaltete, nachdem er der Marine Lebewohl gesagt hatte. Er hatte Ingrid offenbar in Kopenhagen anläßlich einer von der Marine veranstalteten Festlichkeit kennengelernt, war von ihrer aristokratischen Haltung bezaubert gewesen und hatte sie geheiratet, sobald er den Dienst am Vaterland hinter sich gebracht hatte. Wieder in England, hatte er seine Mutter überredet, ihr kleines Haus in einer ebenso kleinen Stadt in Sussex, in dem er geboren und aufgewachsen war, zu verkaufen und sich in der Nähe von London ein anderes zu kaufen, damit das junge Paar bei ihr wohnen, Dan seiner Arbeit bei einer PR-Agentur in der Fleet Street nachgehen und Ingrid Londoner Verleger kennenlernen konnte, die Gedichtbände herausgaben.

Doch natürlich erwies sich dieses Arrangement als katastrophal. Die aristokratische Ingrid und die der Mittelschicht entstammende Mrs. Suter hatten überhaupt nichts gemein. Es hatte heftige Streitigkeiten und eine sehr schnelle Trennung beider Parteien gegeben. Dans Mutter war besonders verbittert, weil ihr das Haus in der Stadt genommen war, in der sie ihr Leben lang gewohnt, wo sie Bekannte, wenn auch keine Freunde, hatte. Denn was hatte sie dafür eingetauscht? Alleinsein und Anonymität in einer riesigen, nichtssagenden Londoner Vorstadt.

»Sind Sie sicher, daß Sie sich an keins von Ingrids Gedichten erinnern können?« warf ich ein, denn allmählich langweilte mich die gräßliche alte Mrs. Suter; ich wollte wieder über Ingrid sprechen, wollte wissen, wie sie sich das Leben nehmen wollte und warum der Versuch mißlungen war. War es vielleicht eine der nicht ernst gemeinten Demonstrationen gewesen, die Psychiater als Hilferufe interpretieren? War jemand da, der Ingrid half? »Wenn Ihnen eins einfällt, dann sagen Sie's, auch wenn es nur eine Strophe, eine Zeile ist.«

»Alle finden ihre Gedichte erstklassig«, erklärte Dan mir voller Stolz, als sei Ingrid ein Restaurant und er ein *Führer durch die Gastronomie,* der ihr die besagten Kochmützen verlieh. »Sie hatte großartige Kritiken von Leavis, Prendergast, Empson, Lauterpacht. Ihre Gedichte sind in der *Paris Review* und der *London Review* und im *Atlantic Monthly* erschienen...«

»Und Sie wissen keine einzige Zeile?«

»Nein, ich weiß keine«, sagte er kategorisch.

»Wie sieht sie aus?«

»Sie ist sehr, sehr schön. Groß. Blond.«

Das ganze Gegenteil von mir, dachte ich. In jeder Einzelheit.

»Eine klassische Schönheit«, fuhr Dan fort, der sich für das Thema erwärmte. »Wie eine nordische Göttin. Wie die Garbo. Wie Liv Ullmann.«

Wie beide? Aber jedenfalls so, wie ich sie mir vorstellte. Für mich hatte der Name Ingrid einen schönen Klang – er ließ mich an eine Granitskulptur denken. An stilles Wasser in einem steinernen Teich. Sie hatte alles – die Dichtkunst, die Schönheit, einen Mann, der sie liebte, die Anerkennung der Kritik – warum in aller Welt wollte sie sterben?

»Haben Sie Kinder?«

Sein Gesicht verschloß sich abweisend.

»Ingrid will kein Kind.«

Ich sagte hastig, weil das vermintes Gelände zu sein schien: »Wie alt ist sie?«

Anstatt zu antworten, begann Dan plötzlich zu rezitieren:

»Mein Leichnam, wenn ich schlafe, trotzig,
muß stur die arme Luft einziehn.
Sein Atem wärmt den Sarg. Mein Leben
gäb ich drum, könnt ich ihm entfliehn.

Von dunkler Trance verstoßen fühl ich
mich Tag um Tag, bin ich erwacht;
in mir stehn Adam auf und Eva,
gürten das Schwert, ziehn in die Schlacht –«

»Sehen Sie! Sie haben sich erinnert!« Tief beeindruckt von seinem Vortrag, auf den ich nicht mehr zu hoffen gewagt hatte, wie auch von den Verszeilen selbst, dachte ich eine Weile wortlos darüber nach. Sie waren ganz anders, als ich nach Dans verschiedenen Andeutungen erwartet hatte. Ich hätte gedacht, daß Ingrid eine obskurere, gnomischere* Richtung vertrat; kryptischer, mystischer in der Form, nicht so gradlinig in der Aussage.

»Sind sie alle so?«

»Nein«, sagte er vage, als suche er auf einem ausländischen Markt nach einem Gegenstand, den zu finden er wenig Hoffnung hatte. »Aber sie sind alle sehr – stark.«

Ich bekam plötzlich einen sehr deutlichen Eindruck von Ingrid; als habe sie selbst durch ihn zu mir gesprochen. Ich fühlte sie – kraftvoll, in einem Käfig eingesperrt, mit dem Bewußtsein, daß ihre Kräfte irgendwie falsch eingesetzt wurden, aber nicht imstande, sie in eine andere Richtung zu lenken. Doch gewiß konnte eine so vor Leben strotzende Person einen anderen Ausweg finden als den der Selbstzerstörung.

Welcher Faktor in uns gibt einigen von uns den Willen, weiterzukämpfen und zu überleben, während andere sich geschlagen geben, ehe das Spiel auch nur halb zu Ende ist,

* Gnome: kurze Sprüche; in älteren literarischen Formen der Lehrdichtung

dem Finale entgegeneilen, völlig kampflos aufgeben? Fühlen solche Menschen sich ganz natürlich voneinander angezogen?

Dan gab mir einen Apfel und aß auch einen. Während wir kauten, erzählte er mir ein bißchen was über die Orte, die er kennengelernt hatte, als er bei der Marine war. Er hatte einen scharfen Blick, eine gute Beobachtungsgabe, konnte einen Ort oder eine Person mit zwei, drei witzigen Sätzen charakterisieren. Er war, fand ich, wahrscheinlich ein hervorragender Journalist (was auch zutraf), solange es sich um eine einfache Beschreibung oder Analyse handelte. Nur wenn er versuchte, abstrakte Ideen auszudrücken, insbesondere seine eigenen, dann begann er zu schwafeln.

Wie sehr er sich anstrengt, mich zu beeindrucken, dachte ich unfreundlich und beobachtete zurückhaltend sein lebhaftes Getue, die Gesten seiner gutgeformten, muskulösen Hände, die Art, wie er die langen Beine übereinanderschlug und sich weit vorbeugte, um einen Punkt besonders nachdrücklich hervorzuheben.

Dans Drang zu beeindrucken war zwanghaft; wenn er einmal losgelegt hatte, war es ihm ziemlich unwichtig, vor welchem Publikum er sich produzierte – vorausgesetzt, er hatte eins. Mir war das schon damals durchaus bewußt, aber es amüsierte mich. Ich empfand so etwas wie freundliches Mitgefühl für ihn, weil er sich nur für mich so viel Mühe machte, obwohl ich – hätte er es nur gewußt – ohnehin schon zu seinen Gunsten eingenommen war. Zumindest jener Teil von mir armem, gebeuteltem Stückwerk, das sich noch für das Leben interessierte – und für das, was es zu bieten hatte. Ich fand Dan verträglich – komisch, charmant und rührend. Seine Fehler und Schwächen waren wie eine Landkarte vor mir ausgebreitet, ich beachtete sie nicht, verzieh sie ihm. Gleichzeitig empfand ich jedoch auch eine starke Idiosympathie – gibt es das Wort überhaupt? – für Ingrid. Ich hatte das Gefühl, sie zu kennen, und wünschte ihr von ganzem Herzen nur das Beste. Wahrscheinlich war es ein schwerer Fehler von ihr, Dan zu heiraten, dachte ich, und jetzt bereut sie es vielleicht. Ich hoffte aber, daß sie noch die Chance hatten, ihr gemeinsames Leben zu einem Erfolg zu machen. Und außerdem, um Himmels willen, mußte sie sich doch nicht umbringen, um von ihm loszukommen, oder?

»Ist sie eine gute Köchin – Ingrid, meine ich?« unterbrach ich ihn mitten im Satz. Man kann über Menschen so viel aussagen – praktisch alles –, wenn man weiß, was sie vom Essen halten.

Meine Freundin Elly ist eine ausgezeichnete, aber phantasielose Köchin, meine Freundin Chris eine grauenhafte, aber interessante; man könnte sie schon nach der Art beurteilen, wie sie ein Ei behandeln. Dan begann eine Lobrede auf den Smörgåsbord – die aus vielen verschiedenen, meist kalten Speisen bestehende schwedische Vorspeisentafel –, kam aber sehr schnell darauf zu sprechen, was für eine miserable Köchin seine Mutter war; verdrießlich, weil sie überhaupt kochen mußte, gelangweilt, knausrig, Anhängerin von Margarine, Dosenerbsen, Tomatensuppe aus der Dose und abgepacktem Brot. Dan schien sich allen Dingen nur auf Umwegen zu nähern, die um seine Mutter herumführten; sie ragte wie eine Klippe in alle Richtungen. Es ist erstaunlich, dachte ich – wirklich interessant –, daß er es geschafft hat, sich durch seine Heirat mit Ingrid vor ihr zu retten, und dann doch wieder kopfüber in die Falle gegangen war.

Aber Ingrid war, wenn es zu einer direkten Konfrontation kam, wahrscheinlich genauso wie ihre Schwiegermutter.

Als ich ein wenig später aus dem Fenster blickte, stellte ich erstaunt fest, daß wir bereits die westlichen Vorstädte von London erreicht hatten. Von Dans Vortrag gefesselt, hatte ich nicht gemerkt, wie die Zeit verging. Meine Reise war weit weniger schmerzlich gewesen, als ich berechtigterweise erwartet hatte, und dafür war ich Dan dankbar, obgleich ich wußte, daß seine Motive ausschließlich seinem eigenen Interesse gegolten hatten. Er hatte sich nicht mir zuliebe mit mir unterhalten, sondern weil er sich von seiner eigenen Verzweiflung ablenken wollte.

»Tja...« Er stand auf, nahm seine Reisetasche aus dem Gepäcknetz. »Genau wie ich es vermutet habe, es hat mir gutgetan, mit Ihnen zu reden. Schon auf den ersten Blick hab ich gewußt, daß Sie sehr aufnahmefähig sind.«

Aufnahmefähig, o ja! Wie ein Bombenkrater.

»Werden Sie abgeholt? Soll ich Ihnen ein Taxi besorgen? Sind Sie sicher? Ehrlich gesagt, müßte ich mich wirklich beeilen – ich habe versprochen, um sechs im Krankenhaus zu sein.«

»Ich hoffe – hoffe sehr, daß es ihr gutgeht.«

Fast hätte ich gesagt: ›Grüßen Sie sie von mir.‹ Ich hatte das Gefühl, Ingrid sehr gut zu kennen, als sei sie meine verwirrte Schwester, die Schwester, die ich nicht hatte.

»Oh – vielen Dank.« Höflich, aber schon unaufmerksam; er war kein Teil mehr von mir, ich bedeutete ihm nichts mehr. Dann war er nicht mehr da, bahnte sich hastig einen Weg durch die abendliche Menge.

Natürlich holte mich niemand ab, wer denn auch? Ich mußte warten, bis eine Putzfrau mit Besen und Abfalleimer erschien, die mir mit meinen Krücken, meinem Gipsverband und meinem Rucksack aus dem Zug half. Inzwischen hatte der Bahnsteig sich geleert, die eiligen Reisenden waren fort und mit ihnen die Taxis.

Drei Jahre vergingen, ehe ich Dan wiedersah.

Doch immer wieder einmal dachte ich an diese intime, einseitige Unterhaltung im Zug. Ab und zu entdeckte ich ein Gedicht von Ingrid im *New Statesman* oder in der Literaturbeilage der *Times.* Ich schnitt sie aus und hob sie auf. Sie alle schienen dieselbe dringende Botschaft auszusenden: die Bitte, aus dem Käfig entlassen, freigelassen zu werden. Ob sie gut waren? Ich verstehe nichts von Gedichten, konnte es nicht beurteilen. Sie gefielen mir, aber sie machten mir auch angst. Manchmal standen in den Zeitungen kurze Notizen über Ingrid – sie hatte an einer Protestversammlung teilgenommen, einen Preis bekommen, war bei einer Diskussion aufgetreten. In den Artikeln wurde manchmal erwähnt, daß ihr Mann Journalist war; daraus schloß ich, daß ihre Ehe mit Dan noch bestand.

Inzwischen verging die Zeit wie damals die Zugreise. Von unerträglichen Schmerzen erholt man sich nie ganz. Der Riß im Fundament bleibt, doch die Felsen schieben sich zusammen und Baumwurzeln schließen die Sprünge.

Ich absolvierte verschiedene Kurse, hatte mehrere Jobs, lernte meine Freundin Chris Ellenwater – jetzt Chris Davenport – kennen, teilte die Wohnung in der Beaufort Street mit ihr, wo wir hauptsächlich von Currykaninchen und schwarzem Johannisbeerpüree lebten, weil wir so entsetzlich arm waren. Chris hatte einen Freund, Ferdi Kundera, einen ungarischen Flötisten, der ab und zu mit einer Flasche Rotwein vorbeikam; aber auch er war sehr arm, der Wein kam aus Algerien, und seine Beziehung mit Chris war auch nicht gerade feurig. Wir waren tatsächlich alle zu abgearbeitet und unterernährt, um mehr zu tun, als unser Leben ganz einfach weiterzuschleppen. Ich hatte angefangen mich fürs Kochen zu interessieren und richtete am Abend bei Leuten Dinnerpartys aus, um mein mageres Einkommen als Meinungsforscherin aufzubessern – was bedeutete, daß ich an Wohnungstüren auf Fragebogen die Antworten der Hausfrauen frisieren mußte, die ich nach ihrer Meinung über Daisy-Molkereiprodukte befragte. Und bei dieser Tätigkeit traf ich Dan wieder.

Meine Chefin, eine freundliche Dame, die jungen Talenten gern eine Chance gab, besonders wenn sie billig zu haben waren, hatte mich gebeten, in unserem Büro ein PR-Dinner zu organisieren und vorzubereiten, das sie zu Ehren einiger holländischer Margarine-Magnaten geben wollte. Ein Büfett mit warmen und kalten Speisen. Alle müßten mit Margarine zubereitet – beziehungsweise angerichtet werden, erklärte mir meine Chefin. Darüber hinaus hätte ich innerhalb der Grenzen unseres Budgets freie Hand.

Zu meinem größten Erstaunen war Dan unter den

Gästen. Er war kein Margarine-Magnat, dessen war ich mir sicher, obwohl er sich völlig ungezwungen gab, als gehöre er dazu. Er sah noch genauso aus, wie ich ihn in Erinnerung hatte. Aus mehreren Gründen beschloß ich, ihn nicht anzusprechen. Denn wenn er sich, erstens, unter Vorspiegelung falscher Tatsachen eingeschlichen hatte, wollte nicht ich diejenige sein, die ihn entlarvte; zweitens erinnerte er sich vielleicht nicht mehr an mich; drittens hatte ich vor ein paar Monaten eine traurige Nachricht über ihn gelesen und bedauerte ihn tief; Bedauern läßt sich auf einer Party aber nur schlecht ausdrücken.

Er entdeckte mich jedoch sehr bald und kam schnurstracks auf mich zu.

»Hallo! Ich war überzeugt, daß wir uns eines Tages wiedersehen würden! Was für eine ungewöhnliche Unterhaltung das war. Wieviel wir geredet haben.«

Wieviel du geredet hast, dachte ich.

Und sagte: »Jetzt erzählen Sie mir bloß nicht, Sie seien ein Margarine-Magnat.«

»Nein, ich schreibe solche Storys für *Londoner's Diary.* Und Sie?«

»Oh, ich arbeite bei Daisy Dairy. Tatsächlich bin ich für das Büfett verantwortlich.«

»Das Essen ist ausgezeichnet.« Das klang überrascht. »Sagen Sie bloß nicht, daß alles mit Margarine zubereitet ist.«

»Nein, ist es nicht. Aber drucken Sie das ja nicht in *Londoner's Diary.* Ich habe dafür am Wein gespart. Dachte, das würden sie bestimmt nicht merken.«

Sie hatten es nicht gemerkt.

»Schreiben Sie noch?« fragte er lebhaft. »Hören Sie, wir sollten uns mal treffen. Wie wär's mit morgen abend? Sind Sie frei?«

Von da an entwickelte sich unsere Bekanntschaft ziemlich schnell. Dan sagte oft: »Ich hatte das Gefühl, als seien wir wieder zusammengeführt worden.« Wir entdeckten sehr bald alle möglichen seltsamen Übereinstimmungen; wir waren am selben Tag geboren; unsere Telefonnummern hatten dieselben Ziffern, nur in umgekehrter Reihenfolge, wir hatten nachts die gleichen Träume oder sagten gleichzeitig dasselbe, wir hatten dieselben Bücher gelesen, dieselben Filme gesehen. Für eine kurze Zeitspanne waren unsere Seelen ineinander verstrickt, als hätte ein zufälliger Wind aus dem All uns miteinander vernetzt.

Natürlich sprach er endlos lange über Ingrid, die sich vor drei Monaten das Leben genommen hatte.

Ich hatte es in der Zeitung gelesen.

Drei Wochen vor ihrem Tod hatte sie ein Kind zur Welt gebracht. Sie hatte ein Kind bekommen. Geplant, mit ihrem Einverständnis, die Geburt problemlos – einen Sohn, den kleinen Finn, ein schönes Kind. Dan war entzückt, Mrs. Suter stolz, alle glücklich. Eine Woche nach ihrer Rückkehr aus dem Krankenhaus, Mutter und Kind wohlauf, hatte Ingrid ihren Wagen genommen, einen Porsche – sie hatte ihn von dem Geld erworben, das ihr ein Literaturpreis eingebracht hatte –, war nach Kent gefahren und hatte sich bei Dover mit dem Wagen von den weißen Klippen gestürzt. Auf dem Weg, auf dem sie nach England gekommen war, verließ sie es für immer.

Das Baby war an diesem Tag bei Dans Mutter gewesen; Ingrid hatte gesagt, sie wolle sich eine Vorlesung über Silbenmessungslehre anhören. Hatte Dan einen getippten Brief hinterlassen, in dem sie erklärte, sie habe genug vom Leben. Es gefalle ihr nicht, und es reiche ihr.

»Ich habe immer gewußt, daß sie es früher oder später schaffen würde«, sagte Dan. »Immer. Es war, als lebte man neben einem Vulkan.«

»Aber was war passiert? War sie ausgeschrieben? Stimmte etwas mit dem Baby nicht?«

»Nun, Creevey und Creevey, die Verleger, die ihre Bücher herausbrachten, hatten ihre letzten Gedichte abgelehnt. Sie schrieben nur, Gedichte hätten zur Zeit keine Chancen. Ingrid hat nicht versucht, sie einem anderen Verlag anzubieten. Das Baby. Nun... Sie hat es wirklich gut versorgt, aber sie sagte, sie liebe den Kleinen nicht. Könne ihn nicht lieben. Fand, sie habe keine mütterlichen Gefühle. Milch und Windeln ekelten sie an. Es wäre besser, sagte sie, wenn Finn einen Pelz hätte. Ingrid liebte Katzen.«

»Und wo ist das Baby jetzt?«

»Bei meiner Mutter natürlich.« Das klang überrascht. »Sie betet es an. Es hat ihr Leben völlig umgekrempelt.«

Dan und ich begannen regelmäßig miteinander auszugehen. Tatsächlich konnten wir einander nicht oft genug sehen. Jeder füllte eine Leere im Leben des anderen aus. Wir liebten dieselben Shows, Speisen, Zeitschriften, Landschaften und gingen gern dort spazieren. Durch mich lernte Dan die Welt der klassischen Musik kennen; wie vom Blitz getroffen, entdeckte er, was er bisher versäumt hatte. Das Erste Brandenburgische Konzert warf ihn fast um; danach konnte er von Bach nicht genug bekommen. Er kam in unsere Wohnung in der Beaufort Street, lernte Chris und durch sie Ferdi Kundera kennen; zu viert gingen wir zu Promenadenkonzerten oder hinaus nach Putney Heath; blieben zu Hause, kochten Spaghetti und hörten Platten. In diesem Juli besuchten wir zwei glückliche Wochen lang die Sommermusikschule in Dartington; Ferdi spielte dort und besorgte uns Eintrittskarten.

Dan wollte, daß ich seine Mutter und das Baby kennenlernte, das jetzt fast vier Monate alt war, und nahm mich in das trostlose kleine Haus in Dodman's End mit.

Mrs. Suter empfing mich natürlich mit größter Abneigung und tiefem Mißtrauen. Eine Ingrid hatte ihr genügt. Ein Trost für sie – ich war wenigstens Engländerin, aber was für ein Name war Clytie?

Sie war eine magere, verbrauchte Frau mit Strickjacke, bräunlich-grauen, glatten, dünnen Haaren, die sie zu einem Knoten zusammengesteckt trug, und einem Gesicht, blaß wie eine Melonenscheibe. Sie hatte helle, wachsame und mißtrauische Augen und schien in jeder Beziehung ganz anders als Dan. Ich dachte viel darüber nach, wie ihr Mann, der Alkoholiker, wohl gewesen sein mochte. Konnte Dan seinen Optimismus und seine Lebhaftigkeit von ihm geerbt haben? Zu sagen, daß Mrs. Suter sich über ihren verstorbenen Ehemann in Schweigen hüllte, wäre die Untertreibung des Jahres gewesen. Nur hin und wieder kamen ihr Dan gegenüber ganz beiläufig die Worte ›dein Dad‹ über die Lippen; der Ton war immer abfällig, trocken, bitter, wegwerfend.

Manchmal wunderte ich mich ein wenig darüber, wie leicht Dan die schreckliche Erfahrung mit Ingrid überwunden, wie schnell er wieder in der Normalität Fuß gefaßt hatte. Ihr Tod war erst fünf Monate her. Meine eigenen Traumata lagen drei Jahre zurück, aber ich hatte noch immer Alpträume, suchte noch immer hoffnungslos in der Menge nach Gesichtern, die ich nie wiedersehen würde. Noch immer wachte ich morgens oft mit bleischwerem Herzen und einem Hals auf, der rauh war von Tränen, zerfloß noch immer hilflos, wenn ich eine bestimmte Musik hörte. Dan half mir zu genesen, aber ich wußte, es war noch ein langer Weg bis zur endgültigen Heilung. Ich machte mir da nichts vor.

Doch er hatte drei Jahre lang mit der Bedrohung gelebt, ehe es zur Katastrophe kam; für ihn hatte es auf gewisse Weise schon vor langer Zeit angefangen.

Mrs. Suter mochte es nicht, wenn ich nach Dodman's End kam. Ich merkte es, doch sie konnte nicht widerstehen, mit dem kleinen Finn anzugeben, und wenn ich der Preis war, den sie für Dans Besuche zu bezahlen hatte, so akzeptierte sie es. Dan war auf sein Kind auch stolz, aber seine Mutter zu besuchen langweilte ihn entsetzlich, und einmal im Monat war seiner Meinung nach genug.

Der kleine Finn war wirklich ein bezauberndes Kind. Sanft, friedlich, braunäugig, mit einem seidigblonden Köpfchen lag er da und betrachtete nachdenklich seine Zehen oder uns. Ein himmlisches Baby, von Licht umflutet, wie von Correggio gemalt. Er weine nie, trinke sein Fläschchen wie ein Engel, teilte Mrs. Suter uns voller Stolz mit. Mit keinem Wort erwähnte sie die Tragödie oder den schmerzlichen Verlust, den Finn erlitten hatte.

Wie Ingrid fühlte ich keine mütterlichen Instinkte in mir, begann mich nicht instinktiv nach Wiegen und Windeln zu sehnen. Es war jedoch unmöglich, den kleinen Finn zu sehen und von seinem strahlenden Wesen nicht hingerissen zu sein. Es schien mir über alle Maßen traurig, daß er seine Kindheit in der Obhut der mürrischen Mrs. Suter verbringen und in dem kalten, häßlichen, kleinen Haus in Dodman's End von Margarine, Dosenerbsen und abgepacktem Brot leben sollte.

Er sollte bei Dan sein, dachte ich. Dan wäre ein munterer und liebevoller Vater. Anders als der meine, der an erster Stelle Archäologe gewesen war; seine Vaterrolle hatte in seinem Leben ungefähr den allerletzten, den untersten Platz eingenommen. Außerdem war er bei einer Ausgrabung an Ruhr erkrankt und gestorben, bevor ich alt genug war, um eine Beziehung zu ihm aufbauen zu können.

»Wie kannst du den kleinen Finn nur so ganz deiner Mutter überlassen?« fragte ich Dan.

»Oh, warum denn nicht?« Er nahm es völlig unbeschwert. »Das Kind ist zu klein, um etwas dagegen zu haben, und es tut Mutter verteufelt gut. Sie hat etwas, das sie umsorgen kann, an das sie denken muß. Ich könnte mich nicht um ein Baby kümmern, oder?«

Dan hatte eine Wohnung, eine Art Loft am Covent Garden, nur einen Steinwurf von der Fleet Street entfernt. Bald verbrachte ich viele Nächte dort und half, sie ein bißchen wohnlich zu machen, denn bei meinem ersten Besuch hatte sie, außer seiner Kleidung, nur ein Feldbett und eine Truhe enthalten. In einer Art Raserei hatte er nach Ingrids Tod das Zimmer aufgegeben, das sie in Earls Court bewohnt hatten, und alle Möbel verkauft oder verschenkt.

Nach und nach kam heraus, daß er, als wir uns wiedersahen, geplant hatte, auf einem Boot auf der Themse zu wohnen, das in Hammersmith oder im Pool von London – dem Teil der Themse unterhalb der London Bridge – vor Anker lag. Segeln war seine und Ingrids größte Leidenschaft gewesen; sie hatten sich in einem Kopenhagener Jachtklub kennengelernt, und wenn sie gemeinsame Segeltörns unternehmen, Falleinen einholen, Spieren spleißen konnten – oder was man eben so tat –, war zwischen ihnen alles in Ordnung. Ingrid hatte sich selbst als goldenen Segeljungen, als Wikingermädchen gesehen, und solange Dan diese Vorstellung teilte, ging alles gut. Alltag und Häuslichkeit beschworen die Schwierigkeiten zwischen ihnen herauf.

Da er den Plan, auf einem Boot zu leben, noch nicht aufgegeben hatte, hatte er vor kurzem eins gekauft. Deshalb besaß er, wie mir allmählich klar wurde, praktisch kein Geld, obwohl er in der Fleet Street gut verdiente. Das Boot, die ›Walküre‹, saugte das Geld auf wie Löschpapier. Irgendwie war sein Ziel aus den Fugen geraten, und statt eines Hausboots hatte er eine hochseetüchtige Sloop in sehr schlechtem Zustand erworben. Das war charakteristisch für Dan, der sich mit Fachkenntnissen schmückte, hinter denen sich eine merkwürdige Ziellosigkeit und Zerfahrenheit verbarg. Er konnte ohne weiteres aufbrechen, um ein Pferd zu kaufen, und kam mit zwölf Dutzend Brillenfutteralen aus Chagrinleder zurück; und immer konnte er mit ausgezeichneten Gründen aufwarten, warum die Chagrinfutterale ein viel besserer Kauf waren.

Er hatte also das Boot, die ›Walküre‹, und wir sollten mit ihr auf Hochzeitsreise gehen, denn ohne daß viel darüber geredet worden war, stand es irgendwie fest, daß Dan und ich heiraten würden.

Alle hielten es für eine ausgezeichnete Sache. Chris freute sich, weil Ferdi dann zu ihr in die Beaufort Street ziehen konnte; meine Tante Thisbe, die Dan zu einem formellen Abendessen in ihr riesiges, stockfinsteres Appartement in den Ordnance Mansions, Powdermakers Way, Victoria Street, eingeladen hatte, schien sehr von ihm eingenommen. Er war politisch auf der Höhe, ein lebhafter Unterhalter und zahlte ihr mit gleicher Münze zurück. Thisbe schrieb meiner Mutter, zur Abwechslung hätte ich endlich einmal etwas Vernünftiges getan, und Vanessa kabelte von der Osterinsel ihr Einverständnis und Glückwünsche. Meine Freundin Elly schrieb aus New York, es sei höchste Zeit für mich, seßhaft zu werden; zweiundzwanzig sei ein gutes Alter, um eine Ehe einzugehen. Sie hatte sich mit zwanzig hineingestürzt und es nie bereut.

Die einzige Person, die sich unseren Heiratsplänen widersetzte, war – überflüssig, es zu betonen – Dans Mutter, denn ich beabsichtigte, meinen Job bei Daisy Dairy aufzugeben und freiberuflich zu arbeiten. Dadurch würde ich auch den kleinen Finn betreuen können, den wir zu uns nehmen wollten, sobald wir von unserem Segeltörn zurückkamen. Wo wir wohnen wollten? Das stand noch nicht fest. Dan fand, wir müßten ein Haus haben. Woher das Geld nehmen? Egal. Inzwischen konnten wir in dem Loft am Covent Garden kampieren.

Ehrlich gesagt, freute ich mich nicht auf den Segeltörn. Ich konnte das eine Ende eines Bootes kaum vom anderen unterscheiden und wollte es auch dabei belassen. Ich versuchte, meine mangelnde Begeisterung nicht allzu offenkundig werden zu lassen. Dans romantisches Herz war darauf erpicht, von Gravesend, wo das Boot lag, um die Küste von Kent herum und dann flußabwärts nach Affton Wells zu segeln, wo er aufgewachsen war.

»Ich will dir das Haus zeigen, in dem ich geboren wurde«, sagte er mit einem sehnsüchtigen Ausdruck in den Augen. »Aber sag Mutter ja nicht, wohin wir wollen, sie würde es mir nie verzeihen. Sie ist noch immer sauer auf mich, weil ich sie überredet habe, das Haus zu verkaufen und nach Dodman's End zu ziehen.«

Ich konnte es ihr kaum verübeln. Welcher Mensch, der richtig im Kopf war, würde in diesem häßlichen, nichtssagenden Ort leben wollen? »Warum in aller Welt zieht sie nicht wieder nach Affton Wells, da du doch ohnehin nicht mehr bei ihr wohnst?«

»Oh, das könnte sie sich nicht leisten«, sagte er unbekümmert. »Die Immobilienpreise sind enorm gestiegen, seit wir weggezogen sind.«

Und Dan, vermutete ich, hatte einen Großteil des Geldes ausgegeben, das der Verkauf des Hauses in Affton eingebracht hatte; Geld rann ihm wie Sand durch die Finger.

Dann entschied er plötzlich, daß es zu lange dauern würde, so weit zu segeln – an der Küste von Kent und einem Teil der Küste von Sussex entlang und den Fluß Aff hinauf, der voller Untiefen war. Statt dessen wollten wir auf unserer Hochzeitsreise eine Woche in der Themsemündung kreuzen.

Ich war erleichtert. Dieser Plan, dachte ich, paßt mir viel besser.

»Wir fahren vorher nach Affton, mit dem Zug, für einen Tag«, sagte Dan. »Das können wir Mutter auch eher verheimlichen.«

Wir sollten am Montag, dem siebten Oktober heiraten. Daher fuhren wir am Sonntag dem sechsten nach Affton.

Es war ein glücklicher Tag; goldenes Oktoberwetter. Die Blätter der Kastanien färbten sich gelb; in den steilen Gärten blühten noch Dahlien und späte Tausendschönchen. Die Stadt Affton Wells schimmerte wie eine Haube aus Zucker auf dem Hügel über dem Bahnhof, mit dem Schloß als Krönung. Weit, weit weg auf den grünen Marschen grasten Schafe, so klein wie Baumwollkapseln.

Ich war überschwenglich glücklich. Mein erstes Kochbuch, *Alles, was man mit einem Apfel tun kann,* war eben erschienen und hatte genau an diesem Tag eine zwar kurze, aber sehr gute Kritik in *The Observer* bekommen. Ich war allmählich überzeugt, daß ich den kleinen Finn betreuen und zugleich als freiberufliche Köchin genug verdienen konnte, um Dans Extravaganzen mitzufinanzieren.

Und Affton war eine so hübsche Stadt. Ein phantastisches Ziel für einen Tagesausflug. Ich war noch nie dagewesen, hatte kaum von seiner Existenz gewußt. Es ist sehr erfreulich, wenn man eine Wissenslücke auf so angenehme Art füllen kann.

Dan schleppte mich durch die ganze Stadt, zeigte mir

das Haus, in dem im 17. Jahrhundert der geheimnisvolle Dichter James Herriard gewohnt hatte, das Schlachthaus, das Pub, in dem Charles II. zu Mittag gegessen hatte, den Abhang unterhalb des Bergfrieds, den Dan mit seinen Freunden heruntergeschlittert war, den Süßwarenladen, wo er sein erstes Päckchen Woodbine-Zigaretten geklaut hatte, während ein Freund den Ladenbesitzer abgelenkt hatte, den Kai am Fluß, wo auch heute noch ab und zu holländische Boote festmachten, die Upper Severals, geflieste Kolonnaden, wo man ein besonders widerlich schmeckendes Mineralwasser kaufen konnte, das an Ort und Stelle aus Pappbechern getrunken wurde, den Buchladen aus dem 15. Jahrhundert und den Blumenmarkt.

Er war in einer mitreißenden Stimmung; glücklich wie ein Schuljunge, schien er alle Sorgen abgeworfen zu haben. Welche Gedanken mochten ihm durch den Kopf gehen? Bis zu meinem Todestag werde ich mir diese Frage stellen. Wie anders würde unser Leben verlaufen, wenn wir einander denken hören könnten. Privatsphäre, hat jemand gesagt, sei der elementarste Bestandteil der Zivilisation. Sie ist auch der elementarste Bestandteil von Verheimlichung, Niedertracht, Betrug, Gewalt.

Wir aßen Roastbeef und Yorkshire Pudding im gemütlichen, ein wenig muffigen Monmouth mit den weißen Säulen.

»Und jetzt sehen wir uns Watch Cottage an«, sagte Dan.

Er war richtig aufgeregt. Seine Hand zitterte in der meinen, als wir die gewundene, kopfsteingepflasterte Bastion Street hinaufstiegen und zum noch steileren Watch Hill abbogen. Niemand war unterwegs, keine Menschenseele zu sehen. Sonntagnachmittagsträgheit und -ruhe hing in der Luft. Das kleine weiße, holzverschalte Haus thronte gelassen am Ende der kurzen, schmalen Sackgasse; von Wistarien überwuchert, schien es so friedlich wie eine brütende Leghornhenne.

»Ich wünschte, du könntest einen Blick hineinwerfen«, sagte Dan, durch ein Fenster spähend, wehmütig. »Die Räume sind mit weißen gespundeten Brettern getäfelt. Und hinten ist ein Bogenfenster über der Treppe. Sehr hübsch. Die Küche blickt auf einen kleinen gepflasterten Hof.«

Er rüttelte an der Haustür.

»Dan! Was tust du da?«

Aber die Tür war abgesperrt. Er klingelte sogar, er klopfte, doch niemand öffnete, und seine Miene verschloß und verdüsterte sich.

»Tja«, sagte er. »Eines Tages kaufen wir es zurück. Wenn dein Name so bekannt ist wie der von Isabella Beeton und ich Leitartikel für die *Times* schreibe, werden wir so reich sein, daß wir's uns leisten können, hier zu wohnen und jeden Tag nach London zu fahren. Es gibt eine ausgezeichnete Zugverbindung.«

»Warum in aller Welt hast du dann nicht …«

Aber es hatte keinen Sinn, dem ›Was-wäre-gewesen-wenn‹ nachzuhängen. Das hatte ich gelernt.

Von diesem Moment an ging es mit dem Tag bergab. Der Himmel hatte sich grau überzogen, und die Luft wurde scharf. Affton Wells verlor seinen Charme und wurde ein langweiliges, kaltes englisches Landstädtchen, das sich in sonntägliche Sauberkeit und Langeweile hüllte. Wir liefen zum Bahnhof zurück, als sei uns der Teufel auf den Fersen.

Was wohl in ihm vorging, in diesem Moment?

Ist es möglich, zu ein und derselben Zeit zweierlei Absichten zu haben, die völlig gegensätzlich sind und sich gegenseitig ausschließen? Unser Verstand kann viele verschiedene Dinge zugleich tun: den Füßen befehlen, eine Treppe hinaufzusteigen, das Herz schlagen lassen, Keats' *Ode an Psyche* rezitieren und darüber nachdenken, was es zum Abendessen geben soll. Daher nehme ich an, daß er vielleicht auch fähig ist, sich gegenseitig ausschließende Pläne zu machen. Später fand ich heraus, daß Dan sogar an einen Makler geschrieben und gebeten hatte, ihn zu verständigen, wenn Watch Cottage je verkauft werden sollte.

Am Abend aßen wir bei Mrs. Suter; ein abscheuliches Mahl. Wir hatten ihr angeboten, mit ihr essen zu gehen und einen Babysitter für den kleinen Finn zu besorgen, aber sie wollte nichts davon hören.

»Das ist einer der letzten Abende, an dem ich ihn habe«, sagte sie. »Glaubt ihr wirklich, ich lasse ihn allein?«

Das bestimmte den Ton dieses Abends. Sie hatte nicht die Absicht, am nächsten Tag zu unserer Trauung zu kommen, denn auch das hätte bedeutet, den kleinen Finn zu verlassen. Natürlich sollte es eine ganz stille Trauung auf dem Standesamt sein, um Publicity zu vermeiden, denn schließlich waren seit Ingrids Tod, mit dem sich die Presse ausführlich beschäftigt hatte, nicht viel mehr als sechs Monate vergangen. Es kamen nur sechs Gäste: meine Freundin Elly und ihr Mann Hugh; Chris und Ferdi Kundera; Anthony Roche, Dans Anwalt, den ich noch nicht kannte, und seine Frau. Dan schien keine anderen Freunde zu haben, die er einladen wollte. »Ach , das sind nur Leute, die ich beruflich kenne«, sagte er, als ich den einen oder den anderen vorschlug, mit dem er auf sehr gutem Fuß zu stehen schien. Ich hatte keine Einwände, mir war eine kleine Feier am liebsten. Tante Thisbe sagte, sie werde kommen, wenn ihr danach sei; da sie Hochzeiten jedoch verabscheute, hatte ich wenig Hoffnung, sie zu sehen.

Mrs. Suter verbrachte den Sonntagabend damit, mich auf Herz und Nieren über meine Kenntnisse in der Babypflege auszufragen. Bei einer Bewertungsskala bis hundert hätte ich ungefähr dreizehn Punkte erreicht.

»Es ist ganz offensichtlich, daß Sie noch nie mit Kindern zu tun hatten«, sagte sie bissig, als ich eine Frage nach der anderen stotternd oder gar nicht beantwortete.

Wer hat das schon? dachte ich. Es sei denn, jemand ist Kinderkrankenschwester oder Lehrerin. Für die meisten Mütter ist ihr Baby das erste, mit dem sie Bekanntschaft schließen. Wie groß war bitte Ihre Erfahrung im Alter von neunzehn Jahren, als man Ihnen Dan in die Arme legte?

Aber dieser Gedanke schien Mrs. Suter nicht gekommen zu sein. Sie musterte mich immer weniger wohlwollend und mit wachsender Mißbilligung.

Der kleine Finn schlief natürlich schon, als wir kamen. Als Dan vorschlug, ihn zu wecken, explodierte seine Mutter beinahe vor Empörung, also schlichen wir nach einem kurzen Blick auf Zehenspitzen wieder die schmale, ächzende Treppe hinunter. Im Haus roch es immer schal nach Bodenwischtüchern, Toiletten-Frischluft-Spray und widerlich parfümierter Möbelpolitur.

»Nun, ich schätze, wir gehen jetzt am besten«, sagte Dan endlich. Ich seufzte erleichtert auf. »Wiedersehen, Mutter.« Er küßte sie hastig auf die magere, fahle Wange. »Wir schicken dir aus Southend oder Rochester eine Ansichtskarte.«

In Rochester wollten wir im Medway ankern und die erste Nacht verbringen.

Dan und seine Mutter: da standen sie sich gegenüber und verabschiedeten sich voneinander. Hätten sie Duellmasken getragen, hätten sie ihre Gedanken und Absichten nicht mehr voreinander verbergen können. Und natürlich auch nicht vor mir.

Sie wünschte uns flüchtig und kalt gute Nacht und knallte fast die Tür hinter uns zu in ihrer Gier, mit ihrem Enkelkind allein zu sein, solange sie es noch konnte.

Am nächsten Vormittag um elf Uhr fünfundvierzig heirateten wir in einem Standesamt, das nicht größer war als eine Schuhschachtel. Dann fuhren wir zum Essen nach Chelsea in die Wohnung von Thelma Batey, einer Bekannten von Dan. Thelma selbst war nicht anwesend. Als Filmkritikerin des *Guardian* war sie zu einem italienischen Filmfestival gereist und hatte uns ihre Wohnung für unsere Hochzeitsparty überlassen, weil sie wußte, daß wir knapp bei Kasse waren. Außerdem, hatte sie gesagt, sei es gemütlicher als in einem Restaurant. Sie habe gehört, ich sei eine hervorragende Köchin. (Tatsächlich war sie keine sehr enge Freundin von Dan, er hatte nur sehr wenige.)

Zur Abwechslung war ich einmal nicht besonders erpicht darauf, ein Festessen zu kochen. Um ehrlich zu sein, ich wäre an meinem Hochzeitstag viel lieber zum Essen gegangen, und wenn es nur Würstchen und Kartoffelbrei in einem Pub gewesen wären. Und Thelmas Wohnung paßte mir auch nicht; wenn schon eine private Party, dann war Dans Loft gut genug. Die Wohnung vor unserer Abreise aufzuräumen würde verdammt lästig sein. Thelma war eine übertrieben ordentliche Mittvierzigerin, hatte fast einen Putzfimmel. Alles in ihrer Wohnung war blitzblank, absolut perfekt, wie neu, aseptisch und mit Plastik umhüllt. Aber Dan war hingerissen von ihrem Silber und ihren Gläsern. Zu meinem Glück fanden meine Freundinnen Elly und Chris den Plan großartig und halfen mir mit dem Hochzeitsessen. Elly brachte aus Yorkshire eine riesige kalte Taubenpastete mit, und Chris besorgte köstliche fertige Salate aus einem vegetarischen Feinkostladen (Ferdi aß kein Fleisch), und ich kaufte Wein, Käse und das Dessert.

Die Party kam nur langsam auf Touren. Obwohl Dan vor Fröhlichkeit sprühte, standen wir anderen nur linkisch herum. Vielleicht belastete uns alle der Gedanke an Ingrid, die erst vor sechs Monaten am Fuß der Klippen von Dover ertrunken und in der Brandung hin und her geworfen worden war. Immer wieder traten Gesprächspausen ein, die wie Blasen anschwollen, und es fielen ein paar verzweifelt alberne Bemerkungen.

Meine beiden besten Freundinnen sind richtige Schönheiten, dachte ich. Chris in einem schwarzen Samtanzug, der ihre prachtvolle Figur betonte, und einem Hauch schwarzer Spitze mit einer weißen Rose auf dem silberblonden Haar. Elly trug ein Kleid, das Hughs Großmutter gehört hatte (da ihre eigene Großmutter in den Nebeln der russischen Geschichte verlorengegangen ist); ein Kleid aus changierendem Satin, dunkelbraun und lila schillernd, mit einer riesigen Topasbrosche am hochgeschlossenen Kragen; sie sah erschreckend vornehm aus, und ich merkte, daß Dan unter seiner hektischen Fröhlichkeit ein bißchen Angst vor ihr hatte. Ellys Mann Hugh, groß, schlaksig und aus Yorkshire stammend, kannten wir alle nicht besonders gut, und Dan war ihm noch nie begegnet. Anthony Roche wiederum kannte außer Dan niemanden von uns; Anthonys Frau Rose war sehr jung und schüchtern. Ich selbst war schrecklich nervös, weil ich Angst hatte, jemand könnte Essen auf den gräßlich teuren chinesischen Teppich fallen lassen oder Wein verschütten, oder Thelmas Waterfordgläser und Royal-Worcester-Porzellan könnten zu Bruch gehen.

Aber Hugh, der Teufelskerl, hatte eine Kiste Champagner mitgebracht, und das Eis fing eben an zu schmelzen, als in der Wohnung unter uns ein unbeschreiblicher, ohrenbetäubender Lärm losging, der schlimmer war als alles, was wir uns bisher vorstellen konnten.

»Was um Himmels willen kann da unten los sein?« fragte Elly erstaunt. »Das klingt ja wie zwei Orchester tobsüchtiger Irrer.«

Es war tatsächlich so. Man konnte Musikinstrumente unterscheiden – Schlagzeug, Baß, Saxophon –, aber sie folgten keinem Takt und keiner Melodie, spielten nur so laut und so schnell wie möglich eine Folge lauter Dissonanzen.

Und es hörte nicht auf. Wir konnten unsere eigenen Worte nicht verstehen.

Ferdi, entgegenkommend wie immer, ging hinunter, um nachzusehen, was los war. Als er zurückkam, teilte er uns mit, es handle sich um eine paraguayische – oder sagte er patagonische? – Instrumentalgruppe. Die Wohnung im Erdgeschoß gehöre einem Mitglied der Gruppe, das sei ihre allwöchentliche Probenzeit, und sie hätten nicht die geringste Absicht aufzuhören. Sie spielten gewöhnlich von mittags zwölf bis nachmittags vier Uhr. Soll das vielleicht ein kleiner Scherz sein, den Thelma sich für uns ausgedacht hat? fragte ich mich. Oder wußte sie nichts von der Band? Vielleicht war sie um diese Zeit nie zu Hause?

Inzwischen verdoppelte sich das Klangvolumen, als wolle die Gruppe ihren Groll über die versuchte Einmischung kundtun.

Dann kam es zu einer heftigen Auseinandersetzung zwischen uns. Einige waren dafür, die Polizei zu rufen, weil der Lärm unerträglich sei und man der ganzen Nachbarschaft nur einen Gefallen tue, wenn man etwas dagegen unternehme. Die anderen (und zu ihnen gehörte Anthony Roche) erklärten, das wäre ein feindseliger Akt gegen die Gruppe, der sich auf unsere abwesende Gastgeberin verheerend auswirken könnte, die mit den Mietern aus dem Erdgeschoß weiterleben müsse. Wir sollten in ihrem Interesse handeln und den Lärm ertragen, so gut wir konnten.

Merkwürdig, aber ich kann mich nicht mehr so recht entsinnen, wer auf welcher Seite stand. Ich weiß noch, daß Chris, kreidebleich vor Zorn, einem Mann fast ein Glas Champagner ins Gesicht kippte. Ich erinnere mich, daß Elly, die Arme vor der Brust gekreuzt, mit dem elegant beschuhten Fuß gereizt auf den Fußboden klopfte, während ihr Englisch lauter, schneller und ihr Akzent deutlicher wurde, wie immer, wenn sie sehr aufgeregt war. Ich weiß nicht mehr, auf welche Seite ich mich schlug. Ich war zu unglücklich, rannte umher, füllte die Champagnergläser nach, spähte wie ein Falke nach Pastetenkrümeln auf dem Teppich und stand praktisch vor den Trümmern meiner Hochzeitsparty.

Schließlich tat Dan das einzig Vernünftige – so kam es mir zu dem Zeitpunkt wenigstens vor; er ging hinunter und lud die Gruppe ein, heraufzukommen und ein Glas mit uns zu trinken.

Und sie kamen herauf. Es waren sechs. Sie sahen wie primitive Gottheiten aus, mit langen dunkelbraunen Gesichtern und riesigen vorquellenden Augäpfeln. Sie trugen graue Flanellanzüge, sprachen kaum Englisch, und Hughs Champagner wußten sie überhaupt nicht zu schätzen; sie tranken ihn wie Limonade. Sie standen herum und schufen ein merkwürdiges und irgendwie unheilvolles Ungleichgewicht in unserer Gruppe, die ohnehin von Anfang an nicht sehr ausgewogen gewesen war. Es war, als gieße man zu spät zu viel und zu starken Fond in eine zweifelhafte Soße.

Wie sie Chris in ihrem luxuriösen schwarzen Samt und die dunkelbraun und lila schimmernde Elly anstarrten! Und dann wurden sie plötzlich wild. Sie tanzten, sangen, sprangen herum, verschlangen Unmengen von den Speisen, lachten wie Hyänen und fingen an, die Wohnung auseinanderzunehmen.

»Um Himmels willen, was machen wir jetzt?« fauchte

Elly. »Deine Idee!« sagte sie wütend zu Dan, der ohnehin außer sich und völlig fertig zu sein schien.

Hugh ergriff plötzlich die Initiative und handelte schnell und entschlossen. Er rannte auf die Straße, fand einen Polizisten, brachte ihn mit und die Patagonier zur Räson und scheuchte sie in ihre Wohnung zurück.

Nein, sagten er und Anthony zu dem verblüfften Polizisten, wir wollten keine Anzeige erstatten. Das müsse die Wohnungsinhaberin tun. Und der Schaden, den die Typen angerichtet hätten? Das würden wiederum wir mit der Dame klären, sobald sie zurückkam. Wenn sie die Leute dann anzeigen wolle, sei das ihre Sache. Der Polizist zog unbefriedigt ab. Wir machten uns unglücklich daran, den Schweinestall aufzuräumen.

Hugh schaute auf dieUhr; er hatte in London etwas Geschäftliches zu erledigen, einen Termin um halb drei. Auch Anthony war mit einem Klienten verabredet. Doch bevor er ging, half er uns, die Schäden aufzulisten.

Plötzlich rief Dan, als habe er eine Eingebung: »Hör mal, Tuesday, du brauchst ein bißchen Ruhe und Frieden nach dem ganzen Theater! Ich habe eine Superidee. Du hast bestimmt keine Lust, mit der ›Walküre‹ von Gravesend flußabwärts zu segeln. Du bist müde, hattest mit dem Lunch eine Menge Arbeit und hast vorige Woche deine Stellung aufgegeben (was stimmte). Warum geht ihr Mädchen nicht zusammen ins Kino? Hinterher kann Tuesday den Zug nach Rochester nehmen und sich heute abend – sagen wir, gegen sieben – dort mit mir treffen.«

Ich war ein wenig bestürzt. Schließlich war dies unser Hochzeitstag, erst am Vormittag hatten wir gelobt, einander zu achten und zu ehren, ›bis der Tod euch scheidet‹. Aber alle schienen den Vorschlag nach dem Fiasko mit den Patagoniern vernünftig zu finden.

Ferdi sagte, er werde Dan nach Gravesend begleiten und ihm helfen, das Boot segelfertig zu machen.

Mit Anthonys Hilfe schrieb Dan einen überschwenglichen Entschuldigungsbrief an Thelma und forderte sie auf, uns die Rechnung für den Schaden zuzuschicken. (Gott sei Dank, dachte ich, daß ich eben vom Verlag den Vorschuß für mein Apfelkochbuch bekommen habe.) Dann zogen alle Männer ab; Anthony mit Rosie an der Hand, die mit riesengroßen, flehenden Augen zu uns zurückblickte, als wäre sie gern geblieben; doch ihr großer, energischer Ehemann schleppte sie weg. Elly, Chris und ich sahen uns in Thelmas Wohnung um, die trotz unserer vereinten Bemühungen noch aussah wie Passchendaele – jener Ort im belgischen Westflandern, dem im Ersten Weltkrieg während der Schlacht bei Ypern besonders übel mitgespielt wurde.

Was für ein Omen am Hochzeitstag!

»Dan hatte recht«, sagte Chris. »Mehr können wir nicht tun. Gehen wir ins Kino.«

Und so verbrachte ich den restlichen Nachmittag meines Hochzeitstags: Ich sah mir mit meinen beiden Freundinnen eine Studioaufführung des alten französischen Films *La Ronde* an. Oh, diese gerissenen Europäer, wie verstehen sie es doch, Gefühle hinter Ironie zu verbergen und Ironie hinter Gefühlen! Auch jetzt noch hört man ab und zu in irgendeinem Programm zeitgenössischer Musik den schwungvollen Walzer, und immer gibt es mir dann einen schrecklichen Stich mitten ins Herz.

Trotz allem war ich an diesem Tag so voller Hoffnung.

Nach dem Kino verabschiedete ich mich von Elly und Chris, bedankte mich noch einmal für ihre Geschenke (bei Elly für das zwölfbändige Oxford Dictionary, bei Chris für die schöne Schmorpfanne), fuhr mit dem Zug nach Rochester und marschierte dann zum Jachthafen.

Dans Boot war nicht da. Ich ging in ein Pub, trank etwas, marschierte zurück, ging wieder, aß in einem Café ein Omelett, marschierte zurück, ging wieder und trank in der Nähe der Docks an einem Sandwich-Kiosk für Trucker einen Kaffee; marschierte zurück, ging auf und ab, fragte mich, ob ich die Polizei oder sonst jemanden verständigen sollte; verbrachte eine elende Nacht in einer Pension, in der das Bett sich anfühlte und roch wie eine Sardinenbüchse und das Frühstück aus Dosenspaghetti mit Tomaten und Ketchup auf Toast bestand; zum Tee gab es Milchpulver. Ich marschierte zum Jachthafen zurück, noch immer keine Spur von Dan, Ferdi und der ›Walküre‹.

Jetzt war ich ernsthaft beunruhigt und ging zur Polizei. Sie rief alle Boote der Küstenwache an, die auf Patrouille waren. Niemand wußte etwas, niemand konnte mir etwas sagen, das mir geholfen hätte. Ich wußte nicht, was tun.

Wenn ich unglücklich bin und Angst habe, will ich keine Freunde um mich, will überhaupt keine Gesellschaft. Angst und Schmerz sind wie eine ekelhafte Krankheit für mich, man schämt sich, seinen Zustand jemand anderem zu offenbaren. Daher rief ich Elly nicht an, die inzwischen wieder in Yorkshire sein würde und mich glücklich unter Segeln auf Hochzeitsreise wähnte. Ich rief auch Dans Mutter nicht an, teils aus Rücksicht, weil ich sie nicht unnötig beunruhigen wollte, falls es für Dans Fernbleiben eine simple Erklärung gab, hauptsächlich aber weil ich den Gedanken nicht ertrug, daß sie mir die Ohren mit ihrem ›Ich-habe-es-dir-gesagt‹ vollquaken würde.

Am Ende fuhr ich in die Wohnung am Covent Garden zurück, weil die Polizei mir empfohlen hatte, mich in der Nähe eines Telefons aufzuhalten. Ich saß noch einmal volle vierundzwanzig Stunden herum, und nichts geschah.

Erst da dachte ich zum erstenmal daran, Chris anzurufen. Man wird mich für bodenlos dumm halten, weil ich noch nicht an sie gedacht hatte. Nun, ich war dumm; ich war verwirrt und wie benommen von der Ahnung heraufziehenden Unheils.

Als ich endlich anrief, um zu fragen, ob Ferdi zurückgekommen war, fand ich, daß sie sich sehr seltsam anhörte.

»Wo in Gottes Namen bist du?« fragte sie.

»Zu Hause in den Bedford Buildings... Ist Ferdi wieder da?«

»Nein«, sagte Chris. Ihre Stimme klang traurig und gequält.

»Hast – hast du etwas von ihm gehört?«

»Ja, er hat mir eine Karte geschrieben. Aufgegeben in Gravesend. Sie lautet: *Liebste Chris, danke für alles. Du wirst mich nicht wiedersehen. Vermiß mich nicht. Du warst zu gut für mich. Ich habe nicht viel getaugt.*«

»Aber, was... Aber ich dachte... Ich versteh das nicht. Ich dachte, ihr beide wolltet...«

»Das habe ich auch gedacht«, sagte Chris. »Doch anscheinend wollten wir nicht. Na ja, andere Mütter haben auch schöne Söhne, wie es heißt.«

»Soll ... willst du, daß ich rüberkomme?« fragte ich unsicher. Doch Chris und ich sind uns in vielen Dingen ähnlich; auch sie leckt sich ihre Wunden gern allein.

»Nein, ich glaube nicht, vielen Dank. Ich melde mich. Aber ich hoffe ... ich hoffe, du hörst bald von Dan. Gib mir Bescheid. Oder ich ruf dich in ein paar Tagen an.«

Ich glaube, wir bemühten uns beide, der Wahrheit nicht ins Gesicht zu sehen, die um uns herum stank wie faulige Zwiebeln.

Eine Woche später tauchte das Boot auf; mit geöffneten Bodenventilen trieb es, zu zwei Dritteln gesunken, in der Nähe der Goodwins.

Später wurden Ferdis und Dans Leichen, mit Wasser vollgesogen, an der Küste von Kent an den Strand gespült. Sie zu identifizieren war entsetzlich. Das Urteil hätte auf Unglücksfall mit tödlichem Ausgang gelautet, wären beide nicht bis obenhin voller Brandy und Phenobarbital gewesen.

Jetzt mußte ich mich mit Mrs. Suter in Verbindung setzen. Und sie erzählte mir, Dan sei an unserem Hochzeitstag zu ihr gekommen und habe den kleinen Finn abgeholt.

»Er hat gesagt, die Pläne hätten sich geändert«, wiederholte sie immer wieder. »Daß Sie nun doch keine Bootsfahrt machen würden. Er sagte ... er sagte ...«

Sie sah mich mit so kaltem und vergiftendem Haß an, als könne sie kaum glauben, daß es mich gab. »Gehen Sie!« fauchte sie. »Verschwinden Sie aus meinem Haus, und kommen Sie nie, nie wieder her! Sie sind nicht Dans Frau. Die einzige Frau, die er hatte, hat nicht viel getaugt, und sie ist tot. Aber Sie sind nur Abschaum. Ich werde sein Testament anfechten. Das können Sie mir glauben. Sie kriegen keinen Penny von seinem Geld – nicht einen einzigen Penny! Bilden Sie sich ja nichts ein!«

Arme Frau, glaubte sie denn, Dan habe irgendwo ein Vermögen versteckt? Ich hatte ihn schon nach drei Monaten gut genug gekannt, um zu wissen, daß er nur Schulden hinterlassen haben konnte.

Mrs. Suters dünne, sommersprossige Hände zitterten wie Spinnweben, als sie die Strickjacke enger um ihren knochigen Körper raffte. Sie atmete angestrengt und ruckartig.

»Wenn Sie nicht wären, Sie kleines Nichts, dann wäre mein Enkel noch hier, wo er sein sollte...«

»Dan hat mir kein Wort davon gesagt, daß sich unsere Pläne geändert hätten. Ich habe nicht gewußt, daß er das Baby holen wollte...«

»Natürlich hat er Ihnen nichts gesagt!« höhnte sie triumphierend. »Sie haben ihm nichts bedeutet. Waren eben bequem für ihn.«

Sie war erschreckend blaß geworden, hatte blaue Lippen bekommen und rang nach Atem. »Sind Sie in Ordnung?« fragte ich, über ihr Aussehen bestürzt.

»Das geht Sie nichts an! Es geht Sie nichts an, wie es mir geht. Verschwinden Sie nur, und kommen Sie nie wieder!«

Also ging ich. Ich überlegte, ob sie vielleicht herzkrank war und Dan es gewußt hatte. Konnte das der Grund dafür gewesen sein, daß er beschlossen hatte, mich zu heiraten? Weil er gewußt hatte, daß seine Mutter bald nicht mehr imstande gewesen wäre, das Baby zu versorgen?

Aber warum hatte er Finn abgeholt, wenn ich den Kleinen betreuen sollte? Hatte er es sich plötzlich anders überlegt? Bei Dan wäre das natürlich leicht möglich gewesen.

Ich grübelte und grübelte, doch meine Gedanken drehten sich im Kreis.

Der Leichnam des kleinen Finn wurde nie gefunden. Er war erst sechs Monate alt und klein für sein Alter; und im Ärmelkanal und in der Nordsee gibt es Hunderte Quadratmeilen Wasser.

Dan hatte in einem einfachen Testament alles mir hinterlassen. Mrs. Suter hat es nie angefochten. Ich stelle mir vor, daß sie einen Anwalt konsultiert hatte, der ihr begreiflich machte, daß es nur Zeit- und Geldverschwendung wäre, das Testament anzufechten. Ich erbte Dans Anzüge, ein paar Bücher, eine Schachtel voller halbfertiger Zeitungsartikel, das Manuskript seines Romans über sein Leben bei der Marine und einen Koffer mit Ingrids Gedichten, Notizbüchern und Papieren; außerdem mehrere Exemplare der beiden dünnen Bändchen, die sie veröffentlicht hatte: *Der zerbrochene Anker* und *Die Rättin.* Ich überlegte, ob ich die Sachen ihrer Familie in Dänemark übergeben sollte, und schrieb an ihre Verleger Creevey & Creevey, ob sie vielleicht eine Adresse in Dänemark hätten. Aber sie hatten keine. Ingrid war erst mit ihnen in Verbindung getreten, nachdem sie nach England gekommen war und Dan geheiratet hatte. Der ›Verband der Autoren‹ konnte mir ebensowenig helfen. Ingrids Eltern lebten nicht mehr, das wußte ich von Dan, es gab nur noch eine lieblose Stiefschwester, die vermutlich kein großes Interesse an den Gedichten haben würde. Daher setzte ich mich vorläufig als literarische Erbschaftsverwalterin ein und behielt die Sachen.

Ein paar von den Gedichten sah ich mir an. Es gab da eins mit dem Titel *Die Seemannsfrau,* das so begann:

> Erdmann und Luftmann kehrn sicher heim,
> wenn's dunkelt, zur Suppe und zum Herd, zum
> Feuer, zum gemachten Bett, mein Mann aber –

Das reichte mir. Ich schichtete die Seiten ordentlich aufeinander und legte sie in den Ordner zurück.

Ich gab das Loft am Covent Garden auf und fand ein Wohnschlafzimmer in Putney. Es war ein bedrückender Raum, aber groß, und er hatte ein Fenster mit Ausblick auf den Fluß. Das gefiel mir. Ich saß stundenlang an diesem Fenster, ohne zu denken, ohne zu lesen oder Musik zu hören; ich tat gar nichts, saß einfach da, sah das Wasser vorübergleiten, bei Flut, bei Ebbe...

Dan hatte das Wasser geliebt. »Wenn wir reich sind, kaufen wir uns ein Haus, direkt am Strand«, hatte er immer gesagt. »Dann können wir nachts im Bett liegen und hören, wie die Wellen sich brechen. Es gibt nichts Schöneres. Oder wir kaufen uns ein Cottage auf dem Land, mit einem Garten, durch den ein Bach fließt. Finn muß mit drei Jahren schwimmen können.«

Dans Pläne widersprachen sich so oft. Denn außer dem Haus am Strand und dem Haus am Bach wollte er auch Watch Cottage zurückkaufen. »Es war ein schrecklicher Fehler, es aufzugeben«, sagte er. Er wollte als liberaler Abgeordneter ins Parlament gehen, aber wir sollten auch nach

Neuseeland emigrieren. Er hatte sich anläßlich eines Besuchs mit der Marine in das Land verliebt. Finn sollte in einer idyllischen ländlichen Umgebung aufwachsen, weit weg von jedem Gedanken an die Bombe. Dan wollte eine monatliche Jacht-Zeitschrift herausgeben, aber wir sollten auch für immer und ewig die Welt umsegeln.

Das Ende mit Ferdi war, nehme ich an, seine Flucht aus all diesen Widersprüchlichkeiten – oder seine endgültige Lösung.

Monatelang empfand ich bitteren Groll um Ferdis willen, den netten Lockenkopf mit dem braunen Gesicht, der so viele Jahre jünger war als Dan, entwurzelt, ein Flüchtling. Dan hatte nicht das Recht gehabt, auch ihn in seinen ganz persönlichen Strudel hinunterzuziehen.

Aber nach unzähligen Gesprächen mit Chris über das Thema wurde ich ein wenig duldsamer.

Wir trafen uns jetzt regelmäßig. Sie kam zu mir und saß mit mir am Fenster zum Fluß, wir redeten und rauchten, hörten Beethoven-Quartette, verdrängten gewaltsam die schreckliche stille Hoffnung aus dem Inbegriff der Verzweiflung, analysierten die Leben unserer beiden Verlorenen immer und immer wieder, bis wir das Gefühl hatten, daß die Katastrophe für uns ein wenig begreiflicher wurde.

»Sie haben sich geliebt«, sagte Chris. »Ich erinnere mich an Dans Gesicht, als Ferdi Bach spielte. Verwandelt. Wie von innen her erleuchtet. Als habe er endlich gefunden, was er suchte.«

»Ja... Du hast recht.«

»Dan war Ferdis erster richtiger englischer Freund. War wie ein älterer Bruder.«

»Nur weil man seinen älteren Bruder liebt, braucht man keinen Todespakt mit ihm zu schließen«, sagte ich wütend. »Warum konnten die blöden Schwachköpfe nicht nach Brighton oder Tahiti durchbrennen?«

»Du mußt es in der richtigen Perspektive sehen«, erklärte Chris mit ernster Miene. Sie ist unglaublich tolerant und zurückhaltend. Selbst wenn jemand ihr einen tödlichen Schlag versetzt hat, nimmt sie sich die Zeit, die Sache zu überdenken und von allen Seiten zu beleuchten, um das Motiv des anderen zu entdecken und festzustellen, ob es einen Grund oder eine Rechtfertigung für das gibt, was er getan hat. Fast krankhaft unduldsam in Kleinigkeiten, bei denen ich nicht einmal mit der Wimper zucke, geht sie an wesentliche Dinge mit einer übertriebenen, kalten, nüchternen philosophischen Gelassenheit heran, die sie sicher über Stromschnellen hinwegträgt, in denen andere untergehen würden. Sie ist ein außergewöhnlich starker Mensch. Ferdi hatte es instinktiv gewußt und sich an sie geklammert, obwohl ihre Beziehung an der Oberfläche nur aus Unsinn, Flachsereien und Witzeleien bestand.

»Du kannst niemanden zwingen loszulassen, wenn er nicht will«, fuhr sie fort. »Er muß selbst dazu bereit sein.«

Ich hoffte, sie hatte recht. Hoffe es noch immer. Dan war eine ungeheuer zwingende, überzeugende Persönlichkeit; wenn er wirklich etwas wollte, ging er darauf zu wie ein Laserstrahl.

»Aber warum haben sie den kleinen Finn mitgenommen?«

Das war immer mein Stolperstein, ich vermochte einfach sein Motiv nicht zu ergründen.

Chris drückte ihre halbgerauchte Zigarette aus und nahm sich eine andere.

»Dan hat seine Mutter verabscheut, richtig? Er wollte nicht, daß das Baby in dieser Umgebung aufwuchs. Wenn er dachte, daß seine Mutter krank werden, vielleicht sterben könnte...«

»Aber ich war doch da. Ich hätte mich um Finn gekümmert. Dan hätte mir vertrauen können.«

»Er hatte kein Recht, das von dir zu verlangen.«

»Er hätte mir vertrauen können«, wiederholte ich unglücklich. Merkwürdigerweise war es dieser Mangel an Vertrauen, der mich am tiefsten verletzte: daß Dan mich nicht für fähig gehalten hatte, sein Kind zu erziehen. Im Testament wurde der kleine Finn mit keinem Wort erwähnt. Kein Vormund war bestimmt worden.

»Begreifst du denn nicht«, sagte Chris geduldig, »Dan hat dich nach seinen eigenen Maßstäben beurteilt. Etwas anderes können wir alle nicht tun. Er wußte ganz genau, daß *er* sehr bald einen Weg gefunden hätte, die Verantwortung von sich abzuwälzen. Er nahm an, du würdest das gleiche tun. Und er wollte seiner Mutter einen letzten Schlag versetzen.«

»Du hast wahrscheinlich recht...«

»Ich habe ganz bestimmt recht.« Sie drückte die nächste Zigarette aus.

»Du rauchst zuviel, Chris.«

»Du auch.«

»Wir sollten etwas essen.«

In meinem Wohnschlafzimmer gab es einen Gaskocher, und auf dem Flur einen Ausguß mit Kaltwasserhahn. Seit

Monaten waren die einzigen Lebensmittel, die ich nach Hause brachte, dieses Schweizer Suppenpulver, das man mit Wasser anrührt, und Knäckebrot. Wir aßen es Abend für Abend. Dann gingen wir den Fluß entlang spazieren, und am Ende begleitete ich Chris über die Putney Bridge zur Untergrundbahn. In diesem Winter nahmen wir beide über zwanzig Pfund ab.

Schließlich sagte Chris: »So geht's nicht weiter. Wir müssen aufhören zu rauchen. Und: Ich gehe in ein Heiratsbüro.«

»Was?«

»Ich habe beschlossen zu heiraten«, sagte sie. »Die Ehe scheint Elly gut zu bekommen. Und ich werde ganz nüchtern und sachlich an die Geschichte herangehen, als gehörte ich zu meinen bourgeoisen französischen Vorfahren aus dem 18. Jahrhundert, die eine passende *parti* arrangieren.«

Chris hat tatsächlich französische Vorfahren, Hugenotten, die nach East Anglia auswanderten. Ihre Eltern kamen bei einer Massenkarambolage ums Leben, und sie wurde von zwei Cousinen aufgezogen, die für ihre nüchternen Anschauungen verantwortlich sein mochten. Die Cousinen taten ihr Bestes, aber ihr Bestes war nicht gut.

»Wie soll der Mann sein, den du heiraten willst?«

Ich nahm sie noch immer nicht ernst.

»Ich werde meine Ansprüche auflisten.«

Und das tat sie auch, an Ort und Stelle. »Kein Engländer, soviel für den Anfang. Ich ziehe Männer vom Kontinent vor.«

»Warum?«

»Alle Engländer sind im Grunde homosexuell. Im tiefsten Innern fürchten sie sich vor den Frauen und empfinden Abneigung gegen sie. Und ist das ein Wunder? Die meisten haben, bevor sie achtzehn sind, nie mit Frauen zu tun. Und auch dann kommt's drauf an.«

»Ach, komm schon, Hugh ist nicht schwul.«

Hugh war Ellys Mann.

»Gut – Hugh ist die Ausnahme. Nur zu neunundneunzig Prozent Engländer.«

»Okay. Ein Europäer also. Was noch?«

»Über Dreißig. Mit einem eigenen Geschäft. Verhältnismäßig wohlhabend.«

»Musikalisch? Belesen? Sinn für Humor?«

»Nein, nein. Das ist Luxus. Ich komme ohne das aus. Aber eines muß der Mann können – er muß fähig sein, sich klar und deutlich auszudrücken. Nie, nie wieder möchte ich mit einem dieser manisch-depressiven, absolut sprachlosen Naturkindern zusammenleben, die nicht sagen können, was hinter ihren Launen steckt. Von nun an werden bei mir die Karten offen auf den Tisch gelegt.«

»Ein Europäer in den Dreißigern, beruflich erfolgreich, redegewandt. Was sonst noch? Was für ein Beruf?«

»Das schert mich keinen Deut. Meinetwegen kann er Henker sein, solange er seine Sache gut macht und aufrichtig stolz auf das ist, was er tut. Ich will«, sagte Chris, »einen zuverlässigen und soliden Mann.« Vor dem armen Ferdi hatte sie eine ganze Reihe launischer, romantischer, charakterschwacher Liebhaber gehabt; sie alle hatten gesehen, daß Chris der unerschütterliche Fels war, an den sie sich klammern konnten.

Sie stand auf, schüttelte sich und blickte in den fleckigen Spiegel, der in einer dunklen Ecke meines deprimierenden Zimmers hing, und runzelte finster die Stirn über das, was sie sah. Christ hat feines naturblondes Haar, das in einer Welle von ihrer hohen, intelligenten Stirn zurückfällt. Ihre Haut, immer von einem blassen Elfenbein, hatte damals fast Totenfarbe. Sie sagte: »Ich sehe aus, als hätte man mich gerade aus einem Sarkophag geholt. Und du siehst auch nicht besser aus. Komm mit, ich habe eine Gehaltserhöhung von diesen Knickern bekommen« – sie arbeitet beim Sozialdienst eines Londoner Krankenhauses –, »wir gehen chinesisch essen. Und dann schreibe ich an die Evelyn Farmer Agency und bitte sie, mir ihre Formulare zuzuschicken. Ich werde auch deinen Namen angeben.«

»O Himmel, nein, Chris! Ich will nichts mit einem Haufen Fremder zu tun haben, die mich mit ihrem Charme und ihrer beruflichen Tüchtigkeit beeindrucken wollen. Ich würde viel lieber einen Cordon-bleu-Kurs machen.«

»Nichts hindert dich daran, beides zu tun«, sagte Chris. »Zieh den Mantel an.«

So kam es, daß Chris und ich eine Menge bizarrer Erfahrungen sammelten. Wir trafen nie hintereinander denselben Mann, kamen aber einmal wöchentlich zusammen, um unsere Notizen zu vergleichen.

Ich meldete mich nicht nur bei dem Institut an, das Chris mir praktisch verordnet hatte, ich antwortete auch auf einige konservative Eigeninserate im *New Statesman* und lernte dadurch ›Reggie den Geißler‹ kennen, einen lieben Kerl, wenn man von seinen Neigungen absah, die ich

– wie ich ihm von Anfang an klarmachte – nicht teilte. Chris hatte inzwischen ihre kleine Kontroverse mit dem Mann, der eine Mitarbeiterin für Pearl-White-Dramen suchte. Chris hatte schon immer davon gesprochen, sich einmal als Autorin von Detektivgeschichten zu versuchen, und setzte sich mit ihm in Verbindung, doch es stellte sich heraus, daß er daran dachte, richtig zur Sache zu kommen, und sie mußte sich im Eiltempo aus einer Situation befreien, die kopfüber in eine Katastrophe zu schlittern drohte. Zum Glück ist Chris ein mutiges, muskulöses Mädchen; sie schaltet auch schnell und so hatte sie den Typen bald durchschaut.

Danach gab sie die Inserate und das Eheanbahnungsinstitut auf, dem schon von Anfang an nur ihr rein akademisches Interesse gegolten hatte. Sie hatte nur aus einem gewissen Pflichtgefühl weitergemacht, weil sie, wie sie sagte, etwas haben wollte für ihr Geld, und es schien absurd, auszusteigen und eine zu hastige Entscheidung zu treffen, ohne das Feld gründlich abgegrast zu haben.

Tatsächlich war die Entscheidung schon zu Beginn gefallen. Denn der erste Mann, den sie durch die Agentur kennengelernt hatte, war George Dombrad, der später seinen Namen in Davenport änderte.

3

Inzwischen drang manch ländlich Lied hervor,
gestimmt zur Flöt' aus Rohr,
wobei bockfüß'ge Satyrn sich geschwenkt…

Morgens von sieben bis acht machte ich meine Yoga-Übungen.

Um diese Zeit findet man beinahe überall in der Welt klassische Musik im Radio. Sie ist billiger, nehme ich an. Auch wachen die Pop- und Rock-Hörer erst später auf. Das *Naturajasana*, eine Gleichgewichtsstellung, mit der ich immer anfange, paßt gut zu Bach; das harmonische Gleichgewicht seiner Musik unterstützt das eigene. Für das *Naturajasana* muß man den rechten Arm heben, das linke Knie beugen und den linken Fuß nach hinten strecken, bis die linke Hand, nach hinten greifend, den Fuß fassen kann. Dann muß man, auf dem rechten Bein balancierend, den Kopf heben und nach oben schauen. Diese Stellung sollte man so lange wie möglich halten. Dann muß man sich vorbeugen wie die Galionsfigur eines Schiffs. Und wieder die Balance halten.

Diese Übung säubert die Nasengänge für den Tag und gibt zugleich Gelassenheit und Ruhe. Man wiederholt sie auf dem anderen Bein. Ich lasse vier weitere Übungen im Stehen folgen: den Baum, das Dreieck, die Beinklammer und den Storch. Dann im Sitzen: den halben Lotus, das *Anusirasana,* auch Schwan genannt, und das Rückenstrecken oder *Paschimottanasana*. Und schließlich im Liegen: die Steitenhebung, die Rückenhebung, den Schulterstand, den Pflug; und noch immer im Liegen: die Kobra, die Heuschrecke und den Bogen; dann strecke ich mich zur Katze und zum *Ardha Chakrasana*, wobei ich die geschlossenen Hände hinter die Schultern hebe; schließlich schlüpfe ich in die Kuh und verbinde sie mit Nacken und Gesichtsübungen; es geht weiter mit der Drehung oder *Ardha Matsyendrasana*, wobei sich jede Stellung ganz natürlich aus der vorhergehenden entwickelt; dann zurück zur Katze oder einer anderen die Muskeln auflockernden Übung; den Schluß bilden zehn Minuten Meditation im Lotussitz.

Hotelzimmer sind ideal für Yoga; in der Regel gibt es große, freie Fußbodenflächen, meist mit Teppich belegt und ausreichend sauber. Und wenn man im Hotel wohnt, ist das Gemüt unbeschwert, gelassen, keine Staubwölkchen unter dem Toilettentisch oder Gedanken an Hausarbeit lenken einen ab; jemand anders macht die Betten und sorgt fürs Frühstück.

Mein Zimmer in der Campus Tavern war perfekt; brauner Teppichboden von der Größe eines halben Fußballfeldes und in Radio Mitchison der Kanon von Pachelbel.

Wie immer fand ich eine Heftklammer; ich habe überall Heftklammern gefunden, sogar im Parthenon. Habe einem Filmregisseur, einem Freund von Dan, vorgeschlagen, einen Film über einen Mann zu drehen, dessen Ehrgeiz es war, in den Straßen aller Hauptstädte der Welt eine Tonne Heftklammern zu sammeln, doch er war von der Idee nicht angetan. Mein Vater war ein von Natur aus schweigsamer Mann; ich erinnere mich nur an sehr wenige Äußerungen. Einmal sprach er über die Allgegenwart von Heftklammern. Sogar zwischen den Fundamenten von Colchis, die er ausgegraben hatte, fand er eine, die seit etwa 2000 vor Christus dort gelegen hatte. Ein anderer seiner seltenen Dikta war ein Reim über einen Papagei, der uns eine Zeitlang durch Nordafrika begleitete. Ich nehme an, meine Eltern wollten mich irgendwie dafür entschädigen, daß ich keine normale Kindheit und keine Spielgefährten hatte:

Unsre Lora hat 'n Flitz,
sie frißt die Stange, auf der sie sitzt,
dabei fällt sie in jedem Falle
runter, ist die Stange alle.
Der liebe Gott sagt: Tu das nicht!
Schickt ihr 'ne Hartholzstange schlicht.
Für mein Töchterchen Clytie ist dies Gedicht.

Von seinen Versen entzückt, bat ich ihn um mehr, über andere Vögel – eine Eule, eine Seemöwe, einen Fasan, einen Schwan. Doch sein Pfeil war abgeschossen, er konnte nicht auf Befehl dichten. Er kehrte wieder zu seiner Gelehrsamkeit und seiner Schweigsamkeit zurück.

»Sei brav, mein Mädchen, laß dich nicht in einen Roboter verwandeln«, sagte er, als ich ins Internat nach England geschickt wurde. Danach habe ich ihn nie wiedergesehen. Seine absolute Verweigerung der Vaterrolle war zum Teil schuld an meiner Skepsis im Hinblick auf die Möglichkeit des Ideals, Georges Sprechblase.

Yoga rüttelt die Gedanken auf – als wären sie ein Kissen, das man schüttelt und zurechtklopft, oder als drehe man Käse um, damit er reifen kann. Alle möglichen längst begrabenen Gedanken und Erinnerungen treiben an die Oberfläche, von der Zeit gereift. Das ist ganz besonders der Fall, wenn man die Kuh übt – eine statische Stellung, nicht sehr bequem, nicht sehr interessant, doch sie kräftigt Hüften und Oberschenkelknochen. Man muß ja allmählich vorausschauen, ans Alter denken; wie oft sind der erste Schritt zur Hinfälligkeit ein Sturz und eine gebrochene Hüfte! Plötzlich drastisch reduzierte Bewegungsfähigkeit. Es folgen Trägheit, die Aufgabe gesellschaftlichen Lebens, aktiver Betätigungen und Interessen. Das wiederum beeinträchtigt die Gesundheit, und hinzu kommt ein Verlust an mentaler Energie, man wird für Freunde uninteressant; die Folgen: Vereinsamung, Rückzug ins Leere, Menschenfeindseligkeit und Senilität... Der Weg ist so deutlich vorgezeichnet wie in William Hogarths *Leben eines Wüstlings*.

»Der Jammer mit uns ist«, sagte Elly, als ich sie das letztemal sah, »daß wir zuviel wissen. Wir haben alles schon gesehen; hatten diese gräßliche Vorausschau auf den Tod.«

»Die meisten Leute haben eine solche Vorausschau, wenn ihre Eltern sterben«, sagte ich. »Ich möchte behaupten, daß der Durchschnittsbürger zumindest einen Elternteil ans Grab begleitet hat.«

»Möglich.«

Daß wir weder Eltern noch Geschwister hatten, war einer der Gründe für die starke Bindung zwischen Elly, Chris und mir; wir waren die Familie füreinander geworden, in guten und in schlechten Tagen; Inzest, verbotene Verwandtschaften, Geschwisterrivalität, die ganze Palette.

Ellys Eltern waren nach Sibirien in irgendeinen Gulag verschleppt worden. Vielleicht sind sie noch am Leben, vielleicht sind sie tot; sie hat keine Möglichkeit, es zu erfahren, doch da sie körperlich nicht allzu kräftig gewesen waren – er Astronom, sie Altphilologin –, war es nur realistisch anzunehmen, daß sie schon lange nicht mehr lebten.

Elly und ich kamen uns vor allem durch Griechisch und Latein näher. Zwei Jahre älter als ich, in der Schule brillant, Platoschülerin von ihrem vierzehnten Lebensjahr an und für Sport ebenso talentiert, ging sie in die Klasse über mir, war mit einer anderen Gruppe zusammen, und vielleicht hätten wir uns nie kennengelernt. Aber wie sehr meine restliche Ausbildung auch vernachlässigt worden sein mochte, die toten Sprachen hatte man mir eingetrichtert. Von meinem sechsten Lebensjahr an zwang mich Vanessa, bei den Mahlzeiten laut Abschnitte aus den Klassikern vorzulesen, und mein Vater achtete streng auf meine Aussprache; er hatte ein sehr präzises und hellhöriges Ohr. Daher nahmen Elly und ich an einem zweimal wöchentlich stattfindenden Klassikkursus für Fortgeschrittene im Haus der alten, gelähmten Miss Crabbe teil, wo wir laut Horaz und Plato lasen. Genützt hat es mir nichts, wir hätten genausogut Kreuzstickerei lernen können. Doch wenn Elly und ich nach dem Unterricht zu Fuß oder mit dem Rad ins Internat zurückkehrten, ließ sie mich teilhaben an ihren scharfen und originellen Gedanken, ihrer unersättlichen Intelligenz, und davon profitierte ich mehr als von allen Aussprüchen Platos.

»Wenn ein Ehemann stirbt – jemand deiner eigenen Generation –, ist das unmittelbarer als der Tod von Vater und Mutter, man hat mehr Bezug dazu«, fuhr Elly fort.

»Da hast du absolut recht.«

Hughs Totenbett. Wir waren beide bei ihm. Hugh, nur noch die einem Skelett ähnliche Karikatur des Mannes, der er noch ein Jahr vorher gewesen war, sah uns mit einem schrecklichen Grinsen an. Eine Kassette von Salvatore Mondos *Don Giovanni* spielte mit höchster Lautstärke, und Hugh murmelte etwas von Elvira und Anna. »Jetzt braucht nur noch der Komtur zu erscheinen und mich in den Feuerofen zu zerren.«

Er konnte nur zwischen keuchenden Atemzügen mit großen Schmerzen und größter Mühe sprechen.

»Vergeude deine Kräfte nicht mit Reden«, schalt Elly.

»Ich vergeude meine – verdammten Kräfte – auf die einzige – verdammte Art –, auf die ich – sie noch – vergeuden kann.« Er sagte es mit einem übertriebenen Yorkshire-Akzent, den er an der Universität längst abgelegt hatte.

»Und ich könnte einen Feuerofen verdammt gut brauchen«, sagte er nach einer Weile. »Wäre eine nette Abwechslung vom Ertrinken im eigenen Speichel. Ich krepiere wie ein Schwein.«

Ich dachte an Dan, der mir vor so langer Zeit im Zug von Cornwall nach Paddington autoritär erklärt hatte: »Ertrinken ist nicht der schlechteste Tod. Wenn ich die Wahl hätte, würde ich ihn wahrscheinlich wählen.«

Eine prophetische Äußerung? Oder die einfache Feststellung einer Absicht, die mir entgangen war? Denn er hatte seine Wahl selbst getroffen, und er hatte den Tod durch Ertrinken gewählt. Doch woher wollten wir wissen, ob er im letzten Augenblick seine Wahl nicht bereut hatte?

»Eins noch – Elly, meine Liebe«, sagte Hugh wenig später. »Ich brauche dich dann nicht mehr zu ertragen – immer nörgelst du – ich soll das Rauchen aufgeben. Und dir – wird die – peinliche Aufgabe erspart bleiben, ständig hinter mir her sein zu müssen. Du kannst dich – entspannen.«

»Ach, du kennst mich doch«, sagte Elly. »Ich finde schon jemand anders, den ich rumkommandieren kann.«

Ihre Hände klammerten sich aneinander. Ihre Stimme blieb leicht und trocken, aber ihr Gesicht war grau vor innerer Anspannung.

»Nun, Mädchen, das war's«, sagte Hugh einige Zeit später. Er hielt auch meine Hand. Die Zeit schleppte sich im niedrigsten Gang dahin; skrupellos langsam; unwillkürlich mußte man an König Charles II. denken. Die blauen Flecken an meinem Handgelenk sah man noch eine Woche später. Es machte mich traurig, als sie blasser wurden und die letzte Spur verschwand. »Habe nichts zu bereuen«, fuhr Hugh fort. »Außer – diesen scheußlichen Ostflügel – von Charteris House …«

An die letzten Augenblicke will ich mich nicht erinnern. Wer an Lungenkrebs stirbt, stirbt würdelos und schrecklich. Alles, was man dazu sagen kann, ist, daß der Übergang von Leben zu Nichtleben, von Leiden zu Nichtleiden zur absoluten Erleichterung wird. Niemand kann dem Kranken auch nur eine zusätzliche Sekunde dieser nach Atem ringenden Folter wünschen. Dadurch aber wird der entscheidende Moment noch spektakulärer, noch mysteriöser. Eben noch liegt das Opfer lang ausgestreckt da, jeder Muskel angespannt, alles auf den Willen ausgerichtet zu überleben. In der nächsten Sekunde ist es still, leblos, nicht mehr da. Die dabei sind, gleichen Freunden, die an einer Rollbahn stehen, nachdem das Flugzeug abgeflogen ist. Es ist die gleiche Atmosphäre von Geschwindigkeit, Schock, Antiklimax; der Lärm ist abgeklungen, in sich fühlt man nur ungläubige Leere...

Meine Radiomusik geht von Pachelbel zu Mozarts Symphonie Nr. 28 über, eine kleine Symphonie, mit der sich das Genie nur auf Nr. 29 mit dem engelhaften langsamen Satz und dann auf die unglaubliche Explosion von Nr. 30 einstimmte. Mozart lenkt meine Gedanken von Hughs letzten Augenblicken ab zu stilleren persönlichen Erinnerungen: Dan, der hingerissen Klarinetten- und Fagottkonzerte entdeckte, während ich in der Wohnung am Covent Garden Omeletts buk. Elly, die ihre Zwillinge zu den Melodien von *Figaro* oder *Cosi fan tutte* badete, mit denen das Radio im Schlafzimmer von Thirsby sie berieselte. Wie die meisten Männer aus Yorkshire hatte Hugh eine Vorliebe für Choral und Oper.

Jetzt die Rundfunknachrichten: niederschmetternd wie immer. Irgendein neuer Artefakt wird mit einem Riesentamtam in den Raum geschossen. Wenn man das Geld, das diese Aktion kostet, auf der Erde verteilte, wären Hunger und Krankheit vermutlich in zwei Jahren ausgerottet. Neue Probleme mit den Arabern, neue Kürzungen der Sozialleistungen, eine Gruppe unglücklicher Kunden als Geiseln in einer spanischen Bank festgehalten, Anzeichen, daß die asiatische Grippe sich möglicherweise ausbreitet.

Da ich mit dem Yoga fertig war, schaltete ich den melancholischen Redefluß mit Freuden ab.

Heute ist der letzte Tag des Ärztekongresses: ein letzter Büffet-Lunch für die Doktoren, leicht, da viele Delegierte es eilig haben werden, ihre Mittagsmaschinen zu erreichen. Dann kann mein Personal seine Messer, Knoblauchpressen und Pfeffermühlen einpacken. Wir reisen immer mit dieser Grundausstattung; am liebsten würde ich auch das Gemüse mitbringen. Amerikanisches Gemüse schmeckt immer so, als sei es auf Baumwolle gezogen. Doch das würde unsere Gastgeber verletzen, und eine Menge komplizierter Importbewilligungen würde ich auch brauchen. Man hat hier entsetzliche Angst vor dem Kartoffelkäfer. Unsere hochklassige Technik verschleppt Seuchen viel schneller als der Mensch in die ganze Welt. Wußten Sie, daß die Phylloxera-Reblaus nicht lange genug lebte, um eine Atlantiküberfahrt mit dem Segelschiff zu überdauern? Man mußte schon die Dampfkraft erfinden, um den winzigen, aber mächtigen Schädling in den europäischen Weingärten anzusiedeln.

Nachdem Krabbensalat und Quiches vertilgt sind, setze ich meine Mannschaft nach Los Angeles und dann mit einem Nonstopflug zurück nach London in Marsch. Ich habe in den nächsten Tagen keine Verpflichtungen und daher beschlossen, England eine Weile fernzubleiben. Da ich diese letzte Unterredung mit Anthony bis zu einem gewissen Grad bedaure, fühle ich mich in sicherem Abstand von ihm wohler. Vielleicht fliege ich nach New York, durchstöbere friedlich ein paar Buchläden und schlendere durch Galerien. Aus New York kann man auch eine Menge origineller Anregungen für Menüs mitnehmen. In diesem Schmelztiegel findet man Restaurants und Imbisse praktisch aller ethnischen Gruppen. Bei internationalen Konferenzen für das leibliche Wohl der Teilnehmer zu sorgen, was die Cuisine Churchill häufig tut, heißt, daß man oft sehr exotische Speisen von uns verlangt, wie Ragouts aus Obervolta, Brotfladen aus Anatolien, den Eispudding, den man im afghanischen Herat so liebt. Kochbücher sind hilfreich, und ich habe eine ganze Bibliothek davon in Tante Thisbes ehemaligem Speisezimmer, aber praktische Erfahrung ist immer besser, und in New York findet man, wenn man sich ein bißchen umsieht, fast jede exotische und ausgefallene ›Cuisine‹. Ich werde auch die phantastischen Lebensmittelmärkte durchstreifen – *Balducci's*, *Zabar's*, *Dean & Deluca* –, und ich werde meine Freunde besuchen, den alten Mann und Charley.

An Bord der Maschine nach New York suche ich mir einen Fensterplatz, nehme ein Taschenbuch heraus und hoffe, auf diese Weise eventuelle Sitznachbarn abzuschrecken: den *Tractatus* des österreichischen Philosophen Wittgenstein, der als junger Mann nach England ging und später Philosophieprofessor in Cambridge war.

Die Maschine füllt sich nur langsam, und ich habe Hoffnung, daß die beiden Plätze neben mir unbesetzt bleiben. Das medizinische Symposium war mit viel Arbeit verbunden, anstrengend und gesellig. Breschnews Arzt gab nie etwas über seinen berühmten Patienten preis, doch in anderer Beziehung war er recht kommunikativ, und ich hatte den Eindruck, daß der Kongreß ein Erfolg war und sein Ziel zumindest teilweise erreicht hat. Es ist ein angenehmes Gefühl, daß ich bis zu einem gewissen Grad für diesen Erfolg verantwortlich war, weil ich die Teilnehmer gut gefüttert und zufriedengestellt habe.

Aber jetzt wünsche ich mir ein bißchen Frieden und Alleinsein. Ich habe viel zu denken.

Wenn man den größten Teil seiner Kraft in die Liebe investiert – in eine solche Form der Liebe, wie ich es in jenen vier kritischen Jahren getan habe –, wenn man sich so machtvoll von ihr leiten und von anderen Leuten und Umständen fremdbestimmen läßt, dann verliert man zwangsläufig viel von der eigenen Kraft. Kraft sammelt man nur im Alleinsein.

Seit Hughs Tod, seit der Trennung von Anthony, habe ich meine Zeit allein verbracht und Kraft gesammelt.

Es war daher wie ein Dammbruch, als ich anfing zu glauben, daß der kleine Finn vielleicht noch lebte.

Hoffnung wächst *nolens volens* in uns wie Honig in einer Wabe; die Hoffnung auf einen schönen Sommer, Hoffnung, daß für uns alles gut wird, auf ein freundliches Ende der Konferenz, bis hinunter zu der kleinen, unbedeutenden Hoffnung, daß der Platz neben mir leer bleiben wird.

Eine verhältnismäßig lange Zeit war ich überzeugt, daß ich die Hoffnung aufgegeben hatte – wie das Rauchen, wie Stärkemehl für manche Speisen, wie den Sex. Doch jetzt, seltsam genug, geschieht etwas zwischen mir und dem verspäteten, unwillkommenen Fluggast, der im allerletzten Moment an Bord gekommen war und sich auf den Sitz neben mir fallen ließ; er mustert mich, seltsam genug, mit einem langen Seitenblick, unverkennbar interessiert und aufmerksam, und mir ist, als sei plötzlich ein Strom in mir lebendig geworden, ein Funke, der einem gleichartigen Funken in ihm etwas signalisiert hat. Das ist mir schon seit Jahren nicht mehr passiert.

Die hektische, stark rhythmische Musik vor dem Abflug wird von *Jennifer* abgelöst, der nostalgischen Ballade aus meiner Teenagerzeit; sie führt mich zurück, wirft einen Lichtschimmer in vergessene Winkel. Kann das ein Omen sein? *Jen-nifer, Jen-nifer, wohin wirst du gehen, Jennifer?*

Der Mann neben mir strömt einen angenehmen, vertrauten Geruch aus: saubere, frisch gebügelte Wäsche in einem warmen Weidenkorb, frische Brötchen, in eine weiße Serviette eingerollt. Er trägt ein braunes Tweedjackett und eine unauffällige graue Sporthose. Er hat eine Brille mit goldenem Rand, dichtes blondes Haar, gut geschnitten und gepflegt, gute, kräftige Hände, mit rötlichem Flaum bedeckt, ein langes, knochiges unenglisches Gesicht. Er inspiziert sofort die Dinnerkarte, verzieht mißbilligend den Mund und vertieft sich schnell in die Hauszeitschrift der Fluggesellschaft. Für mich ein Grund, ihn sofort auf eine niedrige Intelligenzstufe zu stellen. (George würde diese Reaktion Snobismus nennen.)

Ich tue mein Bestes, ihn zu ignorieren. Ich beschäftige meine höchste, oberflächliche Gedankenebene mit einer Konzeption für eine Kasserolle aus Hähnchenbrüsten, Saubohnen, Wasserkastanien und Lauch. Die Hähnchenbrüste werden geschmort, bis ein großer Teil des eigenen Saftes eingedickt ist, dann tut man die leicht sautierten Gemüse dazu, gießt, kurz vor dem Servieren, zerlassene, mit Zwiebeln und Weißwein schaumig gerührte Butter darüber und bestreut das Ganze mit einem Hauch Parmesankäse. Dazu reicht man mit frischem Estragon gewürzten Tomatensalat…

Ich schlief ein.

Nach einer Weile (ich mußte die Drinks verpaßt haben) brachte man uns das Essen: ein dünnes Viereck Leberwurst, eine lappige Portion von etwas, das sie großspurig Bœuf Bordelaise nannten, und ein glitschiges Stück Kokosnußkuchen. Dazu eine kleine Tasse lauwarmer brauner Flüssigkeit.

»Nicht ganz so hervorragend wie das, was Sie uns vor kurzem geboten haben, Madame«, sagte mein Reisegefährte höflich. »Doch erlauben Sie mir, Ihnen ein Glas Wein anzubieten, um es – wie sagen Sie in England? – hinunterzuspülen.«

»Sie waren bei dem Kongreß?« Überrascht, schuldbewußt wurde mir klar, daß ich ihn falsch eingestuft hatte.

»Bei der französischen Delegation. Warum sollte Ihnen ein einziger unter so vielen auffallen? Aber ich habe Sie natürlich erkannt, weil ich auch da war, als Sie nach dem Bankett auf die Toasts antworteten, die man auf Sie ausbrachte. Erlauben Sie mir auch, daß ich Sie zu Ihrer ›Cuisine‹ beglückwünsche. Eine Französin hätte es kaum besser machen können.«

»Danke. Und ich freue mich über das *kaum.* Aber man ist nun einmal verpflichtet, die vorhandenen Zutaten zu verwenden.«

»Sie haben Wunder gewirkt«, sagte er lächelnd. Dann stellte er sich in aller Form als Dr. Théodore Rabuse, Bakteriologe, vor. Wir begannen ein höchst interessantes Gespräch darüber, ob es möglich war, daß vor Millionen Jahren extraterrestrische Intelligenzen von einem anderen bewohnbaren Planeten weit draußen im Weltraum Raketen auf diesen Globus abgeschossen hatten, Raketen mit Bakterien, die sich vermehrten und in unseren warmen Ozeanen wie in einem Inkubator gezüchtet worden waren. »Die See muß damals der beste Nährboden gewesen sein«, sagte Dr. Rabuse begeistert. »Und diese Organismen voller Amino- und Nukleinsäuren hätten sich ausgezeichnet darin entwickelt und schließlich auf uns gestürzt.«

»Aber hätte es, Millionen Jahre bevor wir so weit waren, schon andere auf technischem Gebiet so hochentwickelte Planeten gegeben?«

»Oh, *mais certainement* – gewiß, warum auch nicht? Einige ökologisch bevorzugte Planeten waren vielleicht schon vor ungefähr neun Milliarden Jahren soweit. Wogegen diese Raketen unsere Erde möglicherweise erst vor einer Milliarde Jahre erreichten.«

»Wenn Sie es sagen ... Aber warum hätte man solche Raketen auf uns abschießen sollen?«

»Um die Fortdauer des Lebens zu sichern.«

»Also, wenn das wirklich jemand getan hat, dann hat er aber auf lange Sicht geplant.« Ich seufzte. »Das Leben – warum schätzen wir es so hoch? Ist es wirklich ein solcher Gewinn?«

Eine Zeitlang hatte ich nur schlecht vom Leben gedacht. Lohnt es sich wirklich, sich die Mühe zu machen und eine Pflanze zu kultivieren, die so leicht mit den Wurzeln herausgerissen werden, mit der es so schnell vorbei sein kann?

Und dennoch habe ich mich in letzter Zeit trotz meiner Zweifel dabei ertappt, daß ich das Leben beobachte: Stare, die an einer Mauer klebten, an der noch ein paar getrocknete Trauben hingen; ein alter Mann, der voller Schmerzen über den Gehsteig humpelte und das Gesicht der Sonne zuwandte. Ich glaube, was ich empfand, war Liebe, Bewunderung für die Unzerstörbarkeit dieser Kraft.

»Aber ganz gewiß ist das Leben ein Gewinn«, sagte mein Reisegefährte energisch. »Stellen Sie sich doch ein Universum vor, in dem es nur Steine und leblose Dinge gibt.«

»Keine Kriege, kein Blutvergießen, keine Tragödien – es wäre noch immer eine Menge los. Es gäbe Erdbeben, Vulkane und Sonnenuntergänge, das Nordlicht.«

»Aber es wäre keiner da, der sie bewundert.«

»Vielleicht könnte eine Maschine erfunden werden, die das tut. Angenommen, Sie erfinden eine Maschine, die denken kann – wird sie moralische Probleme haben?«

Rabuse warf mir einen strengen Blick zu und sagte: »Das Leben ist es, das für die Anerkennung sorgt – und für die Überraschungen.«

»Mir reichen die Überraschungen, die ich hinter mir habe, bis an mein Ende.« Doch noch während ich das sagte, wurde mir klar, daß es nicht stimmte.

Dann kamen wir irgendwie auf die Romane von Ivy Compton-Burnett zu sprechen.

»Ich lese nicht viele englische Romane«, sagte Rabuse. »Um die Wahrheit zu sagen, fast überhaupt keine Romanliteratur. Man hat in unserem Beruf genug damit zu tun, im Fachlichen auf dem laufenden zu bleiben. Aber Compton-

Burnett lese ich. Die Dame ist ein Wunder. Meine englischen Freunde versichern mir, daß ihr Familienleben kein reißender Sturzbach aus Mord, Inzest, Vergewaltigung und Betrug ist. Aber wie denken Sie über die Sache?«

»Nun«, antwortete ich bedächtig, »ich bin gerade kein gutes Beispiel für durchschnittliche englische Erziehung. Meine Eltern waren Archäologen, ich bin auf verschiedenen Ausgrabungsstätten rund ums Mittelmeer aufgewachsen – aber ja, wenn ich darüber nachdenke, würde ich schon sagen, ja, ihr Bild entspricht ziemlich der Wahrheit. In der Absicht, wenn auch nicht in der Durchführung.«

Ich dachte daran, wie sehr Dan seine Mutter gehaßt und wie sehr sie zuerst Ingrid und dann mich verabscheut hatte. Heimlichtuerei, Betrug, Hinterhalt.

»*Tiens!* Sie sind aufrichtig, Madame.« Rabuse sah mich beinahe liebevoll an. »Wie glücklich bin ich, als Franzose geboren zu sein.«

Wenn man allein ist, kann die Anerkennung, die man von einem Fremden erfährt, eine übertriebene Bedeutung gewinnen. Ich war einmal einen ganzen Vormittag lang niedergeschlagen, weil ich das Gefühl hatte, mein Postbote habe mich nicht genügend beachtet, als er mir die Post brachte. Wenn leblose Gegenstände kooperieren – mein Plattenspieler mit seinem kleinen roten Auge blinkt –, dann empfinde ich Zuneigung für ihn. Das Auge blinkt nur ungefähr einmal die Woche, denn die Elektrizität bei uns ist pervers und kapriziös wie die menschliche Natur.

Aus diesem Grund betrachtete ich Dr. Rabuse mit einer gewissen Vorsicht, und nachdem wir uns noch eine Weile über Ivy C. B. unterhalten und uns gegenseitig unsere

Lieblingsszenen geschildert hatten, zog ich mich höflich zurück und griff wieder zu meinem Wittgenstein. Der Doktor holte die getippten Sitzungsprotokolle irgendeiner *societé* heraus; und später bildete der Film, den wir uns beide nicht ansahen, eine natürliche Barriere.

Ich war daher ein wenig überrascht, als mein Nachbar, während wir über New York kreisten und auf die Landeerlaubnis warteten, plötzlich sagte: »Sie haben erwähnt, daß Sie ein paar Tage Ferien in New York machen wollen, Madame. Ich frage mich jedoch, ob ich Sie für einen kleinen Vorschlag interessieren könnte, den ich Ihnen machen möchte – ob Sie nämlich in Erwägung ziehen könnten, Ihre *vacances* in Frankreich zu verbringen? *Excusez-moi*« – da ich vermutlich leicht verblüfft dreinsah – »ich mache jungen Damen – so charmant sie auch sein mögen – im Flugzeug keine sexuellen Anträge. Mein Vorschlag hat einen absolut praktischen Hintergrund. Wenn Sie ihn akzeptieren, bekommen Sie – falls Sie es wünschen – einen kostenlosen Flug nach Frankreich, und es wäre mir ein Vergnügen, Sie mit den weniger bekannten gastronomischen Genüssen der Bretagne bekannt zu machen.«

Er erklärte mir, daß er, um einen Teil seiner Reisekosten nach Nevada zu decken, für die Rückreise eine berufliche Aufgabe übernommen hatte: von New York nach Quimper sollte er als medizinischer Betreuer eines teilweise gelähmten Geschäftsmannes in einer privaten Ambulanzmaschine mitfliegen. (Er hatte Medizin studiert, ehe er sich auf Bakteriologie spezialisierte.)

»Es wurde auch vereinbart, daß mich eine Krankenschwester begleitet. Doch in Mitchison habe ich erfahren, daß die Schwester, die ich angeheuert hatte, an Blinddarmentzündung erkrankt ist. Würde es Ihnen Spaß machen, ihren Platz einzunehmen?«

»Aber – gütiger Himmel – ich bin keine Krankenschwester.«

»Oh, es ist eine reine Formsache. Der Mann ist nicht wirklich krank. Eine echte Schwester ist absolut überflüssig. Und wenn ich mich für Sie verbürge, wird niemand Fragen stellen. Ich kenne die beiden Piloten gut.«

Wie es schien, hatte er das schon ein paarmal gemacht.

»Der Mann, den ich begleiten soll – Sir Bert Wilder, noch ein Engländer –, wird Sie amüsieren, glaube ich. Er ist Millionär. Wenn Sie sich entschließen, den Plan zu akzeptieren, erzähle ich Ihnen seine Vorgeschichte. Ich glaube, Sie würden die Erfahrung sehr anregend finden. Aber entscheiden müssen Sie selbst.«

Natürlich war ich interessiert.

»Wann würden Sie fliegen?«

»Morgen abend – nicht spät. Sie hätten also einen Tag in New York.«

Vor langer Zeit lebte ich nach der Maxime, daß man immer dahin sollte, wohin der Wind einen trieb, nie die kleinen Leckerbissen verschmähen durfte, die das Leben ab und zu bereithielt. In letzter Zeit war diese Maxime in Vergessenheit geraten, weil das Leben mir keine Leckerbissen bot. Diesmal hielt ich ein wenig Vorsicht für geboten. War es wirklich vernünftig, sich auf Dr. Rabuse und einen teilweise gelähmten Millionär einzulassen? Wäre es klüger, nein, danke zu sagen? Ich hatte schon genug Sorgen: die anonymen Briefe, die verbale Botschaft, die riesengroße

Frage um den kleinen Finn, meinen wieder aufgenommenen, wenn auch feindseligen Dialog mit Anthony. Aber vielleicht, dachte ich, wird mir eine Ablenkung guttun, mir helfen, die Dinge in ihre richtigen Proportionen zu rücken.

Also ging ich schließlich auf seinen Vorschlag ein.

»Sehr gut«, sagte Rabuse sachlich, als habe er nie ernstlich angenommen, ich könnte mir eine solche Gelegenheit entgehen lassen. »Dann freue ich mich darauf, Sie morgen um halb sieben Uhr abends zu sehen.« Und er erklärte mir, wohin ich kommen sollte. »Aber wenn es Ihnen lieber ist, kann ich Ihnen einen Wagen schicken lassen. Wo werden Sie wohnen?«

»Bei Freunden.« Ich gab ihm die Adresse, und da unsere Maschine inzwischen gelandet war, trennten wir uns ganz prosaisch, wie Geschäftspartner. Beinahe hatte ich das Gefühl, daß unsere fast freundschaftliche Kontaktaufnahme nie stattgefunden hatte.

Am nächsten Abend kam der Wagen, pünktlich auf die Minute, und chauffierte mich durch die abendliche Drängelei auf den Straßen zu einem exklusiven, vom übrigen Flughafen abgetrennten Teil mit dem unsichtbaren Schild NUR FÜR MILLIONÄRE. Dr. Rabuse war schon da, beaufsichtigte sachkundig, wie ein mit dem Gesicht nach unten liegender Mann auf einer Trage aus einem privaten Krankenwagen gehoben und in einen ziemlich kleinen Düsenjet gebracht wurde. Die Prozedur sah höchst ungemütlich aus. Der Patient mußte mit den Füßen zuerst und mit eingezogenem Kopf durch den Einstieg geschoben werden.

»Ist das ihr ganzes Gepäck?« Beifällig musterte Rabuse meinen einzigen kleinen Koffer.

»Alles übrige habe ich mit meiner Mannschaft nach Hause geschickt.

»*Très bien*. Gehen wir an Bord. Sie zuerst. Setzen Sie sich freundlicherweise auf den hinteren Platz.«

Er ließ sich auf dem Platz vor mir nieder, und ohne großes Getue und ganz unzeremoniell wurde die Tür geschlossen, und die Maschine hob ab.

»Jetzt will ich Sie einander vorstellen«, sagte der Doktor munter. Er drehte seinen Sitz herum. »Sir Bert Wilder – das ist Madame – oder Mademoiselle? – Churchill, die köstliche Banketts für Konferenzteilnehmer zusammenstellt.«

»Mir ist ein Steak noch immer am liebsten«, sagte der Industriemagnat.

Da ich keinen Millionär persönlich kannte, hatte ich nicht gewußt, was mich erwartete, aber mit einem Sir Bert hatte ich nicht gerechnet. Er hatte ein wettergegerbtes, lebhaftes Cockneygesicht mit einer großen Nase und flinken, pfiffigen braunen Augen. Seine hohe Stirn mit dem fliehenden Haaransatz hatte tausend Fältchen, die jedoch nicht durch Sorgen, sondern durch lebendiges Mienenspiel entstanden waren. Sein Gesicht kam keine Sekunde zur Ruhe. Fast umgehend befahl er Dr. Rabuse, mit mir den Platz zu tauschen, damit er mir alles über sich erzählen konnte, und nach einer Weile, in der er sich kaum eine Atempause gegönnt hatte, kannte ich die ganze Geschichte: wie er in Brixton Market mit einem Handkarren seine Transportfirma gegründet, sich zu einem Fordlaster hochgearbeitet und noch vor seinem achtzehnten Geburtstag seine erste Million gemacht hatte. »Damals haben Sie noch in der Wiege gelegen, junge Dame.« Sein Akzent war ein klangvoller Mix aus Bermondsey und Brooklyn. Er hatte mehrere amerikanische Transportfirmen erworben und verbrachte jetzt einen großen Teil seiner Zeit in Elizabeth, New Jersey. »Dort wurde ich angeschossen und bin seither gelähmt. Acht Monate lang war ich in einem Pflegeheim, aber, zum Teufel, es macht es einem viel leichter rumzukommen. Ich sitze in einem Rollstuhl und laß mich von anderen Leuten schieben.«

»Aber müssen Sie denn noch ständig unterwegs sein, wenn Sie so viele Millionen haben? Könnten Sie jetzt nicht an einem Ort stillsitzen und das Geld einfach reinrollen lassen?«

»O nein, Schätzchen, Sie haben ja überhaupt keine Ahnung.«

Als er mir den Grund und den Sinn seines hektischen Lebens erklärte, war ich entsetzt.

»Sie wollen mir tatsächlich weismachen, daß Sie es nicht wagen, länger als drei Tage an einem Ort zu bleiben, und nie wissen, wohin es Sie dann verschlägt?«

»Ganz richtig, das berechnet alles der Computer, Schätzchen«, sagte er und genoß meine offensichtliche Bestürzung.

»Aber – um Himmels willen – Sie haben gesagt, Sie hätten eine Frau und sechs Kinder! Wann sehen Sie sie dann?«

Wie, fragte ich mich, können diese Kinder überhaupt gezeugt, geschweige denn geboren worden sein?

»Oh, wir treffen uns mal hier, mal da.«

»Müssen sie denn auch so umherziehen?«

»Darauf können Sie Ihren hübschen Kopf verwetten. Wir wissen nie, wann unsere Wege sich kreuzen werden.

Ich habe das Château in der Bretagne – Plouhaix, es wird Ihnen gefallen – und ein anderes im Süden, ich vergesse immer wieder, wo genau. Ein Castello in der Nähe von Florenz, wir haben eines der Mädchen Flo genannt, ein Chalet bei Grenoble, eine Ranch in Idaho – oder ist es Iowa? Die beiden Staaten verwechsle ich immer. Und dann noch ein Haus am Meer in Santa Barbara. Das sind die wichtigsten. So funktioniert das Bäumchen-wechsle-dich-Spiel.«

»Und das alles nur, weil das Risiko besteht, daß Sie gekidnappt werden?«

»Es ist nicht nur ein Risiko. Es würde mit tödlicher Sicherheit passieren.« Sein lebhaftes Gesicht wurde für einen Augenblick ernst. »Woher, glauben Sie denn, hätte ich mir die Kugel im Rückgrat geholt? Einmal hätten sie beinah die kleine Min erwischt – sie ist meine Jüngste –, aber die Jungs vom Sicherheitsdienst sind gerade noch rechtzeitig gekommen. Und als sich im vergangenen Sommer meine Frau und zwei meiner Kinder in der Wohnung in Menton aufhielten – ach ja, die habe ich vergessen zu erwähnen –, hat jemand einen Zettel unter der Tür durchgeschoben: *Glaubt ja nicht, daß Ihr sicher seid, wir kriegen Euch doch.* Irgend jemand war durch drei Sicherheitstüren und an zwei bewaffneten Wächtern vorbei in das Gebäude eingedrungen.«

»Guter Gott!«

Ich dachte eine Weile über die Geschichte nach und sagte dann: »Ich könnte es nicht ertragen, so zu leben. Wie kommen die Kinder zu ihrer Schulbildung?«

»Hauslehrer. Gouvernanten.«

»Aber wenn sie einmal erwachsen sind – studieren wollen – heiraten? Müssen sie immer beschützt werden?«

»Immer. Es sei denn, sie laufen zu den anderen über. Wie Patty Hearst.«

»Also lieber würde ich mein ganzes Geld weggeben. Jeden Penny.«

»Das würde nicht funktionieren«, sagte er sofort. »Glauben Sie denn, wir hätten das nicht in Erwägung gezogen? Aber das Geld wäre noch immer irgendwo, stünde jemandem zur Verfügung, nicht wahr? Und selbst wenn wir es nicht mehr in der Tasche hätten, wären sie trotzdem hinter uns her und würden uns dazu benutzen, es denen abzupressen, die es dann hätten.«

»Könnten Sie es nicht irgendwie binden, eine Treuhandgesellschaft gründen?«

»Schätzchen«, sagte er, »ich habe die besten Anwälte dreier Kontinente. Wenn die keinen Ausweg finden, können Sie sicher sein, daß es keinen gibt.«

»Dann würde ich Selbstmord begehen.«

»Ah, Sie sind wirklich nur ein dummes Mädchen. Selbstmord? Wir? Alle acht? Und Jed und Tina, die beide verheiratet sind – das macht zehn –, und Enkelkinder sind auch unterwegs«, fügte er stolz hinzu. »Nein. Man lernt eben zu leben, so gut man kann. Es ist ein komisches Leben. Mir macht es Freude, Bilder zu sammeln, wenn ich Zeit habe, das ist mein kleines Hobby. Und Rose – Rosie ist meine bessere Hälfte –, sie ist verrückt nach Gärten, wühlt mit Begeisterung in der Erde, egal, wo sie ist. Nur muß sie natürlich einen Mann vom Sicherheitsdienst und einen Wachhund bei sich haben. Wir haben ein paar phantastische Hunde in Plouhaix. Ein halbes Dutzend – zerreißen Ihnen in knapp fünfzehn Sekunden die Kehle. Es gibt nur einen einzigen Mann, dem sie gehorchen. Sie kennen seine Stimme.«

»Wie überaus angenehm«, sagte ich schwach.

»Ich zeige Ihnen meine Bilder – habe in Plouhaix eine ganze Menge. Möchte wissen, was Sie davon halten, eine gebildete junge Dame wie Sie. Ich wette, Sie waren schon in vielen Museen und wissen, was gut ist und was schlecht. Hoffentlich sind Sie nicht gekränkt, meine Liebe, aber ich muß ein bißchen telefonieren. Den ganzen Weg nur auf der faulen Haut zu liegen ernährt nicht seinen Mann.« Und er begann mit Algier, Abadan, Bombay und Lima zu sprechen.

Dr. Rabuse servierte mir kurz darauf einen Hamburger (um ehrlich zu sein, nicht unbedingt den besten, den ich je gegessen habe, aber am Champagner, der dazu getrunken wurde, war nichts auszusetzen). Da es spät wurde und mein Tag in New York recht anstrengend gewesen war, fragte ich, ob etwas dagegen einzuwenden sei, wenn ich mich ein bißchen aufs Ohr legte.

»Natürlich nicht, ganz und gar nicht.« Wir tauschten wieder unsere Plätze, und Rabuse zeigte mir, wie man den Sitz nach hinten kippte.

»Aber was ist mit ihm?« Ich zeigte auf Sir Bert. »Werden Sie Hilfe brauchen – Bettpfannen und so weiter?«

Er schüttelte den Kopf und reichte mir eine weiche Angoradecke.

»Das erledige ich schon. Schlafen Sie, solange es noch geht. Wir landen um sechs Uhr morgens in Quimper.«

Also schlief ich, kurz und unruhig. Und träumte schmerzlich von der anderen Rose, Anthonys Rosie, die auch so gern im Garten gearbeitet hatte und imstande gewesen war, aus der Erde zarte, seltene, geheimnisvolle Blumen hervorzuzaubern, die von ihren Freunden neidvoll bestaunt wurden. Sie kannte alle Gärtnerkünste – wußte, wie man Rosen veredelte, brauchte ein Blatt nur anzuhauchen, und schon schlug der Stock Wurzeln. »Es ist einfach ein Talent«, sagte sie bescheiden. Rosamund O'Connor Roche, mit vierundzwanzig Jahren von einem Motorradfahrer getötet, der mit seiner Maschine auf einem Ölfleck ins Schleudern kam.

»Kümmere dich um meinen alten Anton, Clytie, bitte!« flüsterte sie mir zu, als sie in der Notaufnahme lag, wo man sich verzweifelt um sie bemühte.

Aber wie in aller Welt sollte ich das tun, wenn er mich haßte wie die Pest und ein Testament gemacht hatte, in dem er meinen Namen verunglimpfte?

Während wir auf dem Flugplatz von Quimper, in der Morgenkühle fröstelnd, zusahen, wie Sir Bert vorsichtig aus dem Flugzeug geholt und in einen privaten Krankenwagen geschoben wurde, erkundigte Dr. Rabuse sich höflich bei mir, was ich in New York unternommen hatte. Ich berichtete ihm von den Kunstausstellungen, die ich besucht hatte – Magritte, Burra, Morandi und Klimt, von dem Raum voller Erde, von ein paar hundert Photographien mit einer Tomate in allen Phasen ihres Reifungsprozesses von Grün zu Rot, von dem auf dem Kopf stehenden Baum, der riesigen Zahnbürste.

»Das müssen Sie Sir Bert erzählen, er wird Ihnen begeistert zuhören. Er kann von Kunst nie genug kriegen.«

Wir waren ins Château zum Frühstück eingeladen, um uns zu überzeugen, daß der Millionär bei der neuen Wachmannschaft und den anderen Betreuern gut aufgehoben war. Unsere Limousine folgte dem Krankenwagen, und ich merkte, daß sich uns noch ein paar Wagen unauffällig als Vor- und Nachhut anschlossen.

Auf der Fahrt erzählte ich Rabuse vom alten Mann und von Charley, die ich, wenn möglich, immer besuche, wenn ich nach Manhattan komme. Sie wohnen fünf Stockwerke hoch in einem riesigen Raum, der von einer Seite eines baufälligen Gebäudes zur anderen reicht. Der Raum ist ein Buchladen, kreuz und quer vollgestellt mit hohen, dicht beieinanderstehenden Regalen, die wiederum mit ständig rutschenden, staubigen Bücherbergen vollgestopft sind. Charley ist eine große, dicke Tigerkatze, die den ganzen Tag in einem Sonnenfleck auf einem Fenstersims schläft, während ihr Herr sich, eisern die Kunden ignorierend (falls welche da sind), gelehrte Rundfunkdiskussionen anhört.

»Diesmal war es Frank O'Connor, der über den *Ulysses* von James Joyce sprach. Charley hat diesen Raum sein Leben lang noch nie verlassen. Er wurde dort geboren. Aber der Besitzer will das Haus verkaufen, und der neue Besitzer wird es wahrscheinlich abreißen und etwas hinstellen, das sechsmal so hoch ist. Dann werden der alte Mann und Charley meilenweit weg in eine Vorstadt ziehen müssen, weil sie in der City nie wieder etwas finden werden, das sie sich leisten können. Der Gedanke ist mir unerträglich. Sie gehören mitten ins Herz von Manhattan. Aber jedesmal wenn ich wiederkomme, bin ich überrascht, sie noch dort vorzufinden.«

»Sie verweigern sich«, sagte Dr. Rabuse freundlich. »Sie verweigern sich dem Fortschritt im Leben.«

»Nein. Nein, ich bin wirklich dankbar, daß sie bisher so viel Glück hatten. Wenn es nur noch ein bißchen länger anhalten könnte.«

»Um Charleys und des alten Mannes oder um Ihretwillen? Wer weiß, vielleicht gefällt Charley das Leben in der Vorstadt. So, und das ist Plouhaix.«

Wir hatten die Umgebung von Quimper längst hinter uns gelassen und waren auf einer schnurgeraden Straße durch einen ziemlich großen Wald gefahren. An dem Punkt, an dem wir jetzt waren, trat der Wald zu beiden Seiten zurück, und eine grasbewachsene Lichtung senkte sich in ein riesiges natürliches Becken. Genau in der Mitte erhob sich in einem architektonischen Park ein Märchenschloß, mit Zinnen und Pechnasen bewehrt, mit Dutzenden jener von den Franzosen so geliebten komischen kleinen Spitztürmchen, die aussehen wie umgekehrte Speiseeistütchen. Perlweiß stand es in der Lichtung, und darüber hing ein später blasser Mond wie eine Unterschrift auf einem japanischen Druck.

»Oh – wie absolut hinreißend!«

»Ja. Damals, als Sir Bert es kaufte, war die günstige Lage ausschlaggebend. Mit dem Jet nur eine Stunde von London entfernt, und das weite, offene Land drumherum, man sieht die Leute schon von weitem. Aber inzwischen gibt es natürlich so raffinierte Langstreckenfeuerwaffen, daß die Sache ein bißchen kitzlig ist – man kann die Dinger mitten im Wald abfeuern.«

Wir fuhren durch ein viereinhalb Meter hohes, elektronisch betriebenes schmiedeeisernes Tor in den Park hinein, vorbei an den geometrisch exakten Anlagen, vorbei an einem Springbrunnen, der aussah, als habe ihn Bernini geschaffen – und auch vorbei an einer Fülle anderer klassischer und klassizistischer Statuen. Mehrere riesige Deutsche Schäferhunde streiften zielstrebig zwischen den Buchsbaumhecken umher; sie starrten uns aus hellen Augen finster an, und ich war heilfroh, im Wagen zu sitzen und nicht zu Fuß unterwegs zu sein. Inzwischen kam mir Plouhaix längst nicht mehr so märchenhaft vor; zumindest war es kein heiteres Perraultsches Märchen mehr, sondern eins von den Gebrüdern Grimm.

Durch ein zweites Tor. Der Krankenwagen hielt schon vor dem Haupteingang, und der Besitzer von Plouhaix wurde fixer ins Haus befördert, als ein Kartentrick ablief. Es erinnerte mich an die Kuchen, die man mit warmen Zutaten anrührt – man zieht Backpulver und Mehl unter zerlassene, mit Zucker schaumig gerührte Butter – und ganz schnell in den Backofen schieben muß.

Auch wir wurden schnell ins Haus verfrachtet. Mir genügte die Vorstellung von Scharfschützen, die in dem dunstigen druidenhaften Waldgebiet lauerten und ihre Teleskoplinsen auf den Eingang richteten, um mich in geradezu unwürdiger Hast hindurchzudrängen. Schließlich konnten sie nicht wissen, daß ich eine völlig Fremde war. Ich hätte ebensogut Sir Berts neueste Schwiegertochter oder seine derzeitige Geliebte sein können. Ich fing an zu bedauern, daß ich mich je auf diesen Abstecher eingelassen hatte.

Das Interieur des Schlößchens war jedoch sehenswert.

Wir kamen in eine runde Vorhalle mit einem Fußboden aus durchsichtigen grünen Marmorfliesen. Die Wände waren von dunklerem Grün, die vergoldeten Kranzleisten und das Balkenwerk geschnitzte Girlanden aus Laub, Früchten und Blumen. In rundbogigen Nischen standen antike hölzerne Statuen von Dryaden, Fauns und Satyren in Goldfassung. Irgend jemand – gewiß nicht Sir Bert? – hatte die Idee gehabt, den Wald direkt in das Château einzubeziehen. Von einem kunstvollen *art-nouveau*-Kandelaber über uns ergossen sich grünblaue Tiffanyelemente wie ein gefrorener Wasserfall.

Der Hausherr, schon in einem Rollstuhl untergebracht, hatte sich bereits in eine Nische an ein vergoldetes Telefon begeben und telefonierte mit Hamburg. Leute mit Gepäck, Mappen und Papierbündeln liefen eilig umher. Ich stieß mit einer ältlichen Hausangestellten zusammen und bat sie, mir eine Toilette zu zeigen.

»*Mais oui, mademoiselle, suivez-moi ...*« Sie führte mich durch einen der Korridore, die strahlenförmig wie die Speichen eines Rades von der Vorhalle abgingen, und in ein üppig mit Blumen geschmücktes blaues Boudoir, das nach Osten gehen mußte, da die Sonne hereinflutete. Es hatte goldene Wasserhähne, Marmorbecken, Puder- und Cremetiegel aus venezianischem Glas, eben einfach alles. Und da stand auch noch ein himmlisch bequem aussehendes Möbelstück – Fauteuil oder Chaiselongue, genau wußte ich es nicht, es war auf jeden Fall Barock und stammte aus dem 18. Jahrhundert, hatte Samtrüschen und Kissen und luftige, duftige Biesen und Fältchen. Nachdem ich mich frisch gemacht, gepudert und mit Kölnischwasser besprüht hatte, zog es mich unwiderstehlich zu dieser einladenden Couch. Ich will mich etwas ausstrecken, dachte ich, nur fünf Minuten … Ich hatte eine kurze, unruhige Nacht hinter mir und wollte ein wenig meditieren …

Als ich wieder wach wurde, war mir sofort klar, daß ziemlich viel Zeit vergangen sein mußte. Das Licht hatte sich völlig verändert; meine elegante Zuflucht lag jetzt im Schatten. Gähnend stand ich auf, rieb mich mit noch mehr Kölnischwasser ein und lief dann, von schlechtem Gewissen geplagt, zurück in die Halle.

Totenstille. Keine Menschenseele war zu sehen.

»Hallo?« rief ich nervös. *»Allô? Allô? Est-ce-qu'il y a du monde par ici?«*

Niemand antwortete. Ich lief treppauf, treppab, kam in eine herrliche Bibliothek – dunkelbraune Täfelung, Vergoldungen und Leder; ein Bankettsaal, in dem ganz leicht sämtliche Teilnehmer des medizinischen Kongresses in Mitchinson Platz gefunden hätten. Oben fand ich mehrere Empfangsräume, mit erlesener Eleganz im Stil Louis XV möbliert – gestreifter Satin, Intarsien, Förmlichkeit und Unbequemlichkeit. Aber nirgends ein Mensch.

Allmählich kam ich mir vor wie eine Gestalt aus *Dornröschen*, oder war es *La Belle et la Bête?* Würden geisterhafte Hände mit Obstschüsseln aus den Wänden wachsen? Oder auf zeitgemäßerer Ebene – waren Sir Bert und sein ganzer Hofstaat entführt worden, während ich schlief? Würde auch ich niedergeschlagen, betäubt und nach Venezuela in einen Keller verschleppt werden? Oder bewohnten der Millionär und sein Personal eine entlegenere, bescheidenere Region des Châteaus?

Ich stieg die anmutig geschwungene Treppe wieder hinunter und blickte nachdenklich durch die beiden riesigen, mit vergoldeten Girlanden eingerahmten, verspiegelten und – wie ich hoffte – kugelsicheren Scheiben der inneren Eingangstür. Vor der offenen Außentür dehnten sich, in Sonne getaucht, etwa ein Viertelhektar gekiester Zufahrt und weite, vorbildlich gepflegte Rasenflächen, glänzte Wasser in einem steinernen Becken. Wer mähte regelmäßig das Gras? Phantomgärtner? Liefen die Wachhunde frei umher? Durfte ich mich hinauswagen? Oder war ich eine Gefangene und dazu verurteilt, Hungers zu sterben? Mein Magen fühlte sich schon ganz hohl an, so hungrig war ich. Meine Uhr, die ich vergessen hatte aufzuziehen, war mittags stehengeblieben, aber nach europäischer Zeit war es offensichtlich viel später. Das Licht war golden. Die Schatten der Buchsbaumhecken fielen lang auf den Rasen.

»Miss Churchill! *Attendez!* Gehen Sie um Gottes willen nicht hinaus!«

Ich fuhr herum. Aus einem der speichenförmig angelegten Korridore kam Rabuse auf mich zugeschossen. »Dem Himmel sei Dank, daß ich Sie erwischt habe!« stieß er keuchend hervor und packte meinen Arm. »Dort hinauszugehen wäre Ihr Tod.«

»Keine Sorge, ich hatte es nicht vor. Hab mir so was Ähnliches gedacht.«

»Kommen Sie, hier entlang.« Als mißtraue er meinen Absichten noch immer, zog er mich in die Richtung, aus der er gekommen war.

»Wo sind denn alle? Tut mir schrecklich leid, daß ich eingeschlafen bin.«

»Sind alle weg. Abgefahren, während Sie schliefen.«

»Weg? Der ganze Laden? Was, um alles in der Welt, ist passiert?«

»Ich erzähle es Ihnen. Aber zuerst – Sie müssen hungrig sein. Ich wollte mir eben eine Kleinigkeit zu essen machen.«

Inzwischen waren wir in einer Prachtküche mit rotem Fußboden angelangt, die größer war als die im Ritz; es gab fünf oder sechs Herde, mehrere Kühlschränke, so groß wie Badezimmer, Hackblöcke, aus ganzen Baumstämmen herausgehauen, und die Wände waren mit Kupferpfannen gepflastert. Nach den Zutaten zu schließen, die Rabuse sich auf einem Tisch zurechtgelegt hatte, wollte er sich ein Omelett machen, doch mein Hunger verlangte nach Handfesterem.

»Lassen Sie doch mich kochen«, schlug ich vor. »Währenddessen können Sie mir erzählen, was geschehen ist.«

»Eine gute Idee«, sagte er, »doch vorher mache ich mich auf die Suche nach einer Flasche Wein.« Er verschwand auf der steinernen Treppe, die in den Keller führte, und ich inspizierte inzwischen die Lebensmittelvorräte.

Gefriertruhen, so groß wie Stahlkammern, waren vollgepackt mit Steaks, Wildschwein- und Wildkeulen, Puten und ganzen Rinderseiten. Ich begann eine Bauernterrine aus gepökeltem Schweinefleisch und geschnetzeltem Rindfleisch zuzubereiten, doch da ich Fleisch direkt aus der Gefriertruhe ganz und gar nicht mag, suchte ich weiter. Ich entdeckte eine gut gefüllte Speisekammer für Wild und suchte einen Fasan aus, der mir gerade richtig zum Braten schien. Ich hätte gern ein Ragout gemacht, fand jedoch keine Trüffeln, daher mußten wir uns mit einem Bauernsalat mit Kraut, Schinkenstreifen und Rosenkohl zufriedengeben, dazu Schweizer Rösti mit geriebenen Karotten und einen Nachtisch aus Käse und Obst. Es gab einen ganzen Kühlraum voller Käse und einen zweiten mit herrlichen Äpfeln und Birnen, vermutlich aus eigener Ernte.

Inzwischen hatte der Doktor einen leichten trockenen Chablis und einen schönen roten Graves, Jahrgang 1975, entdeckt und ein paar Flaschen von jeder Sorte heraufgebracht. Im Keller, sagte er, sehe es ein bißchen aus wie Kraut und Rüben. Sir Bert interessiere sich nicht für Weine, er ziehe *Worthington* vor, was immer das sein mochte.

»Also, was ist passiert?« fragte ich wieder, während ich den Fasan rupfte und wir den Chablis kosteten.

»Der Wachhundeführer hatte einen Herzanfall.«

»Guter Gott! Ist er tot?«

»Nein, glücklicherweise war es kein schwerer Anfall, aber er mußte ins Krankenhaus. Sir Bert ist mit ihm gegangen. Es ist zu riskant für ihn, ohne Krankenwagen und ohne den einzigen Mann hierzubleiben, dem die Hunde gehorchen. Daher ist er mit seiner ganzen Karawane in das andere Château in der Nähe von Albi weitergezogen.«

»Und was wird aus uns?« fragte ich leicht entrüstet, nahm meine Terrine heraus, um sie zu inspizieren, und schob ein tiefgefrorenes Baguette ins Rohr. »Hat man uns hiergelassen, damit die Hunde was zu beißen haben?«

»Nein, nein, es wurde ein Tierarzt bestellt, der sie mit in ein Schlafmittel getauchten Pfeilen betäuben wird.«

»Was passiert dann mit den armen Biestern? Werden sie ›entsorgt‹? Oder kriegen sie so lange Beruhigungsmittel, bis der Hundeführer wieder gesund ist?«

»Weiß der Himmel. *Ce n'est pas mon affaire*«, sagte Rabuse ziemlich kaltschnäuzig. »Aber der Tierarzt kann erst morgen früh kommen, also sind wir bis dahin Gefangene.«

Er schien mit dem Stand der Dinge nicht unzufrieden.

Doch ich kam mir irgendwie genötigt vor. »Angenommen, ich litte unter Klaustrophobie? Oder hätte einen dringenden Termin in England?« Man hätte mich früher wecken müssen, damit ich die Möglichkeit gehabt hätte, Sir Bert und seine Leute zu begleiten. Aber Rabuse sagte gelassen: »Ich weiß, daß Sie keinen Termin haben. Ich hingegen muß morgen abend in Paris einen Vortrag halten und wollte daher nicht mit in den Süden.«

»Und wenn *ich* gern nach Albi mitgegangen wäre?«

»Machen Sie sich ruhig auf meine Kosten lustig, Madame. Aber ich habe Ihnen doch versprochen, Sie mit einigen bretonischen Gaumenfreuden bekannt zu machen. Morgen unternehmen wir eine kleine Fahrt durchs Land.«

Ich gab das Spiel auf. Im Grunde war ich froh, mit diesem ruhigen, freundlichen Mann im Château zu bleiben. Natürlich war es enttäuschend, daß man nicht hinausgehen, Park und Wald erkunden konnte – jener voller menschenfressender Hunde, dieser voller Kidnapper, ausgerüstet mit den neuesten Waffen. Aber unsere Gefangenschaft würde nicht von langer Dauer sein. Zweifellos gab es im Château viele Möglichkeiten, sich zu unterhalten; ich hatte bisher kaum ein Zwanzigstel seiner Möglichkeiten erforscht.

»Darf ich telefonieren? Ich würde mein Personal gern wissen lassen, wo ich stecke. Ist das möglich?«

»Mais oui, Madame, naturellement.«

»Nennen Sie mich bitte Clytie, ja?«

»Clai-tie«, wiederholte er sorgfältig, und aus seinem Mund klang es sehr französisch. »Das ist ein reizender Name. Darf man fragen, was er bedeutet?«

»Oh, Clytie war eine griechische Nymphe, eine Wassernymphe, glaube ich, die sich in den Sonnengott Apollo verliebte.«

»Und?«

»Es ist nichts Gutes dabei rausgekommen. Er wußte, daß sie verbrennen, in Rauch aufgehen würde, wenn er mit ihr schliefe – wie Semele, die eine Affäre mit Zeus hatte –, also hat er sich ihr nie genähert. Und sie schmachtete ihr Leben lang nach ihm, beobachtete seinen Wagen, mit dem er über den Himmel jagte, und verwandelte sich am Ende in eine Sonnenblume oder ein Heliotrop – ich vergesse immer wieder, in was.«

»*Un Tournesol* – ein Heliotrop. Eine reizende Geschichte, die zu dem Namen paßt. Gleichen Sie denn Ihrer Namensschwester, und sehnen Sie sich immer nach dem Unerreichbaren?«

Das Unerreichbare. Tot, dahin, verschwunden, verloren. Verloren.

»In gewisser Weise ja, glaube ich.«

Ich breitete die Hände auf dem wunderbar soliden hölzernen Hackblock aus. Fuhr mit den Fingern durch das weiche Gefieder des Fasans.

»Ah«, sagte er nachdenklich. »Aber um auf Ihre Frage

zurückzukommen, ja, gewiß können Sie telefonieren – mit jedem Ort der Welt, wenn Sie wollen.«

Seine Worte weckten plötzlich den verrückten Wunsch in mir, meine Mutter anzurufen. So oft war sie – als sie noch lebte – an irgendeinem unerreichbaren Ort: Pernambuco, Tasmania, Taschkent, Sunrise, Alaska, Samarkand. Selbst wenn ich ihre Telefonnummer gehabt hätte, hätte ich es mir nie und nimmer leisten können, sie anzurufen. Und es war die einzige Sünde, die ich mir als Hausgast reicher, großzügiger Freunde gestattete – ich rief meine Mutter an und quatschte ausgiebig mit ihr.

›Hallo, Vanessa, stell dir vor, ich werde zusammen mit einem französischen Bakteriologen auf einem Château gefangengehalten.‹

Es gäbe eine Menge nachzuholen. Sie ist vor acht Jahren gestorben. Das Geld, das sie mir vererbte, hatte es mir ermöglicht, Watch Cottage zu kaufen. Oh, was war mir seither nicht alles passiert. George. Hugh. Anthony. Und Rosie. Und die mögliche Auferstehung des kleinen Finn.

»Danke«, sagte ich und sauste zum Telefon.

Meine Mannschaft war erleichtert, als sie erfuhr, wo ich geblieben war. »Wir hatten schon gehört, daß Sie nicht mehr in New York waren. Ihr Anwalt hat versucht, Sie zu erreichen.«

»Mein Anwalt?«

»Mr. Roche.«

»Soll ich ihn zurückrufen?«

»Ja. Seine Nummer ist Affton Wells …«

»Ich kenne sie, danke.«

Manche Telefonnummern vergißt man nie.

Ich rief bei Anthony an. Da aber längst Feierabend war, meldete sich in seinem Büro niemand mehr. Daher versuchte ich es in seinem Haus in der Hanover Crescent. Diese Nummer hatte ich seit Rosies Tod nicht mehr gewählt.

Es antwortete eine schrille, überschnappende ältliche Stimme. Das Herz wurde mir schwer – ich wußte, wer das sein mußte.

»Kann ich Mr. Roche sprechen, bitte?«

»Wer ist da?« Mißtrauisch, mürrisch. Viele Frauen waren es bestimmt nicht, die Anthony anriefen, vermutete ich; es sei denn, sie waren sehr mutig und hartnäckig.

»Clytie Churchill.«

»Pfui!« Sie sagte es tatsächlich. Ihre Stimme verriet tiefsten Abscheu. »Bleiben Sie dran«, knurrte sie gleich darauf. Dennoch dachte ich, daß sie möglicherweise den Hörer aufknallen werde, aber nach einer längeren Pause hatte ich Anthony in der Leitung.

»... Anthony? Hier ist Clytie Churchill. Ich höre, du wolltest dich mit mir in Verbindung setzen.«

»Oh, ja. Wohin, um alles in der Welt, bist du verschwunden? Bist du wieder in England?«

Seine Stimme klang schroff, als hätte ich ihn bei der Lektüre eines langen Gerichtsprotokolls gestört.

»Nein, ich bin nicht in England. Ich halte mich momentan in einem Château in der Bretagne auf.«

Ich überlegte, ob ich erwähnen sollte, daß ich von einer Hundemeute gefangengehalten wurde, entschied mich aber dagegen. Er schien schon das Château zu mißbilligen. »In der Bretagne?« sagte er. »Wo denn da?« Es klang gereizt. »Ich dachte, du wolltest nach dem Kongreß sofort nach England zurückkommen.«

»Wahrscheinlich komme ich morgen. Was willst du mit mir besprechen?«

Das Herz begann mir wie wild gegen die Rippen zu hämmern. »Es – es hat doch nicht etwa... Hast du etwa was Neues über Dans Sohn erfahren?«

Er sagte zurückhaltend: »Es gibt keinen Grund, sich aufzuregen, aber – rein zufällig – bin ich mit der Familie von Ingrid Christ in Kontakt gekommen.«

»Tatsächlich?« Das war wirklich eine überraschende Neuigkeit. »Wie hat sich denn das ergeben?«

»Durch Caspar Monk«, sagte er. »Ich habe mich mit seiner Biographie beschäftigt und bin auf eine Stiefschwester gestoßen, die auf einer abgelegenen Insel im Baltikum haust. Ich habe vor allem deshalb versucht, dich zu erreichen, weil diese Stiefschwester, Mrs. Olafson, der Meinung ist, sie habe auf Ingrids Hinterlassenschaft und damit auf die Copyrights einen größeren oder zumindest den gleichen Anspruch wie du.«

»Ist das alles?« Ich war bitter enttäuscht. »Mir ist verdammt egal, wer die Copyrights hat. Sie kann sie haben – solange sie nicht versucht, die Veröffentlichung der Biographie oder der Gedichte zu verhindern.«

»Ich glaube nicht, daß sie die Absicht hat. Aber sie plant, demnächst nach England zu kommen, und hofft, die Papiere bei dir abholen zu können. Du verlierst dadurch möglicherweise eine Menge Geld, weißt du das?«

»Das ist mir egal. Monk hat Kopien von den Papieren. Aber die Originale liegen im Watch Cottage. Ich bin selbstverständlich bereit, mich mit der Stiefschwester zu treffen, sag ihr das.«

Ich war natürlich wenig beeindruckt von der Tatsache, daß diese Mrs. Olafson, die das Schicksal der Papiere dreizehn Jahre lang dem Zufall überlassen hatte, plötzlich lebhaftes Interesse bekundete, als ruchbar wurde, daß möglicherweise ein Gewinn herauszuschlagen war.

»Ich werde mich mit ihr treffen, wenn sie meint, es sei sinnvoll«, wiederholte ich. »Und ich übergebe dir die Papiere, wenn du willst.«

»Nein, das brauchst du nicht«, sagte er hastig. »Wenn du nichts dagegen hast, gebe ich ihr deine Adresse.«

»In Ordnung.« In Ordnung, wenn du's so haben willst, du feindseliges Miststück. »Ich melde mich«, sagte ich kalt. »Wegen der anonymen Briefe hast du keine weitere Theorie?«

»O doch, die habe ich«, antwortete er mit juristischer Vorsicht und Zurückhaltung. »Aber darüber will ich am Telefon nicht sprechen. Es kann warten, bis du wieder hier bist. Wann wird das sein? Und hast du eine Telefonnummer, unter der du zu erreichen bist?«

Ich gab ihm die französische Vorwahl und die Nummer. »Es ist der Besitz von Sir Bert Wilder – einer von vielen.«

»Wessen Besitz?«

»Sir Bert Wilder.«

»Also habe ich mich nicht verhört. Du meinst den Containertransport-Millionär? Was hast du denn mit dem zu tun?«

»Oh, Sir Bert ist nicht hier, er ist heute morgen abgereist. Ich halte mich nur in seinem Haus auf.«

»Mit einem Freund, nehme ich an«, sagte Anthony unverzeihlicherweise.

»Entschuldige, ich muß meinen Fasan aus dem Rohr nehmen. Auf Wiedersehen, Anthony.«

»Ihr Telefongespräch scheint Sie aufgeregt zu haben, Madame«, stellte Dr. Rabuse fest, als ich in die Küche zurückkam und hastig die Fasanenfedern und Rosenkohlabfälle in einen Müllbeutel fegte.

Unser Umgangston war, stellte ich fest, wieder förmlich geworden. Rabuse war wirklich ein guter Beobachter, erfühlte eine Stimmung und paßte sich sofort an. Höflich und besorgt fügte er hinzu: »Ich hoffe, niemand ist beunruhigt, weil Sie hier sind? Ich versichere Ihnen, daß Ihnen nichts zustoßen wird.«

»O nein, das ist es nicht. Das ist es ganz und gar nicht.«

Ich stach den Vogel an, probierte die Rösti, passierte den Rosenkohl und gab ihn in eine hübsche Schüssel aus Limoges-Porzellan. Die letzten hellgrünen Kugeln nahm ich mit den Fingern aus dem Sieb und fand die weiche Wärme ungemein tröstlich.

Ich tue jetzt vieles mit den Fingern. Vermutlich ist das eine Reaktion auf die Verbote in meiner Kindheit. Vanessa hatte so oft gesagt: »Faß das nicht an, Liebling. Es ist ganz bestimmt schmutzig. Voller Fliegen. Wahrscheinlich haben alle Hunde Arabiens sich darauf entleert.« Ich glaube, sie mußte sich ständig vor Dysenterie, Enteritis, Cholera, Diphterie und Beulenpest in acht nehmen... Daß ich überhaupt überlebt habe, war schon ein Triumph, glaube ich. Mein Vater hat nicht überlebt. Er starb, das wurde mir später klar, ziemlich jung, mit Anfang Fünfzig.

Manchmal habe ich das Gefühl, mich auf Mutter zuzubewegen. Oft saß sie mit einem starren, weit entfernten Ausdruck in den Augen da und blickte ins Leere. Ich spürte den gleichen Ausdruck in meinem Gesicht. Warum bin ich nie daraufgekommen zu fragen, was sie dachte? Warum beachten wir, wenn wir jung sind, die ältere Generation so wenig?

Bemüht, das Gespräch von meinem Telefonanruf wegzusteuern, sagte ich: »Ist Ihnen schon einmal aufgefallen, daß Frauen ihren Tastsinn viel häufiger einsetzen als Männer – und wieviel Spaß das macht? Seit es fast alles fertig abgepackt gibt, benutzen wir unsere Hände so wenig... Aber denken Sie nur einmal daran, wie hübsch es ist, eine Orange zu schälen, eine Frucht auf ihren Reifegrad zu prüfen, dicke Bohnen aus ihren pelzigen, widerspenstigen Hülsen zu schälen oder Tomaten, nachdem man sie in heißes Wasser getaucht hat, oder weichen Brotteig zu kneten oder die Knochen aus einer warmen Suppe herauszufischen? Diese Tätigkeiten sind so therapeutisch, so atavistisch, aber wie viele Menschen ziehen heutzutage noch ihren Nutzen daraus? Alles wird von Maschinen übernommen.«

Er antwortete selbstgerecht: »Franzosen bereiten sich solche Vergnügen wahrscheinlich öfter als Männer anderer Nationen.«

»Meinen Sie wirklich? In Frankreich gibt es schließlich auch Supermärkte.«

Nachdem ich auf dem Tisch Platz gemacht hatte, stellte ich meine Terrine dort ab und sagte förmlich: *»Monsieur, c'est servi.«*

Er kostete, hob anerkennend sein Glas und begann dann hungrig zu essen, fuhr aber jeweils zwischen zwei Bissen fort: »Im großen ganzen bin ich jedoch geneigt, Ihrer Behauptung zuzustimmen. Besonders im Hinblick auf die beiden Geschlechter. Im Vergleich zu den Frauen führen die Männer heute ein sinnlich unterprivilegiertes Leben. Ein Mann geht tagtäglich in seine Firma, seine Praxis, seine Redaktion und erledigt seine Arbeit – beschäftigt sich mit Handel, Forschung, Journalismus, Medizin, Industrie, womit auch immer. Er hat auch sein Hobby, spielt Golf, geht zum Pferderennen, zum Segeln. Doch abgesehen davon und abgesehen von einer gewissen sexuellen Aktivität, setzt er seine körperlichen Mechanismen kaum ein. Frauen hingegen, habe ich beobachtet – auch berufstätige Frauen mit großen Karrieren –, verstehen es, noch Zeit für eine ganze Reihe unterschiedlichster Tätigkeiten zu finden. Sie, zum Beispiel, Madame... Natürlich ist Ihr Beruf eine ständige Therapie an sich, aber ich wette, daß Sie in Ihrem Alltagsleben noch unzählige völlig anders geartete Dinge tun. Habe ich recht?«

»Himmel, ja. Ich male, polstere Möbel, gipse, hacke Holz, löte, kann klempnern und schreinern; außerdem schlage ich mich mit mehreren gräßlichen Maschinen herum, Rasenmähern, Photokopierern, Schreibmaschinen, Mixern, Aufnahmegeräten und Waschmaschinen. Und es trifft zu, daß viele Männer, die ich kenne – die ich gekannt habe –, über diese Fertigkeiten nicht verfügen, gar nicht verfügen wollen. Es ist wirklich verblüffend, als zögen sie es vor, ihren Strom in einen einzigen oder höchstens zwei, drei Kanäle zu lenken. Aber warum, warum schränken sie sich so ein? Das kann nicht natürlich sein. Sogar der primitive Mann muß über ein ganzes Repertoire verschiedener Fähigkeiten verfügt haben.«

»Das bezweifle ich. Wenn Sie den Ausdruck ›der primitive Mann‹ benutzen, denken Sie vielleicht schon an den Bauern, den Hirten; aber unser ältester Vorfahre, der Jäger, hatte eine einzige Fähigkeit – und nur die. Kennen Sie die Legende vom heiligen Julius, dem barmherzigen Bruder? Er hatte eine Wahnsinnslust zu töten; das war seine treibende Kraft. Er ist vielleicht der in jeder Beziehung elementare Mann; nehmen Sie ihm diese Kraft, und Sie nehmen ihm alles.«

»Nun, niemand hat sie ihm genommen«, widersprach ich. »Deshalb stecken wir ja alle in einem solchen Kuddelmuddel.« Ich räumte die Terrine ab und servierte den Fasan. Dr. Rabuse holte das Gemüse vom Herd und den Rotwein, den er schon vorher aufgemacht hatte, schenkte ein und sprach dabei ununterbrochen weiter.

»Es gibt natürlich viele, die sagen werden, daß der Mann, indem er sich nur auf eine Tätigkeit konzentriert, einen höheren Wissensstand und eine bessere Fachkenntnis erwirbt als die Frau mit ihren breitgefächerten, diffusen Aktivitäten je erreichen kann. Wo sind der weibliche Galilei, der weibliche Einstein, Leonardo…«

»Ihn können Sie nicht als Beispiel zitieren. Wenn es je einen Hansdampf in allen Gassen gab…«

»Nun gut, ich will keinen Wettstreit, versuche nur etwas zu beweisen. Shakespeare, Ibsen, Tolstoi?«

»Oh, da gebe ich Ihnen durchaus recht. Ich bin keine Feministin. Tatsächlich glaube ich, daß der Feminismus ein rein kommerzielles Spektakel ist. Haben Sie bemerkt, daß die Macher in der Industrie immer dann eine neue Gruppe erfinden, wenn die Inflationsrate ansteigt oder wenn es eine Rezession gibt? Und diese neuen Gruppen brauchen natürlich ihren Markt, der sie beliefert. Zuerst waren es die Teenager, dann verschiedene ethnische Gruppen, die plötzlich besondere Bedürfnisse hatten – dann die Kultgruppen, die Sportler, die Vegetarier, die Anhänger der Gesundheitskost – und die Frauen. Es gibt jetzt Frauenbuchläden und Frauenlebensmittelläden, sogar Banken für Frauen – als habe es vor dem Ende der siebziger Jahre keine Frauen gegeben. Ich würde mich schämen, in einen Frauenbuchladen zu gehen!«

Inzwischen hatte ich mich in eine heitere Stimmung hineingeredet. Anthony hatte die Macht, mein Gemüt in eine dunkle Wolke zu hüllen, die sich jetzt aber anhob und schließlich auflöste.

Rabuse, der mir zu Beginn der Mahlzeit nachdenklich vorgekommen war, begann sich zu entspannen. Er hatte ein für einen Franzosen wenig ausdrucksvolles Gesicht. Schwere, wie gemeißelt wirkende Lider verbargen oft seine großen dunkelbraunen Augen. Wenn die Lider sich blitzartig hoben, war die Wirkung verblüffend. Sein Mund, ein bißchen zu dünn und streng, wenn in Ruhestellung, konnte sich herrisch verziehen und wirkte manchmal bedrohlich. Er hatte jedoch auch die liebenswerte Eigenschaft, zwei- oder dreimal schnell zu zucken, wenn ihn etwas amüsierte. Er zuckte jetzt. Rabuse sagte: »Dauernd fragen Sie mich, ob ich dies oder jenes bemerkt habe. Eines jedenfalls hat mich die Erfahrung gelehrt – wenn ein Mann und eine Frau anfangen, sich gegenseitig sexuell abzuschätzen, um sich übereinander klar zu werden, dann stürzen sie sich häufig in so ein Gespräch, geben Gemeinplätze von sich und schleichen um das eigentliche Thema herum, ohne es zu berühren.«

Seine schlichte Direktheit ließ mich kurz innehalten. Während ich Kaffee machte, fragte ich: »Schätzen wir uns gegenseitig ab?«

»Wir wären sehr unnatürlich, wenn wir es nicht täten«, sagte er und schnitt sich sorgfältig ein schmales Stück Brie ab. »Warum, glauben Sie, habe ich Ihnen den Vorschlag gemacht, nach Frankreich zu kommen? Weil ich zwischen uns eine Übereinstimmung gespürt habe. Nicht fürs ganze Leben, vielleicht«, fügte er hastig hinzu – ich muß völlig fassungslos ausgesehen haben –, »aber für ein hübsches Zwischenspiel, eine Idylle vielleicht, die möglicherweise, wie das so oft geschieht, in eine wertvolle Freundschaft mündet. Haben Sie denn nicht fast vom ersten Augenblick an diese Anziehung zwischen uns gefühlt? Sie sind eine ehrliche Person. Kommen Sie schon, ich bin sicher, Sie haben sie gefühlt. Und was könnte in der romantischen Situation, in der wir uns befinden, natürlicher sein als eine solche Überlegung?«

»Nun – ja, vielleicht …«

»Sie haben dennoch Zweifel? Und doch sind Sie ein reifer Mensch. Sie waren verheiratet? Hatten Liebhaber, vielleicht sogar mehrere?«

»Vierzehn oder fünfzehn.«

Wenn er ehrlich war, dann konnte ich es auch sein. Er nahm meine Antwort gelassen auf.

»Und unter so vielen war keiner, mit dem Sie glücklich waren? Hat kein einziger Ihr Herz berührt?«

»O doch, o doch!«

Plötzlich durchfuhr mich das Gefühl trostloser Verlassenheit wie ein eisiger Wind. Alles, was mich am Leben hielt, schien vor Kummer zu Eis erstarrt. »Sie täuschen sich sehr, wenn Sie diesen Schluß ziehen«, sagte ich. »Es gab drei...« Ich unterbrach mich, war einfach nicht fähig fortzufahren. Mein Hals war zu, die Zunge klebte mir am Gaumen. Ich stützte die Ellenbogen auf den Tisch und preßte die Handflächen vor die Augen.

Nach einer Weile hörte ich seine Stimme, ruhig und freundlich.

»Soll ich Ihnen erzählen, warum ich Bakteriologe bin? Ich wurde es, weil vor zwanzig Jahren, noch während meines Medizinstudiums, auch ich jemanden geliebt habe. Eine junge Krankenschwester, die an dem Krankenhaus in Toulon ausgebildet wurde, an dem ich famulierte. Sie war ein ernstes, eifriges Mädchen, das seinen Beruf sehr liebte. Sie war wunderbar. Dann infizierte sie sich bei einem Matrosen, der Patient bei uns war, mit einer seltenen Tropenkrankheit. Er starb schrecklich, und Lucienne ist auch gestorben. Alle konnten den Verlauf ihrer Krankheit voraussagen, der entsetzlich war – aber keiner konnte etwas tun, um das Ende abzuwenden.«

»Ich verstehe. Sie waren auch da«, sagte ich gedämpft durch die Hände.

»Ja, ich war auch da.« Nach einer Pause fügte er hinzu: »Ich war sehr lange da. Wie ein Dachs in seinem Bau, dessen Eingang verschüttet wurde. Ich habe geglaubt, ich könnte nie wieder lieben. Und heiraten schon gar nicht. Ich bin sehr religiös, ein Katholik. Ich nehme das Ehegelübde sehr ernst. Ah, Sie verschließen sich. Sie sind nicht katholisch, da bin ich sicher. Einer Ihrer Liebhaber vielleicht? Sie mögen Katholiken nicht?«

»Es geht nicht darum, ob ich sie mag oder nicht. Ich habe großen Respekt vor ihnen, finde sie nur schwer erträglich. Es ist eine andere Dimension. All diese Mysterien, all das, was hinter der Wand geschieht – von dem niemand etwas weiß. Jemand schaut von Zeit zu Zeit durch ein Sprechgitter. Ein paar Worte werden gewechselt. Und dann – plötzlich – Animation. Ein greller Blitz. Donnergrollen. Und jemand wird lahm, verletzt, getötet. Wie durch den Schuß aus dem Wald.«

»Die Hand Gottes?« Er lächelte, nahm die goldgerahmte Brille ab, rieb sich die Augen. Ohne Brille sah sein Gesicht jünger, nicht so schulmeisterhaft aus. »Es ist eine Reflektion unserer Haltung gegen Gott, nicht wahr, daß seine Hand immer strafen muß.«

»Aber eines Tages haben Sie doch wieder geliebt?« fragte ich, weil ich nicht mehr über Gott reden wollte.

»Nie wieder so wie damals. Es war wie ein freundlicher, milder Wintertag. Nie wieder die Hitze des Hochsommers.«

Das Telefon klingelte. Rabuse ging ohne Eile an den Apparat und stellte dabei fest: »Wer immer es ist, der anruft, es ist höchst unwahrscheinlich, daß wir etwas für ihn tun können. Es sei denn, es ist der Tierarzt.«

Als er den Hörer abnahm (Kupfer, damit er zur Küchenausstattung paßte), hatte ich plötzlich die irrationale, verrückte Hoffnung, daß es Anthony war, der mich anrief, weil er Neuigkeiten hatte. Neuigkeiten – worüber? Die Befreiung von Mafeking. Die Einnahme von Lucknow. Mons. Hiroshima. Die Nachricht, die sie von Ghent nach Aix brachten.

Wohin sind sie gerannt, Paul Revere, Mazeppa?
Ein ums andere Mal geht kopflos der Mensch in die Irre,

heißt es in einem Gedicht von Ingrid Christ.

»Ah, *oui*«, rief Rabuse freundlich ins Telefon. »Ja, selbstverständlich werde ich das tun, wenn das Ihr Wunsch ist. *Bien sûr, monsieur.* Die Teekanne, den Pyjama, die Papiere in einer roten Ledermappe.« Langsam und sorgfältig wiederholte er eine Reihe von Zahlen. »Nein, ich notiere sie mir nicht. Mademoiselle Churchill wird mir helfen, sie nicht zu vergessen. *Au revoir. Dormez bien, monsieur.* Ja, das werde ich. Und ich werde sie bitten, Ihnen ihre Meinung mitzuteilen.« Mit einem breiten Lächeln legte er auf.

»Das war Sir Bert. Er hat seinen Lieblingspyjama vergessen. In der Brusttasche steckt ein kleines Gedicht, das er auswendig lernen will. Und seine Frau möchte eine Teekanne, die mitzubringen er versprochen hatte und in der Hast des Aufbruchs vergessen hat. Offenbar hält sie sich im Moment auch im Château d'Oix auf, und sie haben fröhlich Wiedersehen gefeiert. Das Pech des Hundeführers war für sie ein Segen. Die beiden lieben sich sehr.«

»Und was wollte er als drittes?«

»Die Papiere aus dem Safe. Ich hole sie am besten gleich, solange ich die Kombination noch weiß.«

»Er scheint ein sehr vertrauensseliger Mann zu sein. Wir könnten mit all den Wertsachen hier verschwinden. Oder die Zahlenkombination an Diebe weitergeben.«

»Die Kombination ändert sich automatisch jeden Tag.«

Wir gingen in die herrliche Bibliothek hinauf. Rabuse drückte auf einen Knopf, und Jalousien senkten sich klappernd über eine Reihe schwarzer Fenster. »Unnötig zu verkünden, wo der Safe ist«, erklärte er.

»Sie vergessen, daß die einzigen Geschöpfe außerhalb dieser Fenster menschenfressende Deutsche Schäferhunde sind.«

»Und Sie vergessen: Genausogut könnte der gesamte arabische Transportarbeiterverband draußen lauern oder das Komitee der ›International Truckdrivers' League‹ seine mit Radioteleskopen ausgerüsteten Spione im Wald postiert haben, von wo aus sie jeden unserer Schritte beobachten.«

Sir Berts Safe befand sich traditionell hinter einer Reihe von Büchern mit Goldschnitt und Einbänden aus Lederimitat, den gesammelten Werken von Angela Brazil, wie ich entzückt feststellte. Außer der roten Ledermappe enthielt er nicht viel: ein paar Päckchen Samen, eine in Chamois gewickelte Diamantentiara, einen Klumpen Gold, ein Päckchen Orange-Spice-Tee und einen Folioband – Shakespeare, wie mir schien.

»Und wie sollen Sie ihm die Sachen zukommen lassen?« fragte ich, als Rabuse die schwere Safetür zudrückte, nachdem er die Mappe herausgenommen hatte.

»Ich muß sie morgen dem Verwalter übergeben. Sir Bert schickt einen Kurier nach Quimper, und von dort aus werden sie hinuntergeflogen. Gegen Mittag nimmt Sir Bert sie in Empfang.«

Ich war neugierig, was für ein Gedicht der Millionär auswendig lernen wollte, und als wir uns auf die Suche nach seinem Pyjama machten – einfache blaue Baumwolle von *Marks & Spencer* –, achtlos auf ein fußballplatzgroßes Bett geworfen, auf dem eine Decke lag, die wie ein Cluny-Gobelin aussah –, inspizierte ich die Brusttasche und fand einen Zettel mit einem Dutzend handgeschriebener Zeilen.

> Der Himmel, sagst du, wird wie ein Feld im April
> sein…

Seltsam, daß Sir Bert ausgerechnet dieses Gedicht gewählt hatte. George und ich haben es auch oft zitiert.

> Aber ich, älter geworden und trauriger, habe dich
> nicht – noch sollt ich an dich denken…

»Wer hat es geschrieben?« fragte Rabuse, als ich den Zettel in die Tasche zurücksteckte und das Jackett faltete.

»Ein amerikanischer Dichter, Conrad Aiken.«

»Tut mir leid, aber ich kenne nur wenige Gedichte. Ich habe kein Ohr für Poesie.«

»Entschuldigen Sie sich nicht. Sie hatten genug damit zu tun, Fakten zusammenzutragen und die Bücher von Ivy Compton-Burnett zu lesen. Man kann nicht alles tun.«

Er packte Pyjama, Mappe und Teekanne, die wir aus der Küche geholt hatten, in einen Gucci-Koffer. Dann sagte er: »Sir Bert hat eigens darum gebeten, daß ich Ihnen seine

Bildersammlung zeige. Er möchte gern Ihre Meinung darüber hören. Er hält Sie für eine sehr nette, verständnisvolle junge Frau. Hofft, Sie wiederzusehen. Und er möchte, daß Sie ihn irgendwann anrufen, um mit ihm über die Bilder zu reden und ihm zu sagen, ob Sie noch von einigen wissen, die er Ihrer Ansicht nach kaufen sollte – als R-Gespräch natürlich.«

»Wo sind die Bilder?« fragte ich ein wenig besorgt.

»In der Galerie.«

Wir passierten mehrere Korridore und kamen in einen Raum, der etwa zwanzig Meter lang und sechs Meter breit war. Die Wände waren mit naturfarbener Tussaseide bespannt, die Deckenbeleuchtung bestand aus einer Reihe von Punktstrahlern, und der Boden war mit Sisalmatten belegt. Der Raum war im Vergleich mit der übrigen Ausstattung von Plouhaix beinahe mönchisch streng. Rabuse schaltete das Licht ein, ließ die Jalousien herunter wie in der Bibliothek, und ich betrachtete die Bilder, die an der Rückwand hingen. Es waren sehr viele.

Sir Bert sammelte Bilder von Häusern, stellte ich fest. Das schien das Bindeglied zu sein. Einige Bilder waren vor allem Landschaften, zwar waren auf mehreren im Vordergrund auch Gestalten zu sehen, doch immer war irgendwo ein Haus. Vielleicht deshalb, weil der Millionär selbst so viele Wohnsitze sein eigen nannte, daß er ihre Zahl nur noch in Reproduktionen vermehren wollte? Oder manifestierten sich sein Widerwille gegen sein gehetztes Leben und die ständige Unsicherheit in einer nie endenden Suche nach einem vollkommenen Heim?

Seine Sammlung reichte von Städtebildern von Canaletto, Guardi und Belotto über Landgüter von Gainsborough mit den stolzen Besitzern im Vordergrund, Utrillos Pariser Vorstädte, romantische Ruinen von Samuel Palmer, amerikanische Landhäuser von Henry Hall und Straßenfronten von Hopper bis zu von Christo verpackten geheimnisvollen Gebäuden und schließlich zu den wilden und unheimlichen Strukturen von Piranesi. Es gab sogar ein kleines Ölgemälde, bei dessen Anblick es mir einen leichten Stich versetzte, denn es war mit H. H. Hedman signiert, und ich hatte es zuletzt 1974 in Hughs Ausstellung gesehen. *Spukhaus* hatte Hugh es genannt; er malte gern Häuser, in denen es spukte, das hatte er zumindest behauptet. Er war enttäuscht, als ich ihm sagte, im Watch Cottage gebe es keinen Geist.

Plötzlich überkam mich, als ich in dieser großen, irgendwie aseptisch wirkenden Galerie stand, entsetzliches Heimweh, und ich fragte mich, was ich, zum Teufel, hier tat, in diesem gespenstischen Château , das von menschenfressenden Hunden belagert wurde, und warum ich nicht zu Hause in meinem Bett lag. Warum nur war ich hier, um Himmels willen? Doch egal, morgen wollte ich schnurstracks nach Hause. Morgen abend um diese Zeit stand ich schon in meiner gemütlichen Küche, machte mir Rühreier und beglückte die Nachwelt über Kassettenrecorder mit meinem Rezept für eine Hähnchen- und Wasserkastanienkasserolle, während vor meinem Fenster auf dem Castle Mound die Eulen schrien.

Ich sagte, aufrichtig, es sei eine sehr interessante Sammlung. Rabuse mußte eine gewisse Zurückhaltung in meiner Stimme entdeckt haben, denn er schaltete das Licht aus und beförderte mich schnell in die Bibliothek zurück, wo er das Feuer im offenen Kamin entfachte, das er schon vorbereitet hatte. Er holte eine Flasche Courvoisier und Gläser aus einem Schrank hinter ein paar Buchattrappen.

Dann sagte er schroff: »Sollen wir miteinander ins Bett gehen, oder sollen wir reden?«

»Dr. Rabuse – Théo – ich hoffe ... Ich hoffe, Sie haben nicht das Gefühl gehabt, daß ich Sie zu Erwartungen ermutigt habe, die zu erfüllen ich nie die Absicht hatte ...«

»Mein liebes Mädchen! Komme ich Ihnen so unvernünftig vor?«

»Ich glaube nicht, daß ich schon bereit bin, mit Ihnen ins Bett zu gehen. Wenn überhaupt einmal.«

»Machen Sie bitte kein so bekümmertes Gesicht. Wir wollen uns statt dessen unterhalten. Es wird nur ein anderes Vergnügen sein, das ist alles. Das Gute ist der Feind des Besten. Wer hat das gesagt?« »Wahrscheinlich Plato.«

»Und wer soll entscheiden, was das Gute und was das Beste ist?«

»Die Frage – die eigentliche Frage ist ... Natürlich könnten wir eine Nacht zusammen verbringen und dann unserer Wege gehen. Aber ich denke, Sie hatten recht. Es scheint eine gewisse Anziehung zwischen uns zu geben. Und vielleicht wollen wir es nicht dabei belassen.«

War ich ehrlich? Ich dachte an Anthony, der in England glimmte wie eine Zündschnur. Mußte er für alle Zeiten zwischen mir und jedem menschlichen Kontakt stehen? Ich fuhr fort: »Ich wage zu behaupten, daß Sie, der kühle, skeptische Franzose, mich für närrisch abergläubisch halten werden ...«

»Wer sagt, ich sei kühl und skeptisch?«

»... aber Männer, die ich – die ich liebe, kommen so oft jämmerlich zu Tode.«

»*Quoi donc?* So oft? Wie oft?«

»Drei, die ich geliebt habe, sind gestorben. Und ein vierter, mit dem ich nur eine kurze Affäre hatte – den ich gern hatte und respektierte.«

»Es waren natürliche Tode? Ohne daß Sie nachgeholfen haben? Oder wollen Sie mir etwa beibringen, Sie seien eine Art Lucrezia Borgia, die jeden Liebhaber von seinem Nachfolger ermorden läßt?«

»Nein, nein. Einer ist bei einem Unfall ertrunken. Einer hat Selbstmord durch Ertrinken begangen. Zwei sind erkrankt – und einfach gestorben. Und zwei sehr liebe Freundinnen kamen bei schrecklichen, sinnlosen Unfällen ums Leben ...«

»Und?« Er sah mich eindringlich an. »Deshalb glauben Sie, daß Sie Unglück bringen? Daß Sie durch Ihre fatale Nähe Tod verursachen?«

»Nein, eigentlich nicht. Damit würde ich mich wohl zu wichtig nehmen, nicht wahr? Nur ...« Ich schlug wieder die Hände vors Gesicht, rieb mir wütend die Stirn und sah dann zu ihm auf. »Verstehen Sie denn nicht? Ich könnte es nicht ertragen, wenn es noch einmal passierte. Ich habe einfach genug – genug! Menschen zu lieben – Gefühl zu investieren – und sie dann zu verlieren ...«

Unerwartet zitierte er auf englisch:

»I always think as they do what they please
of Tom Dick and Harry who were tall as trees

but most I think when I'm by their side
of little Willy Wee who downed and died.«

Ich starrte ihn an.

»Wie ungewöhnlich. Sie haben diese Worte direkt aus meinem Kopf herausgeholt. Haben Sie nicht gesagt, Sie hätten kein Ohr für Poesie?«

»Lucienne hat mich vor langer Zeit mit dem Werk von Dylan Thomas bekannt gemacht. Manchmal lese ich ihn wieder, zur Erinnerung an sie.«

Ich fragte mich, ob er mit dieser Lucienne je ins Bett gegangen war. Wahrscheinlich nicht.

Sorgfältig legte er noch ein Scheit auf das lebhaft prasselnde Feuer und sagte: »Vier von den Männern, mit denen Sie geschlafen haben, sind jetzt tot? Von einer Gesamtsumme von fünfzehn? Statistisch ist das bedeutungslos. Elf leben noch. Außerdem ist die Lebenserwartung des Mannes geringer als die der Frau. Das ist eine Tatsache, mit der die Frauen sich abfinden müssen.«

»Es ist einfach, das zu sagen. Drei von diesen vier Männern habe ich sehr geliebt. Und auf ewig. Ich liebe sie noch. Werde sie immer lieben.«

»Dann haben Sie sie nicht nur körperlich geliebt.« Sein Ton war gemessen, wohlüberlegt.

»Viel tiefer als nur körperlich. Aber natürlich auch so.«

Unser Gespräch beschwor sie herauf. Ich fühlte ihre physische Anwesenheit am Kamin – wie Geister: George, schmal, blaß, klug, lächelnd, die Zigarette schräg zwischen den Fingern; Dan, lebhaft, wachsam, mit vielen Schwächen, rührend, nervös das dunkle Haar von der Stirn zurückwerfend, ständig auf der Jagd nach einem Ausweg aus dem Schlamassel, in das er sich selbst gebracht hatte; Hugh, massiv und energisch, in Cordhosen und Tweedjackett mit Lederflecken auf den Ärmeln. Ruhig in einem Lehnsessel sitzend, wirkte Hugh wie eine seiner monumentalen Skulpturen. Er hatte ein unerschütterliches Vertrauen in seine Gesundheit und Kraft. »Dem alten Hugh wird nie etwas passieren«, sagte er immer gelassen, überzeugend. Ich saß gern zwischen seinen Knien zusammengerollt auf dem Boden und lehnte mich an ihn; es war, als lehne man sich an einen Baum. Als er von seiner Krankheit erfuhr, war er zuerst wie betäubt, glaubte es nicht; dann bekam er einen Schock; schließlich raste er vor Wut. Er hatte keinen Glauben, tat jede Religion als abergläubischen Quatsch ab. Seine Vorfahren waren Quäker, doch er hatte an der Universität jeden Glauben abgelegt. Nachdem er erfahren hatte, daß sein Tod unausweichlich war, begann er jedoch an eine Art bösartiger, feindseliger Vorsehung zu glauben. Abgemagert, wild, ständig im Kampf mit seinen Kissen, war er Prometheus, der sich in nichts ergab, der empört war über die Ungerechtigkeit, die ihm widerfuhr. Nur um Ellys willen hatte er seinen Verfall mit einem zivilisierten Benehmen getarnt.

»Ich liebe sie noch«, wiederholte ich. Und noch einen, der noch am Leben ist. Anthony, der mich haßt.

Rabuse sagte: »Zweifellos sind sie in jener besseren Welt glücklich, von Ihrer Liebe zu wissen. Aber Sie sind keine Katholikin und glauben nicht, daß es nach diesem Leben ein anderes gibt, oder?«

»Nein, denn da ist nichts. Sie sind unwiderruflich fort.

Und wenn ich tot bin – mit allen anderen, die sie geliebt haben und sich jetzt noch an sie erinnern –, dann werden sie noch tiefer in die Vergangenheit sinken. Keine Spur wird bleiben, von keinem von uns.«

Außer Hughs Bildern. Ich dachte an das *Spukhaus.*

»Es ist traurig für Ungläubige.« Rabuse seufzte. »Den Trost einzubüßen, den man in dem Wissen findet, daß man mit seinen Lieben wiedervereint werden wird. Wie ich mit meiner Lucienne.«

Ich musterte ihn aufrichtig verblüfft. Da war sie wieder, diese Mauer. Die Mauer zwischen mir und Anthony, an die ich so oft gestoßen war. Was für eine merkwürdige, ungewöhnliche Zuversicht mußte man haben. Sie mußte die Haltung beeinflussen, mit der man die Möglichkeiten wahrnahm, die einem dieses Leben bot. Und sie beeinflußte sie auch ganz offensichtlich.

Aber Rabuse schien ein intelligenter Mann zu sein, einer, der Fragen stellte, ein Skeptiker. Und das war auch Anthony.

»Das ist so simpel«, sagte ich. »Selbst wenn ein Teil des Geistes weiterlebte, wie könnte es eine Wiedervereinigung geben? Kinder glauben so etwas, wilde Völker: eine Art himmlischen Picknicks mit der alten Omi, die zurückgekommen, und mit dem kleinen Paul, der jung gestorben ist; alle, alle treffen sich am Lagerfeuer wieder.« Ich schüttelte den Kopf. »Ich erkenne keinen Sinn darin. Und es würde bei mir nicht funktionieren. Dan, zum Beispiel« – bei dem Gedanken mußte ich unwillkürlich lächeln –, »ihn würde man wahrscheinlich gar nicht in den Himmel reinlassen. Er war viel zu unstet und ichbezogen.«

»Und doch haben Sie ihn geliebt.«
»O ja. O ja. Das hab ich.«
»Erzählen Sie mir von ihm. Erzählen Sie mir von allen.«

4

Für dich mißt' gern ich manchen, der, bedacht
auf sich nur, ewig frönen will dem Bauch,
kriechend und schleichend in die Hürde dringt...

Nach Dans Tod bin ich ein paar Jahre lang ausgeflippt. Elly war mit ihrem Hugh in York, watete knietief in Häuslichkeit und beschäftigte sich mit Sprachen; Chris machte ihren Doktor in Philosophie, arbeitete halbtags, und war bald mit George verheiratet; ich aber trieb es wirklich wild. Mein Vater, als Baptist erzogen, hätte es eine Schwäche meiner moralischen Struktur genannt. Eine zerstörerische Krankheit. Leukämie des Geistes und der Seele. Zweimal war ich vom Leben brutal und vernichtend geschlagen worden, hatte es mir unmißverständlich gesagt, bis hierher und nicht weiter. Allmählich bekam ich das Gefühl, etwas in mir müsse vergiftet sein, weil ich so viel Unglück hatte. Oder anders – daß ich nicht wirklich existierte – außer vielleicht, wenn ich für andere Leute kochte. Ich war da, wo die Leben anderer Menschen sich überschnitten, nur eine Art nicht vorhandener Punkt. Warum sollten sie mich sonst so benutzen? Ein paar Jahre lang machte ich keinen Versuch, Chris und Elly wiederzusehen. Ich hatte das Gefühl, tatsächlich ein Unglücksbringer zu sein, durfte ihr Leben nicht vergiften. Sie waren gesund, gefestigt und arbeiteten hart, waren rational und kamen in ihren Berufen vorwärts. Ich wollte, daß es, unbeeinflußt von mir, so blieb.

Ich hatte mehrere kurzlebige Affären; mit dem Flagellanten Reggie und einem traurigen, freundlichen Mann mit einer äußerst unglückseligen, durch eine Drüsenkrankheit bedingten Behinderung; dann ein kurzes lesbisches Intermezzo mit zwei Schwestern, die einen Buchladen hatten; mir gefiel ihr literarischer Geschmack, wir führten viele gemütliche Gespräche über die Werke von Wilkie Collins und Sarah Grant, aber ich ertrug ihren chaotischen Lebensstil nicht: überall stand schmutziges Geschirr herum, tote Blumen stanken in fauligem Wasser, in der Marmelade steckten ausgedrückte Zigarettenstummel, in der Küchenspüle weichten blutige Strumpfhosen, und eine der beiden stürmte, um nicht zu spät in die Buchhandlung zu kommen, eines Morgens aus der Wohnung, warf dabei ein eingeschaltetes Elektroöfchen um und ließ es, mit den glühenden Heizstäben nach unten, liegen. Sie brannten ein Loch in einen sehr hübschen, kleinen Perserteppich, den Vanessa mir zum einundzwanzigsten Geburtstag geschenkt hatte, und in die Dielenbretter darunter. Es ist ihr nie eingefallen, sich zu entschuldigen, es schien ihr absolut unwichtig. Also trennte ich mich von Cammie und Gilda, aber wir blieben befreundet. Wir sehen uns auch jetzt noch ab und zu. Der nächste war Lionel, dessen Frau vor kurzem gestorben war; mich wollte er nur als sexuelles Ventil, während er über sie sprach, und verstand nicht, warum ich das als entwürdigend empfand.

»Es ist doch nicht so, als ob du gar nichts davon hättest, du kriegst doch auch deinen Kick«, sagte er gekränkt. »Also warum das Getue?« Ich nehme an, wir nehmen voneinander, was wir können; ich traf mich noch eine Zeitlang mit ihm, er fand meine Rindfleischeintöpfe köstlich, und das schuf so etwas wie ein Band zwischen uns, aber es wurde zu traurig, als mir klar wurde, daß er nie aufhören würde, von Hermione zu reden. Ohne Zweifel war meine Haltung genauso ichbezogen.

Gleichzeitig war da der Börsenmakler Arthur, der überhaupt keine Geliebte wollte. Alles, was er wollte, war jemand, mit dem er ungefähr zwei Stunden lang am Telefon reden konnte, während er masturbierte. Die Gespräche mit ihm waren so interessant und ungewöhnlich, daß ich diese verrückte Beziehung ein Jahr lang stillschweigend duldete. Wir trafen uns nur selten, denn tagsüber hatte er an der Börse viel zu tun, und abends hielt er Vorlesungen an der London School of Economics über Währungstheorie. Er investierte ein bißchen Geld für mich und vervierfachte es, was ungefähr der einzige Vorteil war, den mir die Beziehung einbrachte, außer einer Menge gelehrter Informationen über alle nur erdenklichen Themen und einer Kassette mit Mahler-LPs, die ich nur selten hörte. Er bewunderte Mahler grenzenlos und legte die Platten gern auf, wenn er hin und wieder zum Abendessen zu mir kam.

Er war ein wählerischer Esser, aber er liebte meine Soufflés und behauptete, daß man im Restaurant kaum einmal ein anständiges Soufflé bekam. Schließlich wurde ich eingeladen, eine Buchhändlertagung in Stockholm zu bekochen (Cammie und Gilda verschafften mir den Auftrag, für den ich recht dankbar war). Er bot mir die Gelegenheit, mich von Arthur zu distanzieren. Ich rief ihn einfach nicht mehr an, nachdem ich aus Stockholm zurückgekommen war, und zog etwa zwei Wochen später um, entfernte mich gewissermaßen aus seinem Dunstkreis. Falls man von ihm sagen konnte, daß er einen Dunstkreis hatte. Kürzlich habe ich in der Zeitung gelesen, daß er zum Wirtschaftsberater im Ministerium für Handel und Industrie ernannt worden war. Wer, frage ich mich, ist wohl jetzt Empfängerin seiner mitternächtlichen Geistreicheleien und gelehrten Vorträge?

Dann gab es einen Mann, der eine Fischstäbchenfabrik besaß, einen Journalisten aus einer Presseagentur, einen Brigadier und einen schwulen Schauspieler, der Abwechslung suchte.

Drei Jahre vergingen mit derlei kurzlebigen Affären. Ich wurde depressiv, wachte jeden Morgen tränenüberströmt auf. Das Tageslicht brach mit dem gräßlichen Klang jener Glocke über mich herein, von der die Hausmutter meiner teuren Internatsschule uns wecken ließ. Ich war vier Jahre an dieser Schule, an die Glocke habe ich mich jedoch nie gewöhnt. Nach den mediterranen Morgen meiner Kindheit mit Vanessa, als ich in Olivenhainen oder an silbrigen Stränden erwachte, war die Realität aus Messingglocke, eisernen Bettgestellen, klirrenden Nischenvorhängen, Emailkrügen und zweihundert unfreundlichen, gleichgültigen Menschen um mich herum keine Realität, sondern ganz einfach die Hölle.

Mit Anthony habe ich oft über die Hölle diskutiert. Jeder kann die Hölle erfinden, das ist keine große Kunst, sagte ich. Die Hölle ist die Quintessenz unserer furchtbarsten Erlebnisse und schrecklichsten Ängste. Wenn dort oben wirklich ein Gott säße, allwissend und alliebend, wozu brauchte er eine solche Einrichtung?

»Angeblich sind wir doch seine Kinder«, sagte ich entrüstet zu Anthony. »Man schickt seine Kinder doch nicht in die Hölle.« Doch Anthony sagte, ich sei nur eine unwissende kleine Heidin.

Ich ging mit meiner Depression nicht zum Psychiater, denn ich kam gar nicht auf die Idee, daß es eine Depression sein könnte. Ich dachte, ich sei einfach unglücklich. Etwas mit Großbuchstaben einen Namen zu geben hilft nicht unbedingt. Ein Jahr litt ich an peinigenden Rückenschmerzen, konnte morgens kaum aus dem Bett kriechen und bewegte mich beim Zähneputzen und Kaffeekochen krumm wie ein Fragezeichen. Dann wuchs mir auf der Fußsohle eine qualvoll schmerzhafte Beule, so daß ich ungefähr acht Monate lang hinkte, besonders in der ersten Tageshälfte, bis ich mich an den Schmerz gewöhnt hatte. Die Infektion entwickelte sich immer weiter und entfernte sich schließlich aus meinem Fuß in Form eines harten, runden Knotens; das war eine ziemlich aufregende und interessante Periode. Als ich einige Zeit später in einem von Georges medizinischen Wörterbüchern schmökerte, erfuhr ich, daß meine Beschwerden auf einen Bandscheibenvorfall und eine Hornhaut bildende entzündliche Warze auf der Fußsohle, eine Verruca, zurückzuführen gewesen waren und nicht, wie ich vermutet hatte, einfach Manifestationen meines schädlichen Lebenswandels oder eine Bosheit der Vorsehung wie Hiobs Eitergeschwüre. Ich hätte damit zu einem Arzt gehen können. Aber hätte der mich schneller geheilt als die Zeit? Diese Erfahrungen bestätigten mich nur in meiner Überzeugung, daß Ärzte nicht viel für uns tun können, außer sich hin und wieder unser Wehgeschrei anzuhören, wenn Schmerz und Angst unerträglich werden. Und vielleicht waren die Verruca und der Bandscheibenvorfall ja auch ein Teil meines Allgemeinzustands; man ist für solche Leiden vielleicht empfänglicher, wenn man unglücklich und seelisch erschöpft ist. Zweifellos hatte mich einer meiner Bettgenossen mit der Warze angesteckt, und an dem Bandscheibenvorfall war mein ausschweifendes Leben schuld. Ich hatte Glück gehabt, daß ich mir weder Fußfäule noch Syphilis geholt hatte.

Die Arbeit hielt mich aufrecht. Grimmig klammerte ich mich an die Daisy-Molkereiprodukte (ich war nach Dans Tod dahin zurückgekehrt) und brachte es bis zur Direktorin dieser mittelmäßigen Firma. Ich schrieb zwei weitere Kochbücher: *Alles über die Zwiebel* und *Käse, bitte.* Auch meinen Roman *Die letzte Tasse Kaffee auf der Welt* beendete ich und fand einen Verlag, der bereit war, das Wagnis einzugehen und ihn zu veröffentlichen. Die Leute haben ihr Geld zum Fenster hinausgeworfen, denn das Buch bekam nur schlechte Kritiken, und damit war mein Traum von einer Karriere als Schriftstellerin ausgeträumt.

Statt dessen begann ich meine eigene Firma zu planen, eine Art Partyservice.

Damals hatte ich es längst aufgegeben, von Menschen etwas zu erwarten; o ja, mit dieser Seite des Lebens hatte ich abgeschlossen. Menschen waren, soweit ich das übersehen konnte, absolut unfähig, einander eine emotionale Stütze zu sein. Das Beste, was wir für unsere Mitgeschöpfe tun können, dachte ich, ist, sie in Ruhe zu lassen.

Dann starb Vanessa. Ob Sie es glauben oder nicht, ich erfuhr es in der Früh aus den Achtuhrnachrichten. Im Radiobulletin des dritten Programms, nach einem zusammenfassenden Bericht über die ungelösten Probleme bei der Konferenz der Labour Party in Blackpool. »Die bekannte Archäologin Vanessa Raintree Churchill starb gestern an einem Schlangenbiß in Godwit, Westaustralien. Professor Churchill wurde berühmt durch ihre Theorien über die minoische Kultur und ihr jüngstes Buch über die tasmanische vor-aborigine Zivilisation...«

Oh, dieses merkwürdige, schneidende, betäubende Entsetzen, von der unpersönlichen Stimme eines Massenmediums zu erfahren, daß Mutter oder Vater in die Ewigkeit abberufen worden waren. Zum Glück lag ich mit irgendeinem Typen im Bett. Wer es war, weiß ich nicht mehr. Männer hassen es gewöhnlich, die ganze Nacht zu bleiben, trotten lieber um drei Uhr morgens in ihre eigene Höhle, nachdem ihr Trieb befriedigt ist, während die Frauen sich bei Tagesanbruch nach einem zweiten Kopf auf dem Kissen sehnen, nach Pseudohäuslichkeit über Kaffeebechern und nach Unterhaltung beim Frühstück. Nun, damals hatte ich Glück. Ich konnte mich umdrehen und mich in seinen Armen ausweinen, wer immer es war. Und wie beeindruckt wäre Dan gewesen, dachte ich mitten in meinem Schmerz; zu hören, daß der Tod meiner Mutter in den Achtuhrnachrichten gemeldet wurde, hätte ihm geschmeichelt. Gegen Trauer und Schmerz empfindlicher geworden durch den Verlust von Vanessa, diesem zähen, fröhlichen, schwer arbeitenden kleinen Äffchen von einer Frau, das eigentlich hätte uralt werden müssen, wenn es auf die Erbmasse angekommen wäre, mußte ich wieder um Dan trauern, der seit fünf Jahren tot und von der Welt längst vergessen war. Wer erinnerte sich noch an Dan – außer wahrscheinlich seine Mutter, zu der ich schon lange keine Verbindung mehr hatte? Aber Vanessa würde zumindest durch ihre Schriften und Entdeckungen unvergessen bleiben.

Es wurde erwähnt, daß ihre Asche, in einem Plastikbehälter aus Perth eingeflogen, in der Abtei der Erde übergeben werden sollte.

Aber Thisbe wollte nichts davon wissen. Sie und ich waren die einzigen noch lebenden Verwandten, und wir setzten uns zusammen, um die Frage zu besprechen. Thisbe tut mir immer gut. Sie ist so direkt und schroff und läßt sich nicht beeindrucken von dem, was sie als Rückständigkeit bezeichnet. Damit ist jede Art von Selbstüberschätzung, Aufgeblasenheit, Scheinheiligkeit gemeint. Die um neunzehn Jahre ältere der beiden Schwestern war jetzt in den Siebzigern, nahm aber noch immer ein lebhaftes und kritisches Interesse an dem, was in der Welt geschah. Sie leitete eine Agentur, die Geld für die Flüchtlinge des Spanischen Bürgerkriegs sammelte (jetzt alle in einem sehr fortgeschrittenen Alter, die armen Alten, die recht und schlecht in Südfrankreich lebten). Sie ist Mitglied bei Amnesty International, beim PEN-Club und bei EXIT und nimmt an allen Versammlungen teil. Sehr früh schon wurde sie Sozialdemokratin, besucht Avantgardetheater und schreibt furchterregend kluge Kritiken für literarische Vierteljahresschriften. Thisbe hört den Menschen zu. Das ist ihre Stärke, der Grund, warum sie hundert werden wird. Sie nimmt alles auf, was sie hört, denkt darüber nach, benutzt es. Sie hat keine vorgefaßten Ideen und schenkt einer Fünfzehnjährigen genausoviel Aufmerksamkeit wie einem Minister.

»Ist das die Asche? In diesem Ding?« fragte sie mißtrauisch. »Das scheint mir aber eine ziemliche Menge zu sein. Ich hoffe nur, man hat nicht irrtümlich ein Känguruh verbrannt. Oder man hat die Schlange beigelegt, die sie gebissen hat.«

Thisbe hat eine tiefe, autoritäre Stimme und ein langsames, spontanes, krächzendes Lachen, das wie das Schwirren eines alten, handbetriebenen Schneebesens klingt. Sie und Vanessa haben, genau wie ich, die kleine Statur der Familie Raintree geerbt (Opa Raintree war nur einssechsunddreißigeinhalb); doch während Vanessa und ich dünn wie Affen sind, ist Thisbe untersetzt, kräftig, mit Beinen wie Säulen und einer starken Ausstrahlung. Sie ist so etwas wie ein Leuchtturm für mich, der von Zeit zu Zeit verschwenderisch seinen Strahl auf mich richtet. Seltsamerweise hatte ich nie das Gefühl, daß sie etwas mißbilligte, was ich tat.

»Wenn man die Größe eines menschlichen Körpers bedenkt, müßten es zwei bis drei Pfund Asche sein, nehme ich an«, sagte ich.

»Was soll dieser Unsinn mit der Abtei? Du willst das doch nicht, oder?«

»Himmel, nein. Das hieße ja, daß wir gewissermaßen unsere Aufwartung machen müßten – wie bei Gartenpartys im Buckingham Palace.«

»Außer daß Tee und Gurkensandwichs serviert werden würden«, sagte Thisbe, die schon bei einigen dabeigewesen war. »Nun, dann schreib einen freundlichen Brief an diesen Idioten von Dekan und sag ihm nein. Was sollen wir bloß mit der Asche tun? Sie in die Themse streuen. Vanessa hätte kein großes Getue gewollt.«

Schließlich streuten wir sie tatsächlich in die Themse. Aber wir fuhren nach Oxford, eine von Vanessas Lieblingsstädten, und streuten die Asche in Dames' Delight zwischen die blaßgelben Weidenblätter des Herbstes. Sie würde Zeit haben, sich zu setzen, bevor sich im nächsten Sommer Taucher in das kalte, Dunst absondernde Flußwasser stürzten. Vanessa war immer leidenschaftlich gern geschwommen, stürmte von jedem Strand ins Meer, ohne die geringste Angst vor Haien, Felsen oder Strömungen. Es war wirklich Ironie des Schicksals, daß sie in der Mitte eines riesigen, sandigen Kontinents ihr Ende gefunden hatte.

»Du siehst sehr blaß und spitz aus«, sagte Thisbe beim Lunch im Mitre und musterte mich kritisch. »Vanessas Tod kann dich nicht so schwer getroffen haben, ihr habt euch in fünf Jahren jeweils höchstens zweimal gesehen. Was ist los? Klappt es mit der Arbeit nicht?«

»Da läuft alles prima«, sagte ich aufrichtig. »Ich hoffe, bald eine eigene Firma gründen zu können. Einen Lieferdienst für Speisen und Getränke bei Tagungen und Konferenzen.«

»Das scheint mir ein ausgezeichneter Plan zu sein«, erklärte Thisbe. »Wahrscheinlich hätte es die Hälfte aller blödsinnigen politischen Zankereien nicht gegeben, wenn die Delegierten nicht unter der Zeitverschiebung und an Verstopfung gelitten hätten.«

»Das denke ich auch.«

»Also, wenn die Arbeit nicht das Problem ist, was ist es dann? Kummer mit dem Freund?«

Über ihr eigenes Gefühlsleben schweigt Thisbe eisern.

Sie war, vor sehr langer Zeit, einmal kurz verheiratet gewesen. »Es war ein katastrophaler Fehler«, ist der einzige Kommentar, zu dem sie sich über ihren einmaligen Ausflug ins Eheleben herabließ. Sie hat viele enge und liebe Freunde beiderlei Geschlechts, aber wem – falls es überhaupt so jemanden gab – eine größere Intimität gestattet worden war, bleibt ihr Geheimnis. Nicht einmal Vanessa, ihre eigene Schwester, hatte es gewußt.

Ich seufzte. »Nein. Keinen besonderen.«

Das Verhalten meiner Bettgenossen berührte mich damals weniger als das meiner Arbeitskollegen.

»Wo wohnst du jetzt?« fragte Thisbe. »Noch immer in dem gräßlichen kleinen Loch bei der Hammersmith Bridge. So weit draußen komme ich dich nicht besuchen, nicht einmal, um etwas von dir Gekochtes zu essen.«

Ich war nach den Tagen in Putney an den Fluß gezogen, um Zeit und Buskosten zu sparen, fand es jedoch unmöglich, mich sonderlich für meine Umgebung zu interessicren; mir genügte jedes Zimmer, jedes Bett, solange es mein eigen und ruhig war.

»Du kannst zu mir kommen und einen Teil meiner Wohnung belegen, wenn du willst«, sagte Thisbe. Sie zog die lange, sardonische Oberlippe nach unten über die gut gepflegten großen Zähne und schnaubte. »Diese unglückselige Georgian Society hat kein Geld mehr. Sie wird aufgelöst. Daher werden meine drei Vorderzimmer frei.«

Die Miete für Thisbes riesige Wohnung in den Ordnance Mansions wird aus einem Treuhandfonds bezahlt, der für sie eingerichtet wurde, als Urgroßvater Raintree hochbetagt starb. Er war ein Quäker, der mit Schmelzkäse eine Menge Geld verdiente. Dieses Geld wurde zwischen seinen beiden Enkelinnen aufgeteilt. Vanessa gab alles für ihre Grabungen aus, Thisbe den größten Teil für wohltätige Stiftungen. Aber die Wohnung gehört für einen nominellen Zins auf Lebenszeit ihr.

»Natürlich«, sagte sie, »du hättest bei mir keine Sicherheit. Wenn ich sterbe, mußt du raus. Doch inzwischen wären es große, praktische Räume für dich. Und du wärst so ungestört, wie du nur willst. Ich wohne nach hinten hinaus mit sechs Metern Korridor dazwischen.«

»Gibt es irgendwelche Einschränkungen im Hinblick auf die Benutzung? Könnte ich von dort aus ein Geschäft führen?«

»Nichts spricht dagegen«, sagte Thisbe. »Über die Georgian Society hat sich auch niemand beschwert.«

Sie löffelte den Rest ihrer Crème caramel aus und sah sich gründlich im Speisesaal des Mitre um. »Das Restaurant geht langsam vor die Hunde. Sag mir bloß nicht, dieser Pudding sei nicht aus einem Päckchen gekommen. Wenn du erst einmal bei mir in der Victoria Street wohnst, habe ich wenigstens die Chance, ab und zu eine anständige ›Charlotte Russe‹ zu bekommen.

»Tja –«, sagte ich. »Ich will es mir überlegen.«

Mit Thisbe auszukommen ist nicht gerade einfach. Sie hat eine ätzende Zunge, nimmt nie Rücksicht auf die Gefühle anderer und glaubt, das sei alles gerechtfertigt, weil sie so wohltätig ist, und sie richtet sich in allem, was sie tut, nur nach sich selbst. Ich befürchtete nicht, daß sie etwas gegen meinen Lebensstil oder meine Gefährten einwenden würde, fragte mich jedoch, ob sie versuchen würde, mich mehr zu gängeln, als ich vertrug.

»Ich muß an meine Finanzen denken«, sagte ich vorsichtig.

»Laß dir nicht allzuviel Zeit«, sagte sie. »Ich könnte es mir anders überlegen.«

Ein paar Tage später liefen mir, rein zufällig, Elly und Chris über den Weg.

Ich zog damals mit einem absolut unmöglichen Typen namens Enrico Perzetti herum, den ich im Zusammenhang mit Olivenöl kennengelernt hatte. Er konnte mir große Mengen sehr guten Öls zu einem außerordentlich günstigen Preis besorgen, und mir war sehr bald klar, daß er Verbindungen zur Unterwelt haben mußte; nach einer Weile kam es mir vernünftiger vor, mein Öl woanders zu beziehen, da ich keine Lust hatte, vor Gericht zu kommen, weil ich gestohlene Ware kaufte. Doch in der Zwischenzeit hatte ich festgestellt, daß Rico ein amüsanter Gesellschafter war, und er war aus irgendeinem Grund von mir sehr eingenommen, zumindest vorübergehend. Wie viele Gangster war er ein großer Snob, und es machte großen Eindruck auf ihn, daß ich Vanessas Tochter und Thisbes Nichte war. Komischerweise hatte er Thisbe bei einer Fernsehsendung mit dem Titel *Lerne deine Nachbarn kennen* getroffen, wo man ihn wegen eines Verbrechens in Soho und sie wegen ihrer Vergangenheit als Mitglied der Fabian

Society – der 1884 in England gegründeten sozialistischen Gesellschaft der Fabier – interviewt hatte. Irgendwie war es ihr gelungen, ihn tief zu beeindrucken. »Echte Klasse erkennt man immer und überall«, sagte er bewundernd. »Sie ist keine der üblichen würdevollen alten Damen mit Perlen und blau getöntem Haar, wie eure Filmdiven sie verkörpern, sie ist durch und durch echt.«

Wenn er hoffte, daß ich mich später zu gleicher Echtheit emporschwingen würde, mußte er lange warten, im Moment fühlte er sich jedoch sehr geschmeichelt, weil ich mich mit ihm eingelassen hatte, und er führte mich gern in – wie er sie nannte – Snobkneipen aus.

Rico bemühte sich sehr, sich so gangsterähnlich wie möglich zu geben, und das gelang ihm hervorragend: groß und kräftig, schwarzhaarig, laut, zu dick für sein Alter – er war fünfunddreißig –, mit blassem Gesicht und kleinen Zwinkeraugen, liebte er pinkfarbene Seidenhemden mit locker gebundenen Halstüchern, schicke Schuhe, schwarze Lederjacken mit glänzenden Ziernägeln und Mäntel aus Kamelhaar. Er war natürlich sehr reich, und obwohl die Snobkneipen über seine äußere Erscheinung und sein Benehmen nicht glücklich waren, duldeten sie ihn langmütig und höflich. Als wir eines Abends im Ritz dinierten, wen entdeckte ich am Nebentisch? Niemand anders als Elly und Chris mit ihren Ehemännern Hugh und George. Es versetzte mir einen heftigen Stich, denn auch ich war zu ihrer Party eingeladen gewesen – es war Ellys und Hughs achter Hochzeitstag –, doch ich hatte abgelehnt und ein angebliches Treffen mit einem Geschäftsfreund vorgeschoben. Und jetzt stellte sich dieser Geschäftsfreund als der böse Bube von der Brewer Street heraus, aber meine Freunde nahmen es sehr nett auf und schlugen vor, wir sollten uns zu ihnen setzen. Darüber war Rico natürlich entzückt – er war immer begeistert, in neue Kreise eingeführt zu werden; und hier konnte er gleichzeitig einen Architekten und Bildhauer, der mit einer Professorin für Sprachwissenschaften verheiratet war, und einen Verleger mit seiner Frau, einer Sozialpsychologin, seiner Sammlung einverleiben und somit reiche Ernte einheimsen. Rico konnte, wenn ihm danach war, sehr leicht beleidigt sein oder gefährlich wütend werden, aber er konnte auch sehr amüsant sein und überschlug sich an diesem Abend beinahe vor Liebenswürdigkeit. Seine hemdsärmelige Form des Humors riß einige Barrieren ein, und als wir alle auseinandergingen, herrschte zwischen Hugh, George und mir ein viel leichterer, ungezwungenerer Ton; bisher hatte ich die beiden mit einem leicht nervösen Mißtrauen betrachtet, weil ich nicht wußte, ob sie es verdienten, mit meinen beiden besten Freundinnen verheiratet zu sein. Nachdem Enrico uns in einen haarsträubenden Nachtclub namens Soft Touch geschleppt hatte, den wir alle entsetzlich fanden, waren die Barrieren fast ganz verschwunden. Es war gewiß ein erfolgreicheres Treffen als mein schrecklicher Hochzeitslunch.

Am nächsten Tag rief mich Elly an. Sie und Hugh blieben ein paar Tage in London. Hugh nahm sich Urlaub von der Architektur, um eine Ausstellung seiner Skulpturen und Bilder zu beaufsichtigen, die in einer Galerie in der Dover Street eröffnet werden sollte. Am Abend vorher hatte ich von Elly erfahren, daß er in diese seine erste bedeutende Ausstellung große Hoffnungen setzte. Obwohl als Architekt recht erfolgreich, langweilte er sich beim Entwerfen von Hochhausblocks, Textilfabriken und Gesamtschulen, die wie große Schmelzkäsewürfel aussahen, zu Tode. Er wollte mehr Zeit für seine eigentliche Arbeit.

Elly nahm kein Blatt vor den Mund. »Komm mit mir zum Lunch. Ich muß dir den Kopf waschen.«

Da ich Elly sehr gern habe, traf ich mich mit ihr. Acht Jahre Ehe hatten ihr gutgetan; sie war aufgeblüht und schien von einer goldenen Aura umgeben. Sie sieht aus wie Pontormos *Porträt einer Lady,* das in Frankfurt hängt. Sie hat klassisch regelmäßige Züge, eine gerade Nase, einen großzügig geschnittenen Mund und wunderschöne gerade Brauen über Augen und schweren Lidern. Das üppig goldbraune Haar trägt sie im Nacken zu einem lockeren Knoten geschlungen. Man würde bei ihren hellgoldenen Farben blaue Augen erwarten, aber erstaunlicherweise sind sie braun, wodurch ihr Gesicht fast bestürzend markant und intelligent wirkt. Sie geht und sitzt sehr aufrecht und gestikuliert sehr wirkungsvoll mit langen, sich schön verjüngenden Fingern. Rico war von ihrer Erscheinung einfach hin und weg gewesen. Ihre Söhne, zweieiige Zwillinge, ähneln einander nicht, sehen aber beide ihr ähnlich. Obwohl blond, sind es absolut unenglische kleine Jungen. Sie hatte die beiden nur sehr ungern in eine Internatsschule gegeben, aber Hugh bestand darauf; es war der einzige Streitpunkt in ihrer sonst sehr harmonischen Verbindung.

Beim Lunch begann sie aus allen Rohren zu schießen.

»Clytie! Wie kannst du dich nur irgendwo mit diesem gräßlichen Halunken sehen lassen?«

Elly hatte mit fünfzehn Jahren Englisch gelernt, und das gründlich. Sie spricht es fließend und mit einem Upper-class-Akzent, wie ihn kaum eine Herzogin beherrscht. Und sie liebt es, das Vokabular von Herzoginnen zu benutzen.

»Er ist interessant und amüsant«, sagte ich abwehrend.

»Hugh und ich haben es einfach unmöglich gefunden, wie er an dir klebte – wie Fliegenleim. Hugh hat gesagt, am liebsten hätte er ihm die Zähne in den Hals geboxt. Es ist doch nichts Ernstes zwischen dir und ihm?«

»Guter Gott, Elly nein, natürlich nicht. Ich habe dir gesagt – er ist ein Geschäftsfreund.«

»Du wirst hoffnungslos unkritisch«, schalt sie. »Als ich dich das letztemal gesehen habe, hattest du diesen schrecklichen rothaarigen Schwulen im Schlepptau, den Komponisten – oder was immer er zu sein behauptete –, jetzt ist es unübersehbar ein Gauner. Warum kannst du dir nie einen anständigen Mann anlachen?«

Das Risiko ist mir zu groß, dachte ich. Aber ich sagte: »Oh, sei nachsichtig mir mir, Elly. Ich habe viel zu tun, ich arbeite hart. Ich habe keine Zeit, wählerisch zu sein. Ich nehme einfach, was kommt. Du hast leicht reden...«

Elly und Hugh hatten sich an der Universität von York, wo sie auch heute noch lehrt, kennengelernt und geheiratet. Die meisten seiner architektonischen Arbeiten beschränkten sich auf den Norden Englands. Sie wohnten in einem lieben, kleinen georgianischen Backsteinstädtchen namens Thirsby, unweit der Nordsee.

»Komm mit und sieh dir Hughs Ausstellung an«, sagte sie. »Ich bin noch längst nicht mit dir fertig.«

Ich hatte wirklich nicht viel Zeit, war aber auf Hughs Ausstellung neugierig. Er entsprach so ganz und gar nicht der Vorstellung, die man sich von einem Künstler macht: ein Yorkshire-Mann, groß, schlaksig, rothaarig, nihilistisch, blauäugig, mit knochigem Gesicht; und ein leidenschaftlicher Fußballfan. Wo war da noch Platz für Romantik und Phantasie? Und ich hatte von Elly gehört, daß er eine geradezu wildromantische Ader hatte.

Es gab sie tatsächlich, unterschwellig, wie ich feststellte. Die Skulpturen, die schlicht *Andere Frauen* hießen, bestanden aus Steinblöcken, so behauen, als bedeckten Vorhänge nicht zu identifizierende Gegenstände, die teils rund und teils eckig schienen – als versteckten sich menschliche Körper und Maschinen unter der granitenen Hülle. Die Bilder waren hauptsächlich nordenglische Industrielandschaften, karg strukturiert, in klaren dunklen Farben. Es waren sehr leidenschaftslose Bilder.

Hugh, der sich schon in der Galerie aufhielt, war beinahe kindlich gewissenhaft, was bedeutete, daß er versuchte, seine schlimme Nervosität zu bemänteln, doch das begriff ich erst, als ich ihn besser kannte. Sachlich und sicher in seinem Beruf, war er, wenn es um diese persönlichen Werke ging, unglaublich scheu, und es mangelte ihm an innerer Ruhe. Aber die Ausstellung schien einen guten Start gehabt zu haben. Der Besitzer der Galerie sah sehr zufrieden aus, und heute morgen hatte im *Guardian* eine hervorragende Kurzkritik gestanden. Es waren sehr viele Leute da.

Nach einer Weile schleppte Elly uns beide zum Tee in Brown's Hotel, wo mich immer Wehmut überfällt, weil

Vanessa in den letzten Jahren während ihrer seltenen Besuche am heimischen Strand dort abgestiegen war.

»Wir fahren heute abend nach Hause nach Thirsby, warum kommst du nicht mit und bleibst übers Wochenende?« fragte Elly, während sie mit einer routinierten Lässigkeit den Tee einschenkte, die mir verriet, daß das ganze Manöver geplant gewesen war.

Geht nicht, leider, ich koche morgen ein Bankett – Thisbe hat Geburtstag, und ich führe sie ins Sadler's Wells Theatre aus – habe einen Termin mit einem Klienten, mit dem ich nach Kew fahren soll...

Alle möglichen erstklassigen Ausreden fielen mir ein, doch am Ende sagte ich: »In Ordnung. Danke. Ich komme gern mit.«

»Aber glaub ja nicht, du kannst mich mit irgendeinem Junker aus Yorkshire verheiraten«, fauchte ich Elly später an, während wir auf Hugh warteten, der den Wagen aus der Tiefgarage holte. »Ich kann Landeier nämlich nicht ausstehen und habe nicht die Absicht, London je zu verlassen.«

Wie energisch man solche Feststellungen trifft, und wie seltsam ist es, sich ihrer später zu entsinnen.

»Ich habe nicht die Absicht, dir Landeier aufzuhalsen«, sagte Elly kalt. »Erstens kennen wir keine. Ich möchte dich nur daran erinnern, welches Vergnügen es bereitet, mit intelligenten und kultivierten Menschen zusammenzusein – etwas, was du, vorübergehend, vergessen zu haben scheinst.«

»So, ihr Mädchen«, sagte Hugh, der mit dem Wagen vorfuhr, einem Wagen groß, tüchtig und gemütlich – genau wie er, dachte ich. »Hüpft hinein«, sagte er.

Also fuhr ich mit ihnen nach Thirsby. Und das war in diesem Herbst und Winter nur das erste von vielen Wochenenden. Wir wanderten über die Hochmoore, ich spielte Schach mit Hugh, sang zu Ellys Begleitung Duette mit ihm, ging mit ihm zum Fußball (was mir einen Riesenspaß macht) und führte endlose Gespräche.

An einem Sonntagnachmittag sagte Elly, sie müsse Arbeiten ihrer Studenten korrigieren, und ich solle Hugh doch zu einem Spaziergang überreden. Also fuhren wir eine halbe Stunde zum nächsten Strand und marschierten durch die Sanddünen. Ein spektakulärer winterlicher Sonnenuntergang bereitete sich vor – Schichten aus Schwefelgelb, Anilingrün und Karmesinrot nach Westen hin, während die ganze östliche Himmelshälfte von einem drohend wirkenden rötlich pflaumenblauen Nachglühen überzogen war, das an Kumuluswolken hing und sich tief unten in der schäumenden grauen Nordsee spiegelte.

»Es kommt ein Gewitter«, sagte Hugh. »Wir sollten lieber nicht zu weit an den Strand hinuntergehen. Die Flut rast hier geradezu herein.«

Es war ein riesiger, flacher Strand; breit genug für den König der Könige. Wir gingen schnell durch den pfeifenden Wind, unterhielten uns, wie wir es inzwischen gewohnt waren – über Bücher, Musik, seine Arbeit und meine, seine Jungen im Internat und darüber, wie man Kohl pflanzt. Mit Hugh gab es immer eine Menge zu reden.

Ein Mann in Reithosen rannte an uns vorbei. »Hab ein graues Fohlen verloren«, rief er keuchend. »Jung, nervös, hat mich abgeworfen und ist auf und davon. Haben Sie es gesehen?«

Nein, riefen wir zurück, aber wir würden uns nach ihm umsehen. »Sie bringen sie zum Galopptraining hierher«, sagte Hugh. »Salzwasser ist angeblich für ihre Beine gut.«

Der Wind pfiff noch lauter und heftiger. In stillschweigender Übereinkunft wandten wir uns wieder den Dünen zu, die von Herbststürmen zu kreuz und quer verlaufenden Kurven aufgeworfen worden waren, gekrönt von blassem, büscheligem Seegras, das jetzt vom Sonnenuntergang pink- und lavendelfarben gefärbt war. Die Schatten fielen in schöne Mulden und Schleifen und Schlingen, so schwarz wie Samtbänder. Während wir uns durch ein schmales Tal zwischen zwei steilen Hängen durcharbeiteten, hörten wir plötzlich donnernden Hufschlag. »Paß auf!« schrie Hugh und stieß mich zur Seite gegen den sandigen Wall. Direkt vor uns, mit wilden Augen, schneeweißer Mahne, den Schweif steil aufgestellt, dem Geisterpferd einer Walküre ähnlich, raste das weiße Fohlen in einem Wahnsinnstempo auf uns zu, war vorbei, war schon verschwunden, und der Spuk dauerte höchstens zwei Herzschläge lang, während Hugh mich mit seinem Körper schützte.

»Gott, das war knapp«, sagte ich, nach Luft schnappend, rappelte mich auf und spuckte den Sand aus, den ich im Mund hatte. »Danke für ...«

»Schau ihn dir an! Schau ihn an!« Den Arm um meine Taille gelegt, drehte Hugh mich um. Zusammen sahen wir das verängstigte Tier den riesigen Strand entlanggaloppieren, sahen es in der Ferne immer kleiner werden wie ein verwehtes weißes Blatt, sahen es einen spektakulären Bogen schlagen, ins Wasser, aus dem Wasser, während

Schweif und Mähne flogen und das Fell vor dem Grau der Dünung glänzte. Wie von unsichtbaren Dämonen gehetzt raste das Fohlen in gestrecktem Galopp auf eine Landzunge am Nordende der Bucht zu.

»Wenn es dort nicht anhält, ist es verloren«, sagte Hugh. »In der Flußmündung gibt es Treibsand...«

Wir sahen den Mann, den Reiter, ein Punkt in der Ferne, mit Höchstgeschwindigkeit hinter dem Fohlen herrennen, dann langsamer werden, sahen, wie er sich abwandte, geschlagen, und landein zurückging in die Dünen.

Das Erlebnis war so dramatisch, so gewaltig, so aufwühlend, daß uns die Worte fehlten, wir nicht darüber sprechen wollten. Schweigend, Hand in Hand, machten wir kehrt und trotteten langsam durch den Sand zu Hughs Wagen.

Das Wetter wurde schlimmer. Zornige kleine Hagelkörner stachen und bissen uns ins Gesicht, als wir vom Wagen zum Haus liefen. In dem unordentlichen, aber unendlich gemütlichen Wohnzimmer schichtete ich Holz im Kamin auf und zündete das Feuer an. Elly kam aus dem Arbeitszimmer herein, dehnte und streckte sich, bot uns Sherry und Whisky an. Hugh hustete leicht, denn obwohl wir ahnungslos waren, hatte sich seine Krankheit schon in ihm festgesetzt.

»Ihr seht aus, als hättet ihr einen Engel mit einem Flammenschwert gesehen«, sagte Elly.

So begann es zwischen mir und Hugh.

Ich kehrte nach London zurück und sagte Tante Thisbe, daß ich ihre drei Vorderzimmer mit Küchen- und Badbenutzung mieten wolle. Es war ein ausgezeichnetes Arrangement, da Thisbe absolut selbständig und, wie Elly und Hugh, durch und durch kultiviert ist. Ich ging meiner Wege, sie ihrer, wir hatten unabhängig voneinander Gäste, wir kontrollierten einander nicht, trafen uns jedoch freundschaftlich und ungezwungen in unregelmäßigen Abständen. Mein Geschäft florierte, und bald fühlte ich mich sicher genug, um ›Cuisine Churchill‹ zu gründen. Die juristischen Angelegenheiten legte ich vertrauensvoll in die Hände von Dans ehemaligem Freund und Anwalt Anthony Roche.

Als ich meine Bekanntschaft mit Anthony erneuerte, hatte er seine Praxis in Lincolns Inn, doch hatte man ihm gerade eine Partnerschaft in seiner Heimatstadt Affton Wells angeboten, und noch während wir miteinander verhandelten, zog er um. Er kam noch immer ein paarmal die Woche nach London, doch ich gewöhnte es mir an, ihn in seinem Büro in Affton aufzusuchen. Da ich ja nur einen Steinwurf von der Victoria Station entfernt wohnte, war es einfach für mich, einen Zug nach Sussex zu besteigen; die Fahrt dauerte weniger als eine Stunde, sein Büro war vom Bahnhof in fünf Minuten zu erreichen, und ich fand die Hin- und Rückfahrt in bequemen, nicht überfüllten Zügen angenehmer als die Odyssee quer durch London; sie ermöglichten es mir, ungestört zu planen, Papierkram zu erledigen, mir ein paar kreative Gedanken zu machen. Die besten Ideen kommen mir immer in Zügen.

Eines Tages, nachdem ich Anthonys Büro in der Monmouth Street verlassen und bis zur Abfahrt meines Zuges eine halbe Stunde Zeit hatte, fiel es mir ein, den kurzen, steilen Watch Hill hinaufzusteigen, um mir Dans ehemaliges Zuhause anzusehen. Die Besuche in Affton Wells bereiteten mir ein seltsames und schmerzliches Vergnügen; der ganze Ort war für mich untrennbar mit der Erinnerung an Dan verbunden und übte eine fast unheimliche Anziehungskraft auf mich aus. Jedesmal wenn ich dahin zurückkehrte, quälten mich zwei verblüffend beunruhigende Fragen: Warum war Dan fortgegangen, warum hatte er mich hierhergebracht? Die Fragen waren auf mysteriöse Weise wichtig für mich. Irgendwie war Dan zum Symbol eines Wendepunktes in meinem Leben geworden. Er und seine Mutter und die mir unbekannte Ingrid, vielleicht unwesentliche oder Zufallsgestalten im Gesamtplan, hatten für mich eine merkwürdige Bedeutung gewonnen – wie ferne, nicht zu identifizierende Objekte in einer nebligen Landschaft.

Der Fußweg des Watch Hill ist kopfsteingepflastert, mit zwei eine Wagenbreite auseinanderliegenden Ziegelstreifen in der Straßenmitte. Obwohl ich mir nicht vorstellen kann, daß jemand verrückt genug sein könnte, diesen halsbrecherisch steilen Abhang mit einem Wagen zu befahren. Die Pferde mußten im 17. Jahrhundert kräftiger gewesen sein. Ich mied die Ziegelstreifen sorgfältig, denn es war ein grauer, eisiger Januartag und die sauberen roten Ziegel von einer Eisschicht überzogen.

Die kleinen Häuser zu beiden Seiten sahen abgeschlossen und geheimnisvoll aus; die mit Kletterpflanzen bewachsenen Fassaden waren braun, trocken, verrunzelt wie Mumien. So hoch oben, weit entfernt von den überfüllten Einkaufsstraßen, war es kalt und still. Über der Straße hing das Schloß auf seinem Hügel. Tief unten, jenseits der städtischen Vororte, erstreckten sich die Marschen, bis sie im Dunst verschwammen, flach und von Dämmen gesäumt. Armer Dan, dachte ich. Was immer der Grund war, warum es ihm erstrebenswert erschienen sein mochte, er mußte es gehaßt haben, das Haus zu verkaufen, in dem er geboren wurde; und wie war es ihm nur gelungen, seine Mutter zu überreden, mit ihm in eine häßliche Londoner Vorstadt zu ziehen und dort in einer von vornherein zum Scheitern verurteilten *ménage-à-trois* mit Ingrid zu leben? Was in aller Welt hatte ihn auf den Gedanken gebracht, daß das auch nur einen Monat lang funktionieren würde? Dans Überredungskunst war gewaltig, er konnte sogar einem Eskimo einen Gefrierschrank andrehen, doch damals hatte diese Gabe sich gegen ihn gewandt. Warum, warum hatte er es getan? War es deshalb, weil er von Anfang an gewußt hatte, daß Ingrid einer besonderen Fürsorge bedurfte? Oder war, obwohl er seine Mutter haßte, seine Bindung an sie so stark gewesen, daß er sie nicht zerreißen konnte?

Was ist aus Mrs. Suter geworden? fragte ich mich, als ich mich den Hügel hinaufplagte, den sie so oft mit Einkaufskorb oder Regenschirm, den Kinderwagen schiebend oder das Kind an der Hand, hinauf und hinunter gewandert war. Wo war sie jetzt? Vielleicht gestorben, wie meine Mutter. Zweimal im Jahr schickte ich ihr pflichtbewußt eine Weihnachts- und eine Geburtstagskarte mit Fünfpfundgutscheinen einer Konfiserie; doch der Empfang wurde mir nie bestätigt. Vielleicht steckte der Postbote den Gutschein ein, was weiß ich? Es war mir auch ziemlich egal. Für Mrs. Suter hatte ich kaum existiert, das war mir nach Dans Tod klargeworden. Sie hatte mich nie mit meinem Namen angesprochen, für sie war ich immer nur ›Sie da‹ oder ›sie‹ gewesen. »Trinkt sie den Tee mit Zucker?« hatte sie Dan in meiner Gegenwart gefragt, als sei ich taub oder der Sprache nicht mächtig. Für sie war ich nur eine Fortsetzung von Ingrid, und zwar eine höchst unwillkommene. Ich nehme an, die Gutscheine sollten so etwas wie eine Beschwichtigung sein – wie man einen Stoffetzen auf dem Schrein eines bösen Geistes hinterläßt.

Ich blieb stehen, um Atem zu schöpfen, blickte zum Ende der Straße hinauf und sah, daß Watch Cottage zum Verkauf stand. Die Schilder von vier verschiedenen Immobilienmaklern verkündeten die Tatsache: ein sicheres Zeichen, daß mit dem Haus etwas Wesentliches nicht stimmte. Watch Cottage war heruntergekommen, hatte die Trockenfäule und Holzwürmer in der Täfelung. Der ältliche Einsiedler, der es 1965 von Mrs. Suter gekauft hatte, hatte in den neun Jahren, in denen er es bewohnte, nie ein Loch geflickt, keinen einzigen Pinsel Farbe daran verschwendet. Als die Polizei, durch die vielen vollen Milchflaschen vor der Haustür aufmerksam geworden, endlich das Schloß aufbrach und ihn tot in einem Lehnstuhl entdeckte, war das Haus in einem skandalösen Zustand; von da an war der Preis Schritt für Schritt gesunken.

Ich konnte einfach nicht widerstehen.

Tante Thisby war entsetzt.

»Das Geld, das du von Vanessa geerbt hast, für diese kleine verwahrloste Bruchbude hinauswerfen? Eine Stunde von der Stadt entfernt und nicht einmal richtig auf dem Land. Wenn du dir schon etwas außerhalb von London kaufen willst, dann doch wenigstens etwas mit Gras und Bäumen.«

»Im Garten steht ein Birnbaum. Und die Aussicht reicht zwanzig Meilen weit.«

»Pah! Und wie sieht es mit den Nachbarn aus? Die Gesellschaft in einer provinziellen Universitätsstadt wird tödlich langweilig und tödlich spießig sein. Ich habe Geschichten über diese Cinque Portes University gehört...«

Thisbe begab sich nie freiwillig außer Hörweite von Big Ben; aus dem Badezimmerfenster sieht sie den Westminster Palace. Ihre eigentliche Furcht war natürlich, daß ich die Absicht haben könnte, die drei Räume aufzugeben, die ich in den Ordnance Mansions von ihr gemietet hatte, und sie sich nach einer anderen Mieterin umsehen müßte. Als ich ihr versicherte, daß ich das absolut nicht im Sinn hätte, daß ich es mir leisten konnte, die Wohnung als Büro und *pied-à-terre* zu behalten, war sie mit meinem Plan einigermaßen versöhnt.

»Außerdem werde ich die dortige gute Gesellschaft kaum kennenlernen«, sagte ich. »Unter der Woche werde ich fast immer in London sein und mich hier mit meinen Freunden treffen wie bisher.«

»Das ist kein befriedigendes Leben«, sagte Thisbe. »Du wirst weder hier noch dort richtig dazugehören.«

In gewisser Weise hatte sie recht. In gewisser Weise war das die Ursache für alles, was geschah.

Anthony Roche hatte viele Einwände, als ich ihn bat, den Kauf von Watch Cottage für mich in die Wege zu leiten. Zuallererst wies er mich darauf hin, daß das Haus in einem schäbigen, slumähnlichen Stadtviertel stand.

»Gott allein weiß, wer Tür an Tür mit Ihnen hausen wird«, sagte er und blies in dasselbe Horn wie Thisbe, nur in einer anderen Tonart. »Betrunkene Rentenempfänger wahrscheinlich, die Sie dauernd belästigen werden. Es gibt keine Garage, Sie können nirgends einen Wagen unterstellen – ich bezweifle sogar, daß sich die Müllabfuhr dahin verirrt. Sie werden Ihre Tonne vermutlich den Hügel hinuntertragen müssen – und nur der Himmel weiß, ob es dort eine Kanalisation gibt. Das Haus ist in einem entsetzlichen Zustand...«

»Wollen Sie eigentlich nicht, daß ich nach Affton ziehe, Anthony?«

Er warf mir einen seltsamen Blick zu. Vier Jahre später, als wir zusammen in St-Malo waren, erinnerte ich mich an diesen Blick. Wir saßen in einem Restaurant und schlürften Austern, und der Mann am Nebentisch, der ebenfalls Austern verzehrte, bekam einen Krampf, fiel seitlich vom Stuhl und war schon tot, als er auf dem Boden aufschlug. Im nachhinein stellte es sich heraus, daß er einen Herzfehler und sein Tod nichts mit den Austern zu tun gehabt hatte, doch als es passierte, sah ich Anthony an, daß er erwartete, wir würden im nächsten Moment beide tot umfallen – er ohne Beichte und ohne bereut zu haben.

Wie einfach wäre dadurch alles geworden.

Während Anthony sich ablehnend verhielt, war Rosie Roche entzückt. Sie begleitete Anthony eines Tages und erforschte, vor Begeisterung geradezu sprühend, das Haus bis in den letzten Winkel.

»Ihnen steht eine wunderbare Zeit bevor«, schwärmte sie. »Sie müssen die Räume wieder täfeln lassen wie früher – es ist so gemütlich und warm. Und der himmlische kleine gepflasterte Hof nach hinten hinaus – dort müssen Sie Lavendel und süß duftende Sträucher pflanzen. Ich fange sofort an, Ableger für Sie zu ziehen. Sie werden im Sommer alle Mahlzeiten da draußen einnehmen können, es ist ein richtiger Sonnenwinkel. Und schauen Sie mal, zwischen den Giebeln können Sie aufs Dach klettern, und ganz Affton liegt Ihnen zu Füßen. Sie können auch unser Haus sehen, wir werden einander signalisieren können. Und der Speicher! Perfekt für Kinderzimmer. Sie müssen das Haus kaufen, Clytie, ich würde Ihnen nie verzeihen, wenn Sie's nicht tun. Was für ein Spaß, Sie zur Nachbarin zu haben!«

Anthony und Rosie wohnten in Hanover Crescent, dem vornehmen Teil der Stadt. Sie hatten ein würdevolles Queen-Anne-Haus mit einem Garten in Form eines Tortenstücks, den Rosie bereits in eine Idylle verwandelt hatte. Nach meinen Besuchen im noch leeren Cottage nahm ich gewöhnlich mit Rosie den Lunch in ihrem Haus ein. Wir wurden sehr gute Freundinnen. Sie glich einem seltenen und anmutigen kleinen Wasservogel, hatte blaue Augen, braunes Haar, eine weiche irische Stimme und ein ansteckendes perlendes Lachen. Anthony nannte sie liebevoll sein Vogelhirn, aber sie besaß eine pfiffige, praktische Intelligenz, die sich von seiner kalten und strengen Klugheit grundlegend unterschied. Sie hatte auch Courage. Zu Beginn unserer Freundschaft erzählte sie mir von einer Gebärmuttermißbildung, deretwegen es für sie sehr schwierig und gefährlich sein würde, ein Kind zur Welt zu bringen.

»Pater McNalty hat gesagt, ich sollte mich lieber einer Hysterektomie unterziehen – sogar der Papst würde unter den gegebenen Umständen zustimmen –, aber das will ich nicht. Ich hätte das Gefühl, Anthony zu betrügen. Außerdem will ich Kinder haben, viele, viele Kinder. Adoption ist einfach nicht dasselbe. Wenn das erste einmal da ist, wird alles in Ordnung sein, davon bin ich überzeugt. Ich werde es einfach dem lieben Gott überlassen – das ist der allerbeste Weg. Ich bin sicher, Er wird auf mich aufpassen.« (Und das hat Er natürlich getan.) »Zwischen den Kopfsteinen müssen Sie Nelken und Kamille pflanzen. Ich gehe heute hinunter auf den Blumenmarkt und bringe auch ein paar Pflänzchen für Sie mit, man kann nicht früh genug anfangen.«

Denn trotz Anthonys ablehnender Haltung hatte ich ein Angebot für das Haus gemacht, nach dem die Erbschaftsverwalter des alten Murgatroyd sofort und überglücklich schnappten; sie hatten offensichtlich eine Wahnsinnsangst, das Ding nie loszukriegen. Dennoch gelang es Anthony, der sich nun doch widerstrebend eingeschaltet hatte, den Preis um weitere achtzehnhundert zu drücken. Er wies darauf hin, daß so gut wie keine Kanalisation vorhanden war und der Fußboden im Eßzimmer ganz herausgerissen werden mußte.

»Das macht nichts«, sagte ich. »Ich will aus Küche und Eßzimmer ohnehin einen einzigen Raum machen.«

»Sie werden für das Haus ein Vermögen ausgeben. Für dasselbe Geld könnten Sie sich ein hübsches Haus mit guter Bausubstanz kaufen.«

»Aber ich liebe Watch Cottage. Es hat so unglaublich viel Charme.«

»Charme«, sagte Anthony mürrisch. Wie nett von ihm, über Charme zu spotten, dachte ich, er, der das charmanteste Wesen Irlands geheiratet hatte. »Erkälte dich bloß nicht in diesem Sarg, Rosie«, tadelte er seine Frau, die durch die leeren Räume flitzte und die Fenster ausmaß.

»Ob es hier wohl einen Geist gibt?« überlegte sie laut. »Vielleicht sitzt eines schönen Abends der alte Murgatroyd am Feuer. Er war so ein lieber alter Kerl. Ich habe ihn ein paarmal in den Upper Severals gesehen, wo er ein Glas Mineralwasser getrunken hat.«

Für Rosie war jeder ein ›lieber alter Kerl‹.

Der Geist des alten Murgatroyd ist mir nie erschienen. Doch noch ehe ich einzog, nachdem ich ein paar kleinere Änderungen vorgenommen und mir versprochen hatte, daß es mit der Zeit mehr werden sollten, begann mich der Gedanke zu beunruhigen, Mrs. Suter könnte mir erscheinen. Nicht Dan. Er war hier geboren, war hier aufgewachsen, und ich liebte das Haus nicht nur um meinet-, sondern auch um seinetwillen. Ich dachte, es würde ihn glücklich machen zu wissen, daß ich hier war, das Haus bewohnte, es warm hielt und pflegte. Aber Mrs. Suter hatte es voller Zorn und nur widerwillig verlassen. Sie begann mir jetzt aufrichtig leid zu tun, denn ich fand, man hatte ihr übel mitgespielt. Unwillkürlich erinnerte ich mich an immer mehr ihrer kurzen, grimmigen Bemerkungen, die sie gelegentlich fallenließ, weil sie hoffte, Dans schlafendes Gewissen aufzurütteln; Bemerkungen über die Pflanzen, die sie gepflegt, die Vögel, die sie im Garten gefüttert hatte, Möwen, die bei windigem Wetter vom Strand heraufkamen, Blaumeisen und Rotkehlchen, die Nachtigallen, die im Mai angeblich in den Dornensträuchern des Schlosses sangen.

Ich fing an, von Mrs. Suter zu träumen; Nacht für Nacht störte sie grollend und murrend meinen Schlaf wie eine der Erynnien, immer dicht hinter mir herhinkend. »Du hast wieder meinen Geburtstag vergessen«, sagte sie dann wohl. »Das wäre Ingrid nie passiert.« Oder sie nannte mich Ingrid, als sei meine Existenz ihrer Aufmerksamkeit entgangen. Ich fing an, mich wie eine Kriminelle zu fühlen, ein Eindringling, eine Hochstaplerin.

Endlich setzte ich mich mit größtem Widerstreben hin und schrieb Mrs. Suter an die Adresse in Dodman's End. Es war, als schreibe ein Automat. Meine Hand brachte die Worte zu Papier, während ich ihr zusah.

Ich hätte, schrieb ich, vor kurzem das Glück gehabt, Watch Cottage zurückkaufen zu können. *Ich* wisse, wie gern sie das Haus gehabt habe. Wie *sie* wisse, biete es ausreichend Platz für zwei Personen, ohne daß sie ständig übereinander stolpern müßten. Hätte sie Lust, nach Affton zurückzukommen und einen Teil des Hauses zu beziehen? Wir könnten beide unser eigenes Leben führen, ohne einander zu stören. Ich müsse wegen meiner Firma ohnehin jeden Tag nach London und sei oft verreist. Es komme mir wie Verschwendung vor, daß sie nicht auch hier wohnen und das Haus nutzen sollte. Ich könne sehr gut verstehen, warum sie es so geliebt habe. Sie müßte auch nicht mehr Miete bezahlen als in ihrer derzeitigen Wohnung und könnte, wenn sie wollte, ihre eigenen Möbel mitbringen. Ich zitterte, als ich das schrieb, weil ich mich an die gräßlichen graubraunen Plüschüberzüge erinnerte, an den sirupfarbenen, maschinell gefertigten plumpen Eßtisch und an die Plastikstühle; aber die arme Frau... Sie müsse, schrieb ich weiter, in Affton doch noch Freunde haben, etc., etc. Obwohl ich mich erinnerte, daß Dan gesagt hatte, seine Mutter wolle keine Freunde und mißtraue jeder nachbarschaftlichen Annäherung. »Sind bloß neugierig. Wollen doch nur was über uns rauskriegen«, sagte sie. Sie hatte nur eine enge Freundin gehabt, eine Krankenschwester, die vor Jahren nach Norfolk gezogen war.

Krank vor Entsetzen warf ich den Brief ein, wartete eine Woche, zwei Wochen, drei Wochen, einen Monat und fragte mich in Todesqual, welcher Dämon mich dazu gebracht hatte, etwas so Masochistisches zu tun. Ich habe Anthony nie davon erzählt, denn ich konnte mir vorstellen, daß er außer sich geraten wäre. »Ohne dich in irgendeiner Form juristisch abzusichern? Hast du den Verstand verloren?«

Mrs. Suter hat nie geantwortet. Daher brauchte ich Anthony meine Narrheit auch nie zu gestehen. Und ich hatte auch nicht die Möglichkeit festzustellen, ob sie meinen Brief je erhalten hat. Ich fürchtete, ich hoffte, daß er sie vielleicht nie erreicht hatte. Und ich schrieb ihr nie wieder. Ich wollte mein Schicksal nicht herausfordern.

Manchmal, um Mitternacht, fragte ich mich: Hatte die Nachricht, daß ich, die sie zornig aus ihrem Leben verstoßen, die sie verabscheut und verachtet hatte, jetzt in der Lage war, ihr Wohnrecht in ihrem eigenen Haus anzubieten – hatte diese Nachricht sie so erzürnt, daß sie es nicht über sich brachte, mir zu antworten?

Was auch der Grund für ihr Schweigen sein mochte,

durch das Absenden des Briefes schien ich mich von meinem oberflächlichen Schuldgefühl befreit zu haben. Mrs. Suter spukte nicht mehr durch meine Träume; die Geister, die sich im Cottage niederließen, waren nicht sie, und ich vergaß sie wieder. Die Arbeit hatte begonnen, immer mehr von meiner Zeit zu beanspruchen. Und die Zeit, die mir nach der Arbeit noch blieb, widmete ich beinahe ausschließlich Hugh und Anthony.

5

Gefurcht Stiefmütterchen, der Nelken Blut
und Veilchen voller Glut,
des Geißblatts Ranken, die sich zierlich ziehn…

Ich dachte daran, im Watch Cottage eine Einweihungsparty zu geben. In der Regel verabscheue ich Partys. In meinem Beruf habe ich es mit zu vielen zu tun. Eine Party ist der niedrigste gemeinsame Nenner für eine Zusammenkunft, bei der jeder viel redet, aber fast gar nichts sagt, schreit, Kehlkopf und Geduld überanstrengt für einen Zuhörer, der nur die Hälfte mitbekommt, weil der Lärmpegel im Hintergrund so hoch ist.

Die Hölle – wenn Anthony recht hat und es eine Hölle gibt – ist in meiner Vorstellung eine Party ohne Anfang und ohne Ende, die ununterbrochen weitergeht.

Meine Watch-Cottage-Einweihungsparty sollte anders sein.

Das kleine Haus blühte unter meinen Händen auf. Weiße Farbe und neue Schreinerarbeiten machten die wunderschön geschnittenen Räume hell und putzten sie heraus. Hugh gab mir seinen fachmännischen Rat gratis, und Anthony empfahl mir die zuverlässige Baufirma, die seine Kanzlei in Affton renoviert hatte. Anthony und ich waren in jenen Tagen gute Freunde. Und Rosie nahm an allem teil, was geschah, an allem, was ich auswählte, plante und tat. Unter ihrer Anleitung und mit ihrer Hilfe nähte ich mir sogar die Vorhänge selbst, was ich mir sonst nicht einmal im Traum zugetraut hätte. Ich wäre schnurstracks zu Heals gegangen und hätte sie dort arbeiten lassen. Aber Rosie rannte mit ihrem Metermaß umher, lockte mich in Textilgeschäfte, kaufte unendliche Meter von Stoffen, von denen ich noch nie gehört hatte, mit Gardinenband und kleinen Häkchen, die in die Schlitze des Gardinenbandes geschoben wurden; wir verbrachten ganze Nachmittage in ihrem sonnigen Wohnzimmer an dem großen, runden Rosenholztisch, den sie von einer Großtante in Irland geerbt hatte, schnitten friedlich die Stoffe zurecht und nähten die Vorhänge auf einer eigensinnigen alten Singer-Nähmaschine. Noch heute sehe ich ihren braunen Kopf über den Stoff geneigt, während sie mich instruiert: »Du mußt immer darauf achten, daß der Vorhangstoff parallel zum Fadenverlauf zugeschnitten wird, nie quer, Clytie. Die Vorhänge hängen dann besser.«

Ich hatte keine Ahnung, was bei einem Stoff parallel mit oder quer zum Fadenverlauf bedeutete. Seit jeher hatte ich nämlich alles verabscheut, was mit Nähen, Nadeln und Faden zu tun hatte. Außer in dieser Zeit.

Anthony kam zum Tee nach Hause, stapfte groß und energisch in das Zimmer mit dem heiteren Blick auf Rosies dreieckigen duftenden Garten; er warf einen kritischen Blick auf die sich bauschenden Berge aus Baumwolle, Chintz und Möbelstoffen aus Tweed. »Meinst du nicht, daß du ein bißchen übertreibst, *acushla**?«

* irisch Liebling (A. d. Ü.)

Zu unser aller Freude und Entsetzen war Rosie schwanger. Sie selbst jedoch, heiter und rosig, wiederholte, offensichtlich der Wahrheit entsprechend, es sei ihr nie besser gegangen, es sei die schönste, die glücklichste Zeit ihres Lebens. Eine ältere Schwester, die schon Anthony und seine Schwester Helena versorgt hatte, als sie noch klein waren, wurde von Helenas Kindern in King's Lynn weg nach Affton geholt und in Hanover Crescent angesiedelt, wo sie (im biblischen Sinn des Wortes) ihr Bestes tat, um Rosie an jedweder Tätigkeit zu hindern, aber Rosie kaufte ihr einen gepolsterten Korbsessel, stellte ihn in der Küche ans Erkerfenster und verschaffte sich Ruhe, indem sie sagte: »Oh, gehen Sie doch und lesen Sie ein bißchen, liebe Schwester. Ich habe den *Catholic Herald* neben Ihren Sessel gelegt. Sie werden noch genug zu tun bekommen, wenn das Baby da ist. Glauben Sie mir.«

Leider haßte mich Schwester Kelly. Erstens war ich eine gottlose Heidin; zweitens stammte sie aus Affton Wells, während ich eine ›Zugereiste‹ war; drittens hätte sie Rosie gern für sich allein gehabt. Aber Rosie platzte vor Energie und ließ sich nicht einsperren. Sie war bei verschiedenen Vereinen in Affton tätig geworden, Bibliothekskomitees, Theatergruppen und Schwimmbadfonds. Sie hatte eine sofort einsetzende bezwingende Wirkung auf Menschen, sogar auf jene, die heftig Widerstand leisteten. Ich hatte es für möglich gehalten, daß sie, Elly und Chris nicht viel gemeinsam hätten – die beiden, die in ihren Berufen aufgingen, Elly mit teutonischer Gründlichkeit, Chris so sarkastisch und desillusioniert, Rosie ein entzückender Schmetterling. Sie hatten sich seit meiner schrecklichen

Hochzeitsfeier nicht wiedergesehen, aber natürlich hatte sie die beiden nach zehn Minuten um den kleinen Finger gewickelt, und sie fraßen ihr aus der Hand.

Ich erinnere mich an einen Samstag, an dem wir drei, Elly, Chris und ich, mit dem Zug nach Affton fuhren. Elly und Hugh verbrachten das Wochenende in London, weil sie an diesem Abend im Sadler's Wells Salvatore Mondo als *Don Giovanni* hören wollten. Elly hatte gemeint, es sei höchste Zeit, daß sie mein Haus zu sehen bekam, damit sie entscheiden konnte, was sie mir zur Einweihung schenken sollte; Chris hatte gemeint, sie komme auch mit, und das Unternehmen wurde zu einem denkwürdig heiteren Ausflug. Auf der Hinfahrt spielten wir im Zug *Word and Question,* das intellektuelle Spiel aus *What Katie Did at School,* und Chris produzierte einen aufschlußreichen Dreizeiler (als Antwort auf die Frage ›Wer hat das Knie des Hausmädchens verkrümmt?‹):

> Der Zweck der Gelenkschmiere ist, daß sie die Kniescheibe schmiert,
> sie dient der Gleitfähigkeit des Gelenks, das sie lubriziert;
> dies ist der einzige Grund, weshalb sie uns interessiert.

Aus irgendeinem Grund habe ich ihn bis zum heutigen Tag im Kopf behalten. Im Zug sitzend, dachte ich, wie sehr ich meine Freundinnen liebte und was für eine einzigartige und besondere Freude es war, so sorglos mit ihnen zusammenzusein.

Wo waren Hugh und George? Ich glaube, sie spielten Squash. Sie trafen sich fast immer auf ein paar Partien, wenn Hugh nach London kam. Und Anthony? Wo war er an dem Tag? Ich erinnere mich nicht. Gewiß nicht zu Hause; ich glaube, er hatte gesagt, er müsse einen älteren Klienten aufsuchen, der sein Testament zu ändern wünsche. Wir gingen mit Rosie zum Lunch ins Monmouth Hotel und brachten mit Champagner einen Toast auf ihr Baby aus. Sie trank nur einen winzigen Schluck, denn, sagte sie, Champagner könnte der kleinen Philomena vielleicht nicht bekommen.

»Wie kannst du nur so sicher sein, daß es ein Mädchen wird?« fragte Chris skeptisch.

»Oh, ich bin einfach ganz, ganz fest davon überzeugt.« Rosie sah uns der Reihe nach strahlend an. »Philomena Antonia Rosamund Roche soll sie heißen, und ihr müßt alle ihre Patinnen werden.«

»Aber zwei von uns sind Heidinnen«, sagte ich. »Und Elly ist nicht katholisch.«

»Nun dann, ihr armen irregeleiteten Ketzerinnen«, sagte Rosie, »dann ernenne ich euch eben zu ›Tanten auf Lebenszeit‹.«

»Es ist uns eine Ehre, und wir nehmen dankend an.« Dann besprachen wir, was Tanten auf Lebenszeit für Aufgaben hatten.

»Sie soll mit drei Jahren Schach spielen lernen und viel über Poesie erfahren«, sagte Chris. »Dann hat sie was im Kopf und braucht sich nie zu langweilen.«

»Wie sie mit dem männlichen Geschlecht umgehen soll, bringen wir ihr bei, sobald sie vier ist«, sagte Elly. »Dann braucht sie sich den Männern nie unterlegen zu fühlen und hat den Kopf frei für wichtigere Dinge.«

»Sie muß erfahren, wie vergnüglich Spiele sind«, sagte ich. Da ich es nie gelernt hatte, schien es mir wichtig zu sein. »Und wieviel Freude einem die Musik, die Kunst und das Kochen schenkt.«

»Mit sechs muß man sie in die Volkswirtschaft einführen«, sagte Chris. »Darum werde ich mich kümmern.«

Elly: »Ich sorge dafür, daß sie sich für Sprachen interessiert. Ein Mädchen kann nie zu viele Sprachen lernen. Dann kann sie allein reisen, wohin sie will, kann die Welt sehen und sich ein eigenes Urteil bilden.«

»Grundausbildung in Psychologie mit acht.« Das war wieder Chris. »Damit sie begreift, warum Menschen so handeln, wie sie es tun.«

»Auf diese Weise«, sagte Rosie, »hat sie mit zehn Jahren ihre Ausbildung hinter sich.«

»Ihre Grundausbildung«, korrigierte Chris. »Dann erst kann sie wirklich anfangen zu lernen, was schließlich die größte und einzige Freude im Leben ist.«

»Was für blühenden Blödsinn ihr alle redet!« rief Rosie entzückt. »Tatsächlich gibt es so viele Freuden im Leben, daß ich von einer zur anderen hüpfe. Und jetzt kommt einmal mit, ihr alle. Gehen wir in Clyties Haus und hängen wir die Vorhänge auf.«

»*Du* hängst mir keine Vorhänge auf, bilde dir das ja nicht ein«, sagte Elly energisch.

Wir waren alle sehr streng mit Rosie, sie war unser Kind, unsere kleine Schwester, unser Liebling.

Im Watch Cottage setzten wir sie als Oberaufsicht in einen gepolsterten Sessel, von wo aus sie uns herumkommandierte, während wir die Vorhänge aufhängten und Elly und Chris mein Haus erforschten, das sie beide noch nicht kannten.

»Du hattest ganz recht, es zu kaufen, Clytie«, erklärte Chris. »Und du darfst George und mich jedes Wochenende von Mai bis September erwarten. George und Anthony können unten auf den Plätzen der Severals Tennis spielen, während du und ich mit Rosie und ihrem Baby an den Strand fahren.«

»Aber ihr solltet auch im Winter herkommen, wenn Schnee auf der Marsch liegt«, sagte ich. »Ich war im Februar hier, als das Haus leer und feucht und eiskalt war, und ich hätte bleiben und den ganzen Tag aus dem oberen Fenster schauen können.«

Wir hatten jetzt März. Lila und weiße Krokusse blühten noch in dem kleinen Garten hinter dem Haus, und meine große L-förmige Küche, die jetzt auch Morgensonne bekam, füllte sich um diese Tageszeit mit einem wunderschön schimmernden Licht, das von der Mauer eines alten cremefarben gestrichenen Gartenschuppens zurückgeworfen wurde.

»Nächstes Frühjahr mußt du auch pinkfarbene Hyazinthen pflanzen«, sagte Rosie zufrieden. »Ich besorge dir im September ein paar Knollen.«

Ich dachte an Dan und Mrs. Suter. Hatte er seine Schläger, Bälle, Bogen und Pfeile in diesem Schuppen aufbewahrt? Hatte sie ihm in diesem Raum den Tee vorgesetzt, wenn er aus der Schule kam, während das cremefarbene Licht sich über den Küchentisch ergoß? Über das Brot, die Margarine, die Dosenerbsen? Hatte Mrs. Suter vor mehr als zehn Jahren diese lila und weißen Krokusse gepflanzt?

O Dan, armer Dan, warum hast du deine Mutter aus diesem friedlichen Hafen verschleppt?

Weg mit diesen traurigen und sinnlosen Gedanken, ich mußte meine Einweihungsparty planen. Sie sollte am ersten Mai, einem Samstag, stattfinden. Und es sollte keine große Party werden, ich wollte nur die Leute einladen, die mir die liebsten waren. Mein tüchtiges Personal von der ›Cuisine Churchill‹. Zur Abwechslung würde *ich* einmal ganz allein kochen, und sie, meine schwer arbeitenden Lieben, sollten nur dasitzen und sich verwöhnen lassen. Alle Speisen sollten hier in der geräumigen Küche serviert und gegessen werden. Getränke gab es oben in dem hübsch getäfelten Wohnzimmer mit Rosies klassischen weißen Vorhängen, die den Ausblick auf die dämmernde Marsch und das ferne Flimmern einzeln stehender Marschdörfchen einrahmten. Die Glut des Feuers und funkelnder Wein und alle meine liebsten Menschen um mich versammelt: Tante Thisbe, wenn ich sie überreden konnte, London zu verlassen, meine drei Freundinnen mit ihren Ehemännern; oder, um es anders auszudrücken, Anthony und Rosie und meine beiden Liebhaber und ihre Frauen, dachte ich plötzlich mit einem Frösteln, das mich wie eine seltsame Vorahnung überlief.

»Dieses Haus ist noch immer feucht«, sagte Elly im selben Moment. »Du solltest wenigstens eine Woche vor deinem Einzug die Heizung einschalten, Clytie. Feuchter Mörtel braucht eine Ewigkeit zum Trocknen. Kommt jetzt, wir sollten gehen, Rosie darf nicht frieren.«

»Nein, und ich habe Schwester Kelly versprochen, daß wir zum Tee um halb fünf alle zu Hause sind«, sagte Rosie. »Sie wird mit der Axt auf mich losgehen, wenn ich mich verspäte. Sie hat Sauerteigfladen und Sally-Lunn-Kuchen gebacken, und die müßt ihr alle verputzen.«

»Nach diesem Lunch? Gott steh uns bei!«

Es gelang mir, Tante Thisbe zu überreden, sich das Haus anzusehen, bevor ich einzog. Zum Glück für mich gab es da eine alte und berühmte Fabianerin, Anastasia Martineau, die in der Sadlers Row in der Nähe des Upper Severals wohnte. Sie und Thisbe hatten während des Ersten Weltkriegs zusammen in Girton studiert und nur selten Zeit, miteinander zu korrespondieren. Thisbe gehört der Generation an, die am Telefon nicht schwatzen kann; nur Informationen über Tod und Leben können über dieses Medium weitergegeben werden, daher freute sie sich darauf, ihre Busenfreundin wiederzusehen. Ich brachte sie, zusammen mit einer Ladung Bücher und Papiere, die ich in meinen neuen Regalen unterzubringen gedachte, im Wagen nach Affton.

Dann ließ ich sie für ein paar Stunden bei Miss Martineau, während ich die Bücher einräumte, holte sie ab und absolvierte mit ihr den mühsamen Gang hinauf ins Watch Cottage, wo ich in der Küche einen Picknick-Lunch vorbereitet hatte.

»Hm«, sagte Thisbe, die lange Lippe und die langen Lider streng nach unten gezogen. Auf ihren festen, baumähnlichen Beinen (in grauen Wollstrümpfen mit eingewebtem rehbraunem Muster) stapfte sie durch das Haus und betrachtete kritisch meine Einrichtung. Thisbes Kleidung ist von einer unveränderlichen Gleichförmigkeit und stammt von Harrods: hübsche, jugendliche Baumwollhemden, kariert oder gestreift, klassische lange Röcke mit ein paar Falten aus langlebigem Tweed in Schwarz- oder dunklen Brauntönen; Schnürschuhe von Charles Baber und dazu ein mit einer Quaste geschmückter Gehstock mit Lederkrücke. Sie trägt dieselben Sachen bei einer Teegesellschaft im Buckingham Palace oder auf einer alpinen Exkursion, denn sie sieht nicht ein, warum sie ein so praktisches Ensemble variieren sollte.

»Hm«, sagte sie, »diese ganze Spundbrett-Täfelung … Ich kenne dich, Tuesday. Du wirst nicht widerstehen können und überall Ansichtskarten aufhängen – mit Reißnägeln …«

»Nein, ich werde nicht widerstehen, weil ich das ganz einfach liebe. Überall will ich Ansichtskarten haben …«

»Sehr niedrige Zimmerdecken«, erklärte Tante Thisbe.

»Macht es einfach, die Glühbirnen zu wechseln.«

Die Räume in den Ordnance Mansions sind fünfeinhalb Meter hoch. Zum Auswechseln einer Glühbirne braucht man einen Turmarbeiter.

»Geschwungene Treppe. Ich bin der Meinung, die sind ganz besonders gefährlich.«

»Aber findest du nicht, daß sie hinreißend schön ist? Das Geländer stammt aus der Zeit Williams IV.«

»Erwarte bloß nicht, daß ich dich für längere Zeit besuche. Ich habe keine Lust, mir den Hals zu brechen.«

»Dann haben wir ja Glück, daß es eine so gute Zugverbindung von der Victoria Station gibt. Du kannst für einen Tag zu mir kommen und brauchst nicht hier zu übernachten.«

»Ich habe von Jock Caversham« (das war ihr Abgeordneter) »gehört, daß im ganzen Land bald viel weniger Züge fahren werden… Meine Liebe«, fügte sie mißbilligend hinzu, »wie viele Vögel du hier hast.« Wir waren im Wohnzimmer. Die Vögel schmetterten draußen im Birnbaum und in den Schwarzdornbüschen auf dem Castle Mound, als ginge es um ihr Leben. »Ich habe gedacht, das sei eine Stadt«, sagte Thisbe murrend.

Nachdem wir die beiden Schlafzimmer inspiziert hatten, das dritte unmöblierte Zimmer, das möglicherweise Mrs. Suters Wohnzimmer gewesen war, und die Mansarde, die jetzt ein riesiges Oberlicht hatte und mein Arbeitszimmer werden sollte, sagte sie grollend: »Na ja, ich nehme an, Vanessa wäre auch ganz weg gewesen. Es ist haargenau die malerische, baufällige Hütte, die sie sich ausgesucht hätte, wenn sie je aufgehört hätte, sich herumzutreiben, und sich in England niedergelassen hätte.«

Thisbes Stimme distanzierte sich deutlich von uns und unseren Marotten.

»Da hast du recht«, sagte ich erfreut. »Sie kann hier ein imaginäres Zimmer haben. Ich übereigne ihr das leere.« Vanessa war eine viel angenehmere Gesellschaft als Mrs. Suter.

»Keine kindischen Phantastereien, Tuesday, wenn ich bitten darf, damit führt man nur das Schicksal in Versuchung«, sagte Tante Thisbe ein wenig widersprüchlich, wie ich fand.

Sie blätterte in einem Papierstapel, der ungeordnet auf meinem Schreibtisch lag, und las laut:

»Mein gezeitengrünes Bett, mit sieben Liebsten hab ich's geteilt,
drei hab ich leichten Herzens verlassen, ach,
doch vieren weine ich nach.«

In ihrem Ton mischten sich Empörung und Erstaunen. »Was in aller Welt ist das, Clytie? Erzähl mir bloß nicht, daß du angefangen hast, Gedichte zu schreiben.«

Es hätte kaum mißbilligender klingen können, wenn sie Pornographie gesagt hätte. Thisbe hat nichts gegen Dichtung an sich; nur gegen den Beruf des Dichters.

»Nein, nein, das sind nur ein paar Papiere, die ich aus dem Bankfach geholt habe. Ingrid Christs unveröffentlichte Gedichte.«

»Ah, du meine Güte, ja. Dieses unglückliche Wesen. Eine traurige und sinnlose Geschichte. Daß sie selbst ein Ende gemacht hat, liegt gewiß an irgendeiner Unzulänglichkeit in ihrer Erziehung. Was merkwürdig ist, wenn man darüber nachdenkt, die Skandinavier sind gewöhnlich so vernünftig und praktisch veranlagt.« Sie las weiter:

»In Hieroglyphen trauern wir um unsere Toten,
so ist ein See dort hinter den Zweigen das Haus,
ihr Kielwasser trinkt er aus.

Die letzte Leine ist los, die Wellenspur
ist das einzige noch verbliebene Band
zwischen Schiff und Nimmermehrland.

Diese Verse haben etwas leicht Anämisches, findest du nicht?« Sie sah sich die anderen Manuskripte an und fügte fairerweise hinzu: »Aber ich glaube, daß ein paar durchaus ehrbare Menschen sie bald sehr hoch einschätzen werden. James Montfraucon hat vor ein paar Tagen beim Luncheon im Foyles von ihr gesprochen. Er hat gesagt, er glaube, man müsse ihr Werk allmählich neu bewerten.«

»Tatsächlich? Du meinst, sie erlebt ein Comeback? Das wäre großartig.« Wie würde Dan sich darüber freuen, dachte ich. Ich muß die unveröffentlichten Arbeiten ordnen und einem Verlag anbieten.

»Kein Comeback, Tuesday! Bitte vermeide so scheußliche Floskeln, wenn du mit mir sprichst.«

»Ist jemand hier?« rief eine Stimme von unten. »Ich habe mich eben deinen schrecklichen Hügel hinaufgeplagt, und ich sage dir, ich kann keinen Meter höher hinauf, ehe ich mich nicht eine Weile ausgeruht habe.«

Es war Rosie, die ich zu unserem Picknick eingeladen hatte.

Leise in sich hineinlachend, präsentierte sie mir eine Flasche Sherry. »Ich mußte sie unter meinem Umstandskleid aus dem Haus schmuggeln. Schwester Kelly hätte sich sonst wie ein Racheengel auf mich gestürzt. Alkohol! Und ihn den Hügel raufschleppen, noch dazu! Es wird mir derzeit kaum gestattet, ein Taschentuch aufzuheben, das mir hinuntergefallen ist.«

Trotz aller Beschränkungen, die man ihr auferlegte, sah Rosie blühend aus. Ihre Haut hatte diesen engelgleichen Schimmer, den man nur selten sieht – außer bei schwangeren Frauen oder Kindern unter acht Jahren. Ihre großen blauen Augen waren voller Licht.

Tante Thisbe verliebte sich natürlich auf der Stelle in sie.

»Warum, wenn ich bitten darf, hast du mich nicht schon früher mit diesem bezaubernden kleinen Wesen bekannt gemacht?« fragte sie, nachdem Rosie sich ausgeruht hatte und zu uns heraufgekommen war, um die weißen Vorhänge zu inspizieren und die Aussicht zu genießen.

»Du hättest sie vor fünf Jahren kennenlernen können, wenn du's über dich gebracht hättest, bei meiner Hochzeit zu erscheinen, Tante Thisbe.«

»Och, diese gräßliche Hochzeitsparty«, sagte Rosie. »Wie hab ich mich vor euch allen gefürchtet!«

Thisbe schnaubte. »Erwähnt bitte in meiner Gegenwart nie wieder diese Veranstaltung, die unter einem so schlechten Stern stand.«

»Keinen Sherry für mich, vielen Dank«, sagte Rosie.

»Nein, ganz gewiß nicht.« Thisbe sah sie mit einem zärtlich vorwurfsvollen Beschützerblick an. »Wann soll Ihr Baby kommen?«

»Oh, in ungefähr drei Wochen. Dann kann ich sie schon zu Clyties Einweihungsparty mitbringen.«

Ich ging hinunter, um für Rosie Fruchtsaft zu holen, und bedauerte selbst, daß ich meine Hochzeit erwähnt hatte. Diese quälende Party! Wenn ich mich in diesem Haus an Dan erinnerte, dann dachte ich an den Jungen, das Kind Dan, nicht an den sorg- und rücksichtslosen, undurchsichtigen Charakter, den ich so überstürzt geheiratet hatte.

Plötzlich schien, obwohl leer und sonnenhell, Watch Cottage voller Geister zu sein. Vanessa, Gott segne sie, wie hätte sie dieses Haus geliebt, das in gewisser Weise sie mir geschenkt hatte; wie jammerschade, daß sie nicht bei unserem Picknick dabeisein konnte. Und Dan und seine Mutter (die – was wußte ich schon? – noch immer irgendwo ihren Groll nährte), und die arme Ingrid Christ und die Freunde, die ich verloren hatte, lange bevor ich Dan begegnete. So viele Tote, dachte ich leicht fröstelnd, als ich eine Flasche Apfelsaft aus einer Kiste in der eiskalten Speisekammer holte.

Nachdem ich das Paket mit Ingrids Gedichten aus dem Bankfach geholt hatte, hatte ich hin und wieder eines gelesen, und einige waren mir sehr deutlich in Erinnerung geblieben. Allmählich hatte ich das Gefühl, Ingrid recht gut zu kennen; in mancher Beziehung sogar besser als Dan.

Der Tod ist leicht,
doch Sterben ist kein Spaß;
der Tod ist klar,
doch Sterben ist ein Schritt ins Dunkel;

der Tod ist friedlich,
doch Sterben ist Kampf bis aufs Messer,
Der Tod ist ein Moment,
doch Sterben ist das ganze Leben.

Woher hatte Ingrid das gewußt? Mit solcher Gewißheit?

Sie hatte das Thema Tod so gründlich studiert wie für eine Doktorarbeit.

Ich lief mit den Gläsern und der Saftflasche hinauf, und fast wäre ich auf der Treppe gestolpert.

»Siehst du, was habe ich dir gesagt?« rief Thisbe. »Geschwungene Treppen sind nun einmal gefährlich.«

»Zum Glück kann ich nichts tun, um sie ändern zu lassen. Sie steht unter Denkmalschutz.« Ich liebte die ovale Drehung des Geländers und die kleine Galerie über der Eingangshalle.

Nach dem Lunch räumte ich auf und holte dann meinen Wagen, den ich um die Ecke in der Bastion Street geparkt hatte, schloß das Haus ab und fuhr Rosie heim. Sie bat uns auf eine Tasse Tee ins Haus. Anthony, der nach Hastings zu einem Klienten gefahren war, komme, sagte sie, mit dem Zug um halb sechs zurück und wäre bitter enttäuscht, Tante Thisbe verpaßt zu haben. Ich hatte meine Tante mit Anthony bekannt gemacht, als ihr betagter Anwalt sich zurückgezogen hatte, weil sie mit seinem Nachfolger nicht zufrieden war. Seit damals kümmerte Anthony sich um ihre Angelegenheiten, und sie hatte beträchtlichen Respekt vor ihm, was sie ihm auf ihre ein wenig brummige, ewig tadelnde Weise zu verstehen gab.

»Aber ich müßte wirklich in die Stadt zurück«, sagte sie zweifelnd und blickte auf ihre widerstandsfähige Armbanduhr ohne jeden Schnickschnack. »Ich nehme heute abend um acht an einem Dinner der Humanistischen Gesellschaft teil.«

»Du hast noch massenhaft Zeit, Tante Thisbe. Bis dahin bringe ich dich mühelos zurück …«

Nebeneinander standen wir vor den flachen Klinkerstufen von Haus Nummer acht in der Hanover Crescent. Schwester Kelly, die den Wagen gehört hatte, hatte die Haustür geöffnet – und war herausgekommen, um Rosie zu be-glucken und ins Haus zu schicken, wo sie sich sofort hinsetzen sollte.

Ein Motorradfahrer schoß um die Straßenecke, gab wie wild Gas, rutschte mit kreischenden Reifen auf etwas aus, das auf der Straße lag (einem Ölfleck, wie später festgestellt wurde), flog über das halbmondförmige Rosenrondell vor den Häusern, traf Rosie voll in den Rücken und schleuderte sie gegen ihre eigene Schwelle. Motorrad und Fahrer wirbelten in verschiedene Richtungen. Rosie lag still.

Schwester Kelly schrie auf – es war ein unheimliches, hohes, gespenstisches Heulen. Thisbe, das Gesicht so weiß wie ein Laken, fiel neben Rosie auf die Knie. Ich raste ans Telefon in Anthonys Eingangshalle. Meine Hände waren so naß, daß ich den Hörer kaum festhalten konnte.

»Einen Krankenwagen, schnell – um Himmels willen –, so schnell wie möglich...«

Wir wagten Rosie, die leise stöhnte, nicht anzufassen. Der Motorradfahrer, der arme Teufel, war zweifellos tot. Er war gegen eine Mauer geprallt, und dort lag er, zusammengeklappt wie ein Taschenmesser, den Kopf unter sich. Die Räder seiner Maschine drehten sich noch immer.

Schwester Kelly begann mir zornig und mit erstickter Stimme Vorwürfe zu machen.

»Wenn Sie nicht dagewesen wären – sie nicht immer in Ihr Haus dort oben hinaufgelockt hätten –, wäre sie nie, niemals fortgegangen – es ist alles Ihre Schuld! Oh, Ihr Heiligen dort oben, wie soll ich es nur Mr. Anthony sagen, wenn er nach Hause kommt – und er muß jeden Moment da sein...«

»Still, gute Frau, reißen Sie sich zusammen«, sagte Tante Thisbe in ihrer autoritären Art. »Hier kommt schon der Krankenwagen. Sie werden ihr Bestes tun. Und Mrs. Roche hätte aus vielerlei Gründen das Haus verlassen können – um einen Brief einzuwerfen, zum Beispiel...«

»Das hätte ich für sie getan, sie brauchte nie einen Finger zu rühren. Wenn *die* da nicht gewesen wäre...«

Aus überquellenden Augen warf sie mir einen unversöhnlichen Blick zu, dann stürzte sie zur Tür des Krankenwagens.

»Ich begleite das arme Lamm...«

»Nein«, sagte Tante Thisbe befehlend, »das tun Sie nicht. Sie werden hier gebraucht, müssen sich um ihren Mann kümmern. Miss Churchill kann im Krankenwagen mitfahren. Beherrschen Sie sich endlich, um Himmels willen! Gehen Sie rein und setzen Sie Wasser auf, damit Sie für Mr. Roche eine Tasse Tee haben, wenn er kommt...«

Später sagte Thisbe zu mir: »Von der armen, unglücklichen Person sind so gräßliche Schwingungen von Haß, Panik und Rachsucht ausgegangen, deshalb dachte ich, es wäre ganz falsch, ihr zu erlauben, die kleine Mrs. Roche zu begleiten. Sie hätte möglicherweise die geringe Überlebenschance zunichte gemacht, die es vielleicht noch gab. Und wer möchte schon in eine Wolke idiotischen Zorns gehüllt sterben?«

Ein solcher Gedanke war uncharakteristisch für Tante Thisbe. Bei jemand anderem hätte sie ihn als sentimental und wirklichkeitsfremd abgetan. Und ihre Entschlossenheit hat mir in gewisser Weise geschadet, denn Schwester Kelly verzieh mir nie, daß sie grob und willkürlich daran gehindert worden war, ihren Schützling auf dieser letzten Fahrt zu begleiten.

Aber ich gab Thisbe recht. Ich war auch der Meinung,

daß Rosie, schwer verletzt und in kritischem Zustand, nicht besinnungslosem Zorn und verzweifelter Angst ausgesetzt werden durfte. Auf der kurzen Fahrt – zum Glück war ein großes Krankenhaus nur drei Blocks entfernt – hielt ich ihre kleine Hand und sandte ihr beschwörende Botschaften der Zuversicht und Liebe.

Vielleicht hat sie sie empfangen. Sie hatte ganz gewiß keine Angst, war nicht erschrocken. Aber sie schien verblüfft. Während man im Krankenhaus mit Transfusionen, Sauerstoff, Eispackungen und Injektionen um sie kämpfte, murmelte sie: »Wo ist Anto? Warum ist er nicht hier?«

»Er kommt, so schnell er kann«, versprach ich ihr.

Doch er kam nicht schnell genug. Als er endlich da war, außer sich vor Verzweiflung, zitternd, mit wilden Augen, war sie schon tot. Ich grüßte ihn von ihr. Sie hatte mich darum gebeten.

Meine Einweihungsparty fand nie statt. Es wäre unerträglich gewesen. Tatsächlich brachte ich es erst nach drei Monaten fertig, eine Nacht im Watch Cottage zu verbringen; das Haus schien von Rosie und ihrem ungeborenen Kind so durchdrungen, daß es mir jedesmal das Herz zerriß, wenn ich es betrat. Ich fuhr manchmal hinunter, wanderte verstohlen und verloren durch die Räume und fragte mich, ob es nicht vernünftig wäre, das Haus wieder zu verkaufen. Wegen der hohen Steuern wäre es zwar ein finanzieller Verlust für mich, aber ich wäre zugleich eine quälende Erinnerung los und frei, woanders anzufangen. Doch ich wollte nicht woanders anfangen, ich konnte mich nicht von dem Haus trennen, es wäre, als begrübe ich Rosie ein zweitesmal, werfe ihr die Tür vor der Nase zu, sperre sie aus.

Am Ende hielt Chris mir eine Strafpredigt.

»Das Leben muß weitergehen«, sagte sie. »Du gehörst zu denen, die überleben, hast du das vergessen? Es ist die Aufgabe der Überlebenden, dafür zu sorgen, daß die anderen nicht vergessen werden. Vielleicht kannst du etwas für Anthony tun, einfach dadurch, daß du da bist – lenk den armen Teufel ein bißchen von sich selbst ab. Und für Rosie wäre es einfach schrecklich, wenn du das Haus ihretwegen aufgeben wolltest. Denk doch an die vielen Vorhänge, die sie genäht hat.«

»Das tu ich ja. Ununterbrochen.«

»Außerdem«, sagte Chris, »denk an die Lebenden. Wir könnten ein paar Wochenenden auf dem Land gut brauchen. George war in letzter Zeit ein bißchen merkwürdig und griesgrämig, ist dir das nicht aufgefallen? Er verbringt viel zuviel Zeit in seinem verdammten Aqua-Raum. Es würde ihm unendlich guttun, nach Affton zu kommen, in den Downs zu wandern, am Strand spazierenzugehen, ein bißchen Luft zu schnappen…«

»Ja, du hast natürlich recht.«

Langsam, nach und nach, zog ich also ein, schlief eine Nacht oder eine Woche dort, kampierte anfangs zwischen einem Berg halb ausgepackter Umzugskisten und fand mich allmählich mit Rosies Tod ab. Und ich war einsam; einsamer, als ich jemals gewesen zu sein glaubte.

Ingrids Gedichte waren eine Art Gesellschaft für mich. Immer wenn ich ins Haus kam, las ich ein paar.

Von dunkler Trance verstoßen fühl ich
mich Tag um Tag, bin ich erwacht;
in mir stehn Adam auf und Eva,
gürten das Schwert, ziehn in die Schlacht.

Nach und nach, im Lauf der Monate, riß ich mich zusammen und bemühte mich, aus dem Haus das zu machen, was ich ursprünglich geplant hatte. Während Rosie – liebevoll, lachend, neckend, tadelnd – auf Schritt und Tritt an meiner Seite war.

6

Es tändelt sich so hübsch, wie's andre pflegen
mit Amaryllis in dem schatt'gen Hain...

Hugh und George waren sehr gute Freunde. Sie kannten einander nur durch den äußeren Umstand, daß der eine mit Elly, der andere mit Chris verheiratet war; oberflächlich gesehen, hatten sie wenig gemein. George war ein ruhiger, nachdenklicher, introvertierter Kaufmann, Verleger, ein Mann, der fern seiner Heimat im Exil lebte, viel Unrecht und viel Leid erlebt hatte, ein tiefsinniger, stark gefühlsbetonter, sarkastischer, zurückhaltender, sorgenbeladener Mann; Hugh hingegen war energisch, voller Schwung, mit ausgefallenen Ideen, von Natur aus fröhlich und optimistisch. Hugh war typisch englisch; er reiste nicht gern ins Ausland, hatte getan, was alle Engländer tun, eine Public School besucht, in der Armee gedient und führte das Leben eines Landedelmannes; er fischte, schoß, ging gern zu Schäferhundprüfungen und nahm an großen Jagden teil. Ohne lange zu überlegen, schickte er, obwohl Elly aufs heftigste protestierte, seine Zwillingssöhne in eine Vorbereitungsschule und dann an eine Public School.

»Aber Hugh, das ist ein barbarisches System! Im Alter von sieben Jahren? Sie werden unglücklich sein, geschlagen und mißbraucht werden, und wenn sie älter sind, wahrscheinlich schwul sein. Wo sollen sie je lernen, sich zivilisiert zu benehmen?«

›Zivilisiert‹ war Ellys wichtigstes Adjektiv und die beste Empfehlung, die sie einem Menschen mitgeben konnte.

»*Ich* habe was gelernt, oder? Ich bin keine Tunte, oder? Außerdem sind sie zu zweit, können füreinander einstehen, die kleinen Kerle. Ja, ja, ja, ich weiß, ich erinnere mich, Qualen gelitten zu haben, war verzweifelt, schrieb meiner Mutter im ersten Halbjahr jede Woche und drohte ihr, mich zu erhängen, aber es ist im Grunde ein wundervolles System, am Ende hat es mir nicht geschadet, ich habe überlebt und bin ein normaler Erwachsener geworden. Sieh mich jetzt an!«

George, dessen europäische Herkunft sich von der Ellys nicht sehr unterschied, diskutierte ebenfalls mit Hugh über das Thema, obwohl er, wie er sagte, nicht das Recht hatte, sich einzumischen; er tat es, weil er Hughs Standpunkt nicht teilen konnte und ihn intellektuell und moralisch für falsch hielt. Außerdem liebte George Streitgespräche. Als Junge hatte er disputieren gelernt, und er war sehr gut darin; neben seinem Beruf, der seine Leidenschaft war, waren Schach, Squash und Streitgespräche seine Hauptvergnügen. George und Chris pflegten eine ständige Diskussion, die, wie ein Fluß, die gesamten Bestandteile ihres täglichen Lebens mit sich führte und zu einem lebhaften Muster verwob. Wenn sie sich auch nur einen Tag lang trennten, schrieben sie sich gegenseitig energische Briefe, in denen sie die Debatte fortsetzten, die, überflüssig zu sagen, nie beendet wurde; sie verlagerte sich nur mit der Zeit auf ein neues Thema. Wie unendlich schade, daß sie keine Kinder haben können, dachte ich oft; Dinge, die George im Gefängnis angetan worden waren, ehe es ihm gelang, sein Geburtsland zu verlassen, hatten ihn steril gemacht. Aber vielleicht war es ganz gut so. Die Kinder wären zu einem Schlachtfeld geworden, und die Scharmützel, die um ihretwillen ausgefochten worden wären, hätten sie auf Lebenszeit schädigen können.

Äußerlich sah George wie ein Partisan im Ruhestand aus; leicht gebaut, dunkel, die Haut sehr blaß, mit einer hohen, schmalen, intellektuellen Stirn und einem widerspenstigen Schopf steifen dunklen Haares; er hatte große, flinke, empfindsame dunkle Augen, das Weiße etwas gelblich und blutunterlaufen; dünne, geschickte Finger mit Nikotinflecken; einen schmalen, beweglichen, sarkastischen Mund und ein kleines schwarzes Bärtchen; sein Gesicht war unter den Augen und unterhalb der Wangenknochen von halbmondförmigen Falten und Runzeln durchzogen. Wenn man ihm zum erstenmal begegnete, dachte man, es müßten Narben eines Stammesrituals sein, Duellnarben vielleicht, aber nein, es waren Runzeln; sein Bein und seine Schultermuskeln waren ebenfalls nicht voll funktionsfähig, als Folge von etwas anderem, das man ihm angetan hatte, so daß sein Gang und seine Gesten merkwürdig steif waren; er neigte dazu, sich gewissermaßen als Einheit fortzubewegen, den Rücken flach wie ein Brett, anstatt locker, mit einer Gliedmaße nach der anderen. Trotzdem spielte er sehr gern Tennis und Squash, und zwar gut. Er sprach ein idiomatisches, prägnantes Englisch, das er sich in nur zwei Jahren angeeignet hatte, mit einem leichten, weichen, zischenden Akzent, durch den seine einfachsten Bemerkungen heftig und eindringlich klangen; er sprach auch Französisch, Deutsch, Italienisch, Hebräisch und Russisch. Er war in europäischer Literatur unglaublich belesen und hatte ein juristisches Examen, das ihm in England nichts nützte. Er hatte beschlossen, sich lieber dem Verlagsgeschäft zuzuwenden, als die erforderlichen englischen juristischen Examina nachzuholen, und es war ihm innerhalb von sechs Jahren gelungen, einen eigenen Verlag aufzubauen und zu konsolidieren, der wissenschaftliche, juristische und medizinische Lehrbücher herausbrachte; außerdem Theaterstücke, Lyrik und Übersetzungen europäischer Klassiker. Politisch stand er auf dem sozialdemokratischen linken Flügel und befand sich in einem Zustand ständiger Verzweiflung über das, was mit der Welt geschah. Manchmal sagte er, es sei ein Segen, sich nicht fortpflanzen zu können, denn er hätte es als unverzeihliche Schuld empfunden, Kinder in eine solche Welt zu setzen. Chris schien mit ihm einer Meinung zu sein; es war einer der wenigen Punkte, über die sie nicht diskutierten. Dennoch fand ich es tragisch, daß sie keine Kinder haben konnten, ein Paar von solcher Intelligenz, Wärme und Aufrichtigkeit. George, dynamisch, innovativ und großherzig, schien genau das Material zu sein, aus dem Dynastien hervorgingen.

Für jemanden, der so versiert in Logik war, hatte er aber auch ganz schöne Macken.

Eines der Dinge, die er aus Osteuropa mitgebracht hatte, war die Blaupause eines Spiels, das einer seiner Freunde entwickelt hatte, der verschollen war.

George verbrachte viel Zeit und Energie mit dem Versuch, die Erfindung zum Patent anzumelden und einen Unternehmer für die Produktion des Spiels zu interessieren, das er ›Aquaturnier‹ nennen wollte. Aber er hatte keinen Erfolg. Zu der Zeit, da er es versuchte, fanden die Unternehmer das Spiel zu teuer und zu kompliziert. Während einer schlimmeren Rezession hätte er vielleicht mehr Glück gehabt; denn dann neigen die Menschen mehr dazu, allen möglichen kostspieligen Unsinn zu kaufen.

Da es ihm nicht gelang, das Spiel kommerziell zu verwerten, baute er selbst ein Modell. Es konnte einmal zu einem Erbstück für Hughs Söhne werden.

Chris und George besaßen ein Haus in Highgate, das sie gemeinsam gekauft hatten, als Georges Verlag anfing zu florieren und Chris zu ihrem größten Ärger die hochdotierte Stellung der Verwaltungschefin der psychiatrischen sozialen Wohlfahrtsabteilung eines riesigen Krankenhauses im Londoner Norden übernehmen mußte. Chris hätte sich viel lieber draußen in freier Wildbahn getummelt, wollte der *Underdog* sein, der die Bürokratie bekämpfte. Sie haßte es, selbst Bürokratin zu sein, mußte jedoch einsehen, daß sie für diesen Job die beste war.

Ein ganzes Zimmer ihres Hauses blieb ausschließlich dem Aquaturnier-Spiel vorbehalten, für das man ein großes Becken mit Wasser brauchte, auf dessen Oberfläche ferngesteuerte kleine Boote hin und her flitzten.

»Er ist ganz vernarrt in das Ding«, sagte mir Chris. »Es ist kindisch, eine Besessenheit, verrückt, idiotisch.«

Haargenau dasselbe sagte sie auch zu George, hatte jedoch nichts dagegen, daß er das Zimmer ausschließlich zu diesem Zweck nutzte. Ich glaube, sie spürte, daß es eine dringende Notwendigkeit für ihn war, daß er es brauchte wie Dr. Manette sein Köfferchen mit Schuhmacherwerkzeug in Dickens' *A Tale of Two Cities*. In Georges Vergangenheit gab es schwarze Abgründe, über die er nie sprach, zu niemandem. Er hatte ein Recht auf seine therapeutischen Schrullen.

Das Aquaturnier war eine Beschäftigung, die sehr scharf die beiden Geschlechter trennte. Nur wenige Frauen sahen überhaupt einen Sinn darin; wenige Männer konnten ihm widerstehen. Und hingen sie einmal am Haken, wurden sie süchtig und verbrachten unendlich viel Zeit in dem Raum, steuerten die kleinen Schiffe und waren ganz gierig darauf, sich gegenseitig die Flotten zu versenken. Hugh gehörte merkwürdigerweise nicht zu dieser Bruderschaft; er fand das Spiel zu statisch und zu läppisch. Dan, davon war ich überzeugt, wäre begeistert gewesen. Wasser, unser aller Mutter.

George war zu jeder Zeit glücklich, ein paar Stunden in seinem Aquaturnier-Raum zu verbringen und winzige Änderungen am System vorzunehmen, Boote zu reparieren, sich neue Spielregeln und Spielzüge auszudenken – oder nur, wie Chris sagte, um über seinem Becken mit grünem Wasser zu brüten, sein Geist weit weg in einer anderen Dimension. Und das schien mit seiner sonst durch und durch praktischen Persönlichkeit völlig unvereinbar.

»Es ist für einen Erwachsenen nicht natürlich«, sagte mir Chris.

»George kommt es absolut natürlich vor«, wandte ich ruhig ein.

Ich verbrachte häufig das Wochenende in dem Haus in Highgate, und während George vor seinem Wasserbecken brütete und vielleicht aussichtslose Fälle noch einmal durchlebte, unternahmen Chris und ich lange Spaziergänge über die Heide. Das war, bevor ich Watch Cottage erwarb. Hin und wieder überredete George mich zu einem Spiel, aber ich mache mir nichts aus Spielen. Ich erkenne ihren psychologischen Wert, aber sie sind nichts für mich; vermutlich deshalb, weil Vanessa und mein Vater immer viel zuviel mit ihren Ausgrabungen zu tun hatten, um mit mir zu spielen, als ich noch ein Kind war; ich habe die Kunst nie erlernt.

»Ich bin ein ernsthafter Mensch«, sagte ich einmal zerstreut, aber aufrichtig zu einem Mann, mit dem ich gerade im Bett lag. Im nächsten Moment bekam sein Gesicht einen wachsamen, abweisenden Ausdruck, während er hastig überlegte, wie schnell er sich vor einer tieferen Bindung mit mir retten konnte.

Anstelle des Aquaturniers spielten Hugh und George Tennis und Squash. George gab ein kleines Lehrbuch der Architektur heraus, das Hugh geschrieben hatte und das sich sehr gut verkaufte. Elly und die Jungen bekommen noch immer Tantiemen davon.

Im Sommer mieteten die beiden Paare, George und Chris, Elly und Hugh, häufig gemeinsam ein Ferienhaus in der Provence, in Umbrien, Cornwall oder auf der schottischen Insel Arran, je nachdem, wie es um ihre Finanzen stand. Hugh waren die auf solidem englischem Boden am liebsten. Manchmal schloß ich mich ihnen für ungefähr eine Woche an. Hughs und Ellys Zwillinge waren anfangs noch Babys, dann Kleinkinder und schließlich zwei selbständige blonde Jungen. Manchmal erinnerten sie mich an den kleinen Finn, der ertrunken war.

Ich nehme an, Georges und meine Liebe entwickelte sich winzigen Schritt für winzigen Schritt über eine sehr lange Zeit hinweg, ohne daß wir es richtig merkten. Ich fand sein Gesicht immer sehr angenehm. Es glich einer Landkarte dessen, was ein Mensch erreichen kann. Wenn man ihn sah, hatte man das Gefühl, man habe ein erfolgreiches Produkt der menschlichen Rasse vor sich; ein richtiges *œuvre* – ein fast vollkommenes Werk. Er hatte die Qualität eines Selbstporträts von Rembrandt.

Als der Höhepunkt kam, geschah es überraschend genug. Es war an einem verregneten Tag im Mai. Am zwanzigsten Mai hat Chris Geburtstag, und ich war in der Museum Street unterwegs, wo ich nach einem Geschenk für sie gesucht hatte. Sie liebt antiken Schmuck, der gut zu ihrer strengen Schönheit und ihrem klassischen Stil paßt. Ich freute mich über das Geschenk, das ich gefunden hatte: ein Paar langer Ohrringe aus getriebenem Silber mit flaschengrünen Olivinen, die das Grün in ihren kurzsichtigen grauen Augen betonen sollten. Als ich aus dem Juweliergeschäft kam, war der Regen zu einer heftigen Sturzflut geworden. Mit gesenktem Kopf rannte ich um eine Ecke zur Bloomsbury Street, wo ich hoffte, ein Taxi zu erwischen. Ich hielt mich zu dicht bei den Häusern und prallte mit einer Männergestalt zusammen, die in entgegengesetzter Richtung unterwegs war. Es war George.

»Was für ein Zufall!« sagte ich. »Eben hab ich ein Geburtstagsgeschenk für deine Frau gekauft.«

Er sah mich entgeistert an und sagte: »Mein Gott, was für ein Glück, daß du in mich hineingerannt bist. Wie gewöhnlich habe ich den Geburtstag total vergessen.«

George war ständig so besorgt um den Zustand der Welt, daß derart geringfügige Dinge ihm immer wieder entglitten. Man mußte seine leidenschaftliche Anteilnahme respektieren. Dennoch wäre er wohl nicht überfordert gewesen, wenn er an Chris' Geburtstag gedacht hätte.

»Da du mich nun einmal getroffen hast, mußt du mich beraten«, befahl er. »Was, glaubst du, wünscht sie sich? Ein Buch? Bowlby? Claude Lévi-Strauss?«

»O George, wie kann ich dich beraten? Nein, nicht Bowlby, den kann sie sich selber kaufen. Du mußt etwas besorgen, was sie sich nie kaufen würde.«

»Ein Stück schottischer Wolle?« sagte er und sah sich auf die ihm eigene steife Manier um.

»N-nein, ich glaube nicht...«

Am Ende erstand er unter meiner Anleitung einen Sweater, aber nicht aus schottischer, sondern aus herrlicher Angorawolle von einem matten Apricot. Chris liebt zarte, geheimnisvolle Farbschattierungen, die weder die eine noch die andere Farbe sind, und hat sehr wenig Zeit, selbst danach zu suchen, da sie von ihrem Beruf besessen ist, selten nach neun ins Büro kommt, vor sieben geht oder sich länger als zwanzig Minuten Mittagspause gönnt.

Plötzlich fiel George etwas ein: »Warum begleitest du mich nicht jetzt nach Hause und kochst ihr Geburtstagsessen? Das heißt, wenn du nichts anderes vorhast«, fügte er mit übertrieben gewissenhafter Höflichkeit hinzu. »Ich würde gern mit euch beiden ausgehen, aber ich weiß, das Chris heute lange arbeitet, und ich weiß auch, daß das Essen viel besser sein wird, wenn du es zubereitest und wir in einer ruhigen Umgebung essen können. Da können wir uns auch gemütlicher unterhalten. Wir haben dich schon lange nicht mehr zu sehen bekommen, Clytie.«

Es war in der Zeit, als ich Watch Cottage kaufte und meine Freizeit hauptsächlich in Affton verbrachte, um die Renovierung des Hauses zu beaufsichtigen.

»Chris wird spät nach Hause kommen, müde und durchnäßt sein. Sie wird sich riesig freuen, daß sie nicht kochen muß«, erklärte George naiv.

Männer sind schon seltsam, dachte ich. Der hier ist intelligent, durchschnittlich sensibel, warmherzig, rücksichtsvoll, aber fällt ihm je ein, das Abendessen zuzubereiten und den Tisch zu decken? O nein. Kochen gehört zu den Aufgaben der Frau. George war natürlich ein traditioneller Europäer; seine Mutter hatte alles getan, die Gans gerupft und ihr wahrscheinlich auch den Hals umgedreht, sie hatte Strudelteig angerührt, genäht, gewaschen, gebügelt, den Kindern die Haare geschnitten. Das tun Frauen nun einmal, und es wird fünfhundert Jahre dauern, bis es vergessen ist. Darunter mußte George jetzt leiden. Denn Chris unterwirft sich dieser Ordnung zwar zerstreut, aber sie ist die schlechteste Köchin der Welt. An dem ganzen Vorgang völlig uninteressiert, nur darauf erpicht, ihn in einem Minimum an Zeit hinter sich zu bringen, kocht sie, um nicht zu verhungern – und mehr nicht. Und ihr katastrophalster Fehler – den ich noch aus den Tagen kenne, in denen wir eine gemeinsame Wohnung hatten – ist ihr Abscheu vor Verschwendung. Das ist ein geradezu neurotischer Zug an ihr, den sie ihrer Herkunft zu verdanken hat. Um eine überreife Banane nicht wegzuwerfen, püriert sie sie, macht mit Eiern und Weizenmehl einen Teig daraus und bäckt ein Blech geschmackloser, lederartiger kleiner Kuchen. Wenn niemand sie ißt, schiebt sie sie wieder ins Rohr, zerkrümelt sie, gießt Vanillesoße über den Matsch und nennt das Ganze Biskuitauflauf. Wenn auch der stehenbleibt, macht sie... Aber genug. Ich konnte verstehen, warum Georges Augen zu strahlen begannen, als ihm einfiel, daß ja ich das Geburtstagsessen kochen könnte.

Ich sagte: »In Ordnung, mach ich. Das ist eine hübsche Idee, George.«

»Natürlich stifte ich die Zutaten«, sagte er. »Was soll es denn sein?«

»*Bifteck en croûte* mag Chris am liebsten. Und wie wär's mit einem bißchen Kaviar vorneweg? Und mit einer pikanten Nachspeise. Für Desserts hat sie nicht besonders viel übrig.«

»Das klingt phantastisch.«

»Am besten rufe ich gleich in meinem Büro an und gebe Bescheid, daß ich heute nicht mehr komme.«

Wir kauften die Zutaten für die Mahlzeit in Soho und fuhren mit dem Taxi nach Highgate. Ihr Haus ist geräumig, komfortabel, früh-edwardianisch, von George mit großen, gutgepolsterten Sesseln, Kelimteppichen, impressionistischen Bildern und Regalen für eine Million Bücher eingerichtet; ergänzt von Chris mit schwedischem Holz, Stoffen in ruhigen Farben und einer leistungsfähigen Zentralheizung.

In ihrer Küche im Untergeschoß stellte ich fest, daß ein paar dringend erforderliche Utensilien nicht vorhanden waren. Chris' Küche war ordentlich, praktisch, geradezu fanatisch sauber; funktionell bis zu einem gewissen Grad.

Sie hatte eine Spülmaschine, aber keine Knoblauchpresse, einen Mixer, aber keinen Küchenwein. Der Essig war von höchst plebejischer Art, es gab kein einziges scharfes Küchenmesser; meine bescheidenste Küchenhilfe würde sich weigern, auch nur fünf Minuten eines von Chris zu benutzen. Ich brauchte ein wirklich feines Reibeisen und viel mehr Butter – die vorhandene hatte ich schon nach fünf Minuten aufgebraucht – und auch ein paar Kräuter.

»Ich hole dir alles«, sagte George traurig, als ich ihn über die Unzulänglichkeiten seines Haushalts aufklärte.

»Ich kann mir nicht vorstellen, was ihr eßt!« Dann erbarmte ich mich seiner – er sah nach dem Tag im Büro todmüde aus, und ich wußte, er würde sich am liebsten mit der *Times* und dem *Economist* in einen seiner riesigen Lehnsessel verkriechen.

»Keine Sorge, George, ich möchte ein gutes Messer, und du wüßtest ohnehin nicht, welches du kaufen sollst. Du kannst es Chris auch noch zum Geburtstag schenken. Mit dem hier kann man nicht einmal Quark schneiden. Ich weiß gar nicht, wieso ich das nicht schon früher gemerkt habe, wenn ich bei euch war …«

»Nun, dann begleite ich dich wenigstens, halte dir den Schirm und zeige dir, wo die besten Läden sind«, sagte er, was sehr lobenswert war, denn es goß noch immer wie aus Kannen.

In den ausgezeichneten Geschäften von Highgate Village hatten wir unsere Einkäufe schnell erledigt und waren schon wieder auf dem Rückweg – lange bevor wir Chris erwarten durften –, als wir den brennenden Wagen sahen.

Er stand in einer Haupteinkaufsstraße und brannte lichterloh. Flammen und dichter schwarzer Rauch quollen unter der Motorhaube hervor. In respektvoller Entfernung hatte sich ein Kreis neugieriger Zuschauer gebildet.

»Um Himmels willen«, sagte George, der sehr tatkräftig ist, »warum tut denn keiner was?«

»Man hat die Polizei gerufen«, sagte eine Frau zu ihm.

»Ich meine, warum versucht niemand zu löschen? Der Fischhändler dort drüben muß doch einen Schlauch haben.«

»Die Feuerwehr ist auch verständigt«, sagte die Frau.

»Meine gute Dame, man muß nicht immer auf die Behörden warten, um ein Problem zu lösen.«

Sie sah ihn verständnislos an.

In diesem Augenblick hörte man aus dem Innern des Wagens einen schwachen Schrei.

»Guter Gott! Wollen Sie sagen, daß da drin noch jemand ist?«

Doch keiner hatte die Absicht, etwas zu sagen.

George stieß einen Urväterfluch aus, drückte mir die Tüte mit den Lebensmitteln in die Arme und versuchte die Wagentüren zu öffnen. Sie waren verriegelt. »Gib mir das!« sagte er zu einem Jungen, der an einem Fahrrad lehnte.

»Was denn?«

»Das Fahrrad, du Idiot!« George riß es ihm aus den Händen und hob, für einen Mann mit so leichtem Körperbau eine erstaunliche Muskelkraft beweisend, das Fahrrad hoch und schmetterte es gegen die Heckscheibe des Wagens, eine zweitürige Limousine. Die Scheibe zerbarst in glitzernde nußgroße Splitter, eine ölige schwarze Rauchwolke quoll heraus, und man hörte wieder einen leisen Hilfeschrei.

George stieg auf die Stoßstange, schob Kopf und Schultern durch die Öffnung, erschien einen Augenblick später wieder und zog den Oberkörper einer stöhnenden älteren Frau nach.

»Hilf mir mal, Clytie!« rief er.

Doch jetzt fanden sich mit verlegenen Gesichtern mehrere Helfer ein, und alle miteinander zerrten mit verzweifelter Anstrengung die alte Dame ins Freie. Sie keuchte und weinte, ihr Gesicht war rauchgeschwärzt, und sie blutete aus mehreren Schnitten, die vermutlich von den Scherben der Heckscheibe stammten. Man merkte deutlich, daß sie unter Schock stand.

»Hat jemand von Ihnen einen Wagen?« fragte George energisch. »Sie muß sofort ins Krankenhaus gebracht werden.« Da wieder niemand reagierte, winkte er einem Taxi, das im Schrittempo vorbeischlich.

Keiner der Umstehenden wollte uns das Recht streitig machen, uns um die alte Dame zu kümmern, daher bat George den Taxifahrer, uns ins St. Phoebe's Hospital zu bringen, das am nächsten war.

»Hier – was ist mit meinem Fahrrad?« schrie der Junge. »Das Vorderrad ist verbogen!«

Knurrend nahm George eine Visitenkarte aus der Tasche. »Gib das der Polizei – falls sie doch noch erscheinen sollte.« Dann fuhren wir los. Während der Fahrt murmelte George allerlei über Menschen vor sich hin.

Dann sagte er: »Wir machen uns doch nur was vor, wenn wir uns einbilden, wir seien besser als unsere Vorfahren im

Mittelalter, für die es eine besondere Belustigung war, eine alte Frau mitten auf dem Marktplatz verbrennen zu sehen.«

»Ich wüßte gern, wohin der Fahrer verschwunden ist«, sagte ich.

Die alte Dame hatte im Fond gesessen.

»Ist wahrscheinlich in Panik geraten und weggerannt«, sagte George. (Genauso war es mehr oder weniger gewesen, wie wir später erfuhren. Die Fahrerin, eine junge, unerfahrene Sozialarbeiterin, war mit der alten Dame, der ein neues Gebiß angepaßt werden sollte, unterwegs zum Zahnarzt gewesen. Beim Anblick der Flammen, die unter der Motorhaube hervorschlugen, hatte das Mädchen die Nerven verloren, war aus dem Wagen gesprungen und zur nächsten, ziemlich weit entfernten Telefonzelle gerannt. Hätte George nicht so schnell eingegriffen, wäre die alte Mrs. Luke bestimmt verschmort, da der Wagen explodiert war, kurz nachdem wir die Szene verlassen hatten und ein paar Minuten bevor die Feuerwehr eintraf.)

Im St. Phoebe's wurde Georges Geduld weiterhin auf eine harte Probe gestellt. Wir hätten besser daran getan, ins Royal North London zu fahren, wo Chris großen Einfluß hatte. Aber natürlich hatte George ein Krankenhaus in der Nähe gewählt. In der Notfallabteilung ließ man uns und unseren Schützling volle zweieinhalb Stunden warten, bevor ein gleichgültiger junger Mann im weißen Mantel etwas Antiseptisches auf die Schnitte pinselte und dann Pflaster draufpappte. Zu Georges ungläubigem Entsetzen und Zorn weigerte er sich dann, die alte Frau über Nacht aufzunehmen.

»Wir sind belegt, wir können solche Fälle nicht hierbehalten. Ihr fehlt nicht viel, sie hat nur einen kleinen Schock. Sie kann ruhig nach Hause gehen.«

»Sie hat Rauch eingeatmet, ihr Mund ist innen ganz schwarz, und ihre Lungen sind es wahrscheinlich auch!« fauchte George.

Der Notfallarzt schaute ihr mit skeptischer Miene in den Mund und sagte dann: »Na ja, lassen Sie sie gurgeln und den Mund spülen, bevor sie ins Bett geht. Und geben Sie ihr süßen, heißen Tee. Ihr fehlt nichts.«

Und der kleine Widerling machte, wichtigtuerisch sein Stethoskop schwingend, daß er davonkam.

Die alte Mrs. Luke, nach allem, was passiert war, völlig verzweifelt und durcheinander, weinte noch immer und fröstelte noch fast so stark wie am Anfang. Sie bildete sich ein, ich sei ihre Enkelin Millie. »Du läßt mich nicht allein, nicht wahr, Millie?« sagte sie. »Tom und den anderen bin ich egal, aber du läßt mich heute nacht nicht allein, nicht wahr?«

»Sorg dich nicht, Granny, wir kümmern uns um dich, wir haben dich lieb«, sagte ich und umarmte sie, um ihr Zuversicht und Trost zu geben. Es war, als umarme man ein Bündel Besenstiele. Sie roch nach Mottenkugeln und verbrannter Farbe.

Durch vorsichtige Fragen, und nachdem wir unauffällig in ihrer schäbigen Handtasche nachgesehen hatten, erfuhren wir ihren Namen und daß sie allein in einem möblierten Zimmer in einer Seitenstraße des Transom Way bei Eagle Grove wohnte. Ihre Wirtin hieß Moffat, sagte sie uns. Als wir Mrs. Moffat anriefen, machte sie uns unmißverständlich klar, daß sie nicht die Absicht hatte, bei ihrer Mieterin Florence Nightingale zu spielen.

George und ich hatten abwechselnd seine Nummer angerufen, um Chris zu erreichen, sobald sie nach Hause kam, und sie von unserer Zwangslage zu unterrichten. Nachdem der Notfallarzt verschwunden war, erwischte ich sie; sie war eben eingetroffen.

»Bringt das arme alte Ding her«, sagte sie sofort. »Wir behalten sie über Nacht hier, und morgen denken wir uns einen Plan für sie aus. Vielleicht geht es ihr dann auch schon so gut, daß sie nach Hause kann.«

Also transportierten wir Mrs. Luke in einem anderen Taxi ins Haus der Davenports, wuschen sie und spülten ihr den Mund aus, gaben ihr heiße Milch mit Honig und ein Valium, die George nehmen mußte, wenn seine Migräne unerträglich wurde. Dann steckten wir sie in ein altes, weites Nylonnachthemd von Chris und brachten sie ins Bett. Sie hielt meine Hand, bis sie – fast sofort – einschlief.

Dann marschierten wir, mit vor Müdigkeit schwimmenden Köpfen, in die Küche hinunter und öffneten eine Flasche Champagner, während ich das *Bifteck en croûte* zubereitete. Chris sagte, sie könne sich an keinen netteren Geburtstagsabend und an keine hübscheren Geschenke erinnern. Sie probierte sofort meine Ohrringe, die zu ihrem schlichten schwarzen Sweater sehr gut aussahen, und nach dem Abendessen tranken wir eine Menge Brandy und legten Georges liebsten Stockhausen auf. Dann sagte ich, ich müsse jetzt nach Hause in die Ordnance Mansions, da ich morgen einen schweren Tag hätte. Chris sah mich ängstlich an.

»Ich will dich wirklich nicht ausnützen, Clytie«, sagte sie, »aber angenommen, die alte Frau wird nachts wach und verlangt nach dir. Du bist die einzige, die sie ins Herz geschlossen zu haben scheint. Könnten wir dich überreden, hierzubleiben?«

Man sollte bereit sein, bei allem, was man tut, bis ans Ende zu gehen, das wußte ich. Also blieb ich natürlich. Chris sagte: »Leider haben wir nur dieses eine Gästezimmer. Aber die Couch in Georges Arbeitszimmer ist sehr bequem. Du kennst sie noch, Clytie, es ist die, die wir schon in der Beaufort Street hatten, geräumig wie ein Zeppelin. Du hast schon oft darauf geschlafen.«

Das hatte ich und war durchaus bereit, es wieder zu tun. Georges Arbeitszimmer war eine kleine, behagliche Bude im oberen Stockwerk, gleich neben dem Gästezimmer, in dem Mrs. Luke untergebracht war. Wir schauten zu ihr hinein, sie schlief fest, stöhnte und zuckte aber ab und zu. Wir umarmten uns auf der Treppe und sagten gute Nacht – der Tag schien unendlich lang gewesen zu sein. Dann gingen wir zu Bett. Und lange nach Mitternacht kam George und legte sich zu mir auf die Couch, die so geräumig war wie ein Zeppelin.

Aus moralischen Gründen konnte ich kaum etwas einwenden. Das stand mir nicht zu. Meine Beziehung zu Hugh hatte schon angefangen. Ich hatte auch gegen George selbst nichts einzuwenden. Ich liebte ihn und war froh, daß dieser Schritt uns in unserem Wissen umeinander weitergebracht hatte. Irgendwie schien es unvermeidlich zu sein. Und ich bin Männern gegenüber immer viel ungezwungener, wenn ich mit ihnen im Bett war. Danach kann man viel offener und braucht nicht mehr ständig auf der Hut zu sein; man braucht nicht zu kalkulieren, zu spekulieren, muß nicht mehr geistreich sein um jeden Preis, muß sich nicht ständig fragen: Was wird er davon halten? Wird er das als Aufforderung betrachten? Was würde er tun, wenn... Ich frage mich, wie...

Wie meine Freundin Chris lege ich gern die Karten auf den Tisch.

Aber ihretwegen machte ich mir Sorgen, und das sagte ich auch.

»Du unterschätzt sie völlig«, sagte George und hielt mich in dem archaischen Dunkel fest in den Armen. »Chris ist nicht so engstirnig und kleinlich, sie ist ein großherziger Mensch.«

»Ich hoffe, du hast recht. Ja, ich vermute, daß du recht hast. Aber sie – sie ist verletzlich.«

»Nicht so sehr wie andere«, sagte George. Und auch das war richtig. »Und jetzt wollen wir nicht mehr über Chris sprechen«, sagte er, »denn das ist schon eine Art Betrug. Konzentrieren wir uns statt dessen lieber auf uns.«

Und so nahm die Nacht uns auf. In Georges Armen hatte ich das Gefühl, in eine andere Sprache übersetzt, auf einen anderen Kontinent, in eine andere Zeit verbracht zu werden. Es war, als würde man von Geschichte durchdrungen, von der Vergangenheit umarmt. Als er in mir versank und stöhnte und aufschrie, hatte ich eine Vision unendlicher leerer Ebenen, von Reisenden, Wanderern, die bis in alle Ewigkeit weiterzogen und nach neuen Königreichen suchten, um sie zu bewohnen.

George war ein intelligenter, ein tüchtiger, ein gebildeter

Mann. Nach seiner Ankunft in England hatte er sich verblüffend schnell die Basis für das geschaffen, was er erreichen wollte – einen anständigen Beruf, eine gute Ehe; er hatte traurig und resigniert seine Hoffnung auf Kinder aufgegeben und, sobald er die Szene überblickte, auch sein anderes ehrgeiziges Ziel, eine politische Karriere. Ich fragte mich jetzt, ob er nicht unbewußt spürte, daß die Zeit kurz bemessen war , daß er alle Entdeckungsreisen, die er machen wollte, ohne Verzögerung antreten sollte. Denn er war ein Entdecker, er hätte noch viel und weit reisen sollen; er hatte die Energie dazu, den Willen, die Phantasie. Ihm fehlte nur die Lebenskraft. Die Zeit als politischer Gefangener hatte ihn, glaube ich, auf eine nicht sichtbare Art verwundet, ihm die Wurzeln einer lebenswichtigen Funktion abgeschnitten.

Das ist natürlich eine nachträgliche Einsicht.

Am Morgen erwachte ich verzweifelt und mit schlechtem Gewissen – eine mir nicht ungewohnte Morgenstimmung. Drei Lasten hatte ich zu schleppen, jede einzelne so schwer wie Blei: Chris, George, Mrs. Luke, in dieser Reihenfolge. Meine liebste Freundin, die ich mir jetzt möglicherweise entfremdet hatte, und zwei Menschen, die nie jemandem etwas zuleide getan hatten und denen ich nicht übelwollte; zugleich aber wünschte ich mir, nicht die Verantwortung für sie übernehmen zu müssen.

Ich hätte mir keine Sorgen zu machen brauchen. Mrs. Luke war eine muntere alte Seele. Als sie aufwachte, war sie wieder ganz klar und leicht empört, weil sie uns so viel Mühe gemacht hatte. Bei dem gekochten Ei, das sie auf Chris' Befehl im Bett essen mußte, erzählte sie uns, sie habe eine verheiratete Tochter in Ipswich, die sie gern für eine Woche und länger bei sich aufnehmen würde, bis ihre Verletzungen verheilt waren. Wir besprachen, daß ich sie zu Tante Thisbe mitnehmen sollte, wo Thisbe und ihre Haushälterin Mrs. Dalton sich um sie kümmern würden, bis ihre Tochter kam, um sie abzuholen.

Die Angelegenheit Mrs. Luke war also geregelt, ohne daß wir nach chinesischem Brauch lebenslange Verantwortung für sie tragen mußten. George setzte sich zielbewußt in den Verlag ab und erinnerte mich, bevor er ging, nur kurz daran, daß er die korrigierten Druckfahnen meines neuen Kochbuchs *Kleinigkeiten, die man oft vergißt* bis zum siebenundzwanzigsten zurückhaben mußte.

Blieb nur noch Chris, die gelassen das Frühstücksgeschirr in die Spülmaschine räumte.

»Hör mal, Chris, das mit George und mir…«

Sie sagte: »Hör mir jetzt zu, Clytie. Es macht nicht den geringsten Unterschied. Ich meine das nicht kränkend – um dich herabzusetzen. Ich bin sogar glücklich für euch beide – George und dich. In gewisser Weise bindet es uns drei noch enger aneinander. Ich habe festes Vertrauen zu Georges und meiner Beziehung. Nichts kann sie zerstören. Weil wir keine Kinder haben können, weil wir uns so kennengelernt haben, wie wir es taten, weil George im Exil lebt, weil…«

Weil George bald eine andere Reise antreten wird? Weil wir einander dann mehr brauchen werden denn je – uns gegenseitig helfen, füreinander dasein müssen?

Wir sind dazu bestimmt zu überleben, Chris und ich. Als Bäume mit Wurzeln, die tief in den Boden reichen, wissen wir, daß es unsere Aufgabe ist, einen Ruheplatz zu schaffen für die Wanderer, die kommen und gehen.

»George und ich haben eine feste Basis«, sagte sie wieder. »Anfangs war er für mich eine Vaterfigur. Das ist mir jetzt klar. Ich hatte genug von den Weichlingen, die sich auf mich verließen. Ich wollte mich selbst ein bißchen anschmiegen können. Es war auch leicht für mich. George gibt einen guten Vater ab. Er hätte sechs Söhne haben sollen.« Sie seufzte. »Aber jetzt kann ich auf eigenen Füßen stehen; wir stützen uns gegenseitig. Und mir ist viel lieber, George liebt dich statt irgendeine Sekretärin. Männer mittleren Alters verlieren – besonders in einem fremden Land – so oft den Kopf wegen irgendeiner kleinen Idiotin. Siehe Cordwainer.« Cordwainer war eine Zeitlang Georges Partner gewesen. Jetzt hatte er eine Affäre mit einer Statistin vom Fernsehen, die dumm war wie Bohnenstroh.

»Sei kein Snob, Chris.«

»Nein, das meine ich doch nicht«, sagte sie, aufrichtig beunruhigt über den Vorwurf. »Aber wenn George sich in ein Mädchen verliebte, nur weil es ihn blindlings bewundert, dann wüßte ich, daß er irgendeinen schrecklichen Defekt hätte.«

»Wie kannst du auch nur denken, daß er so etwas tun würde? Ich kenne nicht viele Leute, die immer so bewußt handeln wie George.«

»Ja«, sagte sie, »in gewisser Weise handelt er allzu bewußt. Wir anderen lassen uns treiben wie Somnambule, merken nie die Sümpfe, die Boas constrictor, die Bombenkrater und die Haie, die sich am Kiel den Rücken scheuern. George entgeht nichts, keine einzige verdammte Kleinigkeit. Wie lange hält er das noch aus? Es wird ihm guttun, mit dir ein bißchen Quatsch zu machen, Clytie.«

»Bestimmt?«

»Bestimmt. Und komm bald wieder.« Sie klopfte mir leicht auf die Schulter; wir hatten nie die Gewohnheit gehabt, uns zu umarmen. Dann lächelte sie wehmütig. »Ein Jammer, daß ihr kein Baby bekommen könnt, du und George. Das würde ihm gefallen. Und du kämst endlich über deinen Kummer um den kleinen Finn hinweg.«

Ich war betroffen, denn ich hatte nicht geahnt, daß sie so tief in mich hineinsah; oder sich noch der Ereignisse vor fünf Jahren so klar erinnerte.

Impulsiv sagte ich: »Ihr habt nie daran gedacht zu adoptieren...«

Chris hatte sich immer Kinder gewünscht, das wußte ich.

»O nein. Für George wäre es einfach nicht dasselbe. Und ich habe jetzt auch alle Hände voll zu tun. Du kannst dir nicht vorstellen, was diese idiotischen Holzköpfe vom Verwaltungskomitee jetzt schon wieder getan haben...«

Chris brach auf, verbannte George und mich und Mrs. Luke aus ihren Gedanken, hatte viel zuviel zu tun, um sich lange mit privaten Dingen aufzuhalten. Ich fuhr mit Mrs. Luke zu Tante Thisbe hinunter und richtete dann ein Bankett für die Worshipful Company of Apron Makers aus. Wenn ich an Chris und ihre Abteilung, an George und seine Lehrbücher denke, an Hugh, der immer mehr Schulen baut, an Elly, die Vorlesungen über semantische Verwandtschaften hält, und an Anthony, der seine Klienten durch die Irrgärten englischer Gesetzgebung führt – dann habe ich das Gefühl, mir meinen Lebensunterhalt auf eine sehr oberflächliche und frivole Art zu verdienen. Alle meine Freunde sind ernsthafter, fest angestellt, mehr in die Gesellschaft integriert als ich. Doch die Menschen müssen ernährt werden; am Ende tröste ich mich immer selbst, indem ich zu dieser grundlegenden Wahrheit zurückkehre.

Zwei oder drei Wochen später hatte Hugh beruflich in London zu tun und verbrachte die Nacht mit mir. Wir gingen ins Kino, Hugh liebt Western, aßen ein köstliches Roastbeef bei Simpson und gingen dann nach Hause ins Bett.

Hugh hatte eine Menge eigener lockerer sexueller Ausdrücke. Das Malteserkreuz. Der Berg der Barmherzigkeit. Der Mischmasch. Der Pyjama der Maharani. Der Hormonstoß.

Mitten beim Malteserkreuz, das eine ausgezeichnete, wenn auch knifflige Lösung für die Probleme unserer sehr unterschiedlichen Körpergrößen darstellt, fragte er: »Tust du das auch mit George?«

Ich war so erstaunt, daß ich fast aus dem Bett gefallen wäre.

»Du weißt von mir und George?«

»Aber gewiß doch, er hat es mir erzählt«, sagte Hugh gelassen und legte mich wieder zurecht.

»Also Männer sind wirklich unbegreiflich«, sagte ich. »Warum hat er das getan?«

»Weil er über dich und mich auch Bescheid wußte.«

»Er hat es gewußt? George hat von uns gewußt? Aber woher denn?«

»Irgendwann ist die Rede darauf gekommen«, sagte Hugh. »Ich habe es ihm gesagt. Du bist nicht bei der Sache, Clytie.«

Doch mit meiner Aufmerksamkeit war es vorbei. Ich konnte nicht mehr ausschließlich an unser vergnügliches Tun denken.

»Ihr sprecht über mich, George und du?«

»Nicht häßlich«, sagte Hugh. »Nicht herabsetzend. Wir lieben dich, verdammt!«

»Aber ich spreche doch auch nicht mit Elly über dich. Oder mit Chris über George. Das würde mir nicht im Traum einfallen.«

»Ach, Frauen sind so voller Skrupel und Spitzfindigkeiten. Warum, zum Teufel, tust du's nicht, wenn dir danach ist? Weder George noch mich würde es stören. Tatsächlich bin ich irgendwie gekränkt, daß du's nicht tust.«

»Wir haben wichtigere Dinge zu besprechen«, fuhr ich ihm über den Mund. »Wir vergeuden unsere gemeinsame Zeit nicht mit dummen Klatschereien.«

»Eingebildetes Ding«, sagte Hugh und nahm eine für ihn bequemere Stellung ein.

Als wir weitermachten, durch mehrere sorgfältig geplante Stadien bis zu einer gutorganisierten Klimax – Hugh war ein sehr tüchtiger Organisator –, hatte ich plötzlich eine wilde mathematische Vision möglicher Bäumchen-wechsle-dich-Spiele – Elly und George, Hugh und Chris, Elly und Chris und ich, Hugh und George; warum hatte ich eigentlich die ganze Zeit die unklare, solipsistische Vorstellung gehabt, daß ich der zentrale Punkt dieses Musters sei? Wie ausschließlich auf uns orientiert, wie egoistisch sind wir sogar dann, wenn wir glauben, bescheiden und zurückhaltend zu sein. Vielleicht gibt es noch ein Muster, das ich überhaupt nicht sehe, mit noch anderen Charakteren – Gott? Teufel? –, eine ganz andere Dimension.

Eine neue, originelle Idee zu entdecken macht müde – als zerre man einen großen, schweren Koffer vom Speicher herunter.

»Hast dich ganz schön anstrengen müssen, wie?« Hugh war sehr stolz auf sich. Dann fing er an zu husten und rollte sich auf die Seite.

»Bist du in Ordnung, Hugh?«

»Natürlich bin ich in Ordnung. Hat mir eben nur einen kleinen Stich gegeben. Es ist nichts. Dem alten Hugh fehlt nie etwas.«

»Nun«, sagte ich, nachdem ich eine Weile nachgedacht hatte, »sprichst du mit Elly über mich? Ziehst du Vergleiche?«

»Natürlich nicht.« Er war entrüstet. »Das wäre geschmacklos.«

»Geschmacklos! O Hugh. Daß ich den Tag erlebt habe, an dem du das gesagt hast!«

»Elly weiß natürlich von uns.« Er zündete sich eine Zigarette an und fügte hinzu: »Es beunruhigt sie nicht im geringsten. Sie hatte eine Zeitlang selbst jemanden. Elly ist und bleibt kühl bis ins Herz.«

»Das ist doch nicht wahr, Hugh! Wie kannst du so etwas sagen? Sie hat gespürt, wie ihr das Leben aus den Händen gleitet, das ist alles.«

Später erinnerte ich mich an meine Bemerkung.

Ich fuhr fort: »Ihr beide habt so jung geheiratet. Sie wollte nur ein bißchen experimentieren.« Auch ich hatte von dem anderen gehört – Dr. André Mainbocher, ein kanadischer Sprachwissenschaftler, Gast der Universität. Die Geschichte hatte nicht länger gedauert als sein Besuch. Elly hatte nicht die Absicht, etwas zu tun, das ihre starke Bindung an Hugh zerstören konnte, und ihre Überzeugung, daß er sie ein Leben lang lieben werde, war absolut gerechtfertigt.

Es war merkwürdig, es war traurig, wie in jüngster Zeit das Leben der beiden charakterlich so verschiedenen Männer in parallele Bahnen mündete. Ich verstehe nichts von Chiromantie, doch ich wette, wenn jemand die Handflächen von George und Hugh betrachtet hätte, wäre ihm eine seltsame Übereinstimmung der Linien aufgefallen. Fledermäuse senden Sonartöne aus, wie man sie von georteten U-Booten empfängt, damit sie in ihrem Blindflug festen Gegenständen ausweichen können, die in ihrer Flugrichtung liegen. Ich frage mich, ob wir nicht eine ähnliche Vorrichtung in uns haben, von der wir nichts wissen, die uns jedoch, wenn auch noch so schwach, verrät, wieviel Zeit wir noch haben und wann unsere Todesstunde schlägt. Vielleicht werden die Wissenschaftler es eines Tages entdecken und klar sehen (mit einer gewissen Fehlerquote natürlich), ähnlich wie sie heute schon das Geschlecht von ungeborenen Kindern erkennen können. Ich wette, wir hätten dann eine andere Einstellung zu Leben und Tod, ganz gewiß im Hinblick auf letzte Entscheidungen und die wirklich wichtigen Beziehungen, die man hat. Bis dahin ist es dem blinden Instinkt überlassen, der so gut funktioniert, wie er kann. Und die Klugen und Weitsichtigen, wie Tante Thisbe, treffen Anordnungen für die Zukunft auf dem letzten Blatt ihrer Klopapierrolle.

Man konnte zu jener Zeit in Hugh und George eine innere Unruhe fühlen, als beschleunige sich ihr Lebensrhythmus, als strebten sie eine neue Vielfalt an, wollten ihr Leben abwechslungsreicher gestalten, wollten sich ausdehnen, sich umsehen, keine Zeit vergeuden, Heu ernten, solange die Sonne schien und bevor die Nacht kam.

»Experimentieren?« sagte Hugh. »Was war experimentell an dem fetten Frankokanadier? Was für einen blühenden Blödsinn ihr Frauen zusammenredet!« Dann sah er auf seine Uhr. »Guter Gott, Clytie, es ist Viertel nach neun, und ich muß um zehn in der County Hall sein. Bist du so lieb und machst mir ein paar Rühreier, während ich mich rasiere?«

7

Kommt blind die Furie mit der Todesschere
und kürzt den dünnen Faden...

Eines Tages rief mich George an und fragte: »Wie steht es mit den Fahnen von Monks *Shellfoundry*? Der Drucker will sie bis zum achten September haben.«

Schon immer habe ich mit Begeisterung Dinge in saubere Kategorien geordnet. Das liegt vermutlich daran, daß ich an den Ausgrabungsorten im Mittleren Osten so unordentlich aufgewachsen bin. Als meine Kochbücher dicker und seriöser wurden, belegte ich einen Kurs, in dem ich lernte, Stichwortregister anzulegen, weil ein solches Register das A und O eines Kochbuchs ist. Es ist erstaunlich, was für fürchterliche Stichwortverzeichnisse manche haben; versuchen Sie doch in dem berühmten Bestseller, Sie wissen schon, in welchem, die Kastanienfüllung zu finden, und Sie werden sehen, was ich meine.

George entdeckte, daß ich die Kunst beherrschte, gute Register zu erstellen – wir waren irgendwann darauf zu sprechen gekommen, ich habe vergessen, wieso. Und als er einmal in der Klemme war, etwas ganz schnell getan haben wollte und ich an finanzieller Schwindsucht litt und eine Menge Geld brauchte, erledigte ich die Arbeit für ihn im Eiltempo, und er bezahlte mich gut. Danach wandte er sich von Zeit zu Zeit an mich, wenn ihm etwas auf den Nägeln brannte oder seine regulären Mitarbeiter bis an den

Hals in Arbeit steckten. Mir machte es Spaß, ab und zu etwas anderes zu tun. Irgendwie ist es sehr befriedigend, einen Text kritisch durchzuarbeiten, systematisch jeden Punkt festzuhalten und mit bunten Kartenreitern zu markieren. Es beruhigt, festigt den Geist und ist ganz anders als der nie endende Prozeß beim Planen von Speisenfolgen und dem Erfinden von Rezepten.

Zu Georges Verlagsprogramm gehörten, wie ich schon sagte, Klassiker, aber fast keine zeitgenössische Literatur. Er hatte nur einen noch lebenden Romanautor, dessen Werke jedoch so schwierig, so befrachtet mit politischen, erkenntnistheoretischen, bevölkerungswissenschaftlichen, geographischen und allgemein wissenschaftlichen Informationen waren, daß man sie kaum als Romane oder literarische Werke bezeichnen konnte. Eine kleine Armee von Rechercheuren war notwendig, um all diese Informationen nachzuprüfen. Da die Bücher sich jedoch hervorragend verkauften, trotz der hohen Kosten, die sie – immer Wälzer von tausend Seiten – verursachten, da die Kritik sehr respektvoll mit ihnen umging und wegen der zahlreichen Protagonisten (einige davon erfunden, einige tatsächlich existierend), behandelte George sie wiederum nicht wie Phantasie-, sondern wie historische Werke, was bedeutete, daß sie sehr genaue und ausführliche Indexe bekamen. George sagte, die zusätzlichen Kosten seien durchaus gerechtfertigt. Die Leser waren über das Namen- und Sachregister sehr froh und fanden es unentbehrlich, um nicht den Faden zu verlieren.

Der Name des Autors war Caspar Monk, und er lebte weltabgeschieden auf den Hebriden.

Ich hatte den Index für das zweite Buch und alle folgenden Romane erarbeitet (es sollte eine sechsbändige Reihe werden) und mich anschließend mit dem ersten beschäftigt, das ursprünglich ohne Index erschienen war, daher kannte ich Monks Bücher inzwischen ganz genau. Sobald die Korrekturfahnen vorlagen, schickte George mir automatisch das dicke Bündel. Die Arbeit wurde für mich zu einem Hobby, wie das Sticken. Ich schaffte zwanzig Seiten pro Abend, und befreite dadurch meinen Geist von allem möglichen Müll, der sich tagsüber darin sammelte – so wie Eierschalen angeblich den Kaffee entgiften.

Als George mich daher fragte, wie ich mit *Shellfoundry* vorankam, konnte ich ihm sagen, daß ich nur noch sechzig Seiten durchzuarbeiten hatte, also drei Abende brauchte.

»Sehr gut«, sagte er. »Hättest du Lust, am Donnerstag mit mir zu essen und das Manuskript abzugeben?«

»Mir steht eine Woche der Weber ins Haus«, begann ich vorsichtig, aber George fuhr fort: »Und den Autor kennenzulernen, der einen seiner seltenen Ausflüge in den Süden unternimmt?«

Neugier ist natürlich mein wichtigster Charakterzug, also sagte ich ja, ich käme. »Wohin, George?«

»Bones, in der Charlotte Street. Monk ißt nur Fisch. Ein Uhr.«

Ich sagte, ich würde da sein.

»Übrigens«, sagte er, »willst du die Makulatur deiner *Kleinigkeiten?*«

Makulatur ist der Fachausdruck für überarbeitete und korrigierte Manuskripte und fehlerhafte Druckbogen, die nicht mehr gebraucht werden.

Ich sagte: »Danke, nein. Wirf sie weg.«

Große Autoren behalten das ganze Zeug, und vielleicht auch ein paar kleine, weil sie auf unwiderstehliche Angebote von Universitäten aus dem Mittelwesten oder literarischen Bibliotheken hoffen, ich jedoch habe mich solchen Phantastereien nie hingegeben.

Ich messe Dingen keine allzu große Bedeutung bei; bestimmt weil ich mit so wenigen Besitztümern aufgewachsen bin. Vanessa besaß kaum etwas, außer einer sehr zuverlässigen Uhr und einem Kompaß. Ich mußte mich mit Stöckchen und Steinen als Spielsachen zufriedengeben – und mit dem Himmel, der schöner und größer war als jeder Fernsehschirm. Wegen dieser Entbehrungen im Kindesalter, wie manche es nennen würden, war ich nie imstande gewesen, irgendwelchem Besitz die richtige und respektvolle Haltung entgegenzubringen. Mit einer Art unbeholfener, hoffnungsloser Ehrfurcht bewundere ich anderer Leute Waterford-Karaffen, Balmainkostüme, Charles-Rennie-Mackintosh-Sessel, Morris Tapeten, Erstausgaben, Rabatten, die jahrelange Pflege verraten, samtene Rosen, alten Port – jedoch ohne das geringste Verlangen, solche Dinge selbst mein eigen zu nennen. Mir fehlt ganz einfach die nötige Aufmerksamkeit für Gegenstände. Cammie Packer, die seinerzeit ein Loch in meinen kleinen Schirasteppich gebrannt hatte, schien diese Fähigkeit ein- für allemal in mir abgetötet zu haben. Ich habe den Teppich nie durch einen anderen ersetzt. Kostbarer Besitz ist eine zu große Verantwortung. Es ist anstrengend genug, seinen eigenen Organismus von einer Hürde zur anderen zu schleppen, ohne noch eine Menge zusätzlichen Plunders durch das Nadelöhr zu bugsieren. Essen ist etwas anderes: Man macht sich große Mühe damit, und in zwanzig Minuten ist alles verspeist. Das hat etwas unendlich Befriedigendes, wie ein schönes Bild, mit Keide auf den Gehsteig gemalt.

Es gibt jedoch sehr viele Leute, die ich aufrichtig respektiere, weil sie es schaffen, ihren Besitz mit Sorgfalt zu behandeln. Es ist ein Standpunkt, das begreife ich. Wir leben in einer freundlichen Welt, warum soll man das nicht anerkennen? Rosie konnte eine ganze Stunde lang überlegen, welchen von zwei Sträuchern sie pflanzen oder welchen von zwei Vorhangstoffen sie wählen sollte. Elly kann sich (wenn sie Zeit hat) in *Vogue* oder *Harpers* vertiefen und ihre Garderobe planen, und sie sieht darin hervorragend aus. Sogar Chris, besessene Arbeiterin, die sie ist, hat einen gesunden Respekt vor ihrem Haar und ihrer Haut und zerbricht sich von Zeit zu Zeit ernsthaft den Kopf über neue Kosmetika und Shampoos. Dan beschäftigte sich exorbitant lange mit Speisekarten und maß, wie es schien, der Zusammenstellung seines Mittagessens die gleiche Bedeutung bei wie seinerzeit Noah der Auswahl der Tiere, die er auf seiner Arche unterbringen wollte.

Bedeutung – das scheint das Schlüsselwort zu sein. Wenn man seinem eigenen Dasein keine große Bedeutung beimißt, dann lastet das Beiwerk auch nicht besonders schwer auf einem. Ich selbst habe nicht das Gefühl, daß ich in meiner Umgebung eine bevorzugte Stellung einnehme.

Und Watch Cottage? Nun, das war eine – Abweichung.

Häuser sind schließlich nicht nur für uns da; sie gehören auch der Nachwelt.

»Wirf das alte Zeug weg«, sagte ich zu George. »Ich will es nicht.«

Makulatur. Wer braucht die schon? Genauso könnte man alle alten Terminkalender, Versandhauskataloge, abgeschnittene Fingernägel, Strumpfhosen mit Laufmaschen, zerbrochene Eier- und Orangenschalen aufheben. Ein paar Leute tun es natürlich, und das ist gut so, sonst könnte man die Geschichte nicht rekonstruieren. Aber zu dieser Kategorie gehöre ich nicht. Die Geschichte wird sich ohne mich behelfen müssen. Das Leben, die Erinnerung sind genug Makulatur für mich.

Am Donnerstag, im Fischrestaurant ›Bones‹, studierte ich Caspar Monk mit größtem Interesse. Hier, das sah ich sofort, hatte man es mit einem Fall totaler Selbstüberschätzung zu tun, die zweifellos berechtigt war.

Monk war ein großer, knochiger Mann mit schmalem Kopf, gelblich-grauem Haar, verwaschenen grauen Augen und verwaschener grauer Haut. Er war halb Schotte, halb Skandinavier, und sein Akzent gemäßigtes Glasgow. Er sprach sehr langsam und leise – man mußte sehr genau hinhören, um mitzubekommen, was er sagte; und er wendete mehr Zeit und Mühe für die Zusammenstellung seines Essens auf als Dan in seiner schlimmsten Primadonnalaune. Monk litt, wie wir erfuhren, an Diabetes, Hypoglykämie, zu hohem Blutdruck und einer Reihe anderer Krankheiten, die – soweit ich es verstand – unterschiedliche Diäten erforderten, und zwar jeweils solche, die sich gegenseitig ausschlossen; sein Essen durfte kein Salz, keinen Pfeffer, keinen Zucker, kein Fett, keine Fasern, kein Cholesterin, nichts Saures und kein Weizenmehl enthalten. Ich begann seine Frau herzlich zu bedauern. Doch wie es sich erwies, hatte er keine, zum Glück. Am Ende nahm er gedämpfte Doverscholle und ein Glas entrahmte Milch. Die Milch schickte er jedoch zurück, weil er ein Stückchen vom Bein einer Fliege darin entdeckte.

»Ein Glas Wasser?« schlug George hoffnungslos vor.

»Mein lieber Mann, nein. Danke. Ich wage es nicht, Londoner Wasser zu trinken. Gott weiß, wie sie es verpesten.«

»Etwas Perrier?«

»Uuh! Haben Sie nicht den Bericht über die französischen Mineralwasser gelesen? Sind alle Gift. Reines Gift.«

Um das Thema zu wechseln, das ich inzwischen äußerst ermüdend fand, und auch um Caspar Monk ein bißchen zu ärgern, weil ich ihn nicht mochte, fragte ich ihn, wann ihm aufgegangen war, daß er in seinem ersten Buch *Manforest* einem seiner unzähligen Protagonisten irrtümlich einen anderen Namen gegeben hatte als in seinem zweiten Buch *Haggardforge.* Als der Fehler entdeckt wurde, waren beide Bände schon in Druck gegangen und das dritte weit gediehen.

Der Irrtum schien mir nicht besonders wichtig – die Gestalt, um die es ging, war eher unbedeutend –, aber Monk nahm meine Frage leidenschaftlich ernst, als sei König Lears Cordelia im dritten Akt zu Cressida geworden.

»Das war katastrophal. Ach – ein großer, großer Jammer. Ich beabsichtigte, an den Anfang von *Shellfoundry* ein paar aufklärende Worte zu setzen, und in jede Neuauflage von *Haggardforge* kommt selbstverständlich ein Erratum-Streifen. Die Leser sollen Klarheit haben.«

Von dieser gewissenhaften Haltung fasziniert, bemühte

ich mich, noch mehr aus ihm herauszulocken, diskutierte die Beziehungen zwischen seinen Charakteren, seine Plots mit ihm, verglich sie reihenweise mit anderen Büchern, mit Trollope, Balzac, C.P. Snow, Anthony Powell, Shakespeare. Sein feierliches Imponiergehabe war nicht zu überbieten, und er weigerte sich verdrießlich, Dr. Doolittle in das Gespräch einzubeziehen. Auch war er überhaupt nicht beeindruckt, daß ich mit dem gesamten Caspar-Monk-*Œuvre* beinahe genauso vertraut war wie er selbst. Er nahm es als ganz selbstverständlich hin und betonte mit großem Nachdruck die Verantwortung, die man seinem Werk gegenüber hatte, während er seine Doverscholle und die gekochte Kartoffel mampfte.

Ich widerstand der Versuchung, Georges Blick aufzufangen, sah ihm jedoch an, daß er für meine Gesellschaft und Unterstützung dankbar war. Verglichen mit Monks knochiger Gestalt, kam mir George zierlich vor, steifer und zerbrechlicher denn je; und er sah todmüde aus. Wie immer, wenn er müde ist, treten seine tatarischen Züge deutlicher hervor, die sichelförmigen Tränensäcke und die hohen Jochbögen; wenn er sich langweilte, wurden seine Augen zu Schlitzen, und er sah aus, als seien seine Vorfahren vor Myriaden von Jahrhunderten auf struppigen Ponys über von Schneestürmen verwehte Steppen aus dem fernen, fernen Osten angeritten gekommen, und als gehöre er kaum in diese Zeit und an diesen Ort. Er kam mir ungewöhnlich zerstreut und geistesabwesend vor, besonders angesichts der Tatsache, daß einer seiner berühmtesten und erfolgreichsten Autoren sein Gast war. Er sprach sehr wenig, brauchte eine für ihn ungewöhnlich lange Zeit, um sich für eine gegrillte Forelle zu entscheiden, und als sie kam, rührte er sie kaum an.

Ich wußte natürlich, daß er sich meinen Bosheiten oder meiner Belustigung über Monks humorlose Selbstüberschätzung nicht anschließen würde, weder jetzt noch später. George war liebenswürdig, unschuldig und direkt; er nahm seine persönlichen Standards nie als Maßstab für die anderer, er war wirklich objektiv und leidenschaftslos. Mitfühlend. Einmal sagte er, daß er, der selbst in der Verbannung lebte, begriff, daß jeder Mensch in gewisser Weise ein Verbannter ist – verbannt aus einem Reich, das wir vor langer Zeit verloren haben. Jeder von uns hat sein Eden, aus dem er vertrieben wurde.

Während des Mittagessens mit Caspar Monk tat George etwas Merkwürdiges. Er stand plötzlich auf und verließ das Restaurant, nicht hastig, als fühle er sich krank oder als sei ihm eingefallen, daß er etwas Wichtiges vergessen hatte, sondern gemächlich und mit voller Überlegung.

Monk war in eine Schilderung des symbolischen Charakters seiner weiblichen Romanfiguren vertieft, soweit ich mich erinnere. Mittendrin stieß George seinen Stuhl zurück, stand auf und ging, ohne Monk oder mich anzusehen, zur Tür, als habe er unsere Existenz völlig vergessen. Zuerst dachte ich, er gehe zur Toilette, dann sah ich, über Monks Schulter blickend, erstaunt, daß er seinen Mantel vom Garderobenständer nahm, hineinschlüpfte, zur Tür hinaus und ohne Eile am Fenster vorbei die Charlotte Street entlangging. Ich muß sagen, es war ein Schock für mich. Irrationales Verhalten erwartete man von George zuallerletzt; tatsächlich lag es so meilenweit außerhalb seines

Wesens, daß ich einige Zeit damit verbrachte, mich selbst davon zu überzeugen, daß er mir für seinen Aufbruch eine absolut vernünftige Erklärung gegeben und ich sie vergessen hatte.

Nach einer Weile wandte ich meine Aufmerksamkeit wieder Monk zu, der offenbar ungerührt einen Vortrag darüber hielt, daß seine Bücher eine Collage der Wirklichkeit waren. Vielleicht aber sei auch die Wirklichkeit eine Collage aus seinen Werken, so herum sei es auch gut möglich.

»Und was ist aus Mr. Davenport geworden?« erkundigte er sich nach einiger Zeit, als ihm Georges Abwesenheit endlich auffiel. »Geht es ihm nicht gut?«

»Ich – ich glaube. Es sieht ihm so ganz und gar nicht ähnlich...«

Caspar Monk zuckte mit den Schultern. Er war ganz offensichtlich der Meinung, daß jemand, der unklug genug war, in London zu leben, jeden Moment auf der Straße tot umfallen konnte. Eine sehr undankbare Ansicht, dachte ich, da ein Großteil der Leute, die seine Bücher veröffentlichen, kaufen und lesen, in London oder anderen Hauptstädten leben müssen. Doch ich kam zu dem Schluß, es sei nicht meine Pflicht, mich für George zu entschuldigen; und glücklicherweise waren Monks Manieren auch ziemlich unkonventionell, so daß er Georges wegen nicht ungehalten war.

Da ich jedoch das Gefühl hatte, ein bißchen die Gastgeberin spielen zu müssen, schlug ich einen Nachtisch oder Kaffee vor. Mr. Monk lehnte beides schaudernd ab, ließ sich aber überreden, eine Banane zu essen. Man brachte ihm mehrere zur Begutachtung. »Einer der von Natur aus am hygienischsten verpackten Artikel«, erklärte er mir, schälte sie mit großem Ernst und zerdrückte sie, während Emil, der Ober, mir mit unbewegtem Gesicht einen Espresso vorsetzte.

Da ich keine Lust hatte, noch länger über sein Werk zu sprechen, schnitt ich das Thema Ingrid Christ an. Habe er, erkundigte ich mich zurückhaltend, je daran gedacht, sein Talent an einer Biographie zu versuchen. Wenn ja, wäre hier jemand, der seiner Aufmerksamkeit würdig sei: eine ernst zu nehmende Poetin, die während jener Jahre gelebt hatte, die er in seinen Romanen so gründlich analysiere. Auch gebe es eine Verbindung nach Skandinavien. Zu meiner Überraschung griff er den Vorschlag mit großem Ernst auf und sagte, er werde darüber nachdenken.

»Auch ich muß jetzt aufbrechen«, sagte er dann und schaute auf eine Art tragbarer Standuhr an einem dicken Kabel, das er über seiner mit einer Jägerweste bekleideten Mitte trug. »Ich habe um halb vier eine Pressekonferenz in meinem Hotel.« *Otel,* sagte er. Er verschluckte das H in der Manier der Upper class, was Tante Thisbe sehr zu schätzen gewußt hätte. Er war, wie ich wußte, in London, um für sein letztes Buch *Warhaven* den Benelux-Literaturpreis entgegenzunehmen. »Auf Wiedersehen«, hauchte er vage zu mir und sammelte Schal, Handschuhe und Regenschirm ein. »…War mir ein Vergnügen, mich mit Ihnen zu unterhalten.« Und auch er ging. Emil präsentierte mir die Rechnung, doch das ging schon in Ordnung, ich bin seit langem mit Harry Bone befreundet und sagte ihm, er solle sie auf Georges Konto setzen.

Um George selbst sorgte ich mich allerdings immer mehr und rief seine Sekretärin an, sobald ich in meinem Büro war.

»Mary, ist George vom Lunch zurück?«

»Ja, er ist hier«, sagte sie erstaunt. »Wollen Sie ihn sprechen?«

»Oh – nun ja, nur einen Moment, falls er frei ist.«

George meldete sich. Er hörte sich an wie sonst. »Clytie? Was gibt es?« Sein Ton war ein wenig schroff. Er haßte es, wenn man während der Arbeitsstunden Zeit mit privaten Telefongesprächen vergeudete, und ich rief ihn im Büro nie an, es sei denn aus beruflichen Gründen. Daher erinnerte ich ihn nur an Monks Erratum-Streifen und daß er und Chris nächste Woche bei Tante Thisbe in den Ordnance Mansions zum Abendessen eingeladen waren, bedankte mich bei ihm für das Mittagessen und legte auf.

Ich war noch immer verwirrt und hatte ein bißchen Angst.

Als George und Chris in die Ordnance Mansions kamen, brachte er die Mappe mit Ingrid Christs Gedichten mit.

Nach meinem Einzug ins Watch Cottage, nach Rosies Tod, hatte ich es mir zur Aufgabe gemacht, die Gedichte zu ordnen. Ich las eins nach dem anderen, sortierte sie chronologisch, tippte die handgeschriebenen und brachte, soweit ich das konnte, ein System hinein. Einige waren datiert, die meisten jedoch nicht. Manchmal gab es ein halbes Dutzend Versionen desselben Gedichts. Ab und zu waren sie numeriert, aber häufiger war das nicht der Fall. Nach ganz bestimmten Fakten – Stil, Handschrift, sogar nach dem Papier, das sie benutzt hatte – versuchte ich festzustellen, welches die späteren oder die endgültigen Versionen waren. Es war interessant zu beobachten, wie Ingrids Gedanken und Diktion immer klarer geworden waren. Ich fühlte mich ihr und ihren einsamen Kämpfen irgendwie geschwisterlich verbunden.

Was für eine merkwürdige Beschäftigung die Dichtung doch ist, wenn man sich einmal die Zeit nimmt, darüber nachzudenken: in seinem Innersten nach etwas Verborgenem zu tasten und es dann schmerzhaft ans Licht zu zerren. Woher weiß man überhaupt, daß es da ist, ganz zu schweigen von Gestalt und Form, die es annehmen wird? Warum? Und für wen? Wen kümmern schon deine inneren Kämpfe? Vergiß die Stunden süßen, stillen Nachdenkens! Es war offensichtlich, daß Ingrids kreativer Prozeß mehr einer blutigen Schlacht mit einer Riesenkrake glich.

Mir fiel auf, daß der spätere unveröffentlichte Teil ihres Werkes wesentlich besser war als die Gedichte in den beiden schmalen Bändchen *Der zerbrochene Anker* und *Die Rättin.* Und die Wirkung aller Gedichte zusammengenommen war viel erschütternder als die hin und wieder in der *Paris Review* oder der Literaturbeilage der *Times* veröffentlichten; tatsächlich glich ihr Werk in seiner Gesamtheit einem Schrei, dem Schrei eines Schamanen, der Glas splittern lassen oder beim Zuhörer Taubheit oder Wahnsinn hervorrufen und ihm sogar den Tod bringen konnte. Hatte Ingrid Dan so angeschrien? War dies ihr letztes Vermächtnis an ihn? Ein Schrei, der, als sie tot war, in seinen Ohren nachhallte, so daß er ihr nachstarb wie Klein Eyolf der Rättin?

Ich war jedoch überzeugt, daß Ingrid niemandem übelgewollt hatte und auch nicht boshaft gewesen war, nur sehr aufrichtig; sie war – nach ihren Gedichten zu schließen – gegen keinen Menschen feindselig eingestellt gewesen, ihre Empörung hatte sich gegen das Leben selbst gerichtet, das sie zur falschen Zeit einem falschen Körper überantwortet hatte.

Was in aller Welt konnte Mrs. Suter mit einer solchen Schwiegertochter anfangen, die im selben Haus lebte? Es war, als habe man sie schädlichen Strahlen ausgesetzt.

Ich hatte die Gedichte Chris gezeigt und mit ihr darüber gesprochen. Dichtung liegt nicht auf ihrer Linie, sie ist zu sarkastisch, zu trocken, unumwunden und gradlinig, um Freude an ihren Sprüngen, ihrem Feuer, ihren Metaphern zu haben, aber sie stimmte mir zu, daß sie eindrucksvoll waren. Selbst eine Kämpferin, wußte Chris um die Stunden der Disziplin, der Hingabe auf Leben und Tod, die in diesen schweren Quadern aus Worten steckten. Nach einigem Überlegen schlug sie vor, ich solle sie George zeigen. Ich war zu schüchtern gewesen, es zu tun. Ich wollte unsere Beziehung nicht ausnutzen und hatte daran gedacht, sie an die Verlage Faber & Faber oder Chatto & Windus zu schicken. Aber von Chris ermutigt, erzählte ich George schließlich von ihnen, und er bat mich, sie ihm zu bringen.

Er behielt sie sechs Monate. Das allein genügte, um Bestürzung in mir hervorzurufen. Schnelligkeit war eine von Georges großen beruflichen Vorzügen. Während andere Verleger zögerten, überlegten, diskutierten, handelte George. Seine Urteile fällte er mit Blitzgeschwindigkeit, und er hatte – bisher völlig zu Recht – absolutes Vertrauen in sie. Er konnte einen Text, egal wie lang, über Nacht lesen und hatte bis zum nächsten Morgen seine Fehler und Vorzüge in einer Tabelle festgehalten. Er sagte ja oder nein und machte sein Angebot, bevor jemand anders bei Kapitel fünf angelangt war.

Es war noch nie da, daß er sechs Monate gebraucht hat, und bedeutet für Ingrid nichts Gutes, dachte ich, und begriff nicht, daß all das nur ein Teil eines viel größeren Gesamtbildes war. Ich hätte nicht im Traum daran gedacht, ihm zuzusetzen oder ihn zu erinnern, doch es beunruhigte mich. Allein die Unhöflichkeit, jemanden so lange warten zu lassen, sah George ganz und gar nicht ähnlich. Vergessen hatte er die Gedichte bestimmt nicht. Das wußte ich.

Unentschlossenheit vergiftet den Geist.

Tante Thisbes Räume in den Ordnance Mansions ähneln schimmernden Höhlen. Wenn man sie betritt, denkt man nicht an Stil oder eine bestimmte Periode. Man denkt nicht: Hier wohnt eine ältere Frau; man ist einfach verzaubert. Die Wände sind in dunklen Farben gestrichen; bitterschokoladenbraun im Wohnzimmer, indigoblau im Speisezimmer, smaragdgrün in ihrem Schlafzimmer; Decken, Simse, Randleisten und Bücherregale sind leuchtend weiß; die Teppiche orientalisch, also in satten Ikonenfarben. Die Möbel, von Großvater Raintree geerbt, stammen aus dem 18. Jahrhundert und werden geradezu fanatisch gepflegt, verschwinden aber meist unter Stapeln von Zeitschriften, Zeitungen, Büchern, Briefen und Korrekturfahnen. Sie hat einen ovalen Nußbaumtisch, der haargenau die Farbe eines klaren Torfbachs hat und genauso schimmert. An einer Wohnzimmerwand hängt ein Porträt von Ururgroßonkel Joshua Raintree, der im 18. Jahrhundert – als es um die *Society of Friends* etwas still wurde, da die Quäker von öffentlichen Angelegenheiten noch immer ausgeschlossen waren – von vielen seiner Kollegen verleumdet wurde, weil er mehrere Pamphlete veröffentlicht hatte, in denen er gegen die Doktrin des Quietismus wetterte: ein seiner Meinung nach rückgratloses Glaubensbekenntnis und absolut das Gegenteil des Plans, den Gott für die Menschen hatte. Ururgroßonkel Joshua, mit Perücke und braunem Samtjackett, sieht furchterregend aus, und Tante Thisbe mit ihrer breiten, sardonischen Unterlippe und den tiefliegenden Augen ist ihm bemerkenswert ähnlich. Wenn wir in diesem Zimmer Sherry tranken, habe ich mich oft gefragt, was er über uns und unser auf äußeren Tand ausgerichtetes Leben, unsere Vergnügungssucht und sinnlosen Gespräche wohl denken würde. Ich wette, Ururgroßonkel Joshua hat als Erwachsener keine zehn Minuten vergeudet.

Der Quietismus besagt, man solle dem Teufel nicht widerstehen, weil Widerstand den kontemplativen Teil der Seele aus dem Gleichgewicht bringe. »Dummes Zeug«, kann man Ururgroßonkel Joshua geradezu sagen hören. »Ich wette, ich habe es in mir, dem Teufel zu widerstehen, ohne einen wesentlichen Teil meiner Seele allzusehr zu bemühen.«

Tante Thisbe ist im Besitz einiger Schriften von Joshua, die natürlich längst vergriffen sind, und sie hatte George vorgeschlagen, er solle doch einige davon in die religiöse Anthologie aufnehmen, die Cordwainer und Davenport zusammenstellten. Daher nahm ich an, daß das Paket aus braunem Papier, das George mitgebracht hatte und auf einen Sessel legte, die Raintree-Pamphlete enthielt. George sieht noch immer todmüde aus, dachte ich. In seinen Schläfen zuckte es, er hatte eine schlechte, ins Graue spielende Hautfarbe. Hin und wieder seufzte er unbewußt tief auf, als schleppe er an einem größeren Gewicht, als er tragen konnte. Keinem körperlichen Gewicht, denn er war dünner denn je. Auch Chris war blaß. Ich hatte sie ein paar Wochen nicht gesehen und fragte mich, ob sie an einer schweren Erkältung laboriere.

Thisbes alter Kater Oberon kam herein. Ein rätselhafter Perser, zwanzig Jahre alt. Da er schon so alt ist, ist er unter seinem üppigen Pelz nur noch ein Skelett. Wenn man ihn aufnimmt, erschrickt man vor Überraschung; er ist so leicht wie ein totes Blatt. Die meiste Zeit verbringt er in einem Zustand der Unentschlossenheit. Thisbe hat zwischen Wohn- und Speisezimmer eine Glastür. Im allgemeinen findet man Oberon auf einer Seite dieser Tür, wo er darauf wartet, daß ihn jemand durchläßt. Öffnet man die Tür, vergeht noch einmal einige Zeit, bevor er sich langsam erhebt und zweifelnd in das andere Zimmer stolziert, im Gesicht den Ausdruck mürrischer Zerstreutheit, der allen Perserkatzen eigen ist.

An diesem Abend entdeckte Chris Oberons Schatten auf dem gerippten Glas (er hat so viele Stunden an dieser Stelle gesessen, daß ich überzeugt bin, sein Geist wird auch noch in hundert Jahren dort sein); sie machte ihm die Tür auf, und wie immer zögerte er lange Zeit, über den Besuch alles andere als erfreut. Chris hob ihn sanft auf und setzte ihn neben George aufs Sofa, von wo er jedoch sofort auf eine geradezu beleidigende Weise wieder heruntersprang. Er ging zu Thisbe, blieb neben ihr stehen und überlegte, ob er auf ihren Schoß klettern wollte.

»Er braucht immer länger, um sich zu entschließen«, sagte Thisbe und zupfte sanft an seiner hübschen rehbraunen Halskrause. »Er war krank und ist seither noch langsamer geworden. Manchmal sitzt er eine halbe Stunde da und denkt darüber nach, ob er eine Sardine essen soll oder nicht.«

Sie machte es Oberon bequem und wandte sich dann energisch wieder der Diskussion zu, die sie mit George darüber führte, welche von den Raintree-Papieren er drucken sollte.

Ich entdeckte einen seltsamen, schmerzlichen und sorgenvollen Ausdruck in Chris' Gesicht.

Thisbes Haushälterin Mrs. Dalton hatte eine Mahlzeit vorbereitet, die wir im Lauf des Tages besprochen hatten – Lachsmousse und eine Delikatesse, die ich Lingfield Zitronenpudding nannte. Ich ging in die Küche, um die Mousse aus der Form zu nehmen, und Chris kam mir nach.

»Ist dir an George etwas Merkwürdiges aufgefallen?« fragte sie sofort.

»Nun – er sieht sehr müde aus...« Ich überlegte, ob ich den Lunch mit Caspar Monk erwähnen sollte.

»Er ist entsetzlich lärmempfindlich geworden. Jeder Laut scheint ihn wie ein Schlag zu treffen. Ich weiß nicht, was ich dagegen tun soll. Wir waren übers Wochenende in Finchingfield, ich dachte, es werde ihm guttun, aus London hinauszukommen, aber sie hatten ein Glockenfest;

dauernd bimmelte es irgendwo. Wir mußten auf der Stelle umkehren und zurückfahren. George hat das Glockengeläut nicht ausgehalten.«

Unwillkürlich erinnerte ich mich an eine Nacht, die ich mit Hugh im Holborn Hotel verbracht hatte. Es liegt sehr nahe bei St. Faith, der kleinen Kirche genau gegenüber von Dans Loft am Covent Garden. Das Glockengeläut kam herzzerreißend vertraut durch die Dunkelheit. Ich ertrug die Viertelstundenschläge, an die ich mich so gut erinnerte, die halbe Nacht, dann stand ich, halb erstickt von Schmerz, Verzweiflung oder weiß Gott was, auf, schrieb dem schlafenden Hugh einen Zettel und nahm ein Taxi zurück nach Hammersmith. Hugh fand, das sei ein höchst ungewöhnliches Verhalten gewesen.

Manchmal überfällt mich ein schwarzer Gedanke. Kann meine Beziehung zu George und Hugh dazu beigetragen haben, ihr Leben zu verkürzen? Oder – ich durfte mich nicht so wichtig nehmen – war es, mit Ururgroßonkel Joshua gesprochen, einfach *falsch* gewesen? Falsch auf eine absolut endgültige Art – wie fünf die falsche Antwort auf zwei mal zwei wäre? Ging ich nur wegen ihrer Verbindung zu Chris und Elly mit ihnen ins Bett – weil sie Anhängsel meiner Freundinnen waren, deren lebenswichtige Substanz ich durch Neid, Liebe oder Eifersucht absorbieren, aus ihnen heraussaugen wollte?

»Eigentlich bin ich zu dir in die Küche gekommen, um dich zu warnen«, fügte Chris hinzu. Sie nahm mir einen Korb mit Brot ab, den ich ins Speisezimmer tragen wollte, und hielt mich auf. »Ich fürchte, George hat Ingrid Christs Gedichte zurückgebracht. Er mag sie nicht, will sie nicht veröffentlichen und ist ihretwegen in einem seltsamen Zustand…«

»Du meine Güte, zerbrich dir doch darüber nicht den Kopf!«

Sie schien dringend Trost zu brauchen. Ich fand es ziemlich feige von George, die Gedichte zurückzubringen und einfach liegenzulassen, was er meiner Meinung nach tun wollte, anstatt mir zu erklären, warum er sie zurückgab. Aber nichts davon war Chris' Schuld, daher sagte ich beschwichtigend: »Schließlich war er absolut nicht verpflichtet, sie anzunehmen. Ich wünschte nur, er hätte sie nicht so lange behalten. Ich glaube, ich schicke sie jetzt an Faber. So. Könntest du noch die Butter nehmen, dann haben wir alles…«

»Nein, es ist nur… Bitte reg dich nicht auf, Clytie. Ich wollte dich nur ein bißchen vorbereiten – George ist im Moment einfach nicht er selbst. Laß dich nicht von ihm verletzen.«

»Ich soll mich von George nicht verletzen lassen? Wie könnte er das denn?« sagte ich erstaunt, und dann gingen wir alle ins Speisezimmer. Tante Thisbe, die streng darauf hält, ihren gesellschaftlichen Verpflichtungen nachzukommen, brachte die Sprache sehr energisch auf die neue Produktion des Nationaltheaters und behielt das Thema während der Suppe und der Mousse bei. George saß vor einer alten Standuhr mit Einlegearbeit, angeblich nach einem Entwurf von Thomas Sheraton, dem berühmten englischen Möbelschreiner; sie tickte leise, gemessen, im allgemeinen Stimmengewirr kaum zu hören, vor sich hin, doch mir fiel auf, daß er wiederholt den steifen Körper umdrehte, um mit einem gereizten, geistesabwesenden Stirnrunzeln zuzuhören. Er schien sehr wenig zu essen und mischte sich nur gelegentlich in die Unterhaltung. Er aß nur selten Nachtisch, mochte aber alles, was Zitrone enthielt, daher hatte ich für ein entsprechendes Dessert gesorgt. Eine Zitrone, in braunen Zucker gestippt und in braune Butter getaucht, wird in einer Kruste aus Mehl, Talg und Brotkrümeln gebraten. Es sieht richtig unheimlich aus und schmeckt himmlisch – ein karamelisierter Garten Eden. Aber als ein Teller mit der schwarzen und pappigen Süßspeise vor ihn hingestellt wurde, sprang er fast entsetzt vom Stuhl auf.

»Nein – nein – danke. Das will ich nicht – nein!«

Chris ißt keinen Nachtisch, und Tante Thisbe ist viel zu höflich, um von einer Speise zu essen, die ihre Gäste verschmähten, also knabberten wir ein bißchen Käse und hoben die Tafel auf. Mrs. Dalton brachte Kaffee in exquisiten, kleinen zinnoberroten Porzellantassen. George griff plötzlich nach dem dicken braunen Paket, reichte es mir und sagte: »Tja, ich habe dir die Gedichte deiner Freundin zurückgebracht, Clytie.«

Sein Ton erschreckte mich. Er war aggressiv, fast feindselig. Tante Thisbe blickte überrascht auf. Chris zuckte sichtbar zusammen. Ich sagte, um die Angelegenheit rasch zu Ende zu bringen: »Du meinst Ingrid Christ? Ich habe sie nicht persönlich gekannt, sie war nicht meine Freundin. Danke, daß du dir die Gedichte angesehen hast, George, und wenn sie dir nicht gefallen, macht das …«

»Ich halte sie für abscheulichen Blödsinn«, fuhr er fort, und seine Stimme schraubte sich immer höher.

»Tut mir leid, hätte ich gewußt, daß sie dir so mißfallen…« Ich war drauf und dran gewesen, das Paket unauffällig in eine Ecke zu verstauen, doch er überrumpelte mich, riß es mir aus der Hand, öffnete es und begann darin herumzusuchen.

»Blödsinn, Blödsinn«, murrte er ununterbrochen. Ich fühlte mich schuldig wie Judas. Warum hatte ich Ingrid Christ verleugnet? Wenn ich sie auch nicht persönlich gekannte hatte, so war ich auf eine ganz besondere Weise dennoch ihre Freundin. Ich hatte George nur zu verstehen geben wollen, daß ich ihm ihre Gedichte nicht auf Grund unserer Beziehung unterjubeln wollte, sondern weil ich aufrichtig der Meinung war, daß sie Beachtung verdienten.

George murmelte unzusammenhängende Zeilen vor sich hin, während er unordentlich zwischen den einzelnen Seiten wühlte, wobei einige auf den Boden fielen. Ich sah, daß mein sorgfältig geordnetes Manuskript völlig durcheinandergeraten war. »*Mitternacht; doch bald schon kommt die schlangengleiche Tide, mit sandigen Knöcheln klopft sie an…* Pah! *Straßenlaternen haben Wurzeln…* Puh! Hört euch doch diese Idiotie an.« Er las:

»Nimm das Naturgesetz an die Kandare.
Den alten Sankt Hanswurst setz vor die Tür,
ruf Schluß! Und genieß deine Wechseljahre.

Den blutigen Kriegermull, wirf ihn von dir.
Tritt ab, die Zeit ist günstig dafür,
den Strumpf für Sankt Niklaus häng nicht vor die Tür.

Das Erbstück vernagle, das wunderbare,
häng Laken vors Fenster, so dunkelt's um vier.
Den Strumpf für Sankt Niklaus häng nicht vor die Tür,
ruf Schluß! Und genieß deine Wechseljahre.

Meiner Meinung nach«, sagte George, »ist das ganz einfach hohlköpfiger, abscheulicher, widerwärtiger Blödsinn.«

Wären wir allein gewesen, hätte ich gesagt: »He, George, langsam, langsam! Kein Mensch hat behauptet, das Mädchen sei Emily Brontë. Reg dich ab« – oder etwas in der Art. Aber Tante Thisbes Anwesenheit, der förmliche Anlaß und Chris' verzweifelte Miene lähmten mich. Der Augenblick war entsetzlich peinlich. Außerdem war das keineswegs eines von Ingrids besten Gedichten, sagte ich mir.

»Menopause – was für ein wunderbares Wort«, sagte Tante Thisbe träumerisch. »Ich bin so froh, daß es endlich jemand in Verse gefaßt hat. Eine Villanelle, wenn ich recht gehört habe, nicht wahr? Ich finde es immer jammerschade, daß heutzutage so wenige gute *leichte* Gedichte geschrieben werden. Wenn die arme Ingrid Christ vielleicht länger gelebt hätte, hätte sie zu diesem Genre noch einiges beitragen können…«

»Den Strumpf für Sankt Niklaus häng nicht vor die Tür«, wiederholte George wütend. Aber aus irgendeinem Grund blieb er an dem Wort Niklaus hängen, wiederholte ein paarmal die harte Silbe. »Nik, nik, nik«, er rieb sich die Stirn mit den Fingern, als suche er etwas, das in seinem Gehirn begraben war, zerknüllte dann wütend das Blatt, ließ

es auf den Boden fallen und warf den ganzen Ordner samt Inhalt hinterher.

Ich plapperte einfach wild drauflos: »Ich glaube, das ist kein besonders gutes Gedicht, aber einige von Ingrid Christs Arbeiten greifen ein bestimmtes Thema auf, was ich sehr einfühlsam finde. Sehr deutlich kommt es in dem Gedicht zum Ausdruck, das mit der Zeile *Nacht für Nacht – der gleiche Traum* anfängt. Darin geht sie von dem Gedanken aus, daß unser unbewußtes Traumleben sich nachts ebenso fortsetzt wie unsere Existenz während des Tags, nur in einer anderen Dimension. So daß der Tod, wenn ich sie richtig verstehe, kein Schritt in ein unbekanntes Territorium ist, sondern nur eine Fortsetzung eines anderen Daseins, das gleichzeitig gelebt wurde. Ich finde diese Vorstellung sehr verlockend. Nur wünschte ich, ich könnte dran glauben.«

George sagte sehr ruhig und entschieden: »Die Frau war eine gefährliche Närrin.«

Dann verließ er Tante Thisbes Wohnung und vergaß anscheinend, daß er, als er kam, einen Mantel angehabt hatte.

»Du meine Güte«, sagte Tante Thisbe ruhig zu Chris, »ich fürchte, Ihr Gatte ist nicht ganz gesund, meine Liebe. Zweifellos ist er überarbeitet.«

Chris, die kreidebleich war und deren Augen voller Tränen standen, wußte nicht, ob sie bleiben oder George nachlaufen sollte. Sie sah mich flehend an.

»Mach dir keine Sorgen.« Ich goß ihr Kaffee nach und räumte Ingrid Christs Manuskript weg. »Es war nicht zu übersehen, daß George nicht bei sich war. Bleib du hier, bis er zu Hause ist und es sich dort gemütlich gemacht hat.«

Ich versuchte über Georges Verhalten hinwegzugehen, nahm es aber selbst nicht leicht. Die ganze Sache war für George absolut uncharakteristisch – zumindest für den George, den wir kannten.

»Er war in letzter Zeit zu Hause – nun ja, irgendwie seltsam. Andere scheinen für ihn kaum noch zu existieren, in gewisser Weise ist er absolut kindisch, will alles sofort und genau so, wie er es sich vorstellt. Und manchmal dieses Stottern oder Stammeln. Vergeßlich ist er auch …«

»Was vergißt er, zum Beispiel?« fragte Tante Thisbe.

»Wir haben über Mütter gesprochen, und da sagt er auf einmal: ›Wie heißt dieses Stück von Shakespeare, in dem die Mutter des Helden seinen Onkel heiratet?‹ Solche Dinge weiß er auf einmal nicht mehr, Dinge von denen man glauben würde, er könne sie nicht vergessen, solange er weiß, wie er heißt …«

In die kleine, eisige Stille hinein sagte Tante Thisbe energisch: »Meine Liebe, glauben Sie nicht, man sollte ihn überreden, einen Arzt aufzusuchen? Es kann etwas ganz Unkompliziertes sein, irgendeine Drüsenstörung, die leicht zu beheben ist.«

»Sie haben natürlich recht, aber leider hat George eine richtige Paranoia, wenn es um Ärzte geht. Auch wenn er sich ganz gesund und wunderbar fühlt, denkt er sofort: Krebsstation, wenn man einen Arzt auch nur erwähnt. Er hat in seiner Heimat ein paar üble Erfahrungen mit Ärzten gemacht …«

»Wäre es Ihnen vielleicht möglich, mit ihm auf Urlaub zu fahren? Auf die Kanarischen Inseln oder an einen anderen friedlichen Ort, wo er entspannen könnte?«

Chris sah sehr unglücklich aus. »Es ist schwierig, ihn zu überreden. Er hat während der letzten zwei, drei Jahre buchstäblich für seine Arbeit gelebt, und er verreist nicht gern. Außerdem muß ich leider nächste Woche zu einer sozialpsychiatrischen Konferenz nach Zürich.«

»Können Sie ihn nicht überreden mitzufahren?«

»Lieber würde er sich barfuß über die Alpen zerren lassen.«

Nach ungefähr einer Stunde ging auch Chris; sie sah sehr niedergeschlagen aus, entschuldigte sich noch einmal für Georges schlechtes Benehmen, obwohl Tante Thisbe wiederholte, das habe überhaupt nichts zu sagen. »Schließlich war er im Hinblick auf die Raintree-Papiere ganz reizend zu mir.« Mich bat Chris geradezu rührend, während ihrer Zürichreise ein Auge auf George zu haben oder ihn wenigstens ab und zu anzurufen, um mich zu überzeugen, daß es ihm gutging.

Als Chris gegangen war, schüttelte Tante Thisbe den Kopf. »Armes Ding. Ich fürchte, sie geht schweren Zeiten entgegen.«

»Was, glaubst du, ist los mit ihm, Tante Thisbe?« fragte ich ängstlich. »Hat er einen Zusammenbruch? Er kommt mir so feindselig vor – so gar nicht er selbst...«

Unglücklich erinnerte ich mich an jenen Abend, an dem wir Mrs. Luke gerettet und uns alle auf der Treppe umarmt hatten. Der George von heute schien ein völlig anderer Mensch zu sein.

»Ich glaube nicht, daß er einen Zusammenbruch erleidet«, sagte Thisbe. »Ich glaube, er stirbt.«

»Tante Thisbe!«

»Du vergißt, wie alt ich bin«, fuhr sie barsch fort. »Ich habe diesen Ausdruck schon in Gesichtern gesehen – oft. Wenn du ihn erst kennst, ist er unmißverständlich. Als ergreife eine andere Macht von dem Menschen Besitz – langsam, aber unaufhaltsam. Vor dem Essen, als du mit Chris in der Küche warst, hat er sich auf dem Sofa zurückgelehnt und die Augen geschlossen, als sei er erschöpft. Da war dieser Ausdruck auch in seinem Gesicht...«

»Du hast...«

»... den Tod gesehen. Ganz eindeutig. Ich glaube nicht, daß es viel Sinn hat, das arme Mädchen zu überreden, ihn zu einem Arzt zu schleppen, wenn er sich so dagegen sträubt. Er weiß, vermute ich, in einem verborgenen Winkel seiner selbst nur allzugut, was geschehen wird.«

»Und ist er deshalb so wütend auf uns... Warum hast du vorgeschlagen, daß sie so weit weg Urlaub machen sollen, auf den Kanarischen Inseln?«

»Oh, um ihretwillen«, sagte Tante Thisbe traurig. »Damit sie hinterher noch auf ein paar glückliche Tage zurückblicken kann.«

Chris fuhr zu ihrer Konferenz, und ich richtete es so ein, daß ich ein paar Nächte in ihrem Haus in Highgate verbringen, Georges Mahlzeiten kochen und ihm Gesellschaft leisten konnte.

Als ich am ersten Abend um halb acht von einem Festival der Poesie zurückkam, wo ich für die Erfrischungen gesorgt hatte, fuhr ich sofort hin. Das Haus war dunkel.

Da ich annahm, daß George nicht da war, ging ich hinein, wanderte umher, schaltete die Beleuchtung ein und erschrak zu Tode, als ich ihn im Stockdunkeln in dem großen, unordentlichen Wohnzimmer fand, wo er anscheinend untätig herumsaß.

»George, ich hatte keine Ahnung, daß du hier bist. Wie du mich erschreckt hast!«

Ganz langsam und mühsam konzentrierte sein Blick sich auf mich. »O hallo«, sagte er vage. »Ist es schon Zeit fürs Abendessen?«

»Nein, noch nicht. Ich bin eben erst gekommen. Bist du schon lange zu Hause?«

»Zu Hause? Lange?« Er sprach die Silben laut und deutlich aus, zog sie in die Länge, als seien es ihm unbekannte Wörter einer längst vergessenen archaischen Sprache.

»Warst du heute im Verlag?«

Er nahm eine Handvoll Korrekturfahnen, die auf der Armlehne seines Sessels gelegen hatten, blickte stirnrunzelnd auf sie hinunter, als seien sie auf chinesisch gesetzt, und sagte dann langsam und bitter: »Ich werde nie wieder arbeiten können.«

Erschrocken und tief bestürzt, wußte ich kaum, was tun. Ihn zum Essen zu bewegen schien mir das wichtigste zu sein, also machte ich eine nahrhafte Suppe und reicherte sie mit einem Schuß Cognac an. Er aß, und sie hatte sichtlich eine positive Wirkung auf ihn; er redete wieder normal, obwohl er das R ziemlich oft verschliff und das C oft falsch aussprach. Er kam auf Tagesereignisse zu sprechen, und wir unterhielten uns sehr sachlich darüber, ob England in der Europäischen Gemeinschaft bleiben sollte und wie sich das auf das Verlagswesen auswirken würde. Er konnte auch über ein paar Probleme sprechen, die er mit

Caspar Monks neuestem Roman hatte; doch als ich fragte, ob Chris es geschafft hatte, ihn von Zürich aus anzurufen, sagte er unsicher: »Chris?« Und nach einer langen Pause: »Wer ist Chris?«

»Deine Frau. Chris«, wiederholte ich, und eine schreckliche Kälte erfaßte mein Herz.

Er lachte ein bißchen gekünstelt, als habe einer von uns einen ziemlich dummen Witz gemacht. »O Chris.« Dann, nach einer Weile, fügte er mäkelnd hinzu: »Weißt du, sie hat in letzter Zeit manchmal einen so unangenehmen Geruch. Ich hatte ein paarmal Anlaß, es zu erwähnen.«

»Geruch?« wiederholte ich voller Angst. George selbst roch merkwürdig. Ich hatte es sofort gemerkt, als ich kam. Wie altes, rostiges Eisen.

»Ja. Sie riecht nach Roastbeef.« Angewidert rümpfte er die Nase. »Und nach nassem Haar. Wenn es etwas gibt, das ich nicht ausstehen kann, dann ist es nasses Haar. Man kriegt es nicht von den Fingern ab.« Quengelig rieb er sich die Hände, und ich dachte an Chris' üppiges, glänzendes Haar, das sie, weil George es so wollte, lang trug. (Als ich sie kennenlernte, hatte sie einen Haarschnitt wie ein Junge.) Jetzt konnte sie auf ihren Haaren sitzen wie die Kaiserin Eugenie, und es war ihr schrecklich lästig, da es, wenn sie es wusch, stundenlang brauchte, um zu trocknen, gebürstet und gepflegt werden mußte wie ein Rassetier.

Trotz allem, was Tante Thisbe gesagt hatte, fand ich, daß es Pflichtvergessenheit wäre, keinen Arzt zu George zu rufen. Als er nach dem Essen ins Wohnzimmer zurückwanderte, rief ich Tom Cosgrove an, einen Kollegen von Chris, der mit ihnen auf Urlaub in der Provence gewesen war und Georges Handgelenk eingerichtet hatte, als er es sich bei einem Sturz von einem Felsen brach. Tom war ein alter Freund, und ich dachte, man könne seinen Besuch als Freundschaftsbesuch tarnen.

Leise schilderte ich ihm bei geschlossener Wohnzimmertür das Problem.

»Ich komme natürlich«, sagte er sofort, »aber Chris hat es schon einmal mit mir versucht. Es war absolut vergeblich, George hat nicht mitgespielt.«

Er kam eine Viertelstunde später. Ich hatte Kaffee gemacht, brachte ihn und Tom gleichzeitig ins Wohnzimmer und sagte: »Tom ist auf eine Tasse Kaffee vorbeigekommen.«

George warf uns beiden einen zornigen Blick zu.

»Warum wollt ihr meine Zeit vergeuden?« fragte er leise und gequält. »Da mir doch nur noch so wenig bleibt?«

Er stand auf, die Steifheit seines Nackens und seines Rückens war noch auffälliger als sonst.

»Entschuldigt mich bitte«, sagte er leise. »Ihr beide werdet gewiß viel miteinander zu reden haben...« Er schob sich an uns vorbei und ging in sein Aqua-Zimmer.

»Willst du nicht bleiben und mit uns Kaffee trinken?« bat ich, doch er antwortete, ohne sich umzudrehen: »Deinetwegen muß ich mich jetzt einschließen«, und wir hörten, wie er den Schlüssel herumdrehte.

»O Gott! Jetzt hab ich alles nur noch viel schlimmer gemacht.«

Der Ausdruck in Georges Gesicht, als er von uns wegging, hatte mir ins Herz geschnitten – ein Ausdruck unendlicher Einsamkeit und unendlichen Kummers, unmöglich, ihn zu vergessen. »Tut mir leid, daß ich Sie vergeblich bemüht habe«, sagte ich unglücklich zu Tom.

»Das macht doch nichts. Sie haben Ihr Bestes getan. Ich gebe Ihnen ein Beruhigungsmittel für ihn, wenn Sie es ihm irgendwie einflößen können, ohne daß er es merkt, dann tun Sie's bitte. Er braucht dringend Schlaf, er sieht aus, als habe er seit Wochen nicht mehr richtig geschlafen.«

Das traf zwar zu, war aber meiner Meinung nach nicht die Wurzel des Übels, nur eines der Symptome.

Tom ging, klopfte mir freundlich auf die Schulter und sagte, er werde Chris in Zürich anrufen; sie solle lieber nach Hause kommen, sobald sie es ermöglichen könne.

Irgendwie verging die Nacht. Schließlich ging ich ins Bett, aber schlafen konnte ich nicht. Ich fragte mich, was in Georges Kopf vorging, welch seltsame Wüsteneien er durchwanderte.

Der Anblick von Ingrid Christs Gedichten war ein Schock für mich gewesen. George hatte normalerweise eine zierliche, elegante schräge Handschrift, und seine Korrekturen waren ein reines Vergnügen, besonders deutlich und klar, auf ein Mindestmaß beschränkt, als wolle er die Drucker nicht ablenken oder den Text nicht mehr als unbedingt nötig verändern.

Und war ein angebotener Text von seinem Verlag nicht angekauft worden, hätte er nicht einmal im Traum daran gedacht, darin herumzukorrigieren. Sehr, sehr selten, wenn er eine eklatante Ungereimtheit entdeckte oder einen sachlichen Fehler, heftete er einen Zettel mit einer Bleistiftnotiz an die entsprechende Seite.

Es war daher, gelinde gesagt, erschreckend, daß mein ordentliches, sauber getipptes Manuskript von Ingrids Gedichten stellenweise durch mit Tintenstift über den Text geschriebene wütende Kommentare völlig unleserlich geworden war. Die Handschrift war noch als die von George zu erkennen, aber sie war viel größer und flüchtiger, als man es von ihm gewohnt war. Die Bemerkungen erinnerten an die gehässigen, von literarischer Halbbildung zeugenden, die man gelegentlich in Bibliotheksbüchern findet: *Das ist feministischer Quatsch. – Widerspricht der Aussage auf Seite 46. – Logik und Syntax sind hier auf niedrigstem Niveau. – Idiotisches Mädchen! Wie kann sie sich anmaßen, eine solche Aussage zu machen. – An wen wendet sie sich hier? An den Leser? Oder an Gott? Wenn es ersterer ist, so hat er das Recht, anderer Meinung zu sein, ist es letzterer, kennt Er die Antwort bereits.* Bei dieser Bemerkung mußte ich lächeln, sie klang mehr nach dem George, den ich kannte; doch der George, den ich kannte, hätte nie so gegen die guten Manieren verstoßen und rüde Kommentare in ein Manuskript geschrieben, das nicht dem Verlag gehörte.

War dieser George ein Produkt meiner Phantasie? Gewiß nicht. George war immer von sprachlicher Zurückhaltung, vermutlich weil er Englisch, das er jetzt fließend beherrschte, erst als Erwachsener gelernt hatte. Ein leises ›Verdammt‹ war der allerschlimmste Fluch, den er sich jemals gestattete – von einem gelegentlichen kaum hörbaren slawischen Murmeln abgesehen. Aber hier war ein Tintenstift Amok gelaufen, unglaublich unanständige Worte waren dick an die Ränder geschmiert.

Zuerst war ich wütend, dann machten sie mir angst, und schließlich wurde ich unendlich traurig. Als ich die entstellten Seiten sah, spürte ich, daß Tante Thisbe recht hatte. George wußte, daß er verloren war, und reagierte mit Auflehnung, Zorn oder völliger Resignation, er kappte die Fangleine, verlor das Tau, das ihn an den Strand band.

Am nächsten Tag kam ich um sieben hinunter, ging hinaus und schaute durchs Fenster ins Aqua-Zimmer. George lag auf dem Boden, und zuerst dachte ich zutiefst erschrocken, er sei tot, aber als ich ans Fenster klopfte, hob er den Kopf, sah mich verwirrt an, rappelte sich dann langsam auf und ging zur Tür.

Ich ließ ihm ein paar Minuten Zeit, um hinaufzugehen, dann begann ich in der Küche das Frühstück zuzubereiten. Bald darauf kam er herunter, hatte sich umgezogen und rasiert und schien mir so normal, daß ich einen Moment lang dachte, der Bann sei gebrochen. Aber als ich ihm Toast und Kaffee reichte und fragte: »Gehst du heute morgen ins Büro, George?«, antwortete er: »Nein, ich habe es dir gesagt. Ich werde nie wieder arbeiten.«

Ich wartete ein, zwei Augenblicke und fragte dann: »Warum nicht, George?« Wobei ich versuchte, jeden Vorwurf, alle Angst, Kritik oder Gönnerhaftigkeit aus meiner Stimme herauszuhalten, mich bemühte, ihm begreiflich zu machen, daß ich es einfach nur wissen wollte.

»Wie kann ich arbeiten, wenn ich meinen Willen und mein Gedächtnis verliere?« antwortete er in einem kalten, flachen, trockenen Ton. »Ich schäme mich, von jemandem so gesehen zu werden. Was ich getan habe, ist ausgelöscht. Ich hänge im Raum. Im leeren Raum.«

Seine Augen ruhten auf der Tasse mit heißem Kaffee, die ich ihm eingeschenkt hatte, und auf der dünnen Scheibe Toast mit Zitronenmarmelade, als seien es ihm unbekannte Substanzen und als wisse er nicht, was damit anzufangen. Er stieß den Stuhl zurück, stand auf und ging – das Essen war unberührt – ins Aqua-Zimmer. Ich hörte es klicken, als er sich wieder einsperrte.

Chris kam zwei Tage später zurück, und von da an wechselten wir uns darin ab, bei George zu bleiben; obwohl es einen falschen Eindruck erweckt, wenn ich ›bei George‹ sage, denn anfangs schloß er sich Tag und Nacht allein im Aqua-Zimmer ein, saß da und starrte in den Tank. Wir konnten nichts anderes tun, als uns im Haus aufhalten und hoffen, daß unser guter Wille, unsere Liebe, unser Wunsch, sein Leiden zu teilen und ihn durch sein schmerzliches Trappistendasein zu begleiten, zu ihm durchdringen und ihn irgendwie trösten würden.

Am fünften Tag war er so geschwächt, daß wir ihn mit Tom Cosgroves Hilfe endlich ins Bett bringen konnten. Zu diesem Zeitpunkt schien er gegen seine Umgebung schon völlig apathisch zu sein und ließ widerstandslos alles mit sich geschehen.

Tom schlug vor, ihn ins Krankenhaus auf die Intensivstation zu bringen.

»Bist du verrückt?« sagte Chris. »Begreifst du nicht, daß ihm das seine letzte Würde nähme? Er hat aufgegeben. Warum sollten wir ihm künstliche Ernährung aufzwingen, wenn er sie nicht will, ihn weiterschleppen, wenn er nicht geschleppt werden will?«

An diesem Morgen brachte sie ihm die *Times*, denn sie wußte, wenn ihn überhaupt noch etwas interessierte, dann waren es die Tagesneuigkeiten. Er hatte die Zeitung bereitwillig entgegengenommen, seine Augen waren die Spalten hinunter- und wieder hinaufgewandert, dann hatte er den Kopf zurückgeworfen, als wolle er einen Schleier abschütteln, der seinen Blick trübte. Mühsam versuchte er, ein Wort zu formen; versuchte es noch einmal, gab auf.

Sein Gesichtsausdruck war qualvoll anzusehen – eine zuckende Angst, als werde er, höchst unfair, einer Prüfung unterzogen, von der jeder wußte, daß er sie nicht bestehen konnte. Wieder versuchte er zu sprechen, war aber zu keinem deutlichen Wort fähig; nur unzusammenhängendes Gemurmel und Geplapper – Babysprache kam ihm über die Lippen. Chris, deren Augen in Tränen schwammen, nahm die Zeitung und las ihm laut daraus vor; er hörte aufmerksam und angestrengt zu, schüttelte aber immer wieder den Kopf, als sei die Situation absolut hoffnungslos. Ein seltsames kurzes Zittern ging manchmal über sein Gesicht – wie das Zittern, das die hohen Grasspitzen einer Wiese kräuselt, wenn der Wind darüberstreicht.

»Selbst wenn wir uns an den Todesbegriff gewöhnen«, sagte Chris an diesem Abend leise und traurig zu mir. »Wir beide. Selbst wenn wir ihn verstehen lernen, ihn akzeptieren, was nützt es uns? Was sind wir schon unter den Millionen und Milliarden Menschen auf der Welt, die wachsen und sterben wie Unkraut?«

Wir saßen in Georges Zimmer; er lag im Bett, lag einfach da und blickte starr ins Leere. Wir bemühten uns, so oft wie möglich bei ihm zu sein und miteinander zu sprechen, damit ihm, vielleicht, unsere Stimmen ein Gefühl der Zusammengehörigkeit vermittelten.

»Nun, wodurch fühlen wir uns eigentlich vor allem miteinander verbunden?« Ich versuchte ebenso objektiv zu sein wie Chris und sagte: »Glaubst du, daß es je eine Wesenheit gegeben hat, die er war – George? Oder waren unsere – Begegnungen mit ihm einfach Schnittstellen, wie Laserstrahlen, Linien, die eine nicht existente Bestimmung auf einer Landkarte vornehmen, die in sich nur ein Symbol ist, ein Stückchen zweidimensionales Papier?«

Wir sahen George an, er bewegte sich nicht.

»Die Menschen sind die Summe dessen, was sie getan haben«, sagte Chris. »Das sind sie doch. George hat Cordwainer und Davenport gegründet. Er hat viele Bücher veröffentlicht, und er hat noch andere Dinge getan, von denen wir nichts wissen.«

Bin ich denn nur die Summe aller Mahlzeiten, die ich je geplant oder zubereitet habe? dachte ich hoffnungslos. Eine grauenhafte Vorstellung. Was wußte ich wirklich? Nichts. Und George? Da lag er, und sein Wissen, seine Weisheit waren in ihm verschlossen wie in einem Safe, dessen Zahlenkombination verlorengegangen war.

»Wissen«, sagte ich, »ist grenzenlos – das Maß des Seins, des Ist, das Maß aller Tatsachen – und erstreckt sich um uns herum in alle Richtungen bis in die Unendlichkeit. Wir können nur hoffen, einen kleinen Schritt in das Gebiet zu tun, das uns unmittelbar umgibt, und ein paar Tatsachen zu begreifen, nur eine Handvoll, wie Kinder, die fliegendes Laub auffangen…«

Die Dämmerung brach rasch herein. George lag auf dem Kissen, sein Profil, streng und reglos, glich der Silhouette auf einer Münze. Hörte er uns? Wir wußten es nicht.

»Ich glaube«, sagte Chris, »wenn du nur *eines* erreichst, ist es der Mühe wert. Mach eine Entdeckung, bring ein nützliches Gesetz durch, bau eine Kathedrale, oder hau nur einen einzigen Wasserspeier in Stein…«

»Si monumentum requiris, circumspice. Du denkst, Wren hat die St. Paul's Cathedral nur erbaut, um zu beweisen, daß er gelebt hat? Warum sollten wir das beweisen wollen? Ist es in dem riesigen Zeitengefüge denn wichtig? Schließlich wird der einzige Mensch, der den Beweis zur Kenntnis nimmt, auch nur ein Mensch sein, wie du selbst. Welchen Wert hat es dann? Jemand betrachtet einen Stein, kratzt sich am Kopf. Wren? Sir Christopher Wren? Nur ein Name. Selbst wenn er unvergessen ist, was macht das für einen Unterschied?«

»Du meinst«, sagte Chris mit einem leichten Lächeln in der Stimme, »wer wird sich anno 2080 daran erinnern, daß Clytie Churchill anno 1980 eine Eisbombe à la Clytie erfunden hat?«

»Und trotzdem glaube ich, liegt einem viel daran.«

Ich dachte an Tante Thisbe. *Fremder – sollte ich tot sein, wenn du dies liest, erinnere dich an Thisbe Angela Churchill.*

Thisbe amüsierte sich damit, Nachrufe auf ihre Freunde zu verfassen, auf alle, ohne Ausnahme. Ungefähr alle zwei Jahre brachte sie sie auf den neuesten Stand. Ich schrieb ab und zu den Klappentext für ein Buch, das George herausbrachte. Als ich sehr arm war, bezahlte er mir zehn Pfund für einen Text. Das Schreiben von Klappentexten ist so etwas wie ein Spiel, man will sehen, wie viele Adjektive man in einem Satz unterbringen kann, ohne sein Gleichgewicht zu stören:

›In dieser warmherzigen, klugen, fein gesponnenen Biographie schildert Mr. Higgins ein tragikomisches Leben, dem es nie gelang, die richtige Richtung einzuschlagen, ein Leben des Leids, der Hoffnungslosigkeit, des Zerfalls und des Verlustes, das in einer dramatischen Auflösung endet, die dennoch die Samen von Entsagung und Hoffnung enthält. Mr. Higgins hat nie besser oder mit größerem menschlichen Einfühlungsvermögen geschrieben.‹

Ich wandte mich zum Bett und sagte laut und deutlich: »George, hörst du mich? Wir werden an dich denken. Du bleibst ein Teil von uns. Die Dinge, die du getan – die Menschen, denen du geholfen hast –, sie werden nicht verlorengehen. Erinnerst du dich an die alte Mrs. Luke? An das brennende Auto? Etwas von dir ist in ihr. Auch sie wird die Erinnerung an dich weitergeben. Wir alle sind miteinander verwoben. Aber wir werden uns ganz besonders an dich erinnern, weil wir dich am meisten lieben.«

Sein schneller, flatternder Atem setzte einen Moment aus und dann wieder ein. George gab einen schwachen Laut von sich – Zeichen, daß er mich gehört hatte? Oder Bitte, in Ruhe gelassen zu werden?

»Ich werde ihm aus *Stolz und Vorurteil* vorlesen«, sagte Chris.

Der Roman von Jane Austen war Georges Lieblingsbuch. Er sagte, er müsse es mindestens fünfzigmal gelesen haben, und es sei immer noch Zeit für ein einundfünfzigstes Mal. Wenn etwas den Wert der englischen Literatur, der Kultur, noch nachträglich bestätige, dann sei das dieses Buch, sagte er.

Chris knipste die Nachttischlampe an, die so stand, daß das Licht George nicht ins Gesicht fiel, und begann zu lesen: *»Es ist eine allgemein anerkannte Wahrheit, daß ein unverheirateter Mann im Besitz eines großen Vermögens das Bedürfnis nach einer Ehefrau haben muß...«*

Nachdem sie ein paar Kapitel gelesen hatte, nahm ich das Buch, und so hielten wir es die ganze Nacht. Als der Tag anbrach, entdeckten wir, daß George, während wir lasen, irgendwann von uns gegangen war, ohne Lebewohl zu sagen. Ganz still hatte er sich davongeschlichen und uns verlassen.

Bei der Beerdigung – an der ganz außerordentlich viele Menschen teilnahmen (Dan wäre entzückt gewesen), entfernte Angehörige des Königshauses waren anwesend, Industrie und Kunst stark vertreten, sogar Caspar Monk war von den Hebriden gekommen, sagte ein hoher Funktionär des Art Council zu Chris, wie traurig es doch sei, daß George gestorben sei, denn er wäre in zwei, drei Jahren bestimmt geadelt worden.

»Was macht es denn für einen Unterschied«, sagte sie hochmütig, »ob er Sir George oder einfach Mister war? Titel haben ihn nie auch nur im geringsten beeindruckt.«

»Du hast den armen Mann verletzt«, sagte ich später zu ihr. »Versuch es einfach leichtzunehmen. Entspann dich. Du mußt auch zu jenen gehören, die überleben. Erinnerst du dich? Wir haben noch einen langen Weg vor uns.«

»Das ist wahr«, sagte sie. »Wir müssen zumindest lange genug leben, um Jane Austen der nächsten Generation vorzulesen. Ich möchte an der Londoner Universität ein Davenport-Stipendium einrichten.«

»Für welche Art Forschung?«

»Für das Studium des Seewesens«, grinste Chris. »Die Meeresküste von Böhmen.«

8

So tödlich wie der Rosenknosp' ein Wurm...
Wie Blüten sprießend in des Lenzes Lust,
des eis'gen Winters Sturm...

»Sie haben ihm einfach erlaubt zu sterben?« sagte Rabuse. »Ihrem Freund, Ihrem Liebhaber? Sie haben sich nicht bemüht, ihn zu retten?«

Das klang streng, um nicht zu sagen, empört. Er legte noch ein paar Scheite ins Feuer, setzte sich jedoch nicht wieder und ging rastlos in der langen Bibliothek auf und ab. Ich blieb zusammengerollt in meinem Lehnsessel sitzen, lauschte dem leisen Knistern und Knacken der glühenden Scheite und dem leichten Wind. Es war sehr still im Château Plouhaix. George hätte es hier gefallen, dachte ich.

»Er wollte sterben, es war ihm lieber so«, sagte ich nach einer Weile. »Was hätte uns das Recht gegeben, ihn daran zu hindern? Ich hoffe, daß unter den gleichen Umständen jemand anders, andere Menschen gegen mich genauso rücksichtsvoll wären.«

»Aber was für ein Verlust! Wie Sie ihn schildern – als Mann mit großen Fähigkeiten, intelligent, sensibel, mit einem ungewöhnlichen Urteilsvermögen...«

»Diese Eigenschaften hätten ihm doch nichts genützt, wenn man ihn gegen seinen Willen gezwungen hätte zu leben. Das – das wäre so, als zwinge man jemanden zu Sklavenarbeit...«

»Und woran ist er gestorben?« fragte Rabuse verärgert.

»Er ist am Tod gestorben. Sie meinen, was auf dem Totenschein gestanden hat? Er hatte etwas mit dem Herzen, glaube ich.«

»Warum hatte er beschlossen zu sterben?«

»Darüber haben Chris und ich endlos lange geredet. Sie meint, es habe etwas mit seinem Ekel vor dem Zustand der Welt zu tun gehabt. Er sah seine eigene Rolle darin sehr realistisch – wie unendlich bedeutungslos sie war. Er hatte auch das Gefühl, daß seine beste Arbeit getan war; er hatte keine Kinder, die ihm nachfolgen konnten, er war immer weniger mit dem Herzen bei dem, was er tat, er konnte, realistisch, wie er war, seinen Mitmenschen nicht mehr viel abgewinnen. Alles begann für ihn sinnlos zu werden. Und er hatte sich zu weit von den elementaren, den einfachen Dingen des Lebens entfernt, um sich darüber zu freuen, daß er atmete, daß er grüne Blätter sehen und die erste Lerche im Frühling hören konnte.

»Was ist mit den Gedichten der Frau, die Selbstmord begangen hat? Sie wollen doch nicht etwa behaupten, daß sie eine übernatürliche Wirkung auf ihn hatten?« Rabuse musterte mich forschend.

»Du meine Güte!« sagte ich. »Für jemanden, der bereit ist, an all diese Heiligen und Wunder zu glauben, haben Sie erbärmlich wenig Vertrauen zu Flüchen und Hexerei… Doch nein, ich behaupte nicht, daß Ingrid ihn mit dem bösen Blick getötet hat. Ich denke jedoch, daß er das Gefühl hatte, sie komme ihm ins Gehege. *Er* war der Fachmann. Ungefähr so, wie wenn Sie, nachdem Sie Ihre Doktorarbeit fast fertig hätten, feststellten, daß jemand etwas über haargenau dasselbe Thema geschrieben hat, nur vom entgegengesetzten Standpunkt aus. Es würde Sie mutlos machen, durcheinanderbringen.«

Es dauerte mehrere Monate, ehe ich es über mich brachte, Ingrids Gedichte neu zu tippen und zu ordnen. Für mich war Georges Tod ein Ereignis, das mich lähmte. Er war acht Jahre lang eine enge Bezugsperson für mich gewesen und drei Jahre lang mein Liebhaber; als ich ihn verlor, veränderte sich die ganze Landschaft meines Lebens. Als er ging, war die Wunde wieder aufgebrochen, die mir Dans Tod geschlagen hatte; noch einmal fühlte ich diesen Schmerz, aber viel tiefer.

Elly und Hugh nahmen Chris auf eine Mittelmeerkreuzfahrt mit. »Wir können sie alle brauchen«, sagte Elly. »Chris sieht wie ein lebendes Skelett aus, ich habe die Studenten satt bis zum Gehtnichtmehr, und Hugh braucht dringend ein bißchen Sonnenschein und Ruhe.«

»Wenn ich über diese Kreuzfahrten richtig informiert bin«, brummte Hugh, »dann wird das eher ein Kommandounternehmen als eine Ruhepause. Jeden Tag um halb sieben aufstehen und dann zu irgendeinem gräßlichen Training. Ich wünschte, du kämst auch mit, Clytie, dann könnten wir beide an Bord bleiben und uns in Liegestühlen rekeln, während die beiden sechzig Meilen weit fahren und dann fünfhundert Felsstufen zu irgendeiner Akropolis hinaufklettern.«

»Ich wünschte auch, ich könnte es. Aber da die Commonwealth Conference bevorsteht... Und mediterrane Festungen sind für mich nichts Neues.«

Aber als sie alle fort waren, war ich einsam, sehr einsam. Zum Glück hatte ich eine Menge Arbeit. Und Chris hatte mich gebeten, mich um alle Fragen zu kümmern, die eventuell bei der Gründung der George-Davenport-Stiftung anfielen.

Es machte mich leicht verlegen – obwohl ich auch gerührt war –, als ich erfuhr, daß George mir ein bißchen Geld hinterlassen hatte. Das Testament mußte zwar noch gerichtlich bestätigt werden, doch ich verfügte, daß das Geld an die Stiftung gehen sollte, eine bessere Verwendung konnte ich mir nicht vorstellen. Ich wollte Anthony bitten, das für mich in die Wege zu leiten, wenn es soweit war.

Es gab noch ein geringfügiges, aber ärgerliches Problem, das ich Anthony vortragen wollte. Ein Bewohner von Affton Wells hielt sich neuerdings hinter meinem Garten auf dem Castle Mound Schweine. Anfangs waren es nur zwei gewesen, die mich nicht gestört hatten, inzwischen waren es jedoch fast zwanzig. Sie wühlten und gruben, pflügten das Gras zu Schlamm um, zertrampelten die kleineren Dornbüsche und beeinträchtigten stark meine Aussicht. Schweine sind wenig dekorative Tiere. Wären es Ziegen oder Schafe oder Gänse gewesen, hätte ich mich viel toleranter verhalten. Aber sie waren schlammverkrustet, wenig anziehend und verwandelten den romantischen, von Dornbüschen umfriedeten Abhang in eine schmutzige Einöde. Außerdem stinken Schweine. Kühe, Schafe, Pferde haben einen warmen Tiergeruch, aber Schweine riechen immer unangenehm, selbst wenn sie bestens gehalten werden. Sie schaffen sich ihren eigenen Slum. Die alten Israeliten hatten recht, ihnen zu mißtrauen.

Ich hatte viel zu tun, war müde und traurig, und daß ich daran denken mußte, Anthonys Sekretärin anzurufen und um einen Termin zu bitten, wurde zu einer Last, die mir wie eine Buße vorkam; ein Tag folgte dem anderen, und ich dachte nie zu einer praktikablen Zeit daran – nur wenn ich im Zug saß oder abends im Bett lag oder mir in einem fremden Büro Notizen machte.

Als Rosie noch lebte, traf ich Anthony oft im Zug von oder nach Affton; wir frühstückten zusammen oder tranken etwas im Büffetwagen und unterhielten uns über Romane. Erstaunlicherweise (zumindest ich staunte darüber) verschlang Anthony im Zug eine ganze Menge guter Literatur; er las ausgezeichnet französisch und liebte Balzac, Flaubert, Stendhal und Zola. Er hielt es auch für seine Pflicht, die Werke zeitgenössischer Autoren wie Greene, Burgess oder Waugh zu überfliegen, kehrte jedoch immer erleichtert ins 19. Jahrhundert zurück. Und er liebte ein Publikum, dem er seine Meinung kundtun konnte, denn seinem Gefühl nach ging die Romanliteratur vor die Hunde. Ich genoß diese Gespräche und trat energisch für die modernen Romane ein, auch wenn ich, was manchmal der Fall war, seine Ansichten halb teilte.

Doch seit Rosie nicht mehr lebte, begegneten wir uns nur noch selten. Ich vermutete, daß Anthony sehr lange arbeitete, an seinen Londoner Tagen früher in die Stadt fuhr und später zurückkam; es war lange her, seit ich ihn im Zug um acht Uhr fünfzehn oder um siebzehn Uhr fünfundvierzig getroffen hatte.

Wenn ich müde bin und mit einem Schwung für mich unerfreulicher Aufgaben konfrontiert werde, habe ich die beinahe unbewußte Gewohnheit, sie nach dem Grad ihrer Unbeliebtheit zu ordnen, die zuerst zu erledigen, vor der ich den größten Horror habe, und mich die Liste hinaufzuarbeiten.

Wozu hätten Sie die geringste Lust? Sich brieflich für ein Buch zu bedanken, das Sie kitschig gefunden haben; die Speisekammer aufzuräumen; die Einkommenssteuererklärung auszufüllen; alle Rechnungen zu bezahlen; die Laken im Gästebett zu wechseln oder sich das Haar zu waschen?

Allein die Dinge nach ihrer Unbeliebtheit zu ordnen kann schon Aufschluß über Ihren Seelenzustand geben. Warum tat ich das eine nicht ganz so ungern wie das andere? Warum wollte ich lieber alles andere tun, als einen Termin mit Anthony Roche zu verabreden? Weil mich die Idee eines möglichen Rechtsstreites wegen der Schweine nicht besonders glücklich machte? Ich schob die Sache eine Zeitlang vor mir her und ließ die Dinge schleifen.

Ich bekam Ansichtskarten vom Mittelmeer: *Chris und Hugh sehen von der Sonne gebräunt viel besser aus,* schrieb Elly in ihrer ordentlichen germanischen Handschrift.

Im Vergleich zu dem, was sich hier tut, kommt mir die Outward-Bound-Bewegung wie eine Teeparty in Cranford vor,* schrieb Chris.

Von Hugh bekam ich ein paar überaus charakteristische Briefe: *Die Mädchen sind in ihrem Element und sitzen Gamaliel** allabendlich zu Füßen. Alle klassischen Auto-*

* in Großbritannien Abenteuertraining für junge Leute (A. d. Ü.)

** Gamaliel der Ältere; Führer des pharisäischen Judentums in der 1. Hälfte des 1. Jahrhunderts nach Christi; Lehrer des Apostels Paulus (Anm. d. Ü.)

ritäten sind auf diesem Boot, und bei unseren Kreuzworträtseln haben wir schon den Buchstaben B gelöst; wenn wir zurückkommen, sind wir bestimmt beim K. Alles in allem ist es sehr hübsch. Elly beschützt ihre Investition (mich) nach Kräften. Sie stopft mich mit Vitaminen voll und legt mich in die Sonne, als ob ich eine grüne Tomate wäre, und ich fühle mich mehr und mehr wie ein Relikt, das aus einer früheren Zeit übriggeblieben ist.

Armer Hugh. Georges Tod hatte ihn tiefer getroffen, als er je zugeben würde. Bei George hatte er Meinungen und Gefühle ausdrücken können, die er in Gesellschaft anderer Engländer nie äußern durfte. Die Freundschaft mit dem intellektuellen George war zutiefst befriedigend für ihn gewesen, und jetzt war er unglücklich und fühlte sich vom Schicksal benachteiligt, das wußte ich. »Es ist auch ein Schock«, sagte er zu mir, als ich sie alle zur Victoria Station brachte, »wenn jemand in deinem Alter so plötzlich stirbt. Du fängst an dich umzusehen und rechnest nach und fragst, wie viele Jahre du selbst wohl noch hast. Fünfzehn? Zwanzig?«

»Ich weiß«, sagte ich. »›Soll ich mir wirklich noch diese riesige Dose Fußbodenpolitur kaufen? Bin ich noch lange genug hier, um sie ganz aufzubrauchen?‹«

»Die letzten zwanzig Jahre sind für mich wie ein Blitz vergangen.«

»Wir haben uns inzwischen an Langlebigkeit gewöhnt. Im 19. Jahrhundert hat niemand ein langes Leben als sein gutes Recht angesehen, so wie wir es jetzt tun.«

»Ich denke oft, daß dieser ganze Komfort ein Fehler ist«, sagte Hugh.

»Komfort?« Ich sah mich in der düsteren, lauten, schmutzigen Halle der Victoria Station um.

»Nun ja«, sagte er, »nimm nur den Schlamm. Geteerte Straßen, Gummistiefel, geflieste Küchenfußböden. Sogar im zivilisierten England sind das ziemlich neue Errungenschaften – während der letzten sechzig Jahre aufgekommen. Vorher müssen die meisten Leute acht Monate im Jahr damit zugebracht haben, ungefähr knietief durch Schlamm zu stapfen. Reisen führten durch Schlamm. Man zog die verdreckten Lederstiefel aus, wenn man ein Haus betrat. Woche für Woche kehrte und schrubbte man den getrockneten Schlamm vom Steinfußboden. Allein diese Unannehmlichkeit muß meiner Ansicht nach recht nützlich gewesen sein.

»Was kannst du nur damit meinen, Hugh?«

»Es zwang die Menschen, kurzfristig zu denken. Da mußte das Wasser eimerweise vom Brunnen geholt werden; Öllampen mußten nachgefüllt, Feuer angezündet, die Asche hinausgetragen werden. Diese unangenehmen, kleinen Probleme lenkten von den häßlichen, großen, unlösbaren Problemen ab: dem Alter, der Krankheit, dem Tod, denen wir immer ängstlich ausweichen. Ich rede nicht von der Würde schwerer Arbeit oder ähnlichem Humbug, sondern nur über die Art, wie wir unsere Zeit verbringen. Alles geschieht jetzt so schnell, wir schieben eine gefrorene Pizza ins Rohr, stecken die bügelfreie Wäsche in die Waschmaschine. Dadurch haben die Leute viel zuviel freie Zeit.«

»Nun ja, wenn es genug Leute gibt, die Zeit übrig haben und nur herumsitzen, finden sie vielleicht diese oder jene Lösung für die großen, häßlichen Probleme.«

»So funktioniert das nicht«, sagte Hugh. »Lösungen werden von einem Typen gefunden, der gegen die Uhr arbeitet, nicht von Tausenden, die zuviel Zeit haben. Sie schaffen nur noch mehr Probleme.«

Dann umarmte er mich und machte sich ans Mittelmeer davon.

Mit einem großen Fliederstrauß für Tante Thisbe an einem späten Sonntagnachmittag im Zug von Affton nach London sitzend, erinnerte ich mich an das, was er über den Schlamm gesagt hatte. Der Frühling ließ sich in diesem Jahr Zeit, war kalt und mürrisch; in den Furchen der Felder stand das Wasser, und die jungen Pflanzen sprossen wie Reis daraus hervor. Das Land war nebelverhangen, wirkte eng und schwer. Ich erinnerte mich, daß Rosie rosa Hyazinthen und Lavendel pflanzen wollte. Dieses Wetter hätte ihr nicht gefallen. Ihr Baby wäre inzwischen zwei Jahre alt. Es ist kein Vergnügen, mit kleinen Kindern im Regen spazierenzugehen.

Der Zug hielt in Marlbrook, und eine Frau kam in mein Abteil, in dem außer mir niemand saß. Sie schüttelte sich, lächelte mir zu und zog ihren hübschen Regenmantel aus imprägnierter Seide aus, schüttelte auch ihn ein bißchen und hängte ihn an den Haken.

»Ein Wetter für Enten«, sagte sie. »Was für ein Wochenende. Am liebsten möchte man auswandern.«

»Sie heben sich das schlechteste Wetter immer für die Wochenenden auf«, pflichtete ich ihr bei und erinnerte mich, wie viele sonnige Sonntage ich mit Dan verbracht, Choräle in Sankt Martin gesungen und dann einen Zug von Charing Cross aufs Land genommen hatte. Dan liebte Choräle (›Habe mich bei der Navy daran gewöhnt‹); besonders für jene, die ›auf hoher See in Gefahr waren‹. Ob er und Ferdi auf der ›Walküre‹ wohl gesungen hatten und Ferdi Dan auf der Flöte begleitete wie in der Beaufort Street; hatten sie sich selbst einen musikalischen Abschied bereitet, als das Boot unterging?

Meine Mitreisende hatte es sich mir gegenüber bequem gemacht. Ihre Kleidung fiel mir zuerst auf – wie vermutlich jeder Frau –, weil sie, ohne protzig oder auffallend zu wirken, so erlesen war, daß einem das Wasser im Mund zusammenlief: dunkelbraunes Cordsamtkostüm, dazu eine dunkelgoldene Seidenbluse; natürlich hervorragend geschnitten und von perfektem Sitz. Sie trug kniehohe Stiefel und eine Krokotasche mit goldenen Schließen. Ihr Haar, dunkel, kurz und glänzend, war vermutlich von Vidal persönlich geschnitten und gestylt. Ihr ovales, lächelndes Gesicht kam mir bekannt vor.

»Aber«, sagte ich, »ich weiß natürlich, wer Sie sind...«

»Das ist richtig«, sagte sie und lächelte noch stärker. »Teddy Marshman vom Monmouth. Und ich kenne Sie auch. Hab erst vor ein paar Wochen Ihr Fernsehprogramm gesehen, als Sie uns zeigten, wie man ein Huhn à la Kiew zubereitet. Aber warum soll man sich die Mühe machen, wenn man es bei Marks & Sparks fertig kaufen kann, sage ich immer.«

Ich lachte. »Und wahrscheinlich ist es genauso gut, um die Wahrheit zu sagen. Aber es ist doch irgendwie befriedigender, etwas selbst zu machen.«

»Als ob ich das nicht wüßte! Als meine Kinder klein waren, habe ich ihre Kleider selbst genäht. Wirklich albern, wenn man sie genauso gut und doppelt so haltbar kaufen kann, aber es ist nicht dasselbe.«

»Erzählen Sie, wie viele Kinder sind es?«

»Drei Mädchen: Nadia, Varvara und Tamara. Zehn, zwölf und vierzehn.«

»Das sieht man Ihnen nicht an.«

»Leider«, fuhr sie fort, »habe ich sie seit der Scheidung nicht mehr gesehen. Mein Exmann hat das Sorgerecht. Er war sehr feindselig, ich darf keinen Blick auf sie werfen.«

»Sie sind geschieden? Tut mir leid – das wußte ich nicht. Ich war schon eine Ewigkeit nicht mehr im Monmouth.«

Das letztemal, dachte ich, war's bei dem sorglosen Lunch mit Elly, Chris und Rosie. Vor langer, langer Zeit. War Teddy damals dagewesen? Ich konnte mich nicht erinnern. Teddy, Mrs. Marshman, war die Frau des Wirts und zog mit ihrer Freundlichkeit, Fröhlichkeit, Zuvorkommenheit und Ruhe die Gäste an wie ein Honigtopf die Bienen, ganz abgesehen davon, daß sie in ihrer üppigen Schönheit einer Dame von Renoir ähnelte. Männer, hieß es, führen meilenweit, nur um einen Blick auf sie zu werfen; und sie behandelte alle mit einer launigen Sachlichkeit, was sehr gut war, denn Geoff Marshman, der Besitzer und Wirt, war ein schwarzhaariger Mann mit hochrotem Gesicht, funkelnden Augen, einem kleinen, boshaften Mund und, wie man sich erzählte, einem ständig unter der Oberfläche schwelenden Jähzorn. Also, dachte ich, hat es Teddy schließlich doch versäumt, einen Gast auf Armeslänge von sich fernzuhalten, und das hat zu Schwierigkeiten geführt. Arme Teddy.

»Selbst wenn Sie im Monmouth gewesen wären, hätten Sie mich nicht zu Gesicht bekommen, meine Liebe. Es ist jetzt schon ein paar Jahre her. Ich glaube, als Geoff und ich uns trennten, waren Sie im Ausland. Sie reisen sehr viel, nicht wahr?«

Es ist immer verwirrend, wenn man feststellt, daß Leute, die man nicht besonders gut kennt, mehr über einen wissen als umgekehrt. Zum Thema zurückkehrend, sagte ich: »Aber es ist doch schrecklich, seine eigenen Töchter nicht sehen zu dürfen. Warum nehmen Sie sich keinen Anwalt, er könnte bestimmt etwas tun. Heutzutage weiß schließlich jeder, wie wichtig eine Mutter ist, hab ich mir wenigstens gedacht...«

Ein seltsam schillerndes Lächeln erschien für einen Augenblick auf ihrem Gesicht. Sie hatte ein Grübchen in jeder wohlgerundeten Wange; doch dann sagte sie: »Nein, das wäre nicht gut. Ich habe es mit Anthony besprochen, bin aber zu dem Schluß gekommen, daß es nur zu weiteren Schwierigkeiten führen würde. Geoff ist so rachsüchtig. Er wäre imstande, Detektive hinter mir herzuschicken und viel Dreck aufzurühren. Mir fehlen die Mädchen natürlich schrecklich. Aber sie sind so vernünftig, die kleinen Schätze, sie wissen, daß ihre Mum sie noch immer liebt, und sobald sie achtzehn sind, können sie mich besuchen, und Geoff kann es ihnen nicht mehr verbieten. Bis dahin hinterlege ich bei meinen Eltern kleine Briefe und Geschenke, und die Kinder bekommen sie, wenn sie ihre Großeltern besuchen; von dort komme ich gerade. Mum und Dad haben eine Sozialwohnung in Marlbrook. Ich besuche sie jeden zweiten Sonntag.«

»Was für ein Glück, daß Ihr Mann den Mädchen erlaubt, ihre Großeltern zu sehen.«

»Oh, das muß er, denn Dad hat Geoff seinen ersten Job verschafft. Und Dad ist Prediger bei den Unitariern. Geoff konnte nicht behaupten, sie seien nicht respektabel. Tatsächlich«, setzte sie vergnügt hinzu, »ist es wirklich verwirrend, wie sie jemanden wie mich in die Welt setzen konnten. Aber sie sind, was mich betrifft, sehr tolerant. Und damit meine ich nicht: Sie trinken zwar den Champagner, den sie ihnen schickt, aber verzeihen können sie nie; ich meine, sie sind richtig tolerant.«

»Wo wohnen Sie jetzt?«

»In London, meine Liebe, das ist doch der einzig mögliche Ort. Für jemanden wie mich, meine ich. Ich könnte nie nach Affton zurückgehen. Oder wenigstens nicht«, korrigierte sie sich, »ehe ich alt und abgeklärt bin. Vielleicht kommte ich dann zurück und stifte der Gemeinde einen Haufen Geld für ein Altenheim. Das wäre ein Witz, nicht wahr. Das Teddy-Marshman-Heim. Geoff würde platzen.«

»Dann haben Sie also nicht mehr geheiratet?«

»Nein, meine Liebe, und es wird wohl auch kaum der Fall sein.«

Ich wollte sie nicht nach ihrem Job fragen, denn es war ziemlich offensichtlich, was sie machte, aber ich fragte sie nach ihrer Wohnung, und sie sagte, es sei ein hübsches, kleines, praktisches Apartment in der Hertford Street.

»Vermissen Sie das Land nicht?«

»Nein, es ist seltsam, meine Liebe, aber ich vermisse es nicht. Und doch war ich immer ein Landmädchen, bin in Marlbrook aufgewachsen. Als ich Geoff heiratete und ins

Monmouth umzog, habe ich zum erstenmal an einem Ort geschlafen, wo ich keine Kühe und Hähne hören konnte. Ich wundere mich immer wieder ein bißchen; mein Leben hat sich so unglaublich verändert. Das Monmouth, Geoff, die Mädchen – vor ein paar Jahren waren sie meine ganze Welt. Doch, obwohl jetzt alles so anders ist, kann ich nicht sagen, daß es mir leid tut. Mein Leben ist wirklich sehr interessant. Ich lerne alle möglichen Leute kennen; Leute, die ich mir nicht einmal hätte vorstellen können, als ich in Affton lebte.«

Sie erzählte mir von einigen: Geschäftsleuten, Politikern, Schauspielern, Ärzten. Wie, fragte ich mich, war es zu dieser Verwandlung gekommen? Was hatte sie ausgelöst?

»Und da gibt es einen, Sie würden mir kaum glauben, wenn ich Ihnen erzählen wollte, was er für ausgefallene Wünsche hat, und doch ist er ein weithin bekannter Mann. Wenn ich Ihnen den Namen sagen würde, wüßten Sie sofort…«

Einen Sekundenbruchteil fragte ich mich, ob es mein alter Bekannter, der Börsenmakler Arthur, sein konnte; wenn sie es nur geahnt hätte – Teddy und ich hatten mehr gemeinsam, als sie glaubte.

»Es hält den Geist wach, wirklich, das tut es«, versicherte sie mir. »Das einzig Schlimme daran ist, daß ich Naddy, Tammy und Varv nicht sehen darf.«

Das kam mir auch schlimm vor. Ich fand es absolut unfair, daß die Gesellschaft so nachsichtig gegen mich war und die arme Teddy so streng verurteilte. Ich versuchte ihr zu erklären, was ich dachte, aber sie sagte sofort:

»O nein, meine Liebe, es ist nicht die Gesellschaft, es ist

mein eigener idiotischer Fehler, weil ich einen Mann wie Geoff geheiratet habe. Ich hätte mehr Menschenkenntnis haben müssen. Nun ja – ich hatte sie, aber mich lockte dieses Leben, wissen Sie. Ich wußte, daß ich das Monmouth führen, und zwar gut führen konnte. Ich hatte nur nicht mit Geoffs Jähzorn gerechnet.«

Wir fuhren in die Victoria Station ein. Teddy knöpfte sich wieder in ihren Regenmantel, legte dann den Kopf schief, kniff die Augen zusammen und sah mich mit einem merkwürdigen, berechnenden Blick an.

»Ich würde mich gern noch ein bißchen länger mit Ihnen unterhalten, wenn Sie nichts dagegen haben, meine Liebe«, sagte sie. »Ich möchte Sie um einen Gefallen bitten – das heißt, falls ich die Courage dazu aufbringe. Zu mir einladen möchte ich Sie nicht, man weiß nie, wer anruft. Aber hätten Sie etwas dagegen, irgendwo in aller Ruhe einen Schluck mit mir zu trinken? Oder haben Sie zuviel zu tun, sind vielleicht verabredet?« schloß sie ziemlich schüchtern.

»Nein, ich habe nichts vor. Ich will nur nach Hause und mir ein Omelett braten.« Verblüfft, amüsiert und neugierig fragte ich mich, was das wohl für ein Gefallen sein mochte, um den sie mich bitten wollte. Sollte ich ihr beibringen, wie man aphrodisische Imbisse oder einen Mikey Finn zubereitete? »Hören Sie, warum kommen Sie nicht mit zu mir? Es ist nur einen Steinwurf von der Victoria Station entfernt, und wir können dort besser reden als in irgendeinem Pub, wo man vor lauter Lärm sein eigenes Wort nicht versteht.«

»Ehrlich? Ist das Ihr Ernst? Also ich komme sehr gern, wenn Sie sicher sind.«

Als wir in den winzigen, gräßlich ächzenden Lift stiegen, der in den achtziger Jahren des vorigen Jahrhunderts oder noch ein Jahrzehnt früher in die Ordnance Mansions eingebaut worden sein mußte, stellten wir übereinstimmend fest, daß der Sonntagabend der Tiefpunkt der Woche war.

Tante Thisbes Wohnbereich war dunkel; am Sonntag ging sie meist zur Abendandacht in die Abtei; also stellte ich den nach Muskatnuß duftenden Fliederstrauß in die große graue Bodenvase aus Schwedenglas in ihrem Schlafzimmer und ging, von dem mürrisch maunzenden Oberon verfolgt, in mein Wohnschlafzimmer zurück, wo ich Teddy zurückgelassen hatte. Ich hatte drei Räume: eine riesige Küche, in der ich auch einen Teil meiner Arbeit erledigen konnte, ein Büro und dieses ›Zimmer für alles‹ mit Diwan, Lehnsessel, Gasfeuer und allen Büchern, die ich noch nicht ins Watch Cottage gebracht hatte. Teddy hatte ein Buch von Anthony entdeckt, ein kleines Handbuch mit dem Titel *Das Gesetz und du*, das vor fünf Jahren bei Cordwainer and Davenport erschienen war.

»Was wollen Sie trinken?«

Sie sagte, einen Scotch mit Diät-Ginger-Ale und schüttelte den Kopf, als ich ihr Nüsse anbot.

»Ich muß immer aufpassen, meine Liebe. Meine Mum ist ein richtiges Tönnchen. Mir würde das gleiche blühen.«

Zu meiner Überraschung kletterte der alte Oberon, nachdem er sie gebührend und vorsichtig beschnuppert und lange überlegt hatte, Schritt für Schritt auf ihren Schoß. Es war ein bißchen mühsam, denn er war schon so alt, daß er die Fähigkeit verloren hatte, die Krallen einzuziehen. Er saß dann nervös und sehr aufrecht da und bohrte einem jede einzelne nadelspitze Kralle in den Oberschenkel; aber Teddy ertrug es gutmütig und mit großer Nachsicht.

»Er freundet sich gewöhnlich nicht mit Fremden an«, sagte ich. »Tun Sie ihn ruhig wieder auf den Boden, wenn Sie ihn nicht wollen. Ich fürchte, er wird einen Haufen Haare auf Ihrem schönen Rock zurücklassen.«

»Macht nichts. Zu Hause habe ich eine von diesen Wunderbürsten. Damit geht alles ab. Bist aber sehr dünn, alter Junge«, sagte sie, zog ihn sanft an den Ohren und bückte sich geschmeidig, um an seinem Fell zu riechen. »Mmm! Wie gut Katzen riechen. Ich hätte gern eine, aber manche Typen mögen sie nicht.«

Sie streichelte Oberons knochiges Rückgrat, und bald darauf begann er ein bißchen heiser zu schnurren.

»Ich weiß noch, wann Anthony das geschrieben hat«, sagte Teddy, drehte *Das Gesetz und du* um und betrachtete sein Foto auf der Rückseite des Schutzumschlags. Es war ein gutes Bild: der Kopf erhoben, die Augen schmal. Dreiviertelprofil, das Paradebeispiel eines scharfen, cleveren Anwalts, wie man sich ihn vorstellt.

Etwas hatte im Hintergrund meines Bewußtseins genagt, und jetzt fiel mir auch ein, was es war.

»Sie haben Anthony schon einmal erwähnt«, begann ich bedächtig, »aber mir war nicht klar, daß Sie Anthony Roche meinen. War er – hat er Sie in Ihrer Scheidungssache beraten?«

Sie sah mich sehr offen und direkt an.

»O nein, meine Liebe. Das wäre nicht sehr vernünftig

gewesen. Anthony und ich sind schon seit langem befreundet. Nein, er hat mir die Adresse einer Anwaltskanzlei in der Chancery Lane genannt. Sie haben ihr Bestes für mich getan, aber es war sinnlos, was ich von vornherein gewußt hatte.«

Ich sah sie ängstlich an, nicht imstande, eine von den Fragen zu formulieren, die mir auf der Zunge brannten, aber sie fuhr gelassen fort: »Als Geoff sich von mir scheiden ließ, war das nicht Anthonys wegen. Gott sei Dank! Das hätte vielleicht Staub aufgewirbelt! Man hätte ihm die Zulassung entzogen, glauben Sie nicht? Oder was immer sie Anwälten antun.«

»Nur, wenn es eine Klientin ist«, sagte ich leise. Teddy grinste mich kameradschaftlich an und löste Oberons Krallen vorsichtig von ihrem Samtrock.

»Oh, ich war nie Anthonys Klientin; man könnte eher sagen, es war umgekehrt. Ich will nicht leugnen, daß ich mächtig scharf auf ihn war. Er hat wirklich was, nicht wahr? Dieser arrogante Blick und seine Art, einen plötzlich stirnrunzelnd anzusehen und dann zu lächeln. Oh, ich kann Ihnen sagen, mir ist praktisch das Herz gebrochen, als er mir sagte, er käme nicht mehr. Das war, als sie starb, natürlich. Das hat ihn von Grund auf verändert, und das kann man ihm auch nicht übelnehmen. Sie bedeutete die ganze Welt für ihn, das andere war nur ein bißchen Spaß und Spiel.«

»Aber – dann, wann war denn das?«

»Oh, vorher. Lange, lange her, wie mir scheint.« Sie seufzte. »Wir waren unendlich vorsichtig. Von mir und Anthony hat Geoff nie etwas gewußt. Wir haben uns in

London und an Orten getroffen, wo sich Hase und Fuchs gute Nacht sagen.«

Meine ganze Welt schien in ihren Grundfesten erschüttert. Daß Anthony – dieser liebende, grenzenlos hingebungsvolle Ehemann – daß Anthony ...

»Sehen Sie, das ist es, was mich jetzt unglücklich macht«, fuhr Teddy fort und beugte sich so ernst vor, daß Oberon das Gleichgewicht verlor und beleidigt von ihrem Schoß hinunterkletterte. »Ich leide, weil ich weiß, wie unglücklich er ist, und ich kann nichts dagegen tun. Er besucht mich nicht mehr. Nie. Und ich kann nicht hinter ihm herlaufen. Das wäre nicht richtig, und es würde ihm nicht helfen. Er hat mich nie geliebt. Eine solche Närrin, daß ich mir das eingebildet hätte, war ich nie.«

»Und ...?«

»Nun ja, ich vermute, es war ihretwegen«, erklärte Teddy. »Rosie. Sie war sehr zart. Er redete so viel von ihr, fühlte sich verantwortlich für sie, aber mehr, als wäre sie seine Tochter. Er wollte nicht, daß sie schwanger wurde, die Ärzte sagten, es könnte sie umbringen. Und er ist römisch-katholisch, sie waren es beide, und hat so etwas ernst genommen.« Teddy unterbrach sich, dachte nach und sagte dann: »Ich bin nicht dagegen, daß man die Dinge ernst nimmt. Manchmal muß man das ganz einfach.«

»Also Sie denken, wenn er zu Ihnen kam, war das nur ...«

»Das ist richtig. Er wollte Rosie nicht allzuoft behelligen.«

Um ein Haar hätte ich trocken gesagt: ›Na, hoffentlich war sie ihm dafür dankbar‹, hielt mich jedoch gerade noch rechtzeitig zurück. Ganz offensichtlich war die Beziehung zwischen Rosie und Anthony absolut wolkenlos gewesen; ob sie von Teddy Marshman gewußt hatte oder nicht, ging mich nichts an.

»Aber sind Sie denn nicht ein Wahnsinnsrisiko eingegangen? Sie beide?«

»Für mich hat es sich gelohnt«, sagte Teddy kurz. Sie nahm einen Schluck von ihrem Ginger-Ale-Whisky und fügte dann nachdenklich hinzu: »Für ihn – nun ja, ich weiß es nicht. Er hat jemanden gebraucht. Und ich war so gut wie jede andere.«

Ich fand, daß sie sich zu sehr herabsetzte. Wahrscheinlich hätte die Mehrzahl der Männer Gott weiß was darum gegeben, wenn sie von ihnen gesprochen hätte wie von Anthony. Sie beugte sich wieder vor.

»Können Sie sich vorstellen, daß ich manchmal ein, zwei Stunden gewartet habe, nur um ihn am Ende der Straße vorübergehen zu sehen? Ich habe ihn auf der Victoria Station beobachtet, um ihn die Sperre passieren und in den Zug nach Affton einsteigen zu sehen. Manchmal rufe ich seine Nummer an, um ihn ›hallo‹ sagen zu hören. Dann lege ich auf. Oh, und er ist so dünn geworden und bekommt graue Schläfen. Er verzehrt sich vor Kummer, das sieht jeder. Und ich kann nichts für ihn tun. Ich glaube, er denkt, daß er durch ihren Tod bestraft werden sollte.«

»So etwas Idiotisches kann er doch nicht denken!«

Völlig benommen von dem, was ich erfahren hatte, nahm ich einen Schluck von meinem Drink. Dann erinnerte ich mich, daß Teddy zu mir gekommen war, um mich um einen Gefallen zu bitten. Wollte sie – ich zuckte bei dem Gedanken innerlich zusammen –, daß ich Anthony eine Nachricht von ihr überbrachte?

Als habe sie meine Gedanken gehört, sah sie mich wieder mit dem ihr eigenen offenen Blick an und sagte ruhig: »Natürlich waren Sie es, die er immer wollte. Das war mir klar.«

»Ich???«

»Sehen Sie es denn nicht? Wir beide sehen uns ähnlich. Seit Sie im Fernsehen aufgetreten sind, haben viele meiner Freunde mich auf diese Ähnlichkeit angesprochen. Auch Anthony hat es damals getan. Er hat oft von Ihnen gesprochen. Einmal hat er gesagt, wenn Sie ein bißchen zunehmen würden, könnten wir Schwestern sein, Sie und ich.«

»Außer daß Sie schön sind.«

»Viel von dieser Schönheit ist auf den richtigen Gebrauch von Make-up und auf gute Kleidung zurückzuführen. Sie machen nicht das Beste aus sich, wenn ich das sagen darf. Nein, er hat unendlich viel von Ihnen gehalten. Sie wissen, wie ein Mann den Namen einer Frau ausspricht, wenn er so für sie empfindet. Eine andere Frau merkt das immer.«

Sie schaute auf ihre kleine goldene, mit Brillanten besetzte Uhr, die die Form einer Himbeere hatte. »Ach, du lieber Himmel! Zehn vor neun. Da muß ich mir aber meine Rollschuhe anschnallen und losflitzen. Nun ja – das war's, was ich Ihnen sagen wollte, Schätzchen. Sie nehmen es mir nicht übel, nicht wahr? Als ich Sie im Zug sitzen sah, dachte ich: Sie sieht aus wie jemand, der leicht beleidigt ist. Warum versuchst du's nicht? Ich würde für Anthony alles tun, ehrlich, das würde ich. Aber bitte sagen Sie ihm nichts davon. Ich würde sterben, wenn er wüßte, daß ich all das zu Ihnen gesagt habe – wirklich und wahrhaftig sterben. Das bleibt unter uns beiden, ja?«

»Ja, natürlich. Ich weiß nicht – ich meine, ich weiß absolut nicht, was ich Ihrer Meinung nach für Anthony tun kann…«

Aber ich wußte es natürlich. Teddy sagte: »Alles, meine Liebe, alles, was Sie tun würden, um ihn aufzuheitern, wäre gut. Oder nicht?«

Ich sagte: »Ich würde Sie sehr gern wiedersehen. Könnten Sie nicht einmal am Abend herkommen und bei mir essen?«

»Oh, ich weiß nicht, meine Liebe.« Sie sah mich zweifelnd an. »Wohnen Sie nicht mit Ihrer Tante zusammen? Sie hätte mich wohl kaum gern um sich.«

»Im Gegenteil, ich bin überzeugt, sie hätte Sie sehr gern hier.«

»Tja, also ich weiß nicht. Wir wollen sehen.«

»Rufen Sie mich auf jeden Fall an. Hier ist meine Nummer.« Ich reichte ihr eine kleine Cuisine-Churchill-Karte: Partydienst für alle Gelegenheiten.

»Wirklich hübsch.« Sie musterte die Karte mit professionellem Blick und sagte dann beschwörend: »Sie werden über das nachdenken, was ich Ihnen gesagt habe, ja?«

»Selbstverständlich. Nur…« Nur, dachte ich, will ich ihn seltsamerweise nicht sehen. Ich liebe ihn nicht. Ich kann nicht sagen, daß ich ihn nicht mag – aber oh, das Widerstreben, der Zweifel, die Furcht, die ich fühle…

Teddy sah mich plötzlich besorgt an. »Vielleicht haben

Sie ja einen Freund? Einen Freund, dem es nicht passen würde, wenn Sie anfingen, sich häufiger mit Anthony zu treffen? Weiß nicht, warum ich daran nicht gedacht habe. Aber Ihr Mann ist tot, nicht wahr? Schon lange?«

»Nein, nein«, versicherte ich ihr. »Niemand wird sich aufregen. Ich habe keinen Freund.«

Nur Hugh, weit weg am Mittelmeer. Und er gehört nicht mir.

Ich näherte mich Anthony so zögernd, ahnungslos und scheu wie der erste von Australiens Strafgefangenen dem ersten Känguruh. Würde er wegrennen und nie wieder gesehen werden? Oder würde er sich umdrehen und mir einen Tritt geben?

Die Wahrheit war: ich war feige. Mir gefiel die Situation einfach nicht. Ich hatte Rosie auf ganz besondere Weise geliebt, Rosie, den unschuldigen Engel, und der Gedanke, daß Anthony sie sozusagen in der Phantasie mit mir betrogen hatte – falls man Teddy Glauben schenken konnte –, ging mir gegen den Strich. Es gefiel mir überhaupt nicht. Zum Teufel mit seinen angeblich edlen Motiven; schließlich war Rosie ja doch schwanger geworden; sie hatte es gewollt. Und sie war nicht an ihrer Schwangerschaft gestorben, und wenn Anthony sich schuldig fühlte, dann war das absurd. Und wenn er glaubte, sein Gott habe Rosie getötet, um ihn zu bestrafen, weil er mit Teddy Marshman ins Bett gegangen war, dann wollte ich mit einem solchen Gott nichts zu tun haben und nahm es Anthony übel, daß er an ihn glaubte. Das Ganze war ein häßlicher Wirrwarr, und ich hielt mich am besten heraus. Mir gefiel die Vorstellung nicht, daß ich, obwohl völlig schuldlos, bereits darin verwickelt sein sollte. Gewöhnlich spiele ich nicht die Rolle der fälschlich Beschuldigten und empfand daher die Ungerechtigkeit nur um so gravierender. Nicht, daß mir die Leute Vorwürfe machten. Wenn sie es getan hätten, hätte ich mich umdrehen und rechtfertigen können.

Im großen und ganzen glaubte ich Teddy. Ich mochte sie sehr. Und ich vertraute auf ihre Ehrlichkeit. Denn welche eigennützigen Zwecke hätte sie verfolgen sollen? Das Gefühl in ihrer Stimme, wenn sie von Anthony sprach, war tief und ehrlich.

Ich fragte mich, ob Anthony ihren derzeitigen Aufenthaltsort kannte, wußte, wie sich ihre Lebensumstände verändert hatten. War er über den Klatsch in Affton auf dem laufenden, vielleicht durch Schwester Kelly, die bei ihm geblieben war und ihm jetzt den Haushalt führte?

Da ich das Gefühl hatte, noch mehr erfahren zu müssen, rief ich Teddy an und lud sie zum Essen zu mir ein. Sie kam, aber nur widerstrebend.

»Es ist nicht so, daß ich ungern zu Ihnen käme, meine Liebe, und dieser Fleischeintopf – oder was immer es ist – schmeckt wirklich köstlich, doch ich halte es für besser, wenn wir uns nicht sehen. Ich möchte nicht, daß Anthony etwas erfährt und vermutet, wir steckten unter einer Decke. Männer verabscheuen die Vorstellung, sie könnten manipuliert worden sein. Sie werden natürlich manipuliert, dürfen es aber nicht merken. Das habe ich bei Geoff falsch gemacht. Jetzt wüßte ich es besser.«

»Bedauern Sie es? Würden Sie zurückgehen, wenn Sie könnten?«

Sie überlegte und sagte ernst: »Nein, nein, auf keinen Fall. Natürlich hat es mir Spaß gemacht, das alte Monmouth zu leiten, und vielleicht tue ich eines Tages wieder etwas Ähnliches – aber zurück kann man nicht, oder? Und ich würde es nie mehr ertragen, mit Geoff zu leben, selbst wenn er mich zurücknähme. Er war zu herrisch. Wirklich der reinste Tyrann. Wenn man etwas tat, ohne ihn vorher gefragt zu haben, dann wollte er es jedesmal anders. Nur um zu beweisen, daß er es am besten wußte. Es war, als müsse man den Wutausbruch eines Dreijährigen in der ersten Trotzphase beschwichtigen. Das hat Kraft gekostet. Ich genieße jetzt, daß ich tun kann, was ich will, das kann ich Ihnen sagen.«

»Und warum müssen Männer manipuliert werden?«

»Sie sind empfindlich«, sagte Teddy. »Wie Rennpferde. Nur auf Schnelligkeit ausgerichtet, nichts als lange, dünne Beine und Temperament. Und Launen. Nehmen Sie zum Beispiel ihre ständigen Streitereien untereinander. So streiten Frauen sich nicht.«

»Und wodurch sind die Männer so geworden?«

»Sie sind ganz einfach so gepolt«, sagte Teddy. »Alles muß immer schneller und schneller gehen. Etwas muß sich bewegen. Man gewinnt etwas, man verliert etwas. Denken Sie doch an diese überzüchteten Hunde ohne Kniescheiben, fast blind und ohne Geruchssinn. Geoff hatte immer King-Charles-Spaniels. Gräßliche kleine Biester – faul und empfindlich und übellaunig.«

Eine ungewöhnliche Meinung über die Gesellschaft, die mir im großen und ganzen jedoch recht stichhaltig schien.

»Und was können wir wegen der Männer tun?«

»Das dürfen Sie mich nicht fragen«, sagte Teddy. »Ich bin kein Genie. Wir müssen sie gut füttern – wie Sie es tun – und sie bei Laune halten, nehme ich an. Und die Scherben wegräumen, wenn sie anfangen, mit Sachen um sich zu schmeißen.«

Ich kehrte zu unserem besonderen Problem zurück.

»Weiß Anthony, wo Sie jetzt wohnen?«

»Er weiß nicht einmal, ob ich noch lebe«, sagte Teddy. »Es interessiert ihn auch nicht, würde ich sagen. Wir haben uns kurz nach ihrem Tod zum letzten Mal getroffen. Und wegen meiner Scheidung habe ich mich total von ihm ferngehalten. Ich wollte nicht, daß Geoff in dieser Richtung herumschnüffelte. Und jetzt möchte ich mich weiterhin von ihm fernhalten. Wie gesagt, will ich nicht, daß mein Name erwähnt wird. Also vergessen Sie einfach, was ich Ihnen erzählt habe, ja? Vergessen Sie, daß Sie mich je gesehen haben.«

»Leichter gesagt als getan.«

»Ich bitte Sie! In Ihrem Leben passiert so viel. Die Fernsehshows, und Sie haben die Königin kennengelernt und bei der Konferenz die vielen Premiers. Sagen Sie mir bloß nicht, es sei ein Problem für Sie, die alte Teddy zu vergessen.«

Sie wickelte sich in ein pflaumenblaues Cape mit goldenen Schließen und musterte sich im Spiegel, prüfte sorgfältig und sachkundig ihr absolut makelloses Gesicht.

»Bitte rufen Sie mich nicht mehr an. Heitern Sie Anthony auf, das ist Ihre kleine Aufgabe.« Und Teddy empfahl sich, mit einem Winken der elegant behandschuhten Hand.

Mir gefiel diese Art der Berechnung, der Manipulation nicht. Ich habe viele verrückte, ja geradezu idiotische Dinge getan, aber immer spontan, aus dem Stegreif. Ich hätte nie im Traum daran gedacht, George oder Hugh oder Dan oder Rico oder Reggie zu manipulieren; Arthur und alle übrigen ebensowenig. Sie hatten ihre Art, ich die meine, und wir respektierten gegenseitig unsere Unabhängigkeit. Ich liebe die Ehrlichkeit. Es gefiel mir nicht, daß ich Anthony etwas verheimlichen sollte. Etwas, das ich über ihn wußte und von dem er nicht ahnte, daß ich es wußte.

Doch ich hatte Teddy mein Wort gegeben. Aber warum rege ich mich eigentlich so auf? dachte ich. Wenn er innerlich so erstarrt ist, wie Teddy meint, komme ich vermutlich nie an ihn heran. Und das wäre vielleicht am besten.

Schließlich gelang es mir eines Abends, ihn telefonisch zu erreichen. Ich lud ihn zum Lunch ins Watch Cottage ein und sagte, ich brauche seinen beruflichen Rat.

»Kannst du nicht zu mir ins Büro kommen?« Er schien müde, war schroff, an mir und meinen Problemen völlig uninteressiert. »Ich habe im Moment eine Menge zu tun.«

»Es sind nur fünf Minuten zu Fuß, Anthony, und wenn ich den Lunch fertig habe, ist es keine Zeitverschwendung für dich.« Und es wird ein besserer Lunch sein, als du ihn gewöhnlich bekommst, dachte ich. »Der Punkt ist, daß du mein Problem sehen sollst, es ist hier, direkt vor meinem Fenster.«

»Na schön.« Das klang alles andere als höflich. Ich dachte fast, er werde nicht erscheinen. Aber er kam, ziemlich spät, und sah müde und gereizt aus. In einem eisgekühlten Krug hatte ich einen Drink für ihn vorbereitet, Wodka mit Gurke, den Rosie immer für ihn gemixt hatte, und er trank durstig ein Glas, ohne ein Wort dazu zu sagen.

Wir saßen uns schweigend gegenüber. Ich hatte es nicht eilig, ihm mein Problem aufzutischen, und er sah aus, als brauche er ein bißchen Ruhe. Ich dachte, was Ärzte und Anwälte im allgemeinen für eine unangenehme Aufgabe zu bewältigen hatten: Dauernd müssen sie Löcher stopfen, versuchen, die dummen Fehler der Leute auszubügeln. Rechtssysteme – wir haben ja keine Ahnung, was für ein Spinnennetz uns umgibt, bis wir uns hineinverstricken, irgendwie gegen irgendein Gesetz verstoßen. Wir sind wie Kinder, die in einem Minenfeld Himmel und Hölle spielen.

Es ist leicht, Pionier zu sein: in die Wildnis zu ziehen, alle alten, unangenehmen Verpflichtungen und mißlungenen Projekte zurückzulassen, den Boden in einer neuen Umgebung zu roden, wo nur wichtig ist, daß man überlebt, wo man nutzt, was man gerade zur Hand hat, und improvisiert. Das macht jedem Spaß. Man klaut den armen Eingeborenen ein bißchen Land und bekommt wahrscheinlich von der Regierung eine Besitzurkunde dafür. Vielleicht beendet man seine Tage in Glanz und Gloria als Gouverneur oder Vizekönig des besetzten Territoriums. All das ist ein reines Vergnügen. Neuland zu erobern ist ein Triumph – aber alte Gemäuer zu reparieren ist langweilig. Nur wenige Menschen beschäftigen sich gern mit wiedererstandenen Problemen, bleiben an derselben Stelle stehen und wissen, daß in den nächsten Jahren die gesamte Installation erneuert werden muß. Genau das tun Anwälte und

Ärzte für uns, wenn unsere Angelegenheiten aus dem Ruder laufen.

Ist die Welt deshalb ein so heilloses Durcheinander? fragte ich mich. Weil es keine unentdeckten Orte mehr gibt, der Pioniergeist allmählich ausstirbt?

Unten in der Küche rief mein Kassettenrecorder: »Der Lunch ist in drei Minuten fertig«, und ich sagte zu Anthony: »Wir essen in der Küche, dort ist es gemütlicher, und man spart Zeit. Nimm deinen Drink und den Krug mit, wenn du noch etwas willst. Aber wir haben auch Wein.«

Ich hatte eine Fischpastete gemacht, weil mir eingefallen war, daß Freitag war und Anthony streng nach kirchlichen Geboten fastete, obwohl die Katholiken diese Beschränkungen inzwischen gelockert hatten. Shrimps, Steinbutt und Pilze waren mit einer köstlichen gebutterten Kruste aus Kartoffelbrei überbacken, und dazu gab es gegrillte Tomaten mit frischem Basilikum.

»Danke, daß du meine papistischen Neigungen berücksichtigt hast«, sagte Anthony, und die Atmosphäre war nicht mehr ganz so eisig.

»Die Knoblauchbrote sind jetzt fertig«, erinnerte der Kassettenrecorder freundlich, und ich nahm sie aus dem Rohr.

»Da hast du aber ein raffiniertes System«, stellte Anthony fest. »Ich hatte keine Ahnung, daß es so etwas gibt. Wo hast du es her?«

»Ich hab's erfunden, denke ich. Ein Mann hat es nach meinen Ideen gebastelt. Es besteht aus einem ganz gewöhnlichen Kassettenrecorder und einer Küchenuhr. Wir haben auch in unserer Firmenküche so ein Ding.

Wenn man viele Speisen gleichzeitig kocht, nützt einem eine einzige Zeituhr, die sich nur mit einem leisen Ping meldet, gar nichts. Man weiß ja nicht, ob man das Brot aus dem Rohr holen oder mehr Butter in die Soße tun oder die Marmelade rühren soll. Wir benutzen daher diese Kassetten-Timer und sprechen jeweils vorher unsere Informationen auf Band, so wie wir sie brauchen. Das bewährt sich sehr, wenn zwei oder drei Leute miteinander arbeiten und vielleicht ein und aus gehen. Jeder weiß immer, was er zu tun hat.

Wenn ich allein bin, benutze ich das Gerät häufig auch dafür, mir während des Kochens Schritt für Schritt ein neues Rezept zu diktieren. Man kann nicht schreiben, wenn man die Hände fettig oder mit Fischschuppen bedeckt hat. Du weißt«, setzte ich hinzu, weil Anthony vermutlich durch und durch der Prototyp eines englischen Mannes war, der kulinarische Aktivitäten strikt seiner Frau überließ und gar nichts wußte, »du weißt doch, daß man manchmal mitten im Kochen eine zündende Idee hat; du gibst eine halbe Avocado hinein, die zufällig herumliegt, oder den Rest aus der Flasche Port oder ein Stückchen Schokolade oder Hühnerbrühe. Später aber weißt du nicht mehr, was es war, das der Speise diesen besonders köstlichen Geschmack gegeben hat. Oder den besonders widerwärtigen, weil ja auch mal was danebengehen kann. Jemand diktiert: ›Ich tue Orangenschalen in die Rühreier‹, und jemand anders fügt später hinzu: ›Tu das bitte nie wieder, sie haben scheußlich geschmeckt.‹«

Ich unterbrach mich, weil das wohl krampfhaft witzig und albern geklungen hatte. Aber Anthony, der hungrig seine Fischpastete verschlang, meinte nur: »Du solltest deinen Kassetten-Timer patentieren lassen. Vielleicht könntest du damit ein Vermögen verdienen.«

»Wenn ich mich je dazu entschließe, lasse ich mich von dir beraten.«

Wieder wurde es still zwischen uns, doch diesmal war die Stille nicht so angespannt. Der Tag war schön. Rautenförmig fiel das Sonnenlicht durch das Fenster. Aus irgendeinem Grund dachte ich, an *We Are Seven;* Wordsworths* kleines Cottage-Mädchen, das seinen kleinen Suppennapf ans Grab von Bruder und Schwester mitnahm, um dort sein Abendbrot zu essen. Ich bevölkerte meine gemütliche Küche mit George, Rosie, Dan, Ferdi Kundera und Ingrid Christ. Wie anders wäre dieser Lunch, wenn sie alle hier wären, dachte ich. Dan würde sich in literarische Streitgespräche mit George stürzen, Rosie würde Ferdi, dem Ausländer, himmlische Güte zuteil werden lassen; Ferdi würde ein paar Takte von Telemann summen, George die Bücherregale inspizieren. Und Ingrid Christ – was würde sie tun? Ihre Gedichte vor meinem Kassetten-Timer rezitieren?

Mein meergrünes Bett, mit sieben Liebsten hab ich's geteilt,
drei hab ich leichten Herzens verlassen, ach,
doch vieren weine ich nach.

Schau, golden schimmert schon das Maiengrün,
ein Leichentuch wirft übers Tal der Wind,
wo sie begraben sind...

* William Wordsworth: englischer Dichter, 1770 – 1850. (A. d. Ü.)

Der Tod ist wie ein Sog, der einen hinunterzieht; wenn Menschen, die man kennt, vor der Zeit sterben, zieht er einen Teil von uns nach. Oder ein Teil von ihnen bleibt in uns. Freud sagte doch, daß man seine toten Freunde und Verwandten introjiziert und im Gewölbe seines Unterbewußtseins mit sich umherträgt. Ich bin mit Freudschen Hypothesen nicht immer einer Meinung, zum Beispiel, was den Penisneid angeht (du meine Güte, wer möchte schon so ein Ding haben, das nie zur richtigen Zeit funktioniert, die unzulänglichste Installation, die je erfunden wurde?); auch der Ödipuskomplex ist mir suspekt (Freud hätte meinen Vater kennen sollen!), aber in seinem Essay über Trauer und Schwermut hat er den Nagel auf den Kopf getroffen. Thomas Hardy trug seine toten Ehefrauen wie Rucksäcke mit sich herum. Wir stecken ineinander wie eine Reihe hölzerner Matrioschkas, einer im anderen, immer weiter und weiter zurück und zurück und zurück bis zu unseren frühesten Ahnen.

Käse oder Nachtisch lehnte Anthony ab. Er hatte abgenommen, stellte ich fest, und er rauchte viel zuviel. Ich setzte Kaffee auf, stellte die Zeituhr ein und schlug ihm vor, wieder hinaufzugehen und die Aussicht zu genießen.

»Und was hast du für ein Problem?« fragte er gleichgültig, während er seinen abgegessenen Teller zur Spüle trug.

»Du hast es direkt vor dir.« Das Fenster über dem Spülbecken blickte auf den Castle Mound hinaus. Im Augenblick waren etwa acht Schweine zu sehen, kleine, fette schwarze Klumpen oder übergroße Monster, die auf dem schlammigen Abhang zwischen den Überresten der Dornbüsche wühlten und umherstapften.

Ich öffnete das Fenster, und sofort stank es Übelkeit erregend nach Schweinemist, der so süßlich riecht wie verwesendes Aas.

»Pfui!« sagte Anthony. »Mach um Himmels willen schnell das Fenster wieder zu!«

»Wenn es schon in einem kühlen Frühling so ist, wie, denkst du, wird es im Hochsommer sein? Und schau dir mal an, wie der Hügel aussieht. Früher war er grün und wunderschön. Ich habe bei der Polizei angefragt, ob das ein öffentliches Ärgernis ist, doch man hat mir gesagt, da müßten sich mindestens fünf Leute beschweren. Aber wenn doch meine Fenster die einzigen mit Blick auf den Castle Mound sind. Obwohl man annehmen müßte, daß die Häuser weiter unten an der Straße auch etwas von dem Gestank abbekommen. Es muß doch eine Verordnung geben, die besagt, daß Schweine nur gehalten werden dürfen, wo für andere keine Geruchsbelästigung entsteht.«

Anthonys Gesicht hatte, während er sprach, einen abweisenden, kalten und berechnenden Ausdruck angenommen.

»Leider«, sagte er, und mir rutschte das Herz in den Magen bei seinem Ton, »leider weiß ich, wer das Land gepachtet hat. Wahrscheinlich gehören die Schweine ihm …«

»Ach, wirklich? Wer ist es?«

»Marshman, der Besitzer des Monmouth Hotels. Das Land reicht bis zu den Parzellen hinter dem Parkplatz des Monmouth.«

»Ach, du lieber Gott!« sagte ich zutiefst bestürzt. Diese Möglichkeit hatte ich nie in Betracht gezogen. Durch die Breite der Monmouth Street und die großen Bäume merkt man gar nicht, wie scharf es dort um die Kurve geht. George Marshman, der Exmann von Teddy; ja, ich sah ein, daß das ungewöhnlich peinlich werden konnte. Meine heimliche Kenntnis von Anthonys Affäre mit Mrs. Marshman machte mich innerlich ganz flattrig. Ich erwartete fast, daß mein Kassettenrecorder im nächsten Moment mit einem Poltergeist-Rap loslärmen würde.

»Er ist in jeder Beziehung ein äußerst schwieriger Mann«, sagte Anthony. »Bekommt beim geringsten Anlaß einen Wutausbruch. Ist nachtragend. Kann sehr unangenehm werden. Selbst wenn du vor dem Gesetz im Recht wärst, hielte ich es für falsch, sich mit ihm anzulegen. Wenigstens solltest du es dir vorher gut überlegen. Er könnte dir alle möglichen Knüppel zwischen die Beine werfen, wenn du ihn dir zum Feind machst. Als Besitzer des Monmouth ist er mit dem halben Stadtrat befreundet.«

Ich kämpfte mit widerstreitenden Impulsen. Der kämpferische Teil meines Ichs wollte natürlich rufen: Soll er's doch versuchen, zum Teufel! Warum sollte ausgerechnet er seine stinkenden Schweine praktisch in meinem Hinterhof halten dürfen?

Aber ich dachte an Teddy Marshman, dachte an Rosie und unterdrückte meine Empörung. Offensichtlich wollte Anthony auf keinen Fall in eine Auseinandersetzung mit Geoffrey Marshman verwickelt werden. So sorgfältig die alte Beziehung auch geheimgehalten worden sein mochte, vielleicht war damals doch irgendeine Andeutung, eine Bemerkung gefallen; wenn Anthony mich anwaltlich gegen den beleidigten Ehemann vertreten würde, könnte das die Wirkung einer glimmenden Lunte an einem Pulverfaß haben. Ich wünschte von ganzem Herzen, ich hätte Anthony in dieser Sache nie um Rat gefragt, und hatte das Gefühl, mich dadurch selbst ausgetrickst zu haben.

Wie in aller Welt, dachte ich, Anthonys arrogantes, düsteres Gesicht betrachtend, konntest du so verrückt und unbesonnen sein, dich in eine Affäre mit der Frau eines solchen Mannes einzulassen? Noch dazu in deiner Heimatstadt? Und als Anwalt? Dann überlegte ich mir, wie stolz die beiden auf ihre Gewitztheit, um nicht zu sagen, Hinterhältigkeit gewesen sein mochten, wie groß ihr Triumph, weil das Geheimnis so erfolgreich gewahrt worden und nicht das geringste durchgesickert war. Als Marshman sich scheiden ließ, wurde als Scheidungsgrund ein Versicherungskaufmann aus Leeds genannt. Teddy schien, nachdem Anthony sie verlassen hatte, ein wenig sorglos geworden zu sein und ihre Spuren nicht mehr sorgfältig genug verwischt zu haben. Vielleicht war ihr auch alles egal, nachdem sie Anthony verloren hatte.

Die alte Miss Crutchley von nebenan, eine leidenschaftliche Leserin der *Affton Gazette* und meine Direktleitung zum Stadtklatsch, hatte mir ein paar Einzelheiten erzählt.

»Sind zusammen im White Rock Hotel in Hastings abgestiegen, frech wie Oskar. Sie – Mutter von drei kleinen Mädchen. Geoff Marshman war so wütend, sagt man, daß er mit einem Tranchiermesser hinter ihr her ist.«

Vielleicht war der Kaufmann aus Leeds Teddys Fluchtweg aus einer unerträglichen Situation. Dachte Anthony noch an sie? Fragte er sich, was aus ihr geworden war? Vermißte er sie?

Ich dachte daran, daß Teddy gesagt hatte: »Er hat von Ihnen gesprochen. Eine andere Frau merkt es immer.« Von diesen Gefühlen hatte ich bis jetzt nichts bei ihm entdeckt und war eigentlich erleichtert. Falls er sich irgendwann einmal eingebildet haben sollte, er habe eine Schwäche für mich, hatte sich dieses Gefühl wahrscheinlich nach Rosies Tod verflüchtigt, war an Unterernährung eingegangen. Was mich von jeder Verpflichtung für sein Wohlergehen befreite. Oder nicht?

»Kaffee ist fertig«, meldete der Küchenrecorder. Ich stellte die Kanne und zwei Tassen auf ein Tablett und sagte zu Anthony: »Vergiß die Schweine. Denk nicht mehr an sie. Ich hatte natürlich keine Ahnung, daß sie Marshman gehören. Angeblich ist der ungefähr das Letzte, ein verdammt gemeiner Typ. Ich habe keine Lust, eine Menge Staub aufzuwirbeln, um zu beweisen, daß er ist, was er ist. Ich will versuchen sie lieben zu lernen.«

Natürlich hatte ich nicht die Absicht, aber mein Hauptziel war jetzt, Anthony aus der Sache herauszuhalten.

»Nimm den Zucker mit, wenn du den Kaffee süß trinkst«, sagte ich und dachte, als ich die Treppe hinaufstieg: Ich werde es beim Debattierklub, der Historischen Gesellschaft, der Botanischen Gesellschaft versuchen – es muß in der Stadt eine Vereinigung geben, die die Schweine genauso anstößig findet wie ich. Zuerst jedoch wollte ich einen höflichen Brief an Marshman selbst richten; es konnte nicht schaden, wenn ich die Angelegenheit direkt anging. Erst wenn das nichts half, würde ich zu anderen Mitteln greifen.

Oben im Wohnzimmer goß ich den Kaffee in die Tassen

und mußte an Rosie denken, die in dem Sessel gesessen hatte, in dem jetzt Anthony saß, Apfelsaft getrunken und sich mit Tante Thisbe unterhalten hatte. Warum konnte ich Anthony nicht sagen, wie sehr ich Rosie noch immer vermißte, wie unendlich leid es mir tat, wie verzweifelt ich um George litt und was für eine gefährlich einsame Sache das Leben zu sein schien, jeder von uns gestrandet, allein in den Brechern einer stürmischen See ums Überleben kämpfend? Warum konnten Anthony und ich nicht miteinander trauern, einander trösten, anstatt hier zu sitzen und wie Fremde steif Konversation zu machen?

Ich wünschte, wir wären irgendwo in einem Heufeld, weit entfernt von jeder menschlichen Behausung. In einem Heufeld spricht es sich immer viel leichter.

Anthony schaute auf seine Uhr.

»Oh, es gibt da noch etwas«, sagte ich und erzählte ihm von Georges Testament und daß ich das Geld Chris' ›Stiftung für das Seewesen‹ geben wolle. Anthony schien ein wenig erstaunt, daß George mir etwas vererbt hatte, machte sich jedoch ein paar Notizen und sagte, er werde sich um die Sache kümmern. Dann stand er auf, um zu gehen, und ich hielt ihn nicht zurück.

An der Haustür bedankte er sich höflich für den köstlichen Lunch.

»Den kannst du öfter haben«, sagte ich. »Am Freitag bin ich fast immer hier. Du weißt, daß du willkommen bist.«

»Das ist zwar sehr freundlich von dir, aber ich komme lieber nicht«, sagte er. »Die Leute klatschen, wie du weißt. In einer Stadt wie dieser machen Klatschgeschichten erstaunlich schnell die Runde. Wir müssen beide an unsere gesellschaftliche Stellung denken. Nun, vielleicht gibst du nichts darauf – aber du solltest. Ich kann es mir leider nicht leisten, daß man über mich redet. Ein Jammer, aber so ist es nun mal.«

Das Lächeln, mit dem er diesen kleinen Vortrag beendete, flackerte nur leicht, erreichte nicht einmal seine Wangenknochen, geschweige denn seine Augen. Dann machte er so etwas wie eine Abschiedsgeste und ging den steilen Hügel hinunter, wobei er es vermied, durch Vorhänge zu schauen, hinter denen neugierige und kritische Nachbarn lauerten; er blickte weder links noch rechts, sondern nur starr geradeaus und ließ mich sprachlos und völlig verwirrt auf meiner Schwelle zurück.

9

Was ich vernahm, war himmlischer Erguß…

Wie wenig kenne ich doch vom Wissen der Jahrhunderte. Was für einen winzigen Bruchteil dieses gespeicherten Wissens habe ich geerbt. Manchmal komme ich mir unwissend vor wie ein Wurm, wenn ich auf dem Weg zu Literatur oder Hauswirtschaft durch eine Bibliothek eile und mir der riesigen Bücherberge bewußt werde – Naturwissenschaften, Kunst, Philosophie, Theologie, Fremdsprachen und alle anderen von mir ungelesenen Disziplinen links und rechts – und mir alle anderen Bibliotheken in der ganzen Welt vorstelle, die lebenden und die toten Sprachen, die für mich Rätsel sind und bleiben werden, die Werke über Geschichte und Ethnologie, zwei Wissensgebiete, in denen ich völlig ungebildet bin, die unbekannten Künste, die ungeöffneten Klassiker. Irgendwie, das ist wahr, gelingt es mir, ohne dieses Wissen auszukommen; ich lese ein paar Bücher, führe ein paar Gespräche, koche ein paar Mahlzeiten. Wozu also braucht man Wissen tatsächlich? Wie erwirbt man es? Wer nutzt es und zu welchem Zweck?

Daran mußte ich wieder denken, als ich inmitten von Georges Büchern kniete und Chris half, sie in Kisten zu packen. *Si monumentum requiris, circumspice,* dachte ich, während ich Latein, Griechisch, Hindu, Hebräisch, Dante,

Cervantes, Villon, Montaigne, Bacon, Heidegger, Goethe, isländische Sagas, Lévi-Strauss, Beowulf, Plutarch und Darwin in die Kisten stapelte. Die leichteste Lektüre in dem Haufen schienen Flaubert und Henry James zu sein. Und natürlich Jane Austen. Chris stiftete alles der Bibliothek der Londoner Universität; ihre eigenen Bücher hatte sie in ihrem Arbeitszimmer. Sie plante einen kleinen Umbau und wollte einen Teil des Hauses als Wohnung mit separatem Eingang vermieten.

Die Sachen eines Toten zu ordnen ist eine gräßliche Aufgabe. Dan, der nichts als ein Feldbett und einen Zinnkoffer voller Papiere hinterlassen hatte, hatte es mir leichtgemacht, das merkte ich jetzt.

Elly und ich hatten Chris gedrängt, noch eine Weile zu warten und nichts zu überstürzen. Nachdem eine nicht vorhersehbare Zeit verstrichen ist, beginnen sich unsichtbare Bande im Innern zu lösen. Jetzt, sagt dann eine innere Stimme, jetzt kannst du die Kleider weggeben; jetzt die Muscheln und die Tannenzapfen, die er gesammelt hat; jetzt die Bücher, die Briefe ... Jetzt die Gitarre.

Aber Chris wollte nicht warten, sich nicht den natürlichen Gesetzen unterwerfen; sie stürzte sich geradezu in die Trauer, wollte das furchtbare Phänomen hinter sich bringen, damit fertigwerden, es sollte vorbei sein, sie wollte nicht mehr daran denken; es war ein Versuch, der natürlich scheitern mußte und für den sie später würde bezahlen müssen.

Als ich zu ihr kam, um ihr zu helfen, stellte ich fest, daß sie irgendwie merkwürdig und angespannt war. So hatte sie zum Beispiel einen umfangreichen Lunch für mich vorbereitet – für Chris etwas ganz und gar Ungewöhnliches. Außerdem befand sich das Haus – wenigstens die Küche – in einem Zustand kalter, unnatürlicher Sauberkeit. Chris war schon immer von einer geradezu dämonischen Ordnungsliebe, die an Besessenheit grenzte; sie ordnet die Dinge nach einem geheimnisvollen System, das nur sie versteht, Tomaten in Reihen, vier Teelöffel auf jeder Seite eines Kerzenleuchters, Bleistifte unter der Uhr, die Schere in einem alten Handschuh. Alles wirkt auf den ersten Blick ordentlich, diszipliniert und sauber; erst wenn man näher hinsieht, bemerkt man die Staubschicht, das Fehlen eines rationalen Plans.

Doch bei dieser Gelegenheit schien das Haus auch nach allgemeinen Maßstäben sauber, und Chris selber, mager, braun und nervös, war unverkennbar leicht betrunken.

Beim Lunch gab sie sich außerordentlich zerstreut und begann nach dem Essen hoffnungslos in dem Riesenstapel von Georges Grammophonplatten herumzusuchen, diesem wahren Berg aus Musik, die er geliebt hatte und die jetzt stumm war, zu einer rein formalen Struktur geworden. Chris hört kaum einmal Musik, wenn sie allein ist, und sagte, sie werde nur ein paar Platten behalten und den Rest weggeben. Aber ich sah, daß Monate vergehen konnten, ehe sie sich entschieden hatte.

»Warum wartest du nicht eine Weile, Chris?«

»Weil ich dieses Zimmer leer haben will.«

»Warum gehst du dann nicht einen Stapel nach dem anderen systematisch durch...«

»Dräng mich nicht!« fauchte sie mich an. »Ich muß es auf meine Weise tun.«

»Natürlich. Ich dachte nur ...«

»Hör hier bloß auf zu denken. Geh in die verdammte Küche, und denk dort. Wenigstens dort dürfte es für dich zivilisiert genug sein. Müßte es eigentlich. Ich hab mir heute vormittag die Seele aus dem Leib geschwitzt, um so sauberzumachen, daß es deinen Vorstellungen von hausfraulicher Vollkommenheit entspricht.«

»Chris! Um Himmels willen!«

Jetzt verstand ich ihren Zustand fiebriger Erschöpfung. Ich war entsetzt.

Ich hatte manchmal das Gefühl, dafür sorgen zu müssen, daß mein Haus für irgend jemanden blitzblank aussah; so geht es uns doch allen, oder? Aber zu denken, daß jemand – und noch dazu meine beste Freundin – es für nötig hielt, es für mich zu tun, war ein Schock für mich.

»Du hättest deine Zeit nicht damit vergeuden sollen, und dazu hast du noch eingekauft und den Lunch zubereitet ...«

»Nun, du wolltest mir bei dieser scheußlichen Arbeit helfen, es war also das wenigste, was ich tun konnte«, sagte Chris zitternd und brach in Tränen aus.

Ich bahnte mir einen Weg durch die Canyons von Schallplatten, nahm sie in die Arme und verschmierte ihr das Gesicht mit Staub und Schmutz.

»Du bist eine Riesenidiotin. Was macht es mir schon aus, wenn in deiner Küche auf allem eine zentimeterdicke Fettschicht liegt, wenn du es so in Ordnung findest. Schließlich hab ich schon mal mit dir zusammen gewohnt, oder? In der Beaufort Street hast du dich um meine hausfraulichen Maßstäbe nie gekümmert.«

Aber es traf zu, daß viele ihrer Gewohnheiten mich damals an den Rand des Wahnsinns getrieben hatten. »Ich tu das nur zum Aufweichen rein«, sagte sie hoffnungsvoll, versenkte haufenweise und wild durcheinander schmutzige Teller, Töpfe und Pfannen in der Küchenspüle in kaltes Wasser, was überhaupt nichts nützte, und ging dann seelenruhig ins Bett. Wer letzten Endes das ganze Zeug spülen mußte, wußte ich nur allzugut, auch wenn es Chris und ihre Freunde gewesen waren, die es benutzt hatten. Ab und zu zog Chris lässig einen Teppichbesen auf dem Wohnzimmerteppich hin und her. Das war ungefähr die ganze Hausarbeit, die sie verrichtete. Spielte dieser Aspekt, fragte ich mich, während ich sie weiterhin im Arm hielt und tröstete, spielte dieser Aspekt unseres Lebens in der Beaufort Street eine Rolle bei meiner überstürzten Heirat mit dem peinlich ordentlichen Dan mit seiner Metallkiste und seinem Klappbett? Ich konnte Chris aus der Ferne viel besser lieben, wo ihr Intellekt viel heller leuchtete, und ihre persönlichen Marotten (zum Beispiel im gemeinsamen Wohnzimmer ständig nasse Unterwäsche aufzuhängen) waren bedeutungslos.

»Hör jetzt auf zu weinen, es hilft nicht. Verstopft dir nur die Nasenhöhlen. Gehen wir in deine blitzblanke Küche, und trinken wir ein Glas Cognac. Dann stürzen wir uns auf die Platten und sortieren sie aus. Ich bin mit dem Wagen da und kann sie ins Altenheim mitnehmen.«

»Okay«, sagte Chris schnüffelnd. Doch bei Kaffee und Cognac kam sie wie besessen immer wieder auf das Thema zurück. »George hat mich auch für eine Schlampe gehalten.«

»Das ist nicht wahr!«

»Doch, das hat er – weil er aus einem jener europäischen Länder kam, wo es Tradition ist, daß die Frauen ständig die Federbetten aus dem Fenster schütteln. Tatsächlich hat er die englischen Gewohnheiten ziemlich schmutzig gefunden. George und ich«, setzte sie hinzu, »haben an dem ›Die Spitze-des-Eisbergs-Syndrom‹ gelitten.«

»Woran bitte?«

»Ach, du weißt schon: Du triffst den Vertreter einer anderen Gruppe – der französischen oder chinesischen Köche oder jemanden aus der Gruppe der Musiker –, und du verliebst dich in einen von ihnen, weil seine Eigenschaften sich so interessant von deinen unterscheiden. Du übersiehst, daß das, was du für individuelle Züge gehalten hast, tatsächlich Charakteristika der ganzen Gruppe sind. Du denkst, alles, was sie sagen, ist hinreißend charmant und witzig, und dir ist nicht klar, daß in dem riesigen geographischen Gebiet die ganze Bevölkerung so spricht. Es ist, als kaufe man sich auf einem Markt eine wundervolle Neuheit – und im Weitergehen sieht man, daß es an den anderen Ständen noch Dutzende von den Dingern gibt, und zwar haargenau die gleichen. Manchmal dauert es Jahre, ehe man es merkt...«

»Laß das gefälligst, Chris. Bis zu einem gewissen Punkt verstehe ich, was du meinst, aber, verdammt noch mal, ihr habt euch doch geliebt, sehr geliebt, George und du. Du warst für ihn ein Wunder der Natur, von deiner Intelligenz hat er in einem Ton staunender Ehrerbietung gesprochen, als ob – als ob er eine unbezahlbare Perle aufgehoben habe, die mitten auf einem öffentlichen Weg gelegen hatte...«

»Ja, aber am Ende«, sagte sie schluchzend, »haben seine wahren Gefühle die Oberhand gewonnen. Er duldete mich nicht in seiner Nähe, behauptete, daß meine Füße ganz gräßlich nach nassem Filz riechen …«

»O Chris, du weißt doch, daß er während der letzten Monate nicht normal war.«

Es ist doch seltsam, dachte ich, wie Paare anfangs oft ihr Leben gegenseitig zu öffnen scheinen und es später wieder einengen, weil jeder sich in seine eigene Sphäre zurückzieht und die Ausgänge des anderen blockiert.

Chris sagte: »George hat mich oft auf eine vernichtend schreckliche Weise angesehen, mit schmalen Augen, ohne ein Wort zu sagen. Eines Tages habe ich es nicht mehr ausgehalten und ihn für eine Weile verlassen …«

»Das wußte ich ja gar nicht.«

»Oh«, sagte sie schniefend, »es waren nur drei Wochen. Dann hab ich's ohne ihn nicht mehr ausgehalten und bin zurückgekommen. Er jedoch schien nicht einmal gemerkt zu haben, daß ich weggewesen war, und das war es, was mich erschreckte.« Ihre Augen schwammen wieder in Tränen; sie wirkten riesig, wie große, kostbare graue Steine. Ärgerlich nahm sie die Brille ab. Sie hatte es schon ein paarmal mit Kontaktlinsen versucht, doch ihr war so oft mit ihnen ein Malheur passiert – sie hatte sie die Toilette hinuntergespült, mit dem Staubsauger aufgesaugt, in die Suppe fallen lassen. Daher kehrte sie immer wieder zur Brille zurück. »George hat in den letzten sechs Monaten ein Gespensterleben geführt«, sagte sie, ihre starken Brillengläser polierend. »Er erlebte selbst überhaupt nichts mehr. Er las keine Bücher, ging nicht ins Theater – las nur

Kritiken. Er mied den direkten Kontakt mit Menschen, telefonierte nur. Las nicht einmal mehr die Zeitung, nur noch Nachrichtenüberblicke. Als ich ihn fragte, warum, sagte er, er wisse genug von der Welt, kenne seine Freunde zu gut, es gebe keine Überraschungen mehr für ihn.«

»Er wußte, daß er nicht mehr viel Zeit hatte.«

»Er brauchte immer länger, um Entscheidungen zu treffen.«

»Wie der alte Oberon.«

Ich dachte an den Schatten des alten Katers hinter der Glastür. Hielt sich auch Georges Schatten irgendwo in diesem Haus auf und versuchte zu entscheiden, was er mitnehmen und was er zurücklassen sollte?

»Manchmal brach er morgens ins Büro auf, kam aber gleich wieder zurück und legte sich ins Bett. Ohne erkennbaren Grund. Am nächsten Tag ging er weg wie gewöhnlich. Einmal habe ich ihn gefragt, ob er sich krank fühle, und er bekam einen Wutausbruch. Fuhr mich an, ich solle keine dummen Fragen stellen.«

»Natürlich war er krank.«

Doch ich bewahrte mir eine Spur Mitgefühl für George. Ich wußte, wie ungeschickt und unbeholfen Chris mit Kranken umging. Sie kam, blieb unbehaglich an der Tür stehen, vom Bett so weit entfernt wie möglich, während der Kranke sich in den Fängen einer schweren Grippe ruhelos hin und her warf oder sich vor Migräneschmerzen krümmte. Phantasielos, wohlmeinend, aber verblüfft, fragte sie: »Willst du irgend etwas?« Und das in einem Ton, der nur eine verneinende Antwort zuließ, weil sie hoffte, die Krankheit werde von selbst wieder verschwinden.

Vielleicht war es ganz gut, daß sie keine Kinder hatten. Obwohl ich mich schmerzlich daran erinnerte, wie George mir gesagt hatte: »Weißt du, ich bin steril, Clytie. Ein Jammer, wie? Es wird nie einen ganzen Stamm kleiner Georges geben, die sich mit dem Aqua-Turnier vergnügen. Als ich es Chris sagte, hat das arme Mädchen die ganze Nacht geweint.«

Auf seinem Gesicht hatte sich ein merkwürdig gefaßtes und nachdenkliches Lächeln gezeigt, das mich damals tief beunruhigte. War er sich ihrer im Grunde nie sicher gewesen? fragte ich mich. Hatte er das Gefühl, daß sie, ihr innerstes Wesen, ihm in dem ordentlichen, unromantischen, professionell arrangierten Ablauf ihrer Ehe irgendwie abhanden gekommen war und er ihrer nur durch einen solchen Schlag habhaft werden konnte, wie er ihn ihr mit diesem Geständnis versetzt hatte?

Nachdem die Grammophonplatten aussortiert waren und ich eine Ladung ins Altenheim gebracht hatte, beschäftigten wir uns mit den Papieren. Während ich mich durch den riesigen, unordentlichen Haufen in Georges Arbeitszimmer durchwühlte, stieß ich auf ein Gedicht von Ingrid Christ mit dem Titel *Schlittenfahrt*. Ich hatte gemerkt, daß es fehlte, als er mir die Gedichte zurückgab, aber ich hatte einen Durchschlag und ersetzte es. Jetzt fragte ich mich, ob George es absichtlich oder rein zufällig behalten hatte. Es war ein frühes Gedicht und zu abgehackt, wie ich meinte.

»Sie war wirklich vom Tod besessen, dieses Mädchen«, sagte Chris, die mir über die Schulter schaute und mitlas.

Wir müssen los,
der Abstieg, er
ist immer schwer,
die Mühe groß.

Stürzen beinah,
jetzt sterben? Gehn?
Gehn, bis wir's sehn,
das Ende, ja?

Die Atemnot.
Rast darf nicht sein,
das Ziel der Pein:
der Tod.

»Nun, ich nehme an, wir alle haben unsere manisch-depressive Seite.«

»Aber sie war eine *Frau*«, wandte Chris ein, als seien Frauen über solche Schwächen erhaben.

»Na und? Auch Frauen bringen sich um.«

»Verglichen mit den Männern sehr wenige. Und das ist gut so.« Chris stopfte einen Armvoll alter Umschläge in den Sack, in dem wir das Altpapier verstauten. »Wenn wir nicht da wären und uns um das männliche Geschlecht kümmern würden, könnte es kaum lange genug überleben, um sich fortzupflanzen. Das ist das Problem, Clytie. Wir wissen es, und sie wissen es: Wir brauchen sie nicht. Oh, ich weiß, sie waren früher Jäger und so weiter, aber das ist längst vorbei. Glaubst du, daß die Männer zum Luxus werden, den sich die menschliche Rasse eines Tages nicht mehr leisten kann und will? Sobald Spermabänke eingerichtet sind, wird man die armen Kerle vielleicht kastrieren, nachdem sie den Höhepunkt ihrer Zeugungsfähigkeit überschritten haben. Dann gäbe es bestimmt bald keine Kriege mehr, nicht wahr?«

»Du solltest Science-Fiction-Romane schreiben«, sagte ich, aber ihr Ton tröstete mich; er gab mir das gute Gefühl, das man hat, wenn man im dritten Gang fährt; man weiß, daß man Kurven mit großer Präzision nehmen kann und daß keine Gefahr besteht, die Kontrolle über den Wagen zu verlieren. Ich hatte das Gefühl, daß sie langsam wieder in die Normalität zurückfand, obwohl sie vielleicht noch einen langen Weg vor sich hatte. Ihre Ansichten erinnerten mich an diejenigen Teddy Marshmans; die beiden würden sich wahrscheinlich gut verstehen, und ich überlegte, ob ich die beiden nicht irgendwie miteinander bekannt machen konnte.

»Wie geht es eigentlich Anthony Roche?« erkundigte sich Chris aus heiterem Himmel. Sie hatte schon immer die Gabe, meine Gedanken auf diese beunruhigende Art und Weise aufzufangen. »Hast du ihn nach dem Tod seiner Frau noch häufig gesehen? Kannst du ihn ab und zu ein klein wenig aufheitern?«

»Nein, ich sehe ihn kaum noch. Er ist sehr unnahbar. Und ich glaube nicht, daß ich irgend etwas für ihn tun kann.«

Wir gingen nach oben, um Georges Garderobe durchzusehen; seine seltsamen, ausländisch wirkenden, karierten Jacketts, die rosagestreiften Hemden, die exotischen Krawatten, die zweifarbigen Schuhe und diese Hosen, die, auch wenn ihre Herkunft fraglos *Marks & Spencer* war, ein madjarisches Flair anzunehmen schienen, sobald George sie trug. Während seiner ganzen zehn Jahre in England hatte er sich nie auch nur im geringsten angepaßt, ja, er hatte sich nicht einmal die Mühe gemacht, sich eine schützende Tarnfarbe zuzulegen; er hatte einfach gelernt, sich zurechtzufinden. Ich sah, wie Chris ihr Gesicht in dem Jackett vergrub, das er am häufigsten getragen hatte. Dann packte sie es energisch zu den anderen in einen Karton.

»Vielleicht sind die Häuser, in denen wir leben, nicht wirklich wichtig«, sagte sie.

»Doch, ich denke schon. Für uns jedenfalls.«

»Nestbau. Ich könnte es nicht ertragen, dieses Haus zu verlassen, das muß ich zugeben.«

»Und ich könnte es nicht ertragen, von Watch Cottage wegzugehen.«

»Paß auf, daß das Haus nicht deine Persönlichkeit infiltriert wie Shadie Nooke, oder wie Enid Blytons Haus auch geheißen haben mag. Ich habe dich in diesem abscheulichen Fernsehinterview gesehen, wo dieser Bursche ein solches Getue um deine Küche und ihre Ausstattung machte und dabei blödsinnige, kindische Scherze auf deinen Kassettenrecorder gesprochen hat.«

»O Gott. Ich hatte gehofft, daß keiner meiner Freunde die Sendung sehen würde.«

»Besser deine Freunde als deine Feinde«, meinte Chris.

»Feinde?« Ich war sprachlos. »Habe ich denn welche?«

»Ach, Clytie! Jeder erfolgreiche Mensch hat Feinde. Bezwungene Rivalen. Entlassene Angestellte. Leute, deren miserable Arbeit du mit bedauernswerter Ehrlichkeit kritisiert hast. Ich kenne jedenfalls drei oder vier, die mich mit Freuden ermorden würden«, sagte Chris selbstzufrieden und schilderte mir dann eingehend ihr letztes Scharmützel mit dem Vorstand. Sie schien ihrer Genesung wieder einen Schritt näher gekommen zu sein.

Aber dennoch, als es für mich Zeit wurde zu gehen, war mir der Gedanke, sie allein in diesem großen, leeren Haus zurückzulassen, zutiefst verhaßt.

»Hättest du nicht Lust, nächstes Wochenende runter nach Affton zu kommen, Chris? Du könntest mir einen Gefallen tun und Thisbe mitbringen. Sie kommt am Freitag zu mir, um mit ihrer Busenfreundin Asta Martineau zu Mittag zu essen. Wenn dich der Gedanke an einen Lunch mit den beiden alten Damen nicht übermäßig begeistert, könntest du Thisbe einfach bei mir absetzen, am Strand picknicken und später zurückkommen.«

»Ich denke darüber nach. In ein paar Tagen sag ich dir Bescheid.« Sie schien dem Vorschlag keineswegs abgeneigt zu sein. Sie hatte sich drei Wochen Sonderurlaub genommen, um ihre Angelegenheiten zu regeln. »Ich würde mich wirklich gern mal wieder mit Thisbe unterhalten. Seit dem Abend mit George habe ich sie nicht mehr gesehen...«

»Warte nicht zu lange mit deiner Entscheidung«, sagte ich schnell. »Thisbe plant gerne im voraus.«

Wieder einmal senkte sich der Schatten von George auf sie herab, und ich fuhr hastig fort: »Chris, vielleicht solltest du mal darüber nachdenken, wieder zu heiraten. Du bist erst dreiunddreißig.«

»Noch eine Runde bei der Evelyn-Farmer-Partnervermittlung?« Sie lächelte, ein kleines, freudloses Lächeln. »Oder willst du mich vielleicht mit Anthony Roche verkuppeln?«

»Katholiken sind zu kompliziert.«

»Wie dem auch sei...« Sie blähte ihre Lungen mit einem tiefen, seufzenden Gähnen auf. »Die Antwort lautet: nein. Es ist einfach zu anstrengend. Ich könnte das Ganze nicht noch einmal durchstehen – ich könnte es einfach nicht. Im Augenblick fühle ich mich älter als Machu Picchu. Ich habe wirklich an George gehangen. Das weißt du.«

»Ja, das weiß ich«, sagte ich sanft und ging mit einem Bündel Wegwerfsachen, die ich der alten Miss Crutchley für einen ihrer alljährlichen Wohltätigkeitsbasare bringen wollte, zum Wagen.

Am Mittwoch rief Chris mich an. Sie hatte beschlossen, Thisbe am Freitag nach Affton zu bringen, wollte die beiden alten Damen dann aber allein lassen, damit sie ihr Treffen ungestört genießen konnten. Sie selbst hatte vor, meinem Vorschlag zu folgen und an den Strand zu fahren. Zur Teestunde wollte sie dann wieder zu uns stoßen.

Die alten Damen sahen einander so selten, daß auch mein Hauptziel darin bestand, sie so lange wie möglich friedlich beisammen sein zu lassen, und wenn ich ihnen Gesellschaft leistete, als eine Art Kugelfang zu agieren, der verirrte Bälle sanft zurückwarf. Von friedlichem Beisammensein konnte bei den beiden nämlich kaum die Rede sein; für gewöhnlich gingen sie mit Zähnen und Klauen aufeinander los. Thisbe betrachtete sich als Liberale. Asta

Martineau war jahrelang die einzige weibliche Labour-Abgeordnete im Unterhaus gewesen – man nannte sie die ›Rote Asta‹, eine Anspielung auf ihre Ansichten wie auch auf ihren flammend roten Haarschopf. Das Haar war jetzt schneeweiß, und sie hatte sich schon lange aus der Berufspolitik zurückgezogen, aber ihre Ansichten waren so hitzig wie eh und je. Sie ging auf die Achtzig zu, sah aus wie ein ätherisches Spinnentier, klein, mager, mit einem Gesicht wie ein Angelhaken, hatte einen totenbleichen Teint, eine Stimme, die noch immer bis zum letzten Hinterbänkler getragen hätte, und dunkel bewimperte Augen, denen nichts entging. Sie und Thisbe verbrachten einen wunderbaren Nachmittag miteinander, piesackten sich wie zwei ältliche Marx-Schwestern und hatten inmitten des ganzen Slapsticks immer noch Zeit zu ernsthaften Diskussionen. Während ich mit Krabbensalat und gebackener Eiercreme um sie herumflatterte, wünschte ich mir von ganzem Herzen die Kühnheit, ihr Gespräch auf meinem Küchenrecorder zu verewigen.

»Dann habe ich dieser Frau Nehru also mal ordentlich die Meinung gesagt…«

»Wie ich schon zu Golda bemerkte…«

»Seine Politik ist in einem Land von dieser Größe und diesem Entwicklungsstand natürlich vollkommen aussichtslos. Maynard pflegte immer zu sagen…«

»Als ich letzten Sommer in Harvard Vorlesungen hielt, habe ich zu Henry Kissinger gesagt – der, obwohl er ein Gesicht wie ein Weidenkorb hat, durchaus eine Art von Intelligenz besitzt…«

»Ja! Und denselben Zustand fand ich in Santiago vor…«

»Keinen Kaffee, liebes Kind. Was wir jetzt wollen, ist unser Nickerchen.«

Es war ein Ritual, daß sich die beiden alten Damen nach dem Essen für vierzig Minuten zurückzogen, Thisbe in mein Bett, Asta auf die Wohnzimmercouch, um ihren ermatteten Köpfen Erholung zu gönnen und sich für neuerliche Debatten zu rüsten. Anschließend hielten sie dann eine weitere Sitzung ab, bei Earl Grey und zarten Ingwerplätzchen. Gegen Abend brachte ich dann Tante Thisbe zu ihrem Zug und setzte Miss Martineau auf dem Rückweg in ihrem Cottage in der Saddlers Row ab.

Während meine Gäste vor sich hin dösten, nutzte ich die Gelegenheit, die Eßteller in die Spülmaschine zu stecken und mir ein paar Notizen für ein Astronomenbankett zu machen. Am Wochenende würde ich nur wenig Zeit zum Arbeiten haben. Ich hatte geplant, lange, gesunde Spaziergänge mit Chris zu unternehmen und, wenn das Meer und das Wetter es zuließen, auch schwimmen zu gehen.

Ich saß in der aufgeräumten Küche und erfand Hors-d'œuvres – Shrimps mit Mais? In Butter und Wermut sautierte Bohnen auf Toastdreiecken? Sauerrahm und Walnuß auf currygetränktem Roggenbrot? –, als es an der Tür klingelte, kurz, scharf und energisch.

War Chris schon zurück?

Ich öffnete die Haustür und hatte meinen Finger schon halb auf den Lippen liegen, um ihr zu bedeuten, daß sie die schläfrige Stille des Hauses noch nicht stören durfte. Aber mein Besucher war nicht Chris und zeigte nicht die geringste Neigung, den Frieden von Watch Cottage zu wahren. Es war Mr. Marshman, rotgesichtig, wutschnaubend und offensichtlich auf dem Kriegspfad.

Ohne auf eine Ermunterung zu warten, stampfte er in meinen winzigen Hausflur. Er war ein ziemlich kleiner, gedrungener Mann, mehrere Zoll kleiner als Teddy, schätzte ich, mit glattem, fettigem, schwarzem Haar, das er sich kompromißlos aus seiner wenig imposanten Stirn bürstete. Ferner zeichnete er sich durch einen kugelrunden Kopf, gerötete, bartstoppelgesprenkelte Wangen, wütende Augen und eine deutlich wahrnehmbare Aura von Gin Tonic aus. Aber ich nehme an, als Gastwirt muß man seiner trinkfreudigen Kundschaft mit gutem Beispiel vorangehen. Ich warf einen Blick auf meine Armbanduhr: Es war drei. Er war nach Lokalschluß gekommen.

Ich bemerkte, daß sein scharfer, argwöhnischer Blick wachsam durch den kahlen Hausflur huschte, durch den Eingang zu der säuberlich aufgeräumten Küche, auf deren Tisch ein Notizblock und Papiere lagen; offensichtlich glaubte er, mich allein erwischt zu haben.

»So, jetzt mal zur Sache«, begann er sofort und unverkennbar aggressiv. »Wegen dieses Briefs, den Sie mir geschrieben haben. Was haben Sie sich dabei gedacht, hä? Mir vorzuschreiben, was ich mit meinen eigenen Schweinen machen soll! Was glauben Sie, wer Sie sind? Hä? Sie kommen hier runter, und nur, weil Sie mit diesen bescheuerten Etepetete-Rezepten im Fernsehen waren, meinen Sie, Sie hätten ein Recht, sich hier wichtig zu tun, was? Da irren Sie sich, das kann ich Ihnen sagen, und zwar klipp und klar!«

Ich erwiderte: »Ich habe Ihnen nicht vorgeschrieben,

was Sie mit Ihren Schweinen machen sollen, Mr. Marshman. Ich habe Sie nur auf eine, wie ich hoffte, freundliche und vernünftige Weise gefragt, ob Sie wüßten, wie die Tiere den Hügel verwüsten, und ob es nicht einen anderen Platz gäbe, ein wenig weiter entfernt von irgendwelchen Wohnhäusern, wo Sie Ihre Schweine genausogut unterbringen könnten.«

»Sie kümmern sich um Ihre Angelegenheiten, und ich kümmere mich um meine, Miss Churchill«, sagte er mit einem Tonfall, der die Vermutung nahelegte, daß er ganz genau wußte, daß ich in Wirklichkeit Lizzie Borden hieß.

»Ob Sie wohl etwas leiser sprechen könnten...«

»Ich spreche so laut, wie es mir gefällt! Und Sie hören mir zu! Ich lasse mir keine Vorschriften machen von einer...«

»Mr. Marshman!« Langsam wurde ich ärgerlich. Ich hasse dieses Gegeifere und diese schlechten Manieren. »Ich habe mich bisher noch nicht mit den juristischen Aspekten der Angelegenheit beschäftigt. Ich hatte gehofft, wir könnten die ganze Sache freundschaftlich regeln, unter Nachbarn. Aber wenn die einzige Möglichkeit darin besteht, vor Gericht zu gehen...«

»Ha! Vor Gericht zu gehen! Und ich nehme an, Sie würden sich von Ihrem Freund, Mr. Großkotz Anthony Roche, beraten lassen? Wenn er klammheimlich herkommt, um Sie zu besuchen, hä? Das sollten Sie sich besser noch mal überlegen! Ich kann den Leuten sagen, was hier vorgeht. Man wird Ihren Namen in den Schmutz zerren, bevor Sie bis drei zählen können – und seinen auch!«

»Ich habe keine Ahnung, wovon Sie reden«, sagte ich eisig, aber mit einem unangenehmen Gefühl der Beklommenheit im Herzen. Anscheinend waren Anthonys Befürchtungen nur allzu begründet gewesen. Man soll niemals die Macht eines englischen Nachbarn unterschätzen.

»Es gibt ein paar Leute in dieser Straße, die das sofort begreifen würden«, sagte Marshman. »Also sollten Sie es sich besser genau überlegen, bevor Sie sich in meine Angelegenheiten mischen. Ich werde diese Schweine dort lassen, solange es mir gefällt. Oder es wird Ihnen leid tun, daß Sie sich jemals mit mir eingelassen haben, und Ihr Freund, Mr. Roche, wird sich vielleicht gezwungen sehen, seine Praxis aufzugeben und nach Übersee zu gehen. Ich habe einen sehr guten Freund beim *East Sussex Courier*...«

Ich fühlte mich langsam wie jene alte Dame, die während eines Luftangriffs auf London an der Toilettenkette zog und erleben mußte, wie daraufhin das ganze Haus über ihr zusammenstürzte. Geoffrey Marshman wurde seinem Ruf als Mistkerl wunderbar gerecht. Regte er sich wegen jeder kleinen Widrigkeit so auf, oder hatte die Verbindung zwischen mir und Anthony einen schwelenden, lange vergrabenen, halb geschöpften Argwohn entfacht, der in ihm bereitgelegen und nur auf eine Explosion gewartet hatte? Mich beunruhigten seine Dickensschen Drohungen wenig; immerhin befanden wir uns im zwanzigsten Jahrhundert, in dem es Witwern gestattet sein sollte, mitten am Tag mit respektablen, ledigen Damen zu speisen (oder nein, bei genauerem Nachdenken war ich ja ebenfalls Witwe, obwohl ich mich nicht als solche zu betrachten pflegte), ohne von boshaften Zungen der Verleumdung verunglimpft zu werden. Ich hielt es nicht für wahrscheinlich, daß Marshman einen mordlustigen Mob dazu anstacheln konnte, Anthony zu teeren und zu federn oder mich, an Händen und Füßen an eine Holzlatte gefesselt (oder wie immer man so etwas machte), aus Affton zu vertreiben. Trotzdem fand ich es äußerst unerfreulich, einer solchen geballten Ladung von Niedertracht und Zorn in meinem eigenen Hausflur zu begegnen.

Als Marshman seine Drohung bezüglich des *East Sussex Courier* äußerte, wurde ich mir einer Art radioaktiven Schweigens bewußt, eines eisigen Luftzugs, der von oben kam. Marshman mußte diese Schwingungen ebenfalls gespürt haben, denn er hielt plötzlich mitten in seinen Drohungen inne und schaute hinauf.

Die Treppe in dem kleinen Flur von Watch Cottage führte mit ihrem weißen Geländer in einem Oval hinauf; auf dem oberen Treppenabsatz begrenzte das Geländer eine schmale, gerade Galerie. Auf dieser Galerie lehnten nun die beiden alten Damen Seite an Seite auf dem Geländer, die Köpfe interessiert geneigt, als sähen sie einem Stierkampf zu. Sie folgten unserer Unterhaltung mit größter Aufmerksamkeit. Ich fragte mich, wie lange sie schon dort gestanden haben mochten. Es war kaum eine Überraschung, daß sie auf der Bildfläche erschienen waren; Marshmans Stimme hätte selbst Endymion aus seinem postkoitalen Nickerchen gerissen.

»Hm, erpresserische Drohungen«, bemerkte Tante Thisbe. »Was für überaus unerfreuliche Bekannte du in dieser Stadt zu haben scheinst, Clytie. Wer ist dieser streitsüchtige Herr?«

»Oh, ich kenne ihn«, versicherte Miss Martineau. »Ja,

ich kenne ihn sogar ziemlich gut.« Sie hatte eine entschiedene Ähnlichkeit mit der Hexe von Endor, wie sie dastand und den Gastwirt des Monmouth leidenschaftslos beäugte. Ihre bemerkenswerten, mit einem Ring schwarzer Wimpern umgebenen Augen sahen in ihrem papierweißen Gesicht wie Schlüssellöcher aus. »Marshman. Geoffrey Marshman«, wiederholte sie nachdenklich. »Sein Name ist mehrfach gefallen, als ich noch hier auf der Bank gesessen habe – es ging um die Frage, ob man ihm die Lizenz entziehen sollte. Illegale Aktivitäten nach der Sperrstunde, solche Dinge. Ja... In mehreren Fällen haben wir beschlossen, Nachsicht walten zu lassen, daran erinnere ich mich noch; vielleicht war das ein Fehler. Aber laß mal sehen, ja... Es liegt noch gar nicht lange zurück, daß ich eine ausgesprochen schändliche Geschichte gehört habe, und zwar von einer ehemaligen Kollegin, die jetzt beim Finanzamt arbeitet. Sie stellt Nachforschungen bezüglich Unterschlagung von Mehrwertsteuer an...«

Marshman nahm eine bleiche Schmutzwäschefarbe an; sein Mund klappte auf wie eine defekte Frankiermaschine. Er räusperte sich und sagte halbherzig: »Nun mal langsam: Versuchen Sie nicht, mir zu drohen, meine Dame!«

»Oh, ich würde nicht im Traum daran denken, so etwas zu tun.« Miss Martineaus Worte fielen auf ihn herab wie Schneeflocken. »Welchen Sinn hätte das denn, mein guter Mann? Welche Schwierigkeiten Ihnen auch bevorstehen, Sie haben sie sich zweifellos selbst zuzuschreiben. Ich an Ihrer Stelle würde die Dinge immer hübsch nacheinander angehen; bringen Sie erst einmal Ihre Angelegenheit mit den Mehrwertsteuerleuten ins reine, bevor Sie Miss

Churchill der Mühe aussetzen, Sie wegen Verleumdung zu verklagen.«

»... ein Haufen verdammter... hinterhältiger alter Weiber!« Marshman fuhr auf dem Absatz herum und verließ mein Haus so schnell, wie er es betreten hatte, wobei er nur knapp einem Zusammenstoß mit Chris entging, die gerade durch die offenstehende Tür hatte treten wollen. Als er an ihr vorbeistürmte, murmelte er irgend etwas vor sich hin, das sie veranlaßte, in einem verblüfften, wortlosen Kommentar Mund und Augen aufzusperren.

»Was in aller Welt geht hier vor?« fragte sie und kam herein. »Solche Besucher sind doch für gewöhnlich eher meine Spezialität.«

»Das war der Mann, dem die Schweine hinterm Haus gehören«, erwiderte ich und schloß die Tür hinter ihr. »Er ist hergekommen, um Ärger zu machen, aber Miss Martineau hat ihn freundlicherweise das Fürchten gelehrt.«

»Ein überaus gräßlicher Mensch«, sagte Miss Martineau, die nun energisch die Treppe hinuntergetrappelt kam. »Auf irgendeine Art und Weise umgeht er dauernd die Gesetze. Aber soweit ich weiß, steht ihm beinahe mit Sicherheit eine Gefängnisstrafe wegen seiner Steuerhinterziehung bevor. Ich bin ziemlich sicher, daß er überhaupt kein Recht hat, auf diesem Hügel Schweine zu halten, ja, ich glaube sogar, daß die Gesellschaft für Landschafts- und Naturschutz bereits Schritte gegen ihn unternommen hat.«

Undankbarerweise wünschte ich, sie hätte ein wenig schneller reagiert – oder daß die Gerichte Marshman schon in allernächster Zukunft aus dem Verkehr ziehen würden.

Ich hatte das unangenehme Gefühl, daß ich, obwohl Miss Martineaus Eingreifen der unerfreulichen Szene ein Ende gemacht hatte, von Geoffrey Marshman noch hören würde. Und daß, obwohl die gute Asta beste Absichten gehabt hatte, ihre Einmischung eher schädlich gewesen war.

Entgegen allen Erwartungen verbrachten Chris und ich ein mildes, freundliches und beschauliches Wochenende. Wir gingen spazieren, wir badeten in dem kabbeligen Kanal, wir hörten Schallplatten, lasen die Sonntagszeitungen, redeten, schwatzten, ergingen uns in Erinnerungen. Immer wieder begann ein Gespräch mit der Frage ›Weißt du noch?‹ »Weißt du noch, wie George mit hundert Metern Wurst von der Buchmesse in Bologna zurückkam?« »Weißt du noch, in Dartington, als das Ensemble aufs Dach stieg und das Mozart-Divertimento Nr. 11 spielte und wir alle auf der Wiese getanzt haben?« »Weißt du noch, die törichten Pidgin-Englisch-Lieder, die Ferdi sich ausgedacht hat und zu denen wir alle den Refrain gesungen haben?« »Weißt du noch, damals, als Caspar Monks zweites Buch sich so gut zu verkaufen begann und George uns ins Ritz eingeladen hat, und wie er sich so über das Essen geärgert hat?« »Weißt du noch, Dans Schutzheilige, St. Gothold und St. Withold?« »Weißt du noch, wie Dan dir einen riesigen Baum zum Geburtstag geschenkt hat, in einem Übertopf, und du hattest keine Ahnung, wohin damit?«

Diesen Baum hatte ich vergessen. Er ist an Wassermangel eingegangen; aber in gewisser Weise habe ich ihn noch.

»Wird es so sein, wenn wir alt sind?« fragte ich. »Nur noch schlimmer?«

»Was ich nicht verstehe«, sagte Chris, »ist, warum wir überhaupt so tiefes Glück empfinden können, wenn doch alles so vergänglich ist.«

Ich dachte, daß eine Liebe die andere wachsen machte. Liebe dehnt sich aus, indem sie geübt wird. Meine Liebe zu George, meine Liebe zu Hugh hatten mich mehr über Dan gelehrt. Mein Gefühl für ihn war dünner, denn ich war jünger. Wenn wir jung sind, ist unsere Liebe halber Narzißmus. Jetzt wären meine Gefühle für Dan stärker. Als ich damals die Kirchenglocke die Viertelstunden schlagen hörte und Hugh schlafend neben mir im Bett lag, berührte dieser Augenblick eine Wurzel tief in der Vergangenheit, lehrte mich etwas über die Bande, die mich noch immer an den toten Dan ketteten.

Chris hatte ein Päckchen Kondolenzschreiben mitgebracht, die sie beantworten wollte, und ich schob ein wenig Zeit ein, um die Druckfahnen meines neuen Kochbuchs, *Ein halbes Ei später,* durchzusehen. Darin ging es um Verwendungsmöglichkeiten von Eigelb, wenn das Eiweiß für Baisers draufgegangen war, und ähnliche Zwangslagen.

Am Sonntagabend fuhr Chris mich nach Ordnance Mansions. Und sie kam mit, um mir zu helfen, ein Bündel Papiere und einige Kasserollen abzuladen.

»Bleibst du auf einen Drink?« fragte ich und überlegte, ob ich vielleicht Teddy Marshman überreden konnte, auf einen Sprung vorbeizukommen. Aber Chris wollte lieber zurückfahren; sie erwartete einen Anruf von Georges Partner, Conrad Cordwainer. Später hatte ich dann allen Grund, dankbar zu sein, daß es mir nicht gelungen war, Teddy für ein trautes Beisammensein zu dritt zu gewinnen, denn genau in dem Augenblick, als Chris sich verabschiedete, kam Anthony durch die Tür gestürmt.

»Anthony!« Zu behaupten, ich sei überrascht gewesen, wäre eine gewaltige Untertreibung. Aber Überraschung war nicht die Hauptsache. Entsetzen würde es eher treffen. »Was führt dich denn an einem Sonntag nach London?«

»Du weißt ganz genau, was mich hierherführt!« sagte er mit unterdrückter Rage. Er schien Chris' Gegenwart kaum wahrzunehmen, die ihn mit einem kleinen Achselzucken bedachte; ihre feinen Augenbrauen hoben sich ihrem üppigen blonden Haarschopf entgegen, und es gelang ihr, mir mit einem einzigen ausdrucksvollen Zusammenspiel von Kopf und Händen die Botschaft zu übermitteln, daß ich für jemanden, der behauptet hatte, keine Feinde zu haben, ziemlich oft Besuch von ungehaltenen männlichen Wesen bekam. »Gute Nacht, Anthony, gute Nacht, Clytie«, sagte sie ruhig. »Vielen Dank für das wunderschöne Wochenende. Ich rufe dich morgen an.«

Die Tür fiel hinter ihr ins Schloß und ließ mich allein mit Anthonys Zorn.

»Was in Gottes Namen hast du getan, um diesen Mann zu provozieren? Ich höre, daß er das ganze Wochenende über meinen Namen bei jedem Kunden des Monmouth in den Schmutz gezogen hat!«

»Ich habe ihm einen vollkommen vernünftigen Brief geschrieben...«

»Ich habe dir doch gesagt, daß das sinnlos sein würde.

Ich *habe* es dir gesagt. Warum konntest du die Sache nicht in Gottes Namen auf sich beruhen lassen?«

»Und mich an zwanzig Schweinen erfreuen, die mir ins Küchenfenster rülpsen?«

»Ich habe mit der Gesellschaft für Landschafts- und Naturschutz darüber gesprochen«, sagte Anthony wutschnaubend. »Sie wollten etwas dagegen unternehmen. Warum konntest du nicht ein klein wenig Geduld haben?«

»Du hast mir nicht erzählt, daß du das getan hast.«

Ich fühlte mich ungerecht behandelt. War es meine Schuld, daß die alte Asta Martineau dagewesen war und Marshmans Empörung zu Weißglut angefacht hatte?

»Jetzt werden die Leute in der Stadt genau das sagen, wovon ich nicht wollte, daß sie es sagen.«

»Nun«, erwiderte ich, »es wird nicht die Wahrheit sein, also kannst du eine Verleumdungsklage einleiten. Du bist Anwalt, du solltest das wissen.«

»Ich kann mir diese Art Gerede nicht leisten. Kein Anwalt kann das. Das habe ich dir doch alles erklärt! Warum hast du mir nicht zugehört? Warum muß immer alles nach deinem Kopf gehen?«

»Ach, na komm schon, Anthony!« Er erschien mir so unvernünftig, daß ich mich fragte, ob er möglicherweise getrunken hatte. Aber für gewöhnlich war Anthony ausgesprochen enthaltsam. Seine Augen waren blutunterlaufen, seine Stimme zitterte; er war ganz eindeutig in Aufruhr. Hatte er den ganzen Weg von Affton nach London auf sich genommen, nur um seine Wut an mir auszulassen?

»Das Gerede wird sich schnell wieder legen«, sagte ich

beschwichtigend. »Ich finde dieses Theater wirklich überflüssig.«

»Theater! Ich könnte dich erwürgen! Ich könnte dir deinen mageren, kleinen Hals umdrehen!«

Und das Ende vom Lied war natürlich, daß wir zusammen im Bett landeten. Und daß ich dachte: Entweder ist das, was ich für ihn empfinde, nicht Liebe oder ich habe noch nie zuvor geliebt.

10

Zogen vereint, als rings noch alles wirr,
indem die Wimpern hob der junge Tag,
zur Trift ...

Diese Phase meines Lebens, meine Zeit mit Anthony, war ausgesprochen stürmisch. Seltsam, wenn man darüber nachdenkt, welche Gelassenheit er und Rosie in ihrem Zusammenleben immer ausstrahlten; aber die Gelassenheit bei Rosie hatte ihn viel gekostet, und er mußte eine Unmenge an Schuldgefühlen und Trauer und *arrière-pensée* loswerden, die er mit sich herumschleppte.

»Natürlich haben Sie ihn die ganze Zeit über geliebt«, sagte Rabuse. »Eine solche Aussöhnung war vorprogrammiert, früher oder später.«

»Habe ich ihn wirklich von Anfang an geliebt? War es das? Mir kam es überhaupt nicht so vor. Vorher, meine ich. Ich fand Anthony immer ziemlich entnervend. Tüchtig, aber entnervend. Sehr gut in seinem Beruf, ja, das gebe ich zu, aber ansonsten egoistisch und einfach zum Verzweifeln: schulmeisterhaft, selbstgefällig, dominant, engstirnig ... Die Art, wie er Rosie immer die Gesetze erklärte und wie er sie als Spatzenhirn bezeichnete, das alles hat mich rasend gemacht. Obwohl ich sagen muß, daß es ihr nichts ausgemacht hat. Nein, da bin ich nicht Ihrer Meinung. Aber wenn ich ihn schon die ganze Zeit über geliebt hatte, habe ich davon jedenfalls nichts gemerkt.«

»Sie hatten selbst eine Unmenge Animus, von dem sie sich befreien mußten«, fuhr Rabuse seelenruhig fort. »Ach ja, ihr Engländer seid so eine simple Rasse. Es ist kein Wunder, daß Sie sich verliebt haben.«

Von Anfang an empfand ich Anthonys Heimlichtuerei als unerträgliche Belastung. Zum ersten Mal konnte ich verstehen, warum es niemals auch nur den Hauch eines Skandals um ihn und Teddy Marshman gegeben hatte. Er ging unsere Begegnungen mit zwanghafter Vorsicht an, unsere gemeinsamen Aktivitäten, unsere Abschiede; wenn wir auswärts aßen, dann nur in den kleinsten, dunkelsten, entlegensten Restaurants; wir gingen praktisch nie zusammen ins Theater oder ins Konzert, trafen uns nie in Affton. Wir sahen uns merkwürdige Filme in billigen Hintergassenkinos an. Meistens kam er nach Ordnance Mansions, wo er Tante Thisbe am anderen Ende des langen Flurs als eine Art Anstandsdame betrachtete, eine Garantie für Achtbarkeit; und sie tolerierte ihn, wenn auch mit gewissen Vorbehalten.

Wir trafen uns spätabends, trennten uns früh am Morgen. Wir unternahmen Spaziergänge in den einfacheren Vierteln von London, in einsamen Gegenden auf dem Land; so manches staubige und erbärmlich ausgestattete Heimatmuseum erfreute sich an kalten, grauen Samstagnachmittagen unseres Besuchs. Oder wir verbrachten ein Wochenende auf dem Kontinent: Paris, Amsterdam, Brügge, unbedeutendere Urlaubsorte auf der französischen Seite des Kanals, wo wir in zweitklassigen Hotels abstiegen und grauenhaftes Essen vorgesetzt bekamen.

Eine der schlechtesten Mahlzeiten meines ganzen Lebens habe ich an einem Sonntagabend in strömendem Regen in einem schrecklichen Pariser Bistro heruntergewürgt. Anthony, der wie gewöhnlich nach einem abgelegenen Ort gesucht hatte, hatte uns vom Gare du Nord nach Norden geführt, als der Regen plötzlich in wahren Sturzbächen vom Himmel fiel, so daß wir gezwungen waren, durch die erstbeste offene Tür zu stürmen. Diese sehnigen Lammkoteletts und die fettigen grünen Bohnen, die ich in Gesellschaft von dreißig Schweizer Pfadfindern zerkaut habe, haben sich für immer in mein Gedächtnis eingelagert wie Feuerstein in Kalk. Das Dessert, das den Koteletts folgte, war so abscheulich, daß nicht einmal die Pfadfinder es essen mochten.

Dieses ganze Versteckspielen war meiner Natur vollkommen fremd. Ich mochte es nicht, sah auch eigentlich keinen Sinn darin. Wir waren beide ungebunden, nicht wahr? Solvente, mündige Erwachsene, die niemandem verantwortlich waren. Unser Privatleben ging außer uns keinen etwas an.

Ich mag rauhe Oberflächen. Ich spüre das Leben gern, nehme den Stoff, mit dem ich es zu tun habe, gern mit allen Sinnen wahr: das griesige Glas der Kaffeekanne, wenn ich mit den Fingern Kaffeemehl herausschöpfe; die zerbrechlichen Rippen des alten Oberon unter der dicken Fellschicht; knotige, gefrorene Wintererde unter meinen Stiefelsohlen; die Schicht um Schicht aufgelegten, sauberen, gestärkten Decken auf einem Restauranttisch; das rhythmische Stoßen eines Zuges, der mich irgendwo hinträgt; das schmatzende Geräusch von Seifenlauge. Während meiner Beziehung zu Anthony wurden all diese Freuden irgendwie undeutlich, verschwommen. Ich hatte das alptraumhafte, narkoseartige Gefühl, mit einer Maske durchs Leben zu gleiten, gedämpft, inkognito. Wir sahen einander, aber wir sahen sonst nichts, wir verreisten miteinander, aber hinter zugezogenen Gardinen. Und weil wir außer dem anderen niemanden sahen, war das Bild, das wir voneinander hatten, verzerrt. Es war wieder einmal die Spitze des Eisbergs, schätze ich; wir sahen nur einen einzigen Aspekt des anderen.

Wenn ich mich brummelnd bei Anthony darüber beschwerte, daß das, was wir miteinander anfingen, wie wir unsere Freizeit verbrachten, unsere eigene Angelegenheit sei, sagte er, nein, das stimme nicht; er müsse seinen Ruf als hervorragender Anwalt, als aufstrebende Persönlichkeit, prominenter Bürger von Affton aufrechterhalten, als Jurist von untadeliger Rechtschaffenheit. Und ich, so sagte er ernsthaft, müsse ebenfalls auf meinen guten Ruf achten, und wenn ich das nicht im Kopf behalten wollte, mußte er es eben für mich tun, immerhin sei ich eine Fernsehpersönlichkeit, nicht wahr, und hätte ihm davon erzählt, daß ich auf der Königlichen Ehrenliste des nächsten Jahres stünde – oder jedenfalls des übernächsten –, in der Öffentlichkeit hatte ich das Image einer charmanten, unbedarften und unschuldigen kleinen Range, die mit unablässigem Fleiß Omeletts hochwarf, Kasserollen in den Ofen schob, Teig knetete und kannenweise duftenden Kaffee braute.

»Aber das Image ist falsch«, wandte ich ein, »ich verstehe nicht, warum ich also Blut und Wasser schwitzen sollte, um es aufrechtzuerhalten. Das wäre vollkommen unehrlich...«

Aber Anthony, erzogen von Jesuiten, konnte viel besser argumentieren als ich.

Tatsache ist, daß ich nie gern diskutiert habe. Wie sehr ich mir doch wünschte, daß George kommen und meinen Standpunkt ins Feld führen würde, meine Sicht der Dinge.

Und so stritten Anthony und ich uns ziemlich viel, ich nehme an, um die Spannung ein wenig zu lösen, und Anthony vor allem, um seine verschiedenen uneingestandenen Schuldgefühle zum Schweigen zu bringen.

Unsere Beziehung, die wie ein kompliziert konstruiertes U-Boot gebaut war, gebaut mit den Gedanken an mögliche Unterwasserkatastrophen, war durchsetzt und unterteilt durch wasserdichte Schotts. Es gab mehr einzelne Kammern und Kämmerchen, die voneinander abgetrennt waren, als sie selbst in der Campus Tavern zu finden waren.

Ich habe zum Beispiel nie mit Anthony über meine früheren sexuellen Erfahrungen gesprochen, hatte keine Ahnung, was ich seiner Meinung nach in den acht Jahren seit Dans Tod getan hatte. Ich erwähnte weder meine Beziehung zu George noch die zu Hugh – der mittlerweile mehr Zeit im Krankenhaus verbrachte als außerhalb.

Anthony seinerseits sprach nie von Teddy Marshman. Ja, soweit es ihn anging, wußte ich noch nicht einmal von ihrer Existenz.

Ich hatte damit gerechnet, daß er wie Lionel, der arme Witwer, über seine tote Frau, Rosie, würde reden wollen, aber nein, interessanterweise tat er das nicht. Rosie war ebenfalls hinter einem wasserdichten Schott verschlossen. Das erschien mir ungesund, und ich brachte manchmal von selbst die Rede auf sie; verdammt, ich habe Rosie so gern gehabt! Aber Anthony versuchte unweigerlich, sich diesem Thema zu entziehen. Es war ziemlich offensichtlich, daß er immer noch Wut, Verbitterung und Groll über ihren Tod empfand. Er hatte das Gefühl, ihm sei ein Unrecht angetan worden. Aber was oder wen machte er dafür verantwortlich? Besser, man stellte keine Fragen. Aber er konnte wohl kaum weiter mit Schwester Kelly als seiner Haushälterin zusammenleben und sich nicht einige ihrer hitzigen Ansichten über dieses Thema zu eigen machen. Die arme, liebe Rosie, ich konnte sehen, daß man einen Heiligenschein um ihren unschuldigen Kopf zwang; in gewisser Weise hatte sie mein Mitgefühl, es war wie meine eigene unerwünschte Aura gemütlicher Schmorgerichte und gebackener Brote.

Hinter der Haßliebe, die Anthony und mich verband, lag ein ganzes häßliches Knäuel unausgegorener, uneingestandener Schuldgefühle und Unstimmigkeiten.

Ein anderes Thema, das wir in unseren Gesprächen wunderbar umgingen, war die Frage, was Anthony mit dem Rest seines Lebens anfangen würde. Das ging mich nichts an, gab er mir schroff zu verstehen, das war eine Sache, die er selbst in die Hand nehmen würde, nach und nach, zu seiner eigenen Zeit, auf seine eigene Art.

Der Nutzen des Lesens, sagt Gibbon an irgendeiner Stelle, besteht darin, uns beim Denken zu helfen. Ich war in dieser Hinsicht immer anderer Meinung als Gibbon; er mag ja Literatur benutzt haben, um besser denken zu können, aber für mich, wie für den größten Teil der menschlichen Rasse, finde ich (da ich keinen Grund habe, mich für einzigartig zu halten), daß Bücher eine Droge sein können, die den Geist betäubt, eine Droge, die man benutzt, um das Denken zu lähmen, statt es zu beflügeln. Wenn ich unglücklich bin, kann ich in einen Roman versinken wie in Bewußtlosigkeit. Gesegnetes *Krieg und Frieden*, dreifach gesegnetes *Mansfield Park*, wie viele potentielle Selbstmörder haben ihre Seiten abgelenkt und besänftigt und unterhalten, bis der Gefahrenpunkt umschifft war?

Ich glaube, daß Anthony mich damals auf diese Art und Weise benutzt hat: als eine Flucht vor der Wirklichkeit.

Und ich armes Dummerchen, ich war in ihn verliebt.

Aber wir waren glücklich; o ja, das waren wir. Bisher habe ich nur die negativen Aspekte unserer Beziehung erwähnt, aber es gab auch viele positive.

Trotz seines Heimlichkeitswahns hat Anthony sich nie gemein benommen. Und er war ein leidenschaftlich ehrlicher Mensch, auf eine fanatische Weise stur, rechtschaffen, halsstarrig, zuverlässig, positiv. Er hätte einen prächtigen Advokaten abgegeben, dachte ich, wäre wunderbar gewesen vor Gericht, und ich habe ihm immer wieder gesagt, er solle Verteidiger werden. Meine Liebe, was verstehst du denn von diesen Dingen, war seine übliche Einstellung; man brauchte viel Geduld bei Anthony.

Aber in manchen Bereichen war er bereit, von mir zu lernen. Rosie war jung gewesen, honigsüß, weltfremd wie eine Nonne. Allein aus reiner, praktischer Erfahrung heraus konnte ich nicht umhin, eine Menge mehr zu wissen als sie. Ich war älter. Und ich wußte viel über das Glück, verstand mich darauf, die geflügelte Freude im Flug zu küssen und all diese Dinge. Ich brachte Anthony bei, Spaß zu haben, zumindest in den nicht besonders vielversprechenden Ecken und Winkeln, in denen er mir ein Mitspracherecht einräumte. Manchmal war unser Beisammensein – gleichgültig, ob in einer trostlosen flämischen Küstenstadt oder in irgendeiner nassen ländlichen Gegend Englands oder in einem schäbigen Londoner Vorort – von so intensiver Freude erfüllt, daß es später unerträglich wurde, an diese Zeit zu denken. *Und schließe deine Augen in heiligem Erschauern, weil er an Honigtau sich gelabt und an der Milch des Paradeis.* Solche Augenblicke sind nicht zur allgemeinen Benutzung bestimmt oder zur alltäglichen Stütze; man sollte dankbar dafür sein, sie überhaupt gelegentlich erleben zu dürfen.

Wir lebten in einer Art Sprechblase. Georges Sprechblase war also endlich Wirklichkeit geworden, dachte ich. Das war es, was ich mir immer unter romantischer Liebe vorgestellt hatte, an deren Existenz ich jedoch nicht wirklich hatte glauben können: die angebetete Stimme im Telefon, zu einer Zeit, zu der man nicht auf einen Anruf zu hoffen gewagt hatte; die kleinen Briefchen, so selten und daher um so kostbarer; die phantasievollen, rührenden Geschenke; die berauschende Erregung jener dünngesäten Gelegenheiten, die wir in der Gesellschaft des anderen verbringen durften. Ich hatte niemandem von Anthony erzählt, nicht einmal Chris. Tante Thisbe ahnte natürlich etwas, kam aber nie direkt auf die Sache zu sprechen.

Ein Gebiet, das für Diskussionen offenstand, war seltsamerweise Anthonys Beziehung zu und Verantwortlichkeit gegenüber seinem Gott. In dieser Hinsicht wirkte er unerwartet sorglos.

»Aber ist das keine Todsünde?« fragte ich ihn einmal, als ich neben ihm in irgendeinem Hotelbett lag und den Kaskaden eines belgischen Glockenspiels lauschte.

»Hmm... da scheiden sich die Geister. Mein Beichtvater ist, was diese Dinge betrifft, ziemlich offen.«

»Ach, du gehst also zur Beichte?«

»Muß ich doch«, sagte Anthony und klang überrascht. »Sonst könnte ich nicht zur Messe gehen.«

»Aber mußt du denn dann nicht aufrichtig versprechen, es nicht wieder zu tun, bevor du die Absolution bekommen kannst?«

»Was ich verspreche und mit absoluter Aufrichtigkeit, ist, daß definitiv irgendwann die Zeit kommen wird, zu der ich aus eigenem, freiem Willen dieser speziellen Form der Sünde für immer ein Ende machen werde. Ich betrachte diese Zeit als eine Garantie, als ein Gelübde. Und was für eine Rolle spielt Zeit schließlich für Gott, unsere Zeit? Ein paar Monate, ein paar Jahre sind für ihn vollkommen ohne Belang. Er versteht.«

»Das nenne ich mehrere Eisen im Feuer haben.«

»Ein sehr gutes Prinzip«, sagte Anthony und küßte mich.

Man sollte denken, diese Bemerkung habe mir einen kalten Schauder über den Rücken gejagt, aber das tat sie nicht. In Wahrheit faszinierte mich sein Katholizismus; das Spitze-des-Eisbergs-Syndrom traf mich mittschiffs. Wie hätten mich seine monumentalen moralischen Gewißheiten auch nicht beeindrucken können? Sobald man beginnt, selbst zu denken, ist es wie ein Blick in den Abgrund. Und zu jener Zeit hatte ich seine gleichermaßen monumentalen moralischen Zweifel noch nicht wahrgenommen.

Ich lag dicht neben Anthony, meine Wange auf seiner Brust, und stellte mir mehr oder weniger vor, daß ich Gott dort drinnen pochen hören konnte. Ich hatte das berauschende Gefühl, eine gewaltige, machtvolle, komplizierte und gefährliche Maschine zu berühren, das Gefühl, daß ich vielleicht schon bald selbst dahinterkommen und lernen würde, wie man sie einschaltet und in Gang setzt.

Und so driftete unsere Sprechblase dahin.

Ein Thema, über das wir jedoch manchmal sprachen, war Dan. Ich war froh darüber. Mittlerweile wußten, abgesehen von Chris, nur noch wenige Menschen aus meiner Welt etwas von Dan. Aber Anthony war noch vor mir mit Dan befreundet gewesen und konnte mir Dinge erzählen, die ich nicht gewußt hatte. Er hatte Dan gern gehabt; Dan, der den Zwängen entkommen war, die Anthony mit sich herumtrug wie ein Korsett.

»Dans Vater hat auch Selbstmord begangen, wußtest du das?« fragte er mich einmal.

»Dans Vater hat sich umgebracht?« Diese Information überraschte mich wirklich. »Ich habe immer gedacht, er hätte sich zu Tode getrunken.«

»Der Alkohol war lediglich ein zusätzlicher Faktor. Soweit ich weiß, war der Mann ein trauriges, unfähiges Geschöpf, hat seinen Job durch Suff und Inkompetenz verloren und dann von einer winzigen Marinerente gelebt. Mrs. Suter hat ihm das Leben so zur Hölle gemacht, daß er eines Tages in den Garten ging, auf einen Birnbaum kletterte und den Ast absägte, auf dem er gesessen hatte. Ein freundlicher Leichenbeschauer brachte es fertig, das als Unfall hinzustellen.«

»Ich wußte schon immer, daß Mrs. Suter ein boshaftes Weib war! Das bestätigt meine Ansichten nur. Sie hat ihn durch ihre Nörgelei in den Tod getrieben.« Ein wenig ängstlich überlegte ich, ob Mrs. Suter vielleicht noch lebte, und wenn ja, wo? Klingelte es ihr in diesem Augenblick in den Ohren? Sie mußte jetzt, hmm, achtundfünfzig oder neunundfünfzig sein, keineswegs alt nach heutigen Maßstäben. »Aber – wenn sein Vater sich umgebracht hat, standen die Chancen eindeutig schlecht für den armen Dan. Ist es nicht eine statistisch erwiesene Tatsache, daß die Kinder von Selbstmördern mit einer besonders großen Wahrscheinlichkeit belastet sind, sich ebenfalls umzubringen?«

»Ich glaube ja. Ich frage mich, ob sie vielleicht auch die Neigung haben, sich andere potentielle Selbstmörder zu suchen und zu heiraten.«

»Sehr wahrscheinlich. Sie hätten auf jeden Fall etwas gemeinsam. Ärzte heiraten Ärzte, und Musiker heiraten Musiker.«

»Dann«, sagte Anthony, »ist es doch ausgesprochen seltsam, daß Dan nach Ingrid dich geheiratet hat, den letzten Menschen auf Erden, der Selbstmord begehen würde, wie jeder sehen konnte.«

Und tatsächlich, es stimmte, daß ich zu dieser Zeit ungeheuer damit beschäftigt war zu leben. Der Tod schien mir gerade zu diesem Zeitpunkt so vertraut, so nah – Georges Tod lag noch gar nicht lange zurück, und der von Hugh war so unvermeidlich –, daß ich den verzweifelten

Drang verspürte, meinen noch lebenden Freunden jedes Fitzelchen persönlicher Erfahrung zu entlocken, das sie preiszugeben bereit waren. Ich wollte alles hören, was sie zu sagen hatten, wollte ihre Geheimnisse erfahren und ihnen dafür, sofern es in meiner Macht stand, geben, was immer sie wollten. Wenn ich diesen Stimmen jetzt nicht lausche, solange ich die Chance dazu habe, wird es vielleicht niemals jemand tun, und dann werden sie tot sein und ihre Worte unausgesprochen bleiben; wir sind nur so kurze Zeit hier, mit all dem Wissen und der Erfahrung in uns, die so schwer wie Gold wiegen. Was können wir anderes tun, als einander an all dem teilhaben zu lassen?

Dieses Gefühl hing wahrscheinlich mit meinem Drang, Menschen zu bekochen, zusammen, mit der Freude daran, ihnen eine gute, nahrhafte Mahlzeit vorzusetzen.

»Ich denke immer noch«, sagte ich, »daß Dan die Absicht gehabt haben muß, den kleinen Finn in meine Obhut zu geben, daß das der Grund war, warum er mich geheiratet hat, daß nur irgend etwas mit der praktischen Ausführung schiefgegangen ist.«

Ein unglückliches Schweigen senkte sich auf uns herab; ich wußte, daß Anthonys Gedanken wieder zu Rosie und ihrem ungeborenen Kind zurückgekehrt waren.

Aber der kleine Finn hatte gelebt, war ein richtiges Kind gewesen; ich hatte ihn mit eigenen Augen gesehen, flaumig, zart, lieb und lächelnd in seinem Bettchen.

»Napoleon sagte, alle Franzosen müßten lesen lernen, damit sie in der Lage wären, im Gleichschritt zu marschieren«, bemerkte Anthony energisch. Ich war mir darüber im klaren, daß es ihm leid tat, diese traurigen Pforten zur

Vergangenheit geöffnet zu haben, und daß er unsere Gedanken auf eine theoretischere Ebene verlagern wollte. »Wie gefällt dir das als Beispiel für ein im Grunde gutes Vorhaben, das einem schlechten Zweck dient?«

Ich kehrte jedoch zu einem früheren Punkt unseres Gesprächs zurück, da mir plötzlich ein schrecklicher Gedanke gekommen war.

»O mein Gott!« rief ich. »Wenn Dans Vater sich das Leben genommen hat, indem er sich vom Birnbaum stürzte – meinst du damit –, das ist in meinem Garten passiert? In Watch Cottage? Ist er von meinem Birnbaum gefallen?«

»Ja, ich denke schon. Ja.« Anthony schien diese Tatsache keineswegs so beunruhigend zu finden wie ich. »Es hat alles in der *Affton Gazette* gestanden, und die Suters haben, solange sie in Affton gelebt haben, immer in diesem Haus gewohnt – Dan ist dort zur Welt gekommen, oder? Ich würde mir darüber keine Gedanken machen, wenn ich du wäre. Schließlich werden wohl jedes Haus und jeder Garten, die mehr als fünfzig Jahre alt sind, einige Geburten und Tode erlebt haben. Wann wurde Watch Cottage erbaut, sechzehnhundertirgendwas? Dutzende von Leuten müssen dort gestorben sein.«

Kein Wunder, daß Mrs. Suter meine Einladung, bei mir zu wohnen, nie beantwortet hat. Das heißt, wenn sie meinen Brief überhaupt bekommen hat. Vielleicht – und all ihrem Jammern über Dans Selbstherrlichkeit zum Trotz – war sie insgeheim erleichtert, dem Haus den Rücken kehren zu können. Vielleicht war sie, ohne daß irgend jemand es bemerkt hätte, die treibende Kraft hinter dem ganzen Umzug gewesen.

Aber Mrs. Suter wäre nicht Mrs. Suter gewesen, wenn sie nicht versucht hätte, Kapital aus ihrem Verlust zu schlagen.

Aus irgendeinem Grund dachte ich an Hugh, den guten, realistischen Hugh bei einem lange vergangenen Picknick mit seinen Zwillingssöhnen. Einer der Jungen wäre am liebsten zu Hause geblieben, um sich im Fernsehen ein Cricket-Spiel anzusehen, und hatte die ganze Zeit deswegen gemault. Mit väterlicher Verzweiflung hatte Hugh ihn schließlich gefragt: »Na komm schon, du mußt dich entscheiden. Willst du Kummer haben oder Spaß? Du kannst nicht beides haben.«

Ein Stück jungfräuliches Territorium, Niemandsland in dem Grenzgebiet zwischen Anthony und mir, war die Tatsache, daß wir nicht heirateten, obwohl oberflächlich betrachtet kein besonderer Grund dagegen gesprochen hätte. Ehen zwischen Papisten und Ungläubigen werden andauernd geschlossen, aber ich erinnerte mich an ein Gespräch vor einigen Jahren, als Rosie noch lebte und es um die Heirat von zwei gemeinsamen Bekannten ging. Damals hatte Anthony unmißverständlich erklärt: »Kein gläubiger Katholik könnte eine Agnostikerin heiraten. Zumindest ich nicht.« Diese Feststellung, in seiner lauten, volltönenden Stimme getroffen, war in meinem Gedächtnis haften geblieben. Er hat sich nie nach meinem Glauben erkundigt oder auch nur die leiseste Andeutung eines Vorschlags gemacht, daß ich etwas über den Katholizismus lernen solle. Vielleicht war ich ihm als Heidin lieber. Vielleicht hatte das Spitze-des-Eisbergs-Syndrom auch für ihn seine Gültigkeit. Oder es war seine Gewissenhaftigkeit, die es ihm verbot, mich auch nur andeutungsweise zu beeinflussen.

Außerdem hätte ich den Katholizismus ohnehin nicht begriffen. Ich wußte das, und er wahrscheinlich auch; ich hätte ebensogut versuchen können, an einem Kursus in Telepathie teilzunehmen oder in Wahrsagerei. Einige Dinge hat man einfach nicht in seinem Spektrum.

Und ich nehme an, Anthony sah keine Notwendigkeit zu heiraten; er hatte daheim alles, was er brauchte. Schwester Kelly bediente ihn in dem Haus, das Rosie eingerichtet hatte, von hinten und vorne.

Das Damoklesschwert der von Marshman angedrohten Vendetta schien nicht länger über unseren Häuptern zu schweben; es hatte uns nicht getroffen. Ich galt in Affton als ziemlich flatterhaftes Wesen, denn der Postbote hatte einmal durchs Fenster gesehen, wie ich mir den BH zumachte, den ich am Abend zuvor zum Trocknen vor meinen Backofen gehängt hatte. Miss Crutchley hinterbrachte mir mit bedauerndem Kopfschütteln, was man über mich redete, und war verwirrt, als ich in Gelächter ausbrach. Aber diese Sache hatte mir doch zu denken gegeben, und ich hatte mir ab und an Sorgen gemacht, ob Marshman meinen Ruf ruinieren könnte.

Marshman fand sich jedoch sehr bald in größten Schwierigkeiten wegen der falschen Angaben in seiner Mehrwertsteuererklärung und wurde tatsächlich vom Bezirksgericht schuldig gesprochen und zu einer achtzehnmonatigen Gefängnisstrafe verurteilt, von der ein Teil zur Bewährung ausgesetzt wurde. Er hatte eine Schwester, die jenseits der Severals lebte und nach seiner Verurteilung herkam, um das Monmouth für ihn zu führen; ich hörte, sie sei ein mürrisches und unattraktives Wesen und daß der Pub schwere Umsatzeinbußen erleide. Man war sich in der Stadt allgemein einig, daß Geoff, wenn er seine offene Gefängnisstrafe beendet hatte, die Pacht verkaufen und aus Affton wegziehen würde. In der Zwischenzeit waren die Schweine zu meiner Freude hinter meinem Haus verschwunden, und die ramponierte, schweinekranke Landschaft wurde sich selbst überlassen, damit sie sich im langsamen Fluß der Zeit erholen konnte.

Mrs. Edwina Marshman, so hatte ich in der *Affton Gazette* gelesen, klagte nach der Verurteilung ihres Mannes bei Gericht mit Erfolg das Sorgerecht für ihre drei Töchter ein. »Managerin und Miteigentümerin eines Clubs in Mayfair«, beschrieb der Zeitungsartikel sie, und ich war mir sicher, daß es Teddy gelingen würde, Tammy, Naddy und Varv zu einem Musterbeispiel bürgerlicher Tugenden zu erziehen. Außerdem war ich mir sicher, daß sie über Anthony und mich genau Bescheid wußte, obwohl ich nie von ihr hörte. Wenn man jemanden liebt, wie sie ihn geliebt hat, kann man nicht umhin mitzubekommen, was dem Geliebten widerfährt; die Informationen scheinen durch den Äther zu sickern. Ich habe dieses Phänomen am eigenen Leib erlebt.

Einmal habe ich versucht, sie anzurufen, aber das Telefon in der Hertford Street war abgestellt gewesen.

Hugh starb. Dieser Schlag, den Elly, Chris und ich schon lange im voraus und mit schrecklicher Angst erwartet hatten, war deswegen nicht weniger schrecklich, weil vorhersehbar und unvermeidlich. Bruder, Geliebter, Spielkamerad, Vater, Freund... tot.

»Wie kann ich jemals irgendeiner armen Närrin von einem Mädchen gestatten, einen dieser Jungen zu heiraten?« sagte Elly nach der Beerdigung zu mir, »wo ich doch weiß, was ihr beinahe mit Sicherheit bevorsteht?«

Die elfjährigen Zwillinge, groß, schlaksig und traurig, schienen kerngesund, aber ich wußte, was sie meinte; versicherungsstatistisch gesehen stand es beinahe fest, daß ihre unglücklichen Ehefrauen sie überleben würden.

Anthony war in Irland, als Hugh starb. Er hatte sich drei Wochen lang in Dublin aufgehalten, um sich einigen Problemen im Zusammenhang mit Rosies Familienbesitz zu widmen und um, wie ich aber erst lange Zeit später erfuhr, einen Arzt zu konsultieren. Als er zurückkehrte, war die Beerdigung vorüber, Hughs Söhne waren wieder in ihrem Internat, und Elly mühte sich, tüchtig, stoisch und diszipliniert, wie sie war, mit der Fortführung ihres Lebens ab. Nein, sie wollte nicht mit Chris oder mir auf Reisen gehen, sie wollte lediglich in ihren alten Beruf als Lehrerin zurückkehren.

Ich hatte das Wiedersehen mit Anthony herbeigesehnt, hatte mich nach dem Trost seiner Umarmung gesehnt, nach der Wohltat, über Hugh reden zu können, den Anthony ebenfalls geliebt hatte.

Wir würden eine Totenwache für Hugh halten, dachte ich. Feuer und Graupelschauer und Kerzenlicht und auch ein Tropfen Whisky; wir würden ihn heftiger und beredter betrauern, als das bei der steifen und maßvollen

Quäker-Beerdigung möglich gewesen war, um die seine Brüder gebeten und der Elly zugestimmt hatte.

Aber Anthony rief mich an dem Abend, an dem ich ihn erwartet hatte, an, um mir mit seltsam gepreßter Stimme mitzuteilen, daß er mit der Arbeit im Rückstand sei und nicht kommen könne.

Ich ließ diese Entschuldigung durchgehen, obwohl ich sie nicht glaubte, aber welchen Sinn hatte es, jemanden gegen seinen Willen zu beeinflussen? Wenn er einen Grund hat, wird er es einem bestimmt nicht danken, daß man ihn zu etwas gezwungen hat, das er nicht wollte.

Außerdem hatte Anthony wahrscheinlich vergessen, daß er mich am nächsten Tag in seinem Büro sehen würde. und dann, dachte ich, würde ich vielleicht herausfinden, was mit ihm los war.

Ich hatte zwei Gründe, ihn in seiner Eigenschaft als Anwalt aufzusuchen: eine Übereinkunft zwischen Cuisine Churchill und einem Theaterclub, den wir einige Jahre lang mit Speisen und Getränken beliefern sollten, bedurften der Bestätigung, und es waren einige juristische Arrangements mit Caspar Monk und Sutherland University Press zu treffen.

Monk war bei Georges Beerdigung auf mich zugekommen. Es war wie die Begegnung mit einem wandelnden Obelisken. Beerdigungen schienen überhaupt im Augenblick eine wichtige Rolle in meinem Leben zu spielen, dachte ich entmutigt; bei der von Hugh hatte ich einen merkwürdigen Mann kennengelernt, der mich um eine Liste von Ziffern bat, die er bei einer Wohltätigkeitstombola verwenden konnte.

Monk wollte mich wegen Ingrid Christ befragen. Sein letzter Roman, das Ende seiner geplanten Serie, war mittlerweile korrekturgelesen und mit einem Index versehen und wartete jetzt auf seine Publikation und die unvermeidlichen hervorragenden Kritiken und riesigen Verkaufszahlen. Monk war nun auf der Suche nach einem anderen literarischen Projekt, und meine an jenem Tag in der Charlotte Street so dahingesagte Bemerkung hatte ihn nicht mehr losgelassen; er verfolgte meinen Vorschlag mit verbissener und für ihn charakteristischer Energie. Er wollte eine kritische Biographie über Ingrid Christ verfassen. Einige Zeit zuvor hatte er von George erfahren, daß ich im Besitz der Gedichte, der Tagebücher und einiger Briefe war. Ob ich, so fragte er mich, wohl bereit wäre, ihm diese Unterlagen zu leihen? Ferner teilte er mir mit, daß, wenn er die Biographie schrieb, die von der Sutherland University Press bereits mehr oder weniger in Auftrag gegeben war, die besten Chancen bestünden, daß derselbe Verlag gleichzeitig eine Ausgabe mit Ingrid Christs gesammelten Gedichten herausbringen würde.

Nach anfänglicher Überraschung und Zögern freundete ich mich bald mit der Idee an. Monk schien allerdings ein höchst unpassender Biograph für die arme Ingrid zu sein; es war so, als engagierte man einen Bulldozer, um die Höhle eines Salamanders auszuheben. Aber alles, worauf Caspar seine beträchtlichen Fähigkeiten verwandte, wurde mit Sicherheit gründlich erledigt, und sein Name auf der Titelseite würde vernünftige Verkaufszahlen und die Aufmerksamkeit von seiten der Literaturkritiker sichern; die Gedichte würden veröffentlicht werden, und das Gefühl,

Ingrid etwas schuldig zu sein, würde mich vielleicht endlich loslassen. Oder auch nicht.

Nachdem ich das Ganze noch einmal überdacht hatte, stimmte ich zu, tippte die Gedichte, die George verunstaltet hatte, zu Ende ab und schickte Monk auf seiner Hebriden-Insel Fotokopien von allem, was ich hatte. Die Originale behielt ich. Schließlich akzeptierte Sutherland University Press Monks Vorschläge, und sowohl die Biographie als auch der Band mit gesammelten Gedichten wurden in Angriff genommen. Als Nachlaßverwalterin von Ingrids Ehemann mußte ich hier und dort meine Erlaubnis geben; an dieser Stelle benötigte ich Anthonys Zustimmung zu einigen Dokumenten, die man mir zur Unterschrift übersandt hatte.

Außerdem mußte ich nach Hughs Tod mein Testament ändern. Als ich anfing, beträchtliche Summen zu verdienen, hatte ich ein Testament aufgesetzt, wonach alles, was ich besaß, zwischen Chris, Elly und Hugh aufgeteilt werden sollte. Jetzt schien es, um Erbschaftssteuern zu vermeiden, vernünftiger zu sein, den zweiten Anteil direkt und als Treuhandvermögen Hughs Jungen zu vermachen. Elly hatte immer noch ein hübsches Einkommen und würde zu gegebener Zeit eine nicht minder hübsche Pension beziehen. Aber die Jungen steckten noch mitten in ihrer Ausbildung.

Anthony war sichtbar erschüttert, als ich am nächsten Morgen in sein Büro trat. Er versteifte sich am ganzen Leib, und einen Moment lang sah ich nur das Weiß in seinen Augen.

»Keine Panik«, sagte ich. »Ich bin's bloß.«

»Oh. Ja, ich sehe.«

»Hattest du vergessen, daß ich kommen wollte?«

Was offensichtlich der Fall war. Miss Knowles hatte sich nicht einmal die Mühe gemacht, ihn daran zu erinnern, so sicher war sie gewesen, daß er mit meinem Kommen rechnete.

»Du siehst nicht besonders gut aus, Liebster«, sagte ich. »Wo liegt das Problem?«

Es entstand eine Pause, während der man schätzungsweise bis fünfzehn hätte zählen können. Dann sagte er: »Hier.« Er zog einen Brief aus der Tasche. »Das solltest du wohl lesen.«

Er reichte mir das Schreiben über seinen sauber aufgeräumten, auf Hochglanz polierten Schreibtisch. Das Papier zitterte leicht, als er es mir hinhielt. Sein bleiches Gesicht war irgendwie abgewandt, und er mied meinen Blick. Seine Augen waren auf irgendeine Besonderheit des türkischen Teppichs auf dem Fußboden geheftet.

Was jetzt? überlegte ich voller Entsetzen. Marshman? Teddy? Oder der anonyme Schreiberling?

Aber der Brief war in Hughs Handschrift geschrieben.

Wenn die Stunde des Todes näher rückt, verlieren einige Menschen jegliche Hemmungen, und Hugh hatte zu keiner Zeit besonders viele Hemmungen gehabt. Direkt, lieb und unmißverständlich erzählte er von unserer Beziehung, sagte, es tue ihm leid, Anthony vor seinem Tod nicht noch einmal sehen zu können. Er sprach voller Wärme von den schönen Zeiten, die sie miteinander erlebt hatten, und endete, indem er mich Anthonys Obhut und Freundschaft empfahl. Ich würde, so schrieb er, nach seinem Tod sehr einsam sein; Elly hatte die Jungen und ihre Schule, aber Clytie sei durch den Tod so besonders verwundbar.

Durch den Tod verwundbar. Was für ein Satz!

Ach, der liebe, alte Hugh; diesmal hatte er mich wirklich in die Klemme gebracht.

Die Szene mit Anthony tobte eine ganze Stunde lang; zweimal so lange, wie ich geglaubt hatte, für meine Angelegenheiten mit Caspar Monk und die testamentarischen Verfügungen zu brauchen. Mehrfach glaubte ich, mein Leben sei ernsthaft in Gefahr. Miss Knowles brachte den Kaffee herein und zog sich dann erschrocken wieder zurück. Anthony rauchte etwa zwanzig Zigaretten; und ich saß zitternd und todunglücklich in den Trümmern unserer Idylle.

Nun, früher oder später mußte es wohl so kommen.

»Du warst Hughs Geliebte? Und Georges? *Gleichzeitig!* Und sie wußten es beide?«

»Warum nicht? Keiner von ihnen hatte etwas dagegen. Und ich auch nicht.«

»Und Elly auch nicht? Oder Chris?«

»Nein!« rief ich ihm traurig entgegen. »Wir sind Freundinnen.«

»Ich habe noch niemals etwas so absolut Schmutziges und Entwürdigendes gehört. Und warum«, fragte er, und seine Worte waren wie Hammerschläge in einer Eisenschmiede, »warum war ich der einzige, der über dieses charmante häusliche Arrangement im unklaren gelassen wurde?«

Ach Anthony, dachte ich. Weißt du das wirklich nicht?

Denn ohne auch nur einen einzigen klaren Gedanken auf die Angelegenheit verwenden zu müssen, wußte ich, wußten wir, daß du so etwas niemals geduldet hättest. Deine Maßstäbe sind anders als unsere. Besser, schlechter, wer könnte das sagen? Anders eben.

»Sie starben«, sagte ich. »George und Hugh waren beide dem Tode nah.«

»Das wußtest du nicht.«

»O doch. O doch, ich denke schon. Schon vor langer, langer Zeit.«

»Und weil ein Mann sterben muß, rechtfertigt das deiner Meinung nach, daß du mit ihm ins Bett gehst? Trotz der Tatsache, daß er mit deiner besten Freundin verheiratet ist?«

Anthony hustete und drückte seine achtzehnte Zigarette aus. Unser beider Blicke folgten seiner zitternden Hand zu dem Haufen von Zigarettenleichen im Aschenbecher. Keiner sagte etwas. Aber auf unseren inneren Bildschirmen blitzte simultan mehr oder weniger der gleiche Text auf. Dieselben Worte hallten durch unsere Köpfe.

Und wann bitte rechnest du mit meinem Tod?

Einige Jahre später erfuhr ich, daß Anthony in Dublin einen Lungenspezialisten aufgesucht hatte, der ihn röntgte und etwas entdeckte, das ein Schatten auf seiner Lunge gewesen sein konnte. Der Mann hatte ihm unmißverständlich erklärt, daß er, wenn ihm sein Leben lieb war, besser das Rauchen aufgeben sollte. Auf der Stelle.

Das Timing für seine Entdeckung hätte nicht schlimmer sein können.

Er sagte schreckliche Dinge. Ich hörte nicht genau hin,

obwohl ich wußte, daß ich mich später an seine Worte erinnern würde. Ich habe ein sehr scharfes Gedächtnis für diese Art qualvoller Unterhaltungen. Seltsam, nicht wahr? Wogegen man sich bei vielen Menschen, die man liebt, nach ihrem Tod danach sehnt, sich an jede noch so unbedeutende Kleinigkeit, die sie sagten, zu erinnern und es nicht kann. Ich sehe noch immer Vanessa vor mir, die sich im Schneidersitz an einer Tonscherbe zu schaffen machte, oder Rosie, die ihren glatten braunen Haarschopf über ein Stück Stoff gesenkt hatte und sich mit einer Nadel mühte; aber von dem, was in diesen Augenblicken gesprochen wurde, wollte mir nichts mehr einfallen.

Ich wußte, daß für Anthony und mich alles vorüber war. Während er auf mich losging, war ich vollauf damit beschäftigt, mich in einen Mantel der Rückschau einzuhüllen, nicht zum Schutz, sondern nur um zu verhindern, daß ich auf seinem türkischen Teppich wie ein zerbrochenes Ei in meine Bestandteile zerfiel.

Ich dachte an unsere letzte Begegnung vor seiner Abreise nach Irland. Er hatte irgendeine City-Firma auf dem Three Quays Wharf beraten. Anschließend hatten wir uns im Tower von London getroffen, von wo aus wir ostwärts die Themse entlangspazierten.

Es war ein milder, feuchter Abend gewesen, die Sonne senkte sich an einem Himmel von hellgrauem Perlmutt dem Horizont entgegen, die Flut rollte herein, und ein leichter Seenebel erhob sich über dem Fluß und breitete eine Decke, die wie weißer Rauch aussah, über dem Wasser aus, so daß die fernen Kräne und Lagerhäuser auf der anderen Seite sich ätherisch in verschiedenen Grauschattierungen aus einem schneeweißen, dunstigen Fundament erhoben. Vor all dem Grau und Weiß und diesem hellen Gold wirkten die kleinen Gestalten schwarzer Menschen, die am Fluß entlanggingen, wie Höhlenmalereien auf einer neolithischen Felsmauer. Ich sagte, daß Lowry diese Stimmung gefallen hätte. Anthony, der sich nicht für volkstümliche Malerei interessierte, hatte noch nie von Lowry gehört, richtete aber meine Aufmerksamkeit auf die Farbe des Flusses, der, wenn man ihn hier und dort durch die wabernden Nebelschlieren sehen konnte, von dem denkbar hellsten, seidigen Aquamarinblau war, durchschossen mit transparenten Streifen Lavendelviolett. Wir gingen und gingen und sogen das durchscheinende Leuchten ein, als sei es Luft.

Anthony hatte gesagt, es mache ihn froh, mit mir zusammen dort zu sein; ihm fielen solche Dinge in meiner Gesellschaft immer mehr ins Auge, sagte er.

Und ich sagte, ja, ich sei auch froh, mit ihm dort zu sein.

Lebe wohl, Anthony! Lebe wohl, meine letzte Liebe!

»Also glaubst du, daß ich auch sterben werde, ja?« sagte Anthony. »Das ist der Grund, warum du so freundlich und besorgt gewesen bist? Du hast dich zu einer Art Schutzengel aufgeschwungen? Nun, wenn ich wirklich sterbe, wird es dir leid tun. Sehr leid. Denn ich werde ein Testament machen; um genau zu sein, habe ich den größten Teil der vergangenen Nacht damit verbracht, es aufzusetzen. Ich hinterlasse dir mein Geld, aber in dem Testament wird auch eine Menge über dich drinstehen. Es wird dir nicht gefallen, das zu hören; man könnte es ein richtiges, altmodisches Testament nennen, ein letzter Ausdruck innerster Überzeugung. Und in meinem Testament habe ich aus meinen Überzeugungen dich betreffend wahrhaftig kein Hehl gemacht, Clytie. Wenn ich sterbe, wird es öffentlich verlesen werden; dafür habe ich Anweisungen hinterlassen.«

Rachsüchtig, dachte ich. In puncto Rachsucht könnte Anthony sogar Geoffrey Marshman noch etwas beibringen. Und dann fragte ich mich, ob er wohl auch Teddy Geld hinterlassen würde (vorzugsweise ohne dazugehörige Abschiedsrede). Aber wenn er es nicht tut, dachte ich, kann sie gern meinen Anteil bekommen. Es war interessant, daß Anthony, der so reserviert, vorsichtig und verschwiegen war, öffentliche Schande als die schlimmste Strafe von allen erachtete; wogegen öffentliche Schande für mich, verglichen mit dem Schmerz, einen Menschen zu verlieren, eher unerheblich war.

Jetzt redete er davon, wie ich seine Existenz vergiftet hätte, wie ihm nun selbst die Erinnerung an Rosie verloren sei, weil sie derselben Spezies angehörte wie ich. Es schien keinen Sinn zu haben, das Gespräch in die Länge zu ziehen, also stand ich zitternd auf, mit Beinen, die sich anfühlten wie nasse Baumwolle, und tastete mich zur Tür.

Anthony redete immer noch, aber ich kehrte seiner zornigen Stimme den Rücken und schloß die Tür. Wiedergesehen habe ich ihn dann erst, als ich ihn wegen der anonymen Briefe konsultierte.

Mehrere Jahre vergingen. Ich überlegte, ob ich meine Brücken in Affton abbrechen und Watch Cottage verkaufen sollte. Die Stadt schien mir nur Pech zu bringen. Aber das kleine Haus war mir mittlerweile zu einem Heim geworden, es war mein Nest, meine Höhle, mein Schneckenhaus. Drei Nächte der Woche verbrachte ich dort. An dem Leben der Stadt nahm ich keinen Anteil; da ich ängstlich darauf bedacht war, jeden möglichen Kontakt mit Anthony zu vermeiden, lehnte ich Einladungen ab, hielt mich von öffentlichen Ereignissen fern, trat keinem Verein bei. Ich kam und ging wie ein Geist, denke ich. An den Wochenenden besuchten mich Elly und Chris, einzeln oder gemeinsam, und Elly kam in den Sommerferien mit den Jungen zu mir. Wir verbrachten die Tage am Strand, in den Dünen oder in den Sümpfen; die Jungen waren begeisterte Vogelbeobachter. Sie liebten Affton, fanden dort immer jede Menge zu tun. Ich entdeckte am Stadtrand, jenseits der Severals, eine Farm, auf der man sich Pferde leihen konnte. Elly hatte nach Hughs Tod zugenommen. Das Gewicht stand ihr gut zu Gesicht, wie ich meinte; sie sah aus wie ein entzückender Ballon, der anmutig über die Straße hüpfte, aber sie wollte gegen ihr Übergewicht angehen, also ritten wir viel, galoppierten einen leuchtendweißen Kalkpfad hinauf, der hinter der Farm direkt in die offenen Dünen führte.

Diesseits der Farm, in der letzten schäbigen, kleinen Straße der Stadt, die aus einer Anzahl Reihenhäuser mit Blick auf freie Bauplätze bestand, befand sich ein winziges Zeitungskiosk-Tante-Emma-Laden-Postamt, das sich der Einfachheit halber *The Store's* nannte. Ich habe dieses Schild immer mit einer Art liebevoller Belustigung betrachtet, aber der Grammatikfehler darauf weckte in Ellys ordnungsbewußtem Hirn die schlafende Pädagogin. Sie meinte, wie erschreckend es doch sei, daß so viele Schüler nach neunjähriger Schulzeit immer noch nicht den Unterschied zwischen dem Plural-s und dem Genitiv-s begriffen hätten; sie begegne diesem elementaren Fehler immer wieder, sogar in nationalen Zeitungen und auf Ladenschildern.

»Du solltest reingehen und es dem Besitzer sagen«, tadelte sie mich. »Er macht sich doch lächerlich. Er sollte dir dankbar sein, wenn du ihn darauf hinweist.«

»Ich kenne den Mann nicht. Ich habe noch nie einen Fuß in dieses Geschäft gesetzt. Und es würde ihn furchtbar in Verlegenheit bringen. Dieses Schild muß schon seit Jahren da hängen, du siehst ja, wie verblichen es ist. Außerdem macht Milton in den *Lycidas* denselben Fehler: *With Nectar pure his oozy Lock's he laves.* Was gut genug für Milton ist, ist auch gut genug für mich.«

»Du hast zu viele Skrupel, wenn es darum geht, die Leute mit irgend etwas zu behelligen«, sagte Elly und meinte damit: Du bist faul, schwach, unentschlossen und egozentrisch.

Ich erwiderte: »Welchen Sinn hat es, den Leuten auf die Zehen zu treten, nur um eines unerheblichen Grammatikfehlers willen? Ich halte nichts davon, vollkommen Fremden Vorträge über ein unwichtiges Prinzip zu halten.«

»Kein Prinzip ist unwichtig«, sagte Elly und trieb ihr durchnäßtes Pferd zu einem Galopp an.

Wir wählten für den Rückweg gewöhnlich eine andere Route, damit sie nicht zweimal am Tag in Verzweiflung gestürzt wurde. Das winzige Geschäft schien kaum je Kundschaft zu haben, oder zumindest nicht zu den Zeiten, zu denen wir vorbeikamen. Nur einmal sah ich einen mit einer Strickjacke angetanen Rücken über den Weg an der Seite des Ladens gehen, der mir irgendwie bekannt vorkam; wahrscheinlich handelte es sich, so dachte ich, um eine von Miss Crutchleys zahlreichen Bekannten aus der Congregational Church, und ich dachte nicht weiter darüber nach.

Kurze Zeit darauf bekam ich meine Auszeichnung in den *Birthday Honours*, die mir keine besondere Freude machte. Ich feierte das Ereignis, indem ich Chris für eine Woche nach Nordspanien einlud. Die Küche war phantasielos – *olla podrida* und *Paella* brauchten immer vier Stunden Vorbereitungszeit, und des allgegenwärtigen *Flan* wurden wir auch bald herzlich müde –, aber die Landschaft war prachtvoll und die Architektur ungeheuer beeindruckend.

Als ich nach Watch Cottage zurückkehrte, stellte ich zu meinem Erschrecken fest, daß mir jemand eine Nachricht auf meinen Küchenrecorder gesprochen hatte, im Flüsterton und mit ausgesprochen unerfreulichen Worten.

»Du glaubst, du kannst tun und lassen, was du willst«, hieß es bösartig. »Aber da steht dir eine große Enttäuschung bevor. Du hast kein Recht, hier zu sein. Du hast kein Recht, überhaupt irgendwo zu sein. Du bist nichts als Abschaum.« Und noch mehr in derselben Tonart.

Ich war so erschrocken und aufgeregt, daß ich, ohne nachzudenken, die Kassette löschte und erst zu spät begriff, daß ich die Nachricht vielleicht der Polizei hätte vorspielen sollen. Aber ich dachte ohnehin, ich wüßte, wer dafür verantwortlich war: Schwester Kelly ging noch immer auf die andere Straßenseite, wenn sie mich kommen sah. Ich weiß nicht, ob sie von meiner Beziehung zu Anthony jemals etwas geahnt hat, aber fest stand, daß ihre Gefühle mir gegenüber sich in keiner Weise verändert hatten. Aber wie konnte sie ins Haus gekommen sein? Nun, ich hatte Miss Crutchley einen Schlüssel dagelassen, damit der Gasmann den Zähler ablesen konnte, und vielleicht hatte der Mann die Tür unvorsichtigerweise offengelassen.

Von da an achtete ich besonders sorgfältig darauf, immer hinter mir abzuschließen. Es war wirklich schauderhaft gewesen, dieses dumpfe, zischende Flüstern aus meinem Küchenlautsprecher; ich hatte das Gefühl, als wäre mein liebes kleines Haus geschändet worden. Es schien mir nicht mehr länger ein solch sicherer Hafen zu sein.

Aber die folgenden Monate brachten mir Unmengen Arbeit; ich sollte für ein Winzerfest kochen, für eine Luftfahrtkonferenz und eine Episkopalsynode. Die Nachricht auf meinem Recorder geriet schließlich in Vergessenheit.

Dann hörte ich das Telefongespräch zwischen den beiden Frauen mit.

»Aber was ist mit Daniels zweiter Frau? Sie hat wirklich nicht gewußt, daß das Kind noch lebt?«

»Nein, sie konnte unmöglich davon erfahren.«

Daraufhin setzte ich dann meine Annonce in die Zeitung.

Und danach kamen die anonymen Briefe.

11

Der Morgen ruft zu neuem Glück die Au.

»Ich glaube nicht, daß er eine gute *parti* für Sie gewesen wäre«, sagte Rabuse.

»Wer, Anthony? Vielleicht nicht, aber das war sowieso nie die Frage. Er wollte mich nicht heiraten. Das hätte er nie getan, nicht in einer Million Jahren.«

»Vielleicht hat er darauf gewartet, daß Sie selber den Vorschlag machten? Immerhin sind Sie eine berufstätige Frau, und ihre Karriere schreitet genauso erfolgreich voran wie die seine.«

»Nicht in seinen Augen«, sagte ich. »So würde er das nie sehen. Außerdem steigt er immer höher und höher, arbeitet sich wahrscheinlich zu Tode. Ich nehme an, er glaubt, Rosie hätte das so gewollt. Er wird wahrscheinlich als Lordkanzler enden. Mittlerweile hält er sich den größten Teil der Zeit in London auf und schiebt nur hier und da ein paar Stunden für sein Büro in Affton ein. Aber er hat das Haus, Rosies Haus, nie aufgegeben. Und diese alte Hexe kümmert sich immer noch um ihn.«

Wir hatten nicht die ganze Nacht damit zugebracht, über mich und meine Angelegenheiten zu reden. Théo Rabuse hatte mir auch die ganze Geschichte von seiner traurigen Liebe zu Lucienne erzählt und eine ganze Menge über seine ziemlich lieblose und entbehrungsreiche Kindheit in den Cévennes, eine Zeit, in der seine strenge Großmutter sich um ihn gekümmert hatte. Außerdem erfuhr ich von einigen seiner späteren Affären, die, wie er meinte, lehrreich für mich sein würden, weil die Engländer ihr Leben mit einer solchen Schwere und Gewichtigkeit angingen, während die Franzosen sich dem Dasein viel unbeschwerter widmeten.

»Unbeschwert?« sagte ich. »Wie machen sie denn das? Elly hält mir immer Vorträge über die ungelösten Probleme, denen ich meine Aufmerksamkeit schenken müßte: das Alter und Rassismus und Vergewaltigung und die schlechte Behandlung geisteskranker Menschen und die Emanzipation der Frau. Aber meine Hauptbeschäftigung scheint mir immer so wenig Zeit für andere Dinge zu lassen...«

»Was für eine Beschäftigung ist das?«

»Das Leben selbst, nehme ich an. Der Tod selbst.«

»Da haben Sie's mal wieder!« sagte er. »Sie müssen wirklich lernen, etwas unbeschwerter zu sein.«

Wir hatten ein gutes Gespräch, Théo und ich; es dauerte schätzungsweise vierzehn Stunden.

Bei Tagesanbruch rief unerwarteterweise Anthony noch einmal an. Théo nahm den Hörer auf, da er auf einen Anruf des Tierarztes wartete, der sich um die Wachhunde kümmern sollte.

»Ah – Miss Clytie Churchill? *Attendez un instant, monsieur, s'il vous plaît* – sie steht direkt neben mir.«

Ich erwartete nun eine neuerliche Breitseite verdrossener Anzüglichkeiten von Anthony, aber er klang gehetzt, atemlos und viel menschlicher als während unserer letzten beiden Gespräche.

»Clytie? Ich habe eine schreckliche Nachricht für dich, fürchte ich. Watch Cottage brennt.«

»Mein Haus? Brennt? Woher weißt du das?« fragte ich unsinnigerweise.

»Ich kann es von hier aus brennen sehen, lichterloh.«

Das stimmte natürlich. Mein Haus ist von seinem aus zu sehen, da es am Fuß des Hügels liegt. Rosie und ich haben immer darüber gelacht, daß wir uns im Notfall auch mit Flaggen verständigen könnten.

»Ich bin dort gewesen, gerade erst«, sagte er. »Die Feuerwehr tut ihr Bestes, aber bei all diesen Holzverschalungen und Vertäfelungen... Ich fürchte, das Feuer hatte sich schon zu weit ausgebreitet, als Hilfe kam. Es sieht nicht gut aus, Clytie.«

»Wer hat die Feuerwehr alarmiert?« krächzte ich.

»Deine Nachbarin, die alte Miss Wie-heißt-sie-noch. Nachdem sie die Feuerwehr angerufen hat, hat sie bei mir angeläutet.«

Ich hatte Miss Crutchley Anthonys Nummer gegeben. »Nur für den Fall, daß eingebrochen wird oder so; man kann ja nie wissen.«

»O nein, das wollen wir doch nicht hoffen, meine Liebe, nicht wahr«, sagte sie und notierte sich die Nummer.

Aber an Feuer hatte ich nie gedacht. Die arme Miss Crutchley stand sicher schreckliche Ängste aus, daß das Feuer auf ihr Cottage übergreifen könnte, das genauso alt und holzvertäfelt war wie meins. Aber Anthony versicherte mir, daß diese Gefahr kaum bestand.

»Trotzdem solltest du besser zurückkommen«, sagte er und fügte dann mit wieder aufgelebter Verdrossenheit hinzu, »es tut mir leid, daß ich dir deinen Bretagne-Urlaub verderbe.«

»Ach, sei doch kein Esel, Anthony. Ich bin dir sehr dankbar für deinen Anruf. Ich komme, so schnell ich kann.« Aber wohin? fragte ich mich. »Nur daß ich, genau betrachtet«, fügte ich hinzu, als ich mich meiner gegenwärtigen Umstände erinnerte, »noch nicht von hier weg kann.«

Durch das Bibliotheksfenster – Théo hatte die Jalousie hochgezogen – konnte man die architektonischen Gärten von Plouhaix sehen, nebelumhüllt und taubenetzt; nichts zu sehen von den menschenfressenden Schäferhunden, aber zweifellos waren sie in der Nähe und streiften wachsam durch Lady Wilders Rosenbeete, Terrassen und Gartenwege.

»Ich habe in Gatwick angerufen«, sagte Anthony, der mich mißverstanden hatte. »Um halb neun geht ein Flugzeug aus Quimper und ein weiteres um halb zehn.«

»Ich werde den ersten Flieger nehmen, den ich bekommen kann.«

»Ich fürchte, ich werde nicht dort sein können, wenn du kommst«, sagte er. »Ich muß einer Versammlung der juristischen Gesellschaft in London vorstehen. Aber Miss Knowles wird sich um dich kümmern. Ich bin dann zurück, sobald ich kann. Wenn du die Nacht im Hanover Crescent verbringen möchtest ...« begann er zweifelnd, aber noch bevor er ganz aussprechen konnte, fiel ich ihm ins Wort. Was für ein Gedanke! Die alte Schwester Kelly würde mir wahrscheinlich Gift in meinen Porridge schütten.

»Ich denke, Asta Martineau wird mich bei sich aufnehmen, wenn das Haus unbewohnbar ist. Aber vielleicht ist es nicht so schlimm, wie du denkst.«

»Ich fürchte doch. Mach dir keine falschen Hoffnungen«, sagte er und legte auf.

Rabuse war entsetzt, als ich ihm erzählte, was vorgefallen war. *»Mon dieu, quelle calamité!«* Aber dann, nachdem er noch einmal darüber nachgedacht hatte und mit dem ungeheuren Sinn fürs Praktische, der eine so große Rolle in seiner Natur spielte, fügte er hinzu: *»En effet,* vielleicht ist es letzten Endes doch nicht so ein Unglück. Wenn das Haus weg ist, werden die Ketten der Vergangenheit, die Sie dort gefangenhalten, endlich gesprengt.«

»Merci de rien«, erwiderte ich kalt.

Aber wie auch immer, er war die Freundlichkeit in Person und rief sofort den Tierarzt an. Er drängte den Mann, auf der Stelle herzukommen, um uns die Wachhunde vom Hals zu schaffen, ein Unterfangen, das mit überraschender Gründlichkeit und Schnelligkeit vonstatten ging. Warum können Menschen nicht auch mit Narkosepfeilen aufeinander losgehen statt mit Langstreckenraketen, überlegte ich kurz, aber die offensichtliche Antwort kam wie von selbst: weil die Absichten der meisten Menschen, die einander gegenüberstehen, absolut tödlich sind.

Rabuse expedierte mich dann in einem von Sir Berts Autos in Windeseile zum Flughafen, wobei er immer wieder unseren verlorenen Urlaubstag beklagte.

»Aber ich hoffe doch, meine liebe Freundin, daß einer

Bekanntschaft, die so interessant und vielversprechend begann, eine Fortsetzung beschieden sein wird.«

Ich war mir, was das betraf, nicht so ganz sicher.

»Meinen Sie nicht, wir sollten das Ganze als bemerkenswertes, einmaliges Gastspiel betrachten? Wie sollte unsere zweite Begegnung jemals einem Vergleich mit der ersten standhalten können bei all dem Drama, das mit ihr verbunden war?«

»Ma chère«, sagte Rabuse, der Sir Berts schweren Citroën geschickt und flink durch die bretonische Landschaft manövrierte. »Mir scheint, Ihr Leben ist ohnehin schon mit einem Übermaß an Drama ausgestattet. Was Sie jetzt brauchen, ist ein wenig mehr vom schlichten Einerlei der menschlichen Existenz.«

Er begleitete mich noch zum Abfertigungsschalter, umarmte mich zum Abschied, küßte mich nach französischer Sitte zweimal auf jede Wange und fügte dann mit ernster Stimme hinzu: »Halten Sie mich unbedingt auf dem laufenden! Ich werde begierig auf Neuigkeiten von Ihnen warten.«

Ich versprach ihm, worum er mich gebeten hatte, schrieb mir seine Pariser Nummer auf und sah seinem in braunem Tweed steckenden kräftigen Rücken voller Zuneigung hinterher, als er das Flughafengebäude verließ.

Der Heimflug über den englischen Kanal und die Isle of Wight war kurz, schien sich aber endlos in die Länge zu ziehen. Die ganze Zeit über drängte ich das Flugzeug mit meinem Willen vorwärts, versuchte, seine Geschwindigkeit zu steigern. Hatte die Feuerwehr den Brand mittlerweile gelöscht oder stand Watch Cottage noch immer in

Flammen? Wann hatte das Feuer begonnen, wie hatte es begonnen, welcher Anblick würde mich dort erwarten? Wieder und wieder plagte ich mich in meiner Phantasie mühsam den Watch Hill hinauf.

Vor der Landung in Gatwick flog das Flugzeug in einer weiten Kurve über den größten Teil von East Sussex; ich sah Beachy Head, die Seven Sisters, den sich windenden Cuckmere-Fluß, Pevensey-Castle. Dann wandten wir uns wieder nach Norden, und ich überlegte, ob wir wohl einen Blick auf Affton, auf seine spitzen, kleinen Hügelchen würden werfen können; würde ich vielleicht sogar den Rauch meines brennenden Hauses sehen? Aber wir flogen in eine Wolkenbank hinein, und Affton blieb unsichtbar.

Die Ankunft in Gatwick, wo niemand mich abholte, war ein melancholischer Kontrast zu Théos freundlichem Lebewohl. Aber er hatte sich erboten, zu telefonieren und einen Mietwagen für mich zu organisieren, und dort stand auch schon der Fahrer, ein Plakat in der Hand, direkt hinter der Schranke, und wieder einmal fühlte ich mich geborgen und getröstet. Außerdem hatte ich ganz besonderen Grund, für diese Bequemlichkeit dankbar zu sein, denn Rabuse hatte mich mit mehreren Marktkörben voller Käse, Früchte und Wein ausgestattet. »Ihr Haus ist niedergebrannt, Ihre Küche zerstört; *hélas*, was wollen Sie essen?« Eine ganz und gar praktische, typisch französische Geste, aber in der Zwischenzeit stellten die Körbe ein gewisses Problem dar.

Während der zweistündigen Fahrt versuchte ich zu schlafen, da ich in der Nacht zuvor kein Auge zugetan hatte und ich mich für die schwere Prüfung, die vor mir lag, rüsten wollte. Aber ich fand keine Ruhe. Ich fühlte mich auf hektische Weise wach, mein Gehirn lief Amok und ließ unaufhörlich wilde Theorien hervorschießen, so schnell wie Pingpongbälle an einem Kirmesstand.

»Hübsche Stadt«, sagte mein Fahrer, als wir uns Affton auf seinem dreieckigen Hügel näherten. »Kennen Sie sie gut? Oder sind Sie zum ersten Mal hier?«

Wie wünschte ich mir, es wäre so: glücklich Hand in Hand mit Dan, unwissend und ahnungslos. Dann nahm ich den Wunsch mit ungestümer Heftigkeit zurück. Das alles noch einmal durchmachen? Nicht für alles Gold im Kreml.

»Bringen Sie mich in die Monmouth Street Nr. 10«, sagte ich. Das war das Büro von Roche, Quimper und Durrenmatt. Ich würde meine Körbe dort absetzen; Watch Hill war, nachdem man um eine Reihe von Ecken gebogen war, eine Sackgasse, und es hatte keinen Sinn, den üblichen Verkehrsstau mit meinem Mietauto noch zu verschlimmern, falls die Feuerwehr noch bei der Arbeit war.

Aber das war nicht der Fall. Als ich meine Sachen bei der jammernden Miss Morris abgesetzt hatte und die kurze Strecke durch die Bastion Street gegangen war, fand ich den steilen, gepflasterten Weg leer, schweigsam, feucht und rußig bis zur Gosse hin. Und oben auf dem Gipfel, dort, wo mein Haus gestanden hatte, ein klaffendes Loch, wie eine Zahnlücke im Mund. Keine Feuerwehrautos, aber dafür ein paar mitleidige oder sensationslüsterne Gaffer und einige Polizisten, die über die noch immer leicht dampfenden Ruinen wachten.

Ich gab mich als Besitzerin des Hauses zu erkennen und

wurde gebeten, mich auf dem Polizeirevier zu melden. Verdächtigen sie mich des Versicherungsbetruges? fragte ich mich, oder ist das ein Routinevorgang?

Zuerst warf ich einen Blick auf das nackte Gerippe meines Hauses. Da war nichts mehr, wirklich nichts, nur schwarze, nasse, verkohlte Trümmer. Ein Kamin stand noch. Der Birnbaum war verbrannt und versengt, würde sich mit der Zeit aber wieder erholen. Der Flieder vorm Badezimmerfenster war zu spröden, schwarzen Pflöcken verkohlt. Und überall dieser gräßliche Geruch nach nassem, durchweichtem Ruß, ein beißender, fettiger, messerscharfer Geruch, unmenschlich irgendwie und finster. Ich bin früher einmal einen Teil des Wegs hinaufgeklettert, der zu einem Vulkan führte, und seine düsteren, kahlen Hänge gaben genau denselben sterilen, bedrohlichen Gestank ab.

Watch Cottage war für immer verloren.

»Wie hat es angefangen?« fragte ich einen der Wachtmeister, und er sagte: »Sie werden Ihnen auf dem Revier alles erklären, Miss. Ted wird Sie im Panda rüberfahren.«

Das Polizeirevier, ein großer roter Backsteinbau aus den dreißiger Jahren, stand auf der anderen Seite des Bahnhofs. Dort bekam ich eine Tasse Tee und wurde gebeten, mich auf eine ziemlich schockierende Mitteilung gefaßt zu machen. Und dann eröffnete mir Superintendent Plaistow, groß, mit langsamen Bewegungen, pockennarbig und runzlig, daß die Zerstörung von Watch Cottage auf Brandstiftung zurückging.

»Brandstiftung? Sie meinen, jemand hat das Feuer absichtlich gelegt?«

»Ja, da besteht kein Zweifel, fürchte ich. Wir haben Paraffin gefunden, Feuerzeuge und sogar trockenes Holz zum Entfachen des Feuers.«

Ein kalter Schauder lief mir das Rückgrat hinunter. Als nächstes würde er mich fragen, ob ich irgend jemanden wüßte, der mich genug haßt, um mir so etwas anzutun. Und was würde ich darauf sagen? Aber er fuhr schon fort: »Bedauerlicherweise ist es der Person, die das Feuer gelegt hat, nicht geglückt zu fliehen...«

»O mein Gott! Sie meinen, es ist jemand in dem Feuer umgekommen?«

»So ist es«, sagte er. »Ich fürchte, man wird Sie fragen müssen, ob Sie den Leichnam, der in der Küche gefunden wurde, identifizieren können. Er ist fast bis zur Unkenntlichkeit verkohlt – aber wir haben einige persönliche Dinge gefunden...«

»Ein Mann oder eine Frau?« krächzte ich.

Er sah mich über den Rand seiner Brillengläser hin an. »Ähm – eine Frau.«

»Könnten wir es dann jetzt hinter uns bringen?«

Im Leichenschauhaus – das eine schauerliche Kombination aus Gepäckschließfächern und Tiefkühltruhe war – spähte ich würgend auf die schwarz verkohlte Gestalt herab und betrachtete dann das kleine Paket, das einen Granatring, einen Ehering, eine kleine, angelaufene, billige Goldarmbanduhr und ein blaugraues Feuerzeug enthielt.

»Diese Sachen gehörten meiner Schwiegermutter, Mrs. Edith Agnes Suter.« Und das Feuerzeug hatte früher Dan gehört. Er mußte es irgendwann einmal in Dodman's End liegengelassen haben.

»Das bestätigt unsere eigenen Ermittlungen«, bemerkte Superintendent Plaistow steif und führte mich besorgt zurück in sein Büro, wo er so freundlich war, mir einen Schluck Brandy zu beschaffen.

»Es tut mir leid…«, stieß ich hervor, »für gewöhnlich passiert mir so etwas nicht – aber ich war die ganze Nacht auf, ich bin heute morgen um elf erst aus Frankreich zurückgekehrt.«

»Das würde jeden Menschen mitnehmen«, sagte er freundlich. »Machen Sie sich keine Gedanken.«

»Aber ich verstehe es einfach nicht. Wo in aller Welt ist sie hergekommen?«

»Oh, sie hat schon seit Jahren in Affton gelebt. In der Ripe Road.«

»Ripe Road? Wo ist denn das?«

Ich wußte, daß ich den Namen schon mal irgendwo gesehen hatte, konnte ihn aber nicht einordnen, bis der Superintendent sagte: »Direkt gegenüber der Hockley Farm. Dort sind auch ein Zeitungskiosk und eine Poststelle. Mrs. Suter hat über dem Geschäft gewohnt. Es heißt: *The Store's.* Ich kann mir nicht vorstellen, daß Sie je dort gewesen sind.«

Anthony kam an diesem Abend kurz bei mir vorbei. Ich hatte bei Miss Knowles Nachricht hinterlassen, daß ich bei Miss Martineau in der Saddlers Road zu finden sein würde.

Die gute alte Asta und ich verleibten uns in ihrem winzigen Salon ein Picknick ein, bestehend aus Trauben, französischem Brot, Chèvres-Käse und dem Sancerre aus

Théos Korb. Ich bot Anthony ein Glas Wein an, aber er lehnte ab.

Er sah bleich und erschrocken und furchtbar müde aus; fast so müde, wie ich mich fühlte.

Und da war noch etwas in seinem Verhalten, das ich zuerst kaum benennen konnte, so ungewohnt war es: Er wirkte beschämt, wurde mir plötzlich klar. Demütig, still, besorgt – der selbstherrliche Anthony!

»Ich fühle mich schrecklich schuldig«, sagte er.

»Das brauchst du nicht«, erwiderte ich traurig. »Wenn ich eines gelernt habe, dann, daß es sinnlos ist, über vergossene Milch zu weinen. Genausogut kann man ins Meer springen. Absolut kontraproduktiv.«

Ohne meine Worte zu beachten – nein, ein wenig von dem alten Anthony war immer noch übrig –, fuhr er fort: »Ich hatte schon den Verdacht, daß die anonymen Briefe von Mrs. Suter stammen mußten. Ich hatte sie gerade nach Affton zurückverfolgt.«

»Und du hattest absolut recht. Der Superintendent hat mich in ihre kleine Wohnung gebracht.«

Was übrigens ein schauderhaftes Erlebnis war.

Sobald ich die kleine, kalte Wohnung über *The Store's* betreten hatte, war mir Mrs. Suters Geruch wieder lebhaft in Erinnerung: alte muffige Kleider und schäbige Wäsche, schmuddelige Polster, parfümiertes Bohnerwachs und sogenannte Duftspender, die den dumpfigen Geruch von Vorhängen und Kissenbezügen überlagerten, die allzu lange nicht mehr gereinigt worden waren. Genauso hatte das Haus in Dodman's End immer gerochen.

Dort, unter ihren vertrauten, trostlosen Besitztümern

und Möbelstücken, fanden sich auch mehrere Pakete mit an mich adressierten gedruckten Aufklebern. Außerdem entdeckten wir eine Kopie von Dans Testament, meinen Brief, in dem ich Mrs. Suter einlud, mit mir zusammen in Watch Cottage zu leben – den, den sie nie beantwortet hat – und eine ganze Anzahl Briefe von Ingrid Christs Familie.

»Was für ein schrecklich bedauernswertes Geschöpf Ihre Schwiegermutter geworden sein muß«, bemerkte Asta Martineau, die aus einigen meiner französischen Vorräte geschickt eine Kanne Kaffee braute. »Ja wirklich, ich habe gehört, daß sie schon immer schwierig war. Frances Finch, die nette Physiotherapeutin, die mir meine rheumatische Hüfte durchwalkt, kannte sie ein wenig, gerade gut genug, um sie zu grüßen. Sie erzählte mir, Mrs. Suter sei ausgesprochen mürrisch und in sich gekehrt gewesen. Aber Frances hatte natürlich nicht die geringste Ahnung, daß sie Ihre Schwiegermutter war, Kind. Diese Tatsache hat sie für sich behalten. Es gibt ja auch viele Suters in Affton.«

»Das Seltsame ist, daß ich, als ich hierherzog, tatsächlich im Telefonbuch nach ihr gesucht habe.«

»Sie hatte kein Telefon«, sagte Anthony.

»Und ich habe bei einigen der Suters hier angerufen, um mich nach ihr zu erkundigen. Aber keiner von denen hatte je etwas von ihr gehört. Ein schrecklicher Gedanke, daß sie in dieser grausigen kleinen Wohnung gehaust hat und all diese Jahre ihren Groll gegen mich geschürt und mich dafür gehaßt hat, daß ich in ihrem Haus lebte. Ich glaube, sie hat mich mehr und mehr mit Ingrid identifiziert.«

Wir hatten eine Aktenmappe mit Zeitungsausschnitten

gefunden, Ingrid und ich bunt durcheinandergewürfelt, Zeitungsausschnitte, die offensichtlich nicht aus Zuneigung oder Stolz aufbewahrt worden waren, sondern um ihren Haß am Leben zu erhalten. Unter den verschwommenen Zeitungsfotos fanden sich wilde Kommentare.

Und ich hatte Chris selbstgefällig erzählt, ich hätte keine Feinde!

»Es war ein großer Fehler von mir, daß ich nicht gründlicher nach ihr gesucht habe«, sagte ich. »Wenn ich sie gefunden hätte, wäre es mir vielleicht gelungen, ihrem Leben eine neue Perspektive zu geben, so daß sie aufgehört hätte, über die Vergangenheit zu grübeln.«

»Na ja.« Miss Martineaus Ton war sachlich, wenn auch ein milder Tadel darin mitschwang. »Junge Menschen sind einfach ganz mit sich selbst beschäftigt, das liegt in ihrer Natur; vor allem eine junge Frau wie Sie, die einen so abwechslungsreichen, interessanten Beruf hat. Ich glaube«, sagte sie an Anthony gewandt und ersparte mir damit freundlicherweise weiteren Tadel, »daß Ihre alte Schwester Kelly eine große Freundin von Mrs. Suter war.«

»Ja, auch in dieser Hinsicht mache ich mir Vorwürfe. Ich habe das nie gewußt. Die beiden waren schon seit langer Zeit befreundet; schon damals, als Mrs. Suter noch in Watch Cottage lebte. Anscheinend haben sie einmal die Woche mit den Fishers Whist gespielt, dem Ehepaar, das den Zeitungskiosk am Bahnhof betreibt.«

Wo ich meine Zeitungen bestellte. So wußte Mrs. Suter, wann ich nicht zu Hause sein würde. Und – sie hatten ihn in ihrer alten Lederbörse gefunden – sie hatte immer einen Schlüssel für das Haus aufbewahrt. Watch Cottage.

»Ich hätte wahrscheinlich die Schlösser auswechseln lassen sollen«, murmelte ich.

»Es war Wahnsinn, das nicht zu tun.« Anthony klang schockiert. »Der Himmel weiß, welche Position die Versicherungsgesellschaft beziehen wird.«

»Ich schere mich nicht um die Versicherung. Ich will das Haus nicht wiederaufbauen. Es wäre nicht möglich.«

»Du willst es nicht wiederaufbauen? Was willst du dann mit dem Grundstück anfangen?«

»Vielleicht richte ich dort einen kleinen Garten ein. Einen öffentlichen Garten, wo die Menschen hinkommen und die Aussicht genießen können.«

»Eine hervorragende Idee«, sagte Asta Martineau beifällig. »Die Stadt könnte etwas mehr unbebautes Land durchaus gebrauchen.«

»Der Garten könnte – wenn du einverstanden wärst...?« Ich schaute mit beträchtlicher Schüchternheit zu Anthony auf. »Wir könnten ihn Rosies Andenken widmen? Mit einer Gedenktafel? Sie hat so viel Arbeit und Phantasie in Watch Cottage investiert. Und sie hat Gärten so geliebt.«

Anthonys Gesicht zuckte heftig, einmal und dann noch einmal. Ohne ein weiteres Wort stand er auf und stolzierte aus dem Haus, wobei er die Tür so heftig hinter sich zuknallte, daß die Zangen im Kamin umfielen.

»Ich fürchte, dein Vorschlag hat ihn aufgeregt«, sagte Miss Martineau seelenruhig. Sie schien nicht besonders überrascht zu sein. Ich schätze, Tante Thisbe hat vielleicht eine kurze Andeutung bezüglich meiner Beziehung zu Anthony gemacht.

»Ich denke, ich gehe jetzt zu Bett, Miss Martineau«, sagte ich. »Wenn Sie nichts dagegen haben? Es war ein langer Tag für mich. Und ich habe die letzte Nacht überhaupt nicht geschlafen.«

»Gehen Sie nur, Kind, gehen Sie nur. Sie sind furchtbar blaß.«

Astas Haus stand viel weiter unten auf dem Hügel als Watch Cottage. Aber von ihren Schlafzimmern hatte man ebenfalls einen Blick nach oben auf den Castle Mound. Zum letzten Mal konnte ich mich dem Schlaf anheimgeben, während mein Blick auf diese zerklüftete, romantische Silhouette vor dem nächtlichen Himmel fiel.

Der Schlaf kam barmherzig schnell, und ich war zu müde, um zu träumen.

Am nächsten Tag, nachdem ich mich verschiedenen abscheulichen Nebensächlichkeiten gewidmet und versprochen hatte, am Mittwoch zu der gerichtlichen Untersuchung von Mrs. Suters Todesfall zurückzukehren, hastete ich nach London, wo mich – ein wahrer Segen – außer meinem Personal auch Tante Thisbe erwartete, die mir auf ihre trockene, aber fröhliche Art Mut machte, während sie steifbeinig durch ihre Wohnung stapfte, mit demselben langsamen, aber entschlossenen Gang wie ihre alte Katze.

»Also ehrlich, ich werde den Gedanken nicht los, daß es so am besten ist«, sagte Tante Thisbe. »Du bist zu jung, um dich wie ein Einsiedlerkrebs in Affton zu vergraben. Ich habe immer gesagt, London sei besser für dich, wie du dich vielleicht erinnerst.«

»Ich fühle mich aber wie ein Einsiedlerkrebs. Die Tiere verbringen ihr ganzes Leben damit, Unmengen von Sand einzusaugen und dann wieder auszuspucken. Das ist so ungefähr alles, was ich auch tue.«

»Papperlapapp, Tuesday. Ich wage zu behaupten, daß du der Welt auf deine eigene bescheidene Weise sehr von Nutzen bist. Aber jetzt erzähl mir...« – Thisbe hatte schon am Telefon einen kurzen Bericht erhalten, aber es war eine lange, komplizierte und melancholische Geschichte. – »Erzähl mir noch einmal von dieser verflixten Mrs. Suter. Wie genau hat sie das mit dem Kind gedeichselt?«

»Nun, damals, 1969, nachdem Ingrid Christ sich das Leben genommen hatte, scheint Mrs. Suter die ersten Briefe von Ingrids Stiefschwester, Mrs. Olafson, bekommen zu haben. Irgendwann hatte Ingrid den Olafsons wohl geschrieben und ihnen ihre Adresse in England gegeben. Mrs. Olafson schrieb also an Mrs. Suter, an die Adresse in Dodman's End. Ihr eigenes Baby war gestorben, sie konnte kein anderes bekommen, und sie und ihr Mann erboten sich nun, den kleinen Finn, Ingrids Kind, zu adoptieren. Mrs. Suter hat Dan niemals von dem Angebot erzählt. Er hatte nicht die geringste Ahnung davon. Soweit er wußte, war Ingrids Familie von der Bildfläche verschwunden und hat nie auch nur den Versuch gemacht, Kontakt mit ihr aufzunehmen.«

»Und zuerst hat Mrs. Suter sich geweigert, das Baby wegzugeben?«

»Zuerst hat sie sich geweigert; zumindest nehmen wir das an. Es gibt fünf oder sechs Briefe von den Olafsons, alle zum selben Thema, aber natürlich keine Kopien ihrer

Antworten. Aber sie haben es immer wieder versucht. Und dann erzählte Dan seiner Mutter, daß er mich heiraten würde und daß wir uns um den kleinen Finn kümmern würden. Außerdem hat sie anscheinend gelegentlich unter schweren Verdauungsstörungen gelitten, die sie irrtümlich für eine Herzgeschichte hielt.«

»Also hat sie das Angebot der Olafsons schließlich doch angenommen.«

»Sie hat ihr Angebot angenommen, ihnen aber dazu gesagt, daß sie nur wegen ihres schlechten Gesundheitszustands zustimme . Und sie hat zur Bedingung gemacht, daß sie das Baby am siebten Oktober abholen müßten, dem Hochzeitstag von Dan und mir. Ich schätze, Dan hätte ihr hinterher die Hölle heiß gemacht, wenn er erfahren hätte, was sie getan hatte, aber wahrscheinlich rechnete sie damit, daß es ziemlich schwierig sein würde, das Kind von der Familie seiner Mutter in Dänemark zurückzubekommen, und es war auf alle Fälle eine schallende Ohrfeige für mich. Ich war diejenige, die den kleinen Finn wollte, Dan war nie so übermäßig erpicht darauf gewesen. Sein Zorn hätte sich wohl bald wieder gelegt. Mrs. Suter hat mich verabscheut«, sagte ich. »Sie hat ihre ganzen Ingrid-Gefühle auf mich übertragen.«

»Und dann hat dieser arme, fehlgeleitete junge Mann Selbstmord begangen.«

»Dann hat Dan Selbstmord begangen. Also beschloß Mrs. Suter, für sich zu behalten, was sie getan hatte. Wahrscheinlich glaubte sie, es wäre nur um so schmerzlicher für mich, glauben zu müssen, daß Dan das Kind lieber hat ertrinken lassen, als es in meine Obhut zu geben. Es wäre nicht ganz so schlimm gewesen, wenn ich gewußt hätte, daß der Junge bei seinen dänischen Verwandten war.«

Und Mrs. Suter hatte recht gehabt. Oh, wie dieser Gedanke mich gequält hatte, wie ein Splitter in meinem Herzen, jahrelang. Jetzt, da ich wußte, daß es nicht stimmte, konnte ich den Rest mit relativer Gelassenheit ertragen.

»Dann starb ein Bruder von Mrs. Suter, mit dem sie sich Jahre zuvor gestritten hatte – es war ihr einziger Verwandter –, und hinterließ ihr ein wenig Geld. Also zog sie von Dodman's End zurück nach Affton und lebte dort in einem Ein-Zimmer-Apartment in einem Zustand heimlicher Rachsucht. Und fand zufällig bei einem Besuch bei einem der Ärzte in Affton heraus, daß sie überhaupt kein schlechtes Herz hatte, sondern nur an Verdauungsstörungen und einem Zwerchfellbruch litt, das Resultat einer sehr schwer verdaulichen und unvernünftigen Kost.«

»Also hätte sie es gar nicht so eilig zu haben brauchen, sich von dem kleinen Finn zu trennen.«

»Es sei denn natürlich, um sicherzugehen, daß ich ihn nicht bekam.«

»Also mal langsam, Kind. Da ist etwas, das mich verwirrt.«

Thisbe schob ihre Baumstammbeine noch ein Stück auseinander und legte den alten Oberon, der sich knurrig auf ihrem Schoß herumdrehte, wieder bequem zurecht. Dann fuhr sie fort: »Du hast mir einmal von diesem Telefongespräch erzählt, das du mitgehört hast — du weißt schon, dieses schauerliche Zeug über Dans Sohn mit Andeutungen von Erpressung und Kidnapping und weiß der Himmel was noch.«

Sie erinnert sich an alles, dachte ich, sie hört zu und merkt es sich und vergißt nichts. Kein Wunder, daß sie ist, was sie ist.

»Ja«, sagte ich. »Das ist etwas, das mich ebenfalls verwirrt.«

Ich konnte, wenn ich die Augen schloß, noch immer die beiden Stimmen hören: *Du meinst, sie hat wirklich nicht gewußt, daß sein Kind noch lebt?... Darüber muß ich ein bißchen gründlicher nachdenken. Vielleicht kann ich es irgendwie benutzen. Benutzen! Das will ich doch meinen! Es ist der Schlüssel... Ich glaube, da ist eine Menge Geld drin.*

Ich konnte mich an jeden einzelnen Satz dieses Gesprächs, das ich belauscht hatte, erinnern. Es hatte mich veranlaßt, meine ersten Annoncen in *The Lady* und anderswo aufzugeben, um etwas über den kleinen Finn in Erfahrung zu bringen. Und danach kamen dann die Briefe.

»Ich werde wohl nie herausfinden, wer die beiden gewesen sind«, sagte ich. »Aber jetzt wissen wir jedenfalls ohne den Schatten eines Zweifels, daß der kleine Finn all diese Jahre bei seiner Stieftante und seinem Stiefonkel gelebt hat, auf einer winzigen Insel im Kattegat. Was zweifellos das Beste war, was ihm passieren konnte.« Ich schluckte und fuhr dann mit halbwegs ruhiger Stimme fort: »Es war sowieso ein törichtes Luftschloß, das ich mir da gebaut hatte: eine kleine, namenlose Waise vor einer ärmlichen Fischerfamilie zu retten.«

»Nun ja, es war tatsächlich töricht«, pflichtete Thisbe mir gelassen bei. »Wenn auch vollkommen natürlich. Was du wirklich brauchst, sind eigene Kinder.«

Dies war so offensichtlich, daß ich nicht weiter darauf einging. Thisbe fuhr fort: »Was Mrs. Suters letzte Tat auslöste, war also das Wissen, daß die Olafsons schon bald auf der Bildfläche erscheinen würden und ihr Betrug herauskommen mußte.«

»Ich nehme es an. Oder es war nur eine Anhäufung von Kümmernissen. Schwester Kelly und die Fishers meinten, sie sei immer merkwürdiger geworden; machte nachts lange Spaziergänge durch die Straßen von Affton, redete mit sich selbst und so weiter. Es gefiel ihr gar nicht, daß ich diese Auszeichnung bekommen habe. Ich habe den Artikel gefunden, den die *Affton Gazette* über mich gebracht hat; sie hatte einige ausgesprochen gehässige Bemerkungen an den Rand geschrieben.«

Ganz ähnlich wie der arme George, dachte ich.

»Es scheint ungewöhnlich, daß du sie nie in der Stadt getroffen hast.«

»Ach, eigentlich nicht. Ich habe bei Tag so wenig Zeit in Affton verbracht, und sie lebte genau auf der entgegengesetzten Seite von Watch Hill. Ich glaube allerdings, daß ich sie einmal gesehen habe. Aber ich saß damals auf einem Pferd, und die Leute sehen anders aus, wenn man sie von oben sieht.«

Wenn ich sie damals doch nur erkannt und nach ihr gerufen hätte, wie anders hätten die Dinge sich dann vielleicht entwickelt.

Aber hätten sie das wirklich getan? Kann man einen Menschen so ändern? Sie hatte ihren eigenen Mann in den Selbstmord getrieben, hatte geplant, ihrem Sohn einen abscheulich lieblosen Streich zu spielen. Ich dachte an den

Kassettenrecorder in meiner Küche: ›Du hast kein Recht, hier zu sein. Du hast überhaupt kein Recht, irgendwo zu sein. Du bist nichts als Abschaum.‹

Waren das die Worte eines geistig gesunden Menschen?

Es war wirklich ein Glück, daß Mrs. Suter nicht für die Erziehung des kleinen Finn verantwortlich gewesen war.

Zwei Wochen später kamen die Olafsons nach London. Auf dem Weg dorthin hatten sie Caspar Monk in seiner Hebriden-Festung besucht und Fotokopien von Ingrids Unterlagen mitgenommen. Die Originale waren natürlich mit Watch Cottage verbrannt. Wie hätte Mrs. Suter sich gefreut, das zu erfahren!

Was für große falsche Zähne du hast, Großmütterchen.
Willst du Rapunzel lehren, sich das Haar anzubrennen?

Ich faßte eine ausgeprägte und spontane Abneigung gegen Selma Olafson. Sie war eine große, dralle, blonde Frau mit einem Haarknoten auf dem Kopf, wunderbar cremefarbenem Teint, kleinem, humorlosem Mund und hellen Augen von verwaschenem Grau hinter randlosen Brillengläsern. Kein Wunder, daß Ingrid von zu Hause wegwollte. Gunnar, Selmas Mann, war dagegen ganz nett: freundlich und einfach, mit müdem Aussehen, grauen Haaren und sympathischen braunen Augen. Etwas in seiner Art erinnerte mich an Rabuse.

Und der kleine Finn? Ein großer blonder Junge, dünn, höflich und schweigsam. Nichts an ihm erinnerte an seinen Vater oder seine Mutter.

»Ach, na ja, es sieht aus, als hätte sich alles zum Besten entwickelt«, seufzte Mrs. Olafson. »Es ist natürlich unangenehm, die Sache mit Ihrem Haus, aber was für ein Glück, daß bereits Kopien von Inges Unterlagen an Mr. Monk abgegangen waren. Wir glauben, daß er die Sache überaus ernst und verantwortungsbewußt betreibt. Natürlich werden wir das Manuskript sehen wollen, bevor seine Biographie veröffentlicht wird, um uns persönlich davon zu überzeugen, daß nichts Unschickliches gedruckt wird. Das versteht sich ja von selbst...«

Ich gestattete mir im Geiste ein kleines Lächeln, als ich an die künftige Auseinandersetzung zwischen Selma Olafson und Caspar Monk dachte; ihre Meinungen über die Grenzen der Schicklichkeit würden gewiß auseinandergehen. Ich würde Caspar wohl jedesmal den Rücken stärken.

»Und du«, fragte ich, an den schweigsamen kleinen Finn gewandt, »möchtest du Schriftsteller werden wie deine Mutter oder dein Vater?«

»Ach, nein, wirklich nicht!« antwortete Mrs. Olafson augenblicklich. »Auf keinen Fall! Er wird Bauer werden wie mein Mann, sein lieber Stiefvater – nicht wahr, Einar?«

Das war der Namen, den sie ihm gegeben hatten.

Scheu erwiderte er: »Ich glaube, Dichtung ist eine sehr schwierige Sache, nicht?« Plötzlich sah ich die Ähnlichkeit mit Dan: Sie lag in seinen Augenbrauen, den schnellen Bewegungen seiner Augen, den Dingen, die er mit seinen Händen tat. Dann fuhr er fort: »Für mich ist Dichten wie für einen Fisch eine Treppe hinaufschwimmen – oder als wollte man aus einem Haufen Ziegelsteinen einen Kranz binden.« Plötzlich blitzte ein zutrauliches Grinsen auf seinem Gesicht auf. Wieder Dan. »Ich spreche das Englische noch nicht gut.«

»Keine Sorge«, sagte ich, und als ich ihn ansah, schäumte die Liebe in mir auf wie Hefe in einem frischen Teig. »Keine Sorge, du kommst in ein paar Jahren zurück, wenn du ein bißchen älter bist, dann löst sich dieses Problem ganz von selbst. Ich kenne ein paar Jungs, die dir vielleicht gefallen würden.«

Ich konnte sehen, daß Selma diesem Gespräch mit großem Unbehagen lauschte.

»Diese Großmutter muß eine sehr, sehr böse Frau gewesen sein«, flüsterte sie mir mit leiser, schockierter Stimme zu, während Finn aus dem Fenster sah, um die roten Busse auf dem Piccadilly zu bewundern.

»Nun, sie ist tot, die Arme, also gibt es dazu nichts mehr zu sagen.«

Oh, wie gern hätte ich doch Fragen über Ingrid gestellt: Wie war sie wirklich, wie ist es ihr als Kind ergangen. Aber ich wußte, von dieser dicken, selbstgerechten Frau würde ich kein vernünftiges Bild erhalten.

Leb wohl, Ingrid, dachte ich, als die Olafsons sich mit freundlichen Worten verabschiedeten; Leb wohl, meine heimliche Freundin, meine verlorene Schwester. Wir werden uns bei Foyle's wiedersehen, bei Dalton's, Hatchard's, Brentano's und W.H.Smith's. Du gehörst jetzt der Welt und nicht mehr mir allein.

Aber vielleicht würde ich den kleinen Finn irgendwann wiedersehen.

Nach der gerichtlichen Untersuchung hätte die öffentliche Meinung vielleicht unerfreulich sein können wegen des Unterschieds zwischen meiner Position und der von Mrs. Suter. Auf der einen Seite stand ich, in guten Verhältnissen lebend, mit einem Haus, einem Wagen, Gelegenheit zu reisen, einer Wohnung in der Stadt, eifrig damit beschäftigt, Menüs für Prinz Rainier, Breschnews Arzt und die Außenministerkonferenz zu kochen, Buchstaben hinter meinem Namen und viele Freunde; und da war sie, angewiesen auf eine kleine Pension in einem einzigen schmutzigen Zimmer über einem Postamt, in derselben Stadt. Mußte ich da nicht eine Art herzloses Ungeheuer sein? Aber glücklicherweise erstickte mein Brief, in dem ich sie einlud, mit mir in Watch Cottage zu leben, diese Theorie schon im Keim, und man kam allgemein zu dem Schluß, daß sie eben bekloppt war, die arme Frau. Einsame alte Damen neigten ja bekannterweise zum Überschnappen (wobei man die Tatsache, daß sie gut zwanzig Jahre jünger war als Thisbe oder Asta Martineau, die noch immer im Vollbesitz ihrer Geisteskräfte waren, bequemerweise ignorierte).

Die alte Geschichte von Mr. Suter, der vom Birnbaum gefallen war, wurde wieder ausgegraben, und die Lokalzeitung ließ sich nicht nehmen zu schreiben, daß Mrs. Suter sich irgendwie geopfert habe, um sich wieder mit ihm zu vereinen, wobei man rücksichtsloserweise den Umstand, daß das Haus nicht länger ihr, sondern mir gehörte, ignoriert hatte.

Nachdem die gerichtliche Untersuchung vorüber und die Publicity abgeebbt war, erhielt ich eine Reihe von Einladungen – eine von Casper Monk, der mich bat, zu ihm auf die Hebriden zu kommen und die Christ-Biographie mit einem Index zu versehen. Gleichzeitig sollte ich ihm alles erzählen, was Dan über Ingrid gesagt hatte, soweit ich mich noch daran erinnern konnte. Ich schrieb ihm sehr höflich, daß ich mich freuen würde, den Index zu erstellen, sobald sein Text fertig war, und ihm gern alles erzählen wollte, was ich wußte, daß ich im Augenblick aber wahrscheinlich keine Zeit erübrigen konnte, um nach Norden zu reisen, obwohl ich ihm ehrlich dankbar für seine Freundlichkeit war. Zuviel Arbeit et cetera et cetera.

Chris und Elly luden mich ein, sie auf eine Kreuzfahrt zu den Bahamas zu begleiten. Bert Wilder bot mir an, seinen Palazzo in Venedig, seine italienische Villa, Château Plouhaix oder jedes andere seiner Domizile zu benutzen, das mir gefiel. »Es tut mir sehr leid, daß wir keine Gelegenheit hatten, uns länger miteinander zu unterhalten«, schrieb er, »und ich fühle mich wirklich miserabel, weil sie in meinem Haus festsaßen, während ihr eigenes abbrannte. Théo sagt, Sie seien eine wunderbare Köchin; Sie hätten wohl keine Lust, in meine Dienste zu treten?« Und er nannte ein Jahreseinkommen, das die Kosten für den originalgetreuen Wiederaufbau von Watch Cottage zweimal gedeckt hätte. »Aber wie dem auch sei, ich werde in genau drei Wochen in London sein«, schloß er seinen Brief, »also müssen Sie unbedingt bei Claridge's mit mir frühstücken und mich durch einige Galerien führen; T. R. sagt, sie kennen sich höllisch gut aus in Sachen Kunst.«

Théo lud mich für einen Monat in sein Feriencottage in den Cévennes ein.

Während ich noch immer versuchte, zu einem Entschluß zu kommen, welche von diesen Einladungen – wenn überhaupt eine – ich annehmen würde, erhielt ich einen unerwarteten Anruf.

»Sind Sie das, Schätzchen?« fragte eine vertraute Stimme, die warm und tröstlich war wie Toast und Honig. »Ich dachte, ich klingele mal bei Ihnen an, um Ihnen zu sagen, wie leid mir die Sache mit Ihrem Cottage tut. Was für ein altes Biest! Das war wirklich ein ganz mieser Streich, den sie Ihnen da gespielt hat. Was werden Sie jetzt anfangen?«

»Teddy, wie schön, wieder einmal von Ihnen zu hören.« Und ich erzählte ihr von meinem Plan bezüglich des öffentlichen Gartens. (Ich hatte, was die Gedenktafel für Rosie betraf, von Anthony nichts mehr gehört. Ich hatte ihn überhaupt nicht mehr gesehen. Meine juristischen Angelegenheiten wurden mittlerweile von Fred Quimper geregelt.)

»Das scheint mir ein hübscher Plan zu sein«, sagte Teddy, »aber werden Sie Affton nicht vermissen? Oder wollen Sie sich dort ein anderes Haus kaufen?«

»Hmm... Ich habe mich noch nicht so recht entschieden. Aber wie sieht es denn bei Ihnen aus, Teddy? Was machen Sie jetzt? Wie geht es den Mädchen?«

»Denen geht es prächtig.« Ihre Stimme wurde ganz warm vor Stolz. »Varv hat einen Platz in der Royal Ballet School bekommen. Und Naddy hat so viele Einser, daß sie sie als Lockenwickler benutzen könnte. Und Tam ist einfach wundervoll.«

»Das freut mich.«

»Ich weiß nicht, ob Sie schon davon gehört haben? Geoff

ist nach Übersee gegangen. Er und seine Schwester wollten nach Malta. Ich möchte behaupten, daß die beiden da so manches krumme Ding drehen werden. Also steht das Monmouth zum Verkauf.«

Sehr interessant, dachte ich; ich hatte Geoffrey Marshman vollkommen vergessen. Und dabei könnte man sagen, daß er bei vergangenen Ereignissen eine wichtige Rolle gespielt hat; und ich hatte lange Zeit wirklich Angst vor ihm. Was mal wieder zeigt – nicht wahr? –, wie dumm es ist, sich Sorgen zu machen. Ich hätte mich besser mehr um Mrs. Suter gesorgt.

»Das ist einer der Gründe, warum ich anrufe«, fuhr Teddy fort. »Ich ziehe es in Erwägung, das Monmouth selbst zu kaufen und nach Affton zurückzukehren.«

»Teddy, das ist ja eine wunderbare Nachricht. Ich bin wirklich begeistert.«

»Und ich habe darüber nachgedacht«, fuhr sie schüchtern fort, »ob Sie nicht Lust hätten, irgendwann dieser Tage mit mir in dem alten Lokal zu Mittag zu essen – ich denke doch, daß Sie immer noch viel in Affton zu tun haben –, und daß sie mich vielleicht beraten könnten?«

Ich sagte, ich würde nichts lieber tun als das, und wir verabredeten uns für den folgenden Freitag, an dem ich mich mit dem Architekten treffen wollte, um die Entwürfe für den Rosamund-Roche-Gedenkgarten zu besprechen.

Teddy hatte sich überhaupt nicht verändert, nur daß sie möglicherweise noch schöner geworden war. Ihre leicht eingefallenen Wangen betonten die pfirsichhafte Zartheit ihrer Haut und die tiepolohafte Vollkommenheit von Kinn und Kiefer. Und ihre Kleider ließen einem das Wasser im Mund zusammenlaufen wie eh und je.

Sie sah sich gelassen im Speisesaal des Monmouth um und sagte: »Wie sehr ich dieses Lokal doch mag. Aber es könnte etwas frischen Wind vertragen, finden Sie nicht?«

»Verändern Sie es nur nicht zu sehr«, bat ich. »Ich finde es gemütlich, wie es jetzt ist. Vielleicht könnten Sie sich für die Speisekarte ja ein wenig mehr einfallen lassen als Hammelbraten mit zweierlei Gemüse.«

»Ich hoffe, daß ich mir in dieser Beziehung bei *Ihnen* Rat holen darf. Ja, um ehrlich zu sein, habe ich überlegt«, sie legte den Kopf fragend zur Seite, »ob Sie nicht vielleicht mit mir zusammen einsteigen wollten? Als eine Art stille Teilhaberin? Auf diese Weise hätten Sie ein Standbein in Affton, falls Sie eins wollen. Oben sind ein paar hübsche kleine Zimmer – man könnte eine richtig schöne Wohnung daraus machen, mit Blick auf das Schloß.«

Ich war zutiefst gerührt.

»Himmel, Teddy, ist das wirklich Ihr Ernst?« Sie nickte nachdrücklich. »Ich finde die Idee wunderbar. Ich würde nichts lieber tun. Vielleicht könnten wir eine Kette gründen? Ein Monmouth in Paris eröffnen und ein anderes in Athen...?«

»Immer langsam mit den jungen Pferden, Schätzchen! Sie sind mir da ein ganzes Stück voraus. Aber«, sagte sie, während sie die Idee einer schnellen Prüfung unterzog, »ich will nicht behaupten, die Sache hätte nichts für sich. Wir werden sehen! Sie denken also auf jeden Fall darüber nach?«

»Das tue ich ganz bestimmt.«

Bei Kaffee und Cointreau in der Bar senkte sie schließlich vertraulich die Stimme.

»Haben Sie schon gehört – von *ihm*? Sie wissen, wen ich meine?«

»Ich habe ihn nicht mehr gesehen«, sagte ich. »Nicht seit dem Tag nach dem Feuer.«

»Kein Wunder. Wenn das, was ich gehört habe, stimmt – o mein Gott!« flüsterte sie entsetzt. »Wenn man vom Teufel spricht.«

Eine Gruppe von Leuten kam aus dem oberen Versammlungsraum herunter. Anscheinend fand an diesem Tag das allmonatliche gemeinsame Mittagessen der Juristen aus Affton, Tonbridge und Hastings statt. Ein Dutzend Anwälte schlenderte plaudernd und lachend an uns vorbei. Anthony war einer von ihnen. Er sah uns, das ließ sich nicht vermeiden; unser kleiner, runder Tisch lag direkt an seinem Weg. Aber er blieb nicht stehen. Er war ziemlich blaß – ich bemerkte die tiefen, vertikalen Furchen in seinen Wangen, die einen Monat zuvor noch nicht dort gewesen waren, und das vermehrte Grau in seinen Haaren. Er runzelte die Stirn, nickte leicht und ging vorbei, ohne etwas zu sagen. Ich fragte mich, welche Schlußfolgerung er wohl ziehen mochte, nachdem er uns so zusammen gesehen hatte. Die richtigen wahrscheinlich.

Teddy nahm einen großen, undamenhaften Schluck von ihrem Cointreau.

»Ich kann nicht dagegen an«, sagte sie. »Jedesmal, wenn ich ihn sehe, kriege ich diesen furchtbaren brennenden Schmerz, der mitten durch mich hindurchgeht. Und ich schätze, so wird es bleiben bis ans Ende meiner Tage. Es ist schon seltsam, was für eine Wirkung manche Männer haben, nicht wahr?«

Ich stimmte ihr zu und bestellte uns beiden noch einen Cointreau. »Aber was wollten Sie mir gerade erzählen?«

»Er hängt die Juristerei ganz an den Nagel und tritt in einen dieser Orden ein, in denen nicht gesprochen wird.«

»Die Trappisten?«

»Genau. Als Laienbruder.«

»Hm, na ja«, sagte ich nach einer Pause. »Ich nehme an, das wird den größten Teil seiner Probleme lösen.«

Aus irgendeinem Grund mußte ich an einen dummen Roman über einen unsicheren Teenager denken, den ich einmal gelesen hatte. Der Junge hatte jede Menge Komplexe, die er am Ende allesamt löste, indem er sich den Triumph gönnte, mit einem Mädchen ins Bett zu gehen. Es wurde angedeutet, daß er sie bei dieser Gelegenheit geschwängert hat. Schön für ihn, aber was ist mit seiner Partnerin? ›Vielen Dank für Speis' und Trank. Jetzt bin ich satt, wenngleich auch matt. Mir tut jetzt nichts mehr weh, ich geh mein Schatz, ade.‹

Zumindest würden sie im Kloster wohl gut auf ihn achtgeben. Miss Knowles hatte mir von dem Schatten auf seiner Lunge erzählt. Aber, so fügte sie hinzu, in den letzten drei Jahren, seit Mr. Roche das Rauchen aufgegeben hatte, habe es keine Probleme mehr gegeben; die Röntgenbilder waren sauber. Das gesunde Leben an der frischen Luft, viel körperliche Arbeit, nahrhaftes Essen, Gemüse aus dem eigenen Garten und abgeschirmt von den Kümmernissen und Ablenkungen durch das andere Geschlecht, würde Bruder Anthony wohl ein gesegnetes Alter erreichen. Und schon bald würde sein vergangenes Leben ihm wahrscheinlich so unwirklich wie ein Traum erscheinen, den man beim Erwachen vergaß. Würde auch Rosie in Vergessenheit geraten? Oder würde er sie in seiner Erinnerung lebendig halten, indem er Novenen für sie hielt?

Am nächsten Tag kam mir ein Gedanke, der mich zutiefst erleichterte. Wenn man einem Kloster beitrat, hatte ich mal irgendwo gelesen, passiert das gleiche wie bei einer Heirat – man macht alle testamentarischen Verfügungen, die man vorher getroffen hat, rückgängig und übereignet all seine weltlichen Güter dem Orden, dem man beitritt. Also würden Anthonys haßerfülltes Testament und seine bitterbösen Abschiedsworte über mich jetzt zerstört und barmherzigerweise vergessen werden; und ich hoffte, daß er selbst mit der Zeit ebenfalls die Kraft finden würde, mir zu verzeihen.

Es wäre niemals lange gutgegangen mit uns beiden, Anthony, dachte ich; aber trotzdem, alles in allem, bin ich froh, daß es passiert ist.

Bei einer späteren Gelegenheit sagte ich etwas Derartiges zu Teddy, und sie erwiderte mit dem für sie so charakteristischen gesunden Menschenverstand: »Nun, mein Kind, er hatte ein so übertriebenes Bild von Ihnen, daß Sie, was für ein Mensch Sie auch gewesen wären, seinem Ideal niemals lange hätten standhalten können; nicht, wenn Sie Marilyn Monroe und Miss Thatcher und die heilige Bernadette von Lourdes in einer Person gewesen wären. Nach unserem Gespräch damals im Zug hatte ich ein wenig

Angst, das will ich nicht leugnen. Ich habe mich gefragt, ob ich Ihnen da nicht weit mehr aufgehalst hatte, als Sie verkraften konnten. Anthony ist kein einfacher Mann. Aber Sie wissen ja, wie es ist, wenn man alles tun würde für einen Menschen.«

»Ja, das weiß ich.«

»Sie nehmen es mir nicht übel?«

»Gütiger Gott, nein, Teddy, sind Sie von Sinnen? Ich bin Ihnen dankbar.«

Was zu jener Zeit tatsächlich stimmte.

»Nun, das erleichtert mich sehr. Und«, sagte sie, während ihre Miene sich ein wenig aufhellte, »ich wette, Sie haben ihm auch einige schöne Erinnerungen geschenkt.«

»Ich glaube nicht, daß man ihm in seinem Kloster gestattet, sich an solche Dinge zu erinnern. Aber ich werde es tun.« Was für Unmengen herrenloser Erinnerungen es geben mußte, die irgendwo durch die Atmosphäre trieben, dachte ich. Werden die Erinnerungen der Menschen freigesetzt, wenn sie sterben, wie Schallwellen? Halb für mich selbst zitierte ich:

»Die Harfe hat zehn Saiten mehr, als ich hab Finger,
mein Lied verebbt im Klang von Moll und Dur,
versunken meine Spur.

In Hieroglyphen trauern wir um unsere Toten,
so ist ein See dort hinterm Grün des Dach,
ihr Kielwasser trinkt er, ach.«

»Was ist das?«

»Eins von Ingrid Christs Gedichten über ihre toten Geliebten. Echte oder eingebildete, das kann ich nicht sagen.«

»Dieses Mädchen hätte nicht sterben dürfen«, sagte Teddy. »Sie hätte im Ring bleiben und ihr Leben in den Griff kriegen sollen.«

Dann rief sie nach ihrer ältesten Tochter, die gerade die Speisekarte für den Abend in die Vitrine schob: »Tammy, wir haben so gut wie gar keine Cocktailspießchen und Papierservietten mehr. Wenn du damit fertig bist, ruf doch bitte den Großhändler an und erinnere ihn daran, daß unsere Bestellung noch aussteht. Und würdest du dich dann bitte um die Blumen kümmern? Im großen Salon müssen neue aufgestellt werden.«

»Wird gemacht, Mama.«

Tammy lief davon, flink wie ein Eichhörnchen. Ihre Mutter sah ihr liebevoll nach.

»Sie zieht jetzt schon neue Kundschaft an. Ich werde sie vermissen, wenn sie wieder zurück auf die Sorbonne geht.«

»Sie kommt ja in den Ferien wieder nach Hause. Sie wird nicht für immer gehen.«

Teddy war genau die richtige Art Mutter, dachte ich. In der Wärme und dem Trost, die sie verströmte, schwebten ihre Kinder frei wie Federn.

»Kommen Sie mit und sehen Sie sich an, wie ich den großen Salon umgemodelt habe«, meinte sie. »Ich hoffe, es gefällt Ihnen.« Wir stiegen die breiten, flachen Eichenstufen hinauf und schauten durch die gläserne Doppeltür.

»Es ist wirklich schön geworden, Teddy. Man möchte

sich hinsetzen und den Rest seines Lebens in diesem Raum verbringen.«

Vorher war der geräumige Saal in einem trostlosen Schokoladenbraun gestrichen gewesen, mit dunkelroten Polstermöbeln. Teddy hatte ganz neue Farben gewählt, Hellbeige und Grau und ein zartes, verblichenes Rosa, und auf dem Tisch, vor den Fenstern und auf dem Kaminsims standen überall üppige Rosen. Mit seinem sonnigen Ausblick auf die Sümpfe hätte er das Morgenzimmer eines großen alten Pfarrhauses auf dem Land oder einer kleinen Villa sein können.

Während wir noch bewundernd dastanden, klirrte sich eine rätselhaft vertraute Stimme herrisch und schrill ihren Weg in mein Bewußtsein.

»Das nächste, worüber du nachdenken mußt, Harriett, ist die Frage, was du mit Nathaniels Enkelkindern anfängst.«

»Meine liebe Diana! Laß mich erst mal Luft holen. Ich habe gerade erst seine Töchter unter die Haube gebracht.«

»Ich weiß, aber bei deiner Art von Familiensaga mußt du das Eisen schmieden, solange es heiß ist, oder die Leute vergessen dich, und *Wincott Wooing* ist so gut angekommen, daß ich den Hardcover-Verlagen gern sagen würde, daß ein neuer Roman in Arbeit ist. Immerhin steht dir eine große Besetzung zur Verfügung, aus der du deine Wahl treffen kannst – der kleine Samuel, Wilhelmina, Vicky, der kleine Ernest…«

»Gib mir etwas Zeit, bitte! Gerade im Augenblick habe ich die Holzwurmleute da, die mein Arbeitszimmer auf Vordermann bringen…«

»Wer sind diese beiden Damen?« fragte ich Teddy im Flüsterton. Sie rollte mit den Augen und erwiderte ungläubig: »Wollen Sie damit sagen, Sie wissen es nicht? Also wirklich, sie ist fast so eine große Berühmtheit in der Stadt wie Sie – die dickere. Sie schreibt diese Familienromane über die Wincotts – *Wincott Wedding* und *Wincott Wake* und *The World of Wincotts* – es gibt Dutzende davon. Sie kommt oft her. Ich glaube, die magere ist ihre Verlegerin oder Agentin.«

»Zeit für eine neue Runde«, verkündete die dickere Frau autoritär. »Kellner!«

Ich erinnerte mich an die Stimme in meinem Telefon. »Aber was ist mit Daniels zweiter Frau? Hm; darüber muß ich ein bißchen gründlicher nachdenken. Da könnte eine Menge Geld drin sein.«

Wie leicht, Nathaniel irrtümlich für Daniel zu halten, wenn man darauf geeicht ist.

Mein Rätsel war also endlich gelöst. Ich betrachtete verwundert die beiden luxuriös gekleideten Damen, die da mit solcher Zufriedenheit ihren Champagner nippten. Auf was für eine Irrfahrt sie mich doch geschickt hatten. Wenn ich diese Annonce in *The Lady* nicht geschaltet hätte, würde Mrs. Suter dann noch leben? Watch Cottage noch stehen? Anthony noch seiner Juristerei nachgehen?

»In dieser Stadt passiert so viel, wovon ich nichts weiß«, sagte ich nachdenklich. »So viele Dinge, die keine sichtbare Verbindung haben. Mrs. Suter und Schwester Kelly, die Marshmans, Miss Martineau, diese Wincott-Damen. Ich muß mehr Zeit hier verbringen; dem Rotarier-Club beitreten oder so etwas. Vielleicht sollte Chris auch hier runterziehen. Wir könnten uns vielleicht zusammen ein Haus suchen.«

Chris steckte zu jener Zeit tief im Tunnel der Trauer. Es fiel ihr schwer zu glauben, daß sie jemals wieder hinauskommen würde.

»Wenn wir doch nur gewisse Brocken der Zeit einfach überspringen könnten«, sagte sie einmal. »Wie in den Zeitschriftengeschichten, du weißt schon. Lesen Sie weiter auf Seite 130.«

»Das hasse ich. Zwei Absätze auf der ersten Seite mit einem großen Bild, um dich an die Angel zu kriegen, und dann wird die ganze Sache plötzlich abgewertet, indem man sie einfach nach hinten verschiebt. Ich mache gern alles Schritt für Schritt.«

»Oh, du bist immer so rational, Clytie. Ich habe gerade gelesen, daß man das Enzym, oder was auch immer das sein mag, isoliert hat, das den Winterschlaf auslöst. Bald werden wir alle Winterschlaf halten können, wann immer uns danach zumute ist. Sechs Monate Ruhe. Im Augenblick würde ich schrecklich gern Winterschlaf halten. Ich wette, das würde eine Menge Probleme lösen.«

»Ich wüßte nicht, wie. Du wachst am Ende der sechs Monate auf, und deine Probleme sind immer noch da und warten auf dich. Außerdem würde ich nicht für sechs Monate das Bewußtsein verlieren wollen. Selbst im tiefsten Elend gibt es immer noch ein paar schöne Dinge, an die man sich später erinnern kann.«

Wie Frühstücken mit Dan an Sommersonntagen, bevor wir uns aufmachten, um in der Methodistenkirche unsere Choräle zu schmettern. Mit Hugh und Elly Monteverdis *Vespern* zu lauschen, die in Hughs warmem, kahlem Resonanzstudio auf voller Lautstärke liefen, während draußen der Schnee auf die großen Glasfenster fiel. Augenblicke intensiver kreativer Erregung bei Cuisine Churchill. An einem graugelben Abend mit Anthony über die Themse zu schauen, hinter gewundenen Girlanden perlfarbenen Nebels. Zu denken: So wird das Leben jetzt immer sein.

Aber das waren natürlich die Gipfelpunkte.

Ich würde nichts überspringen wollen. Als ich noch klein war, hatte ich eine alte Secondhand-Ausgabe von *Tom Sawyer.* Auf Seite zehn hatte eine ungelenke Hand mit Bleistift geschrieben: »Fortsetzung auf Seite 120.« Auf Seite 120 stand mit derselben Handschrift: »Fortsetzung auf Seite 255.« Auf Seite 255 folgte dann der Hinweis: »Fortsetzung auf Seite 360.« Auf Seite 360 dann: »Fortsetzung auf der letzten Seite.« Und auf der letzten Seite stand schließlich: »Du alter Dummkopf, ich habe dich an der Nase rumgeführt!«

Nein, es ist besser, die Dinge Schritt für Schritt anzugehen.

Was mir allerdings leid tut, ist, daß ich nie verheiratet war. Nie eine jener langen, kleinkarierten Beziehungen hatte, in denen Nichtigkeiten Zeit haben, wichtig zu werden: die abscheuliche Angewohnheit des Partners, von einem Fernsehsender zum anderen zu springen; im Bett zu liegen und darüber zu streiten, wer dran ist mit Frühstückmachen. Das Schnarchen, der angebrannte Toast, die unbezahlten Rechnungen, die Schuhe, die überall herumstehen. Es stimmt, was Mrs. Suter sagte. Ich tue die Dinge meine Art. Vielleicht zu sehr. Ich war ein Luxus für diese drei Männer. Nicht das Eigentliche.

Ich schrieb Théo Rabuse, daß ich keine Zeit hätte, einen Monat in den Cévennes zu verbringen, so sehr ich es auch genossen hätte. Zu beschäftigt mit der Renovierung des Monmouth. Aber wenn er Lust hätte, für ein Wochenende nach Affton rüberzukommen? Und vielleicht könnten wir ja auch ein paar Tage zusammen in Paris verbringen, irgendwann im Herbst?

Er schrieb zurück: »Sie haben noch kein richtiges Bild von mir. Ich bin ein ernsthafter Mann, der ernst genommen werden will. Ein Wochenende hier, ein Wochenende dort; das ist nicht angebracht für unsere Situation.«

Also: All das muß, und zwar ziemlich bald, sorgfältig bedacht werden. Noch ein Katholik? Ich weiß nicht. Ich weiß es wirklich nicht.

Willst du Kummer haben? fragte Hugh. Oder willst du Spaß haben? Du kannst nicht beides haben. Nun, ich hätte lieber Spaß. Jeden Tag.

Es gibt immer noch viel zu tun. Rosies Garten muß bepflanzt, der kleine Finn Hughs Söhnen vorgestellt werden. Tammy, Naddy und Varv müssen im Auge behalten, Versprechen eingelöst werden. Mahlzeiten gekocht. Freundschaften gepflegt. Zwiebeln gehackt.

Und noch so viel Weg zu gehen, bevor ich meine Augen schließe, wie es bei Robert Frost heißt.

Joan Aiken im Diogenes Verlag

Die Kristallkrähe

Roman. Aus dem Englischen von Helmut Degner

»Als ihr Krimi *Die Kristallkrähe* erschien, verglichen die Kritiker sie mit Patricia Highsmith, Celia Fremlin und Margaret Millar.« *Titel, München*

Das Mädchen aus Paris

Roman. Deutsch von Nikolaus Stingl

Wohin sie geht, zieht Ellen Paget Liebhaber an: den ambivalenten Professor Bosschère in Brüssel, den unberechenbar-eigenwilligen Comte de la Ferté in Paris, ihren Stiefbruder Bénédict. Ihre gebieterische Patin, Lady Morningquest, bereitet einer zarten Romanze ein rasches Ende und schickt Ellen nach Paris...

»Wieder einer der bestrickenden, aufregenden Romane, die Joan Aiken seit vielen Jahren zu einem Publikumsliebling machen.«
Publishers Weekly, New York

Tote reden nicht vom Wetter

Roman. Deutsch von Nikolaus Stingl

Jane, Graham und die beiden Kinder sind eine ganz normale Familie. Graham ist Architekt, Jane hat ihre Arbeit bei einer Londoner Filmfirma aufgegeben, seit sie in das neue, teure Haus auf dem Land gezogen sind. Geldprobleme zwingen Jane bald dazu, ihren alten Job wieder anzunehmen und dem finsteren Ehepaar McGregor tagsüber Haus und Kinder anzuvertrauen...

»Joan Aiken präsentiert uns rabenschwarze, schaurigschöne Geschichten.« *Die Welt, Bonn*

Der eingerahmte Sonnenuntergang

Roman. Deutsch von Karin Polz

Lucy reist nach England, um herauszufinden, was mit ihrer alten Tante Fennel und deren Freundin geschehen ist. Was wie ein ganz normaler Verwandtenbesuch beginnt, entwickelt sich rasch zu einem gefährlichen Abenteuer für Lucy...

»Das Beiwort ›unterhaltsam‹ ist für diesen Psycho-Thriller von Joan Aiken schlichte Tiefstapelei. Die Lektüre dieses Buches ist ein hochgradiges Vergnügen.« *Frankfurter Rundschau*

Ärger mit Produkt X

Roman. Deutsch von Karin Polz

Als Martha Gilroy den Auftrag bekam, eine Werbekampagne für ein aufregendes neues Parfüm zu starten, hatte sie keine Ahnung, worauf sie sich einließ.

»*Ärger mit Produkt X* ist der Titel eines herrlich spannenden Krimis, dessen Autorin einen Hang zur Satire hat. Dies macht die Lektüre so amüsant.«
Frankfurter Rundschau

Haß beginnt daheim

Roman. Deutsch von Nikolaus Stingl

Nach einem Nervenzusammenbruch ist Caroline zur Erholung bei ihrer Familie: der Mutter Lad, Trevis, der älteren Schwester Hilda und einer alten Tante. Doch statt zu genesen, wird sie immer verwirrter...

Der letzte Satz

Roman. Deutsch von Edith Walter

Willkommen in Helikon, dem eleganten Insel-Sanatorium, das seine Gäste vor allen Bedrohungen schützen kann. Außer vor sich selber...

»Dieses Buch ist eine Wonne!« *The Times, London*

Du bist Ich

Die Geschichte einer Täuschung
Deutsch von Renate Orth-Guttmann

Man schreibt das Jahr 1815. In einem feinen Mädchenpensionat in England stellen Alvey Clement und Louisa Winship fest, daß ein einzigartiges Band sie eint. Zwar stammen sie aus sehr unterschiedlichen Gesellschaftsschichten und sind vom Temperament her ganz verschieden, aber vom Aussehen her *sind sie sich völlig gleich*. Dieser überraschende Zufall paßt der verwöhnten Louisa sehr gut ins Konzept.

Fanny und Scylla oder Die zweite Frau

Roman. Deutsch von Brigitte Mentz

In ein englisches Spukhaus des 18. Jahrhunderts und das bunt-grausame Indien der Maharadschas führt Publikumsliebling Joan Aiken in ihrem aufregenden Roman *Fanny und Scylla* ...

»Joan Aiken besitzt ein seltenes Erzähltalent, in dem sich psychologischer Scharfblick mit der Gabe vereinigt, den heutigen Leser in Spannung zu halten, obwohl die Handlung in eine ferne Vergangenheit führt.« *Die Furche, Wien*

Schattengäste

Roman. Deutsch von Irene Holicki

»Eine Meisterin der Schauerromantik? Mehr noch, eine begnadete Erzählerin, die das Un-Begreifliche, das Un-Faßbare aus vergangenen und modernen Zeiten in mitreißende Geschichten packt, die ohne große Sentimentalität und falsches Spektakel auskommen. Joan Aikens *Schattengäste* ist ein wunderbares Buch über die unheimlichen Dinge des Lebens und wie man über einen Verlust zurück ins Leben findet.«
science fiction media, München

Wie es mir einfällt

Geschichten. Deutsch von Irene Holicki

Ein Reihe gruseliger, romantischer und phantastischer Erzählungen sind mit der gewohnt sicheren Hand und dem makabren Sinn für Humor geschrieben, die man an Joan Aiken so schätzt.

»Joan Aiken erweist sich als Meisterin im Darreichen süßer Pralinen, die mit Arsen gefüllt sind.«
Frankfurter Rundschau

Angst und Bangen

Roman. Deutsch von Renate Orth-Guttmann

Bei Außenaufnahmen auf einem Landsitz in Dorset lernt die Schauspielerin Cat den Besitzer kennen. Die beiden verlieben sich, heiraten und machen eine Hochzeitsreise nach Venedig. Die Idylle scheint perfekt. Doch als Cat ihrem Mann sagt, daß sie sich erinnert, ihn vor vielen Jahren als liebevollen Begleiter eines dahinsiechenden Greises gesehen zu haben, ändert er plötzlich sein Verhalten ihr gegenüber.

»Joan Aikens *Angst und Bangen* handelt von geheimen Untaten, von Habsucht, Verrat und Mord. Es kombiniert geschickt das Genre Liebesgeschichte und Thriller.« *London Review of Books*

Die Fünf-Minuten-Ehe

Roman. Deutsch von Helga Herborth

»*Die Fünf-Minuten-Ehe* ist eine Räuberpistole, die mit allen Formen des Kitsch-, Grusel- und Romantic-Romans spielt. Sie hat einen Sog, in dem meine literarischen Bedenken untergehen: Ich muß zu Ende lesen, bis Friede, Freude, Liebe den erwarteten Sieg antreten über Erbschleicher, Komplotte und Duelle.«
Brigitte, Hamburg

Jane Fairfax

Roman. Deutsch von Renate Orth-Guttmann

Jane Fairfax war musikalisch, vielseitig begabt und elegant. Soviel wissen wir aus Jane Austens *Emma.* Aber wie verliefen ihre Jugendjahre als Waise, was war mit ihrer Kinderfreundschaft zu Emma Woodhouse, und – was noch wichtiger ist – was passierte bei ihrem Sommeraufenthalt in Weymouth?

»Ein Lehrstück, eine Ermunterung für deutschsprachige Schriftsteller!« *Der Standard, Wien*

Anderland

Roman. Deutsch von Ilse Bezzenberger

Ein junges Mädchen, deren Mutter früh stirbt, findet in der Musikerfamilie Morningquest ein neues Zuhause. Sie wächst in diese Wahlfamilie hinein und bekommt durch sie die Kraft, ihr künstlerisches Talent zu entfalten.

»Im Zentrum jedes der wundervollen ›Unterhaltungs‹-Romane von Joan Aiken steht eine abenteuerliche Liebesgeschichte, die jene unausweichliche Spannung des Wartens, des Verfolgtwerdens erzeugt, die wir aus den Momenten beginnender Liebestaumel kennen...« *vogue, München*

Stimmen in einem leeren Haus

Roman. Deutsch von Hans-Christian Oeser

Der herzkranke Gabriel haut von zu Hause ab. Seine herrschsüchtige Mutter und sein Stiefvater machen sich aus unterschiedlichen Gründen auf die Suche nach ihm. Immerhin hat der sechzehnjährige Gabriel bei seiner Volljährigkeit eine große Erbschaft zu erwarten. Und wenn er gar nicht freiwillig verschwunden wäre?

»Man legt das Buch nicht mehr aus der Hand.« *Daily Telegraph, London*

Mitternacht ist ein Ort

Roman. Deutsch von Ilse Bezzenberger

Als das Schloß Mitternacht abgebrannt ist, müssen sich Lucas Bell und seine junge französische Freundin Anna-Marie in der winterlichen Welt von Blastburn ganz allein durchschlagen. Ein Roman um Kinderarbeit im England des 19. Jahrhunderts, geschildert mit dickensscher Intensität.

Der Geist von Lamb House

Roman. Deutsch von Renate Orth-Guttmann

Tony Lamb und seine Familie waren im 18. Jahrhundert die ersten Bewohner von Lamb House, dem alten Backsteinhaus, das noch heute im südostenglischen Rye steht. Dort hat sich eine unheimliche Geschichte zugetragen, die der verkrüppelte Toby aufgeschrieben hat. Jahre später übernimmt der große englische Schriftsteller Henry James das Haus, oder vielmehr – so kommt es dem Poeten von Anfang an vor – das Haus übernimmt ihn. Von dem Moment an, als er auf Tobys Manuskript stößt, läßt ihm Tobys Geist keine Ruhe mehr. Auch dem nächsten Bewohner von Lamb House, dem spätviktorianischen Schriftsteller E.F. Benson (1867–1940), ergeht es nicht anders.

Elizas Tochter

Roman. Deutsch von Renate Orth-Guttmann

In Austens *Gefühl und Verstand* wird von Eliza und ihrem unehelichen Kind berichtet. Elizas Tochter folgt den Spuren des schönen, rothaarigen Mädchens, das in einer Pflegefamilie aufwuchs und nun versucht, seine Eltern zu finden. Sie lernt den Duke of Cumbria kennen, der fasziniert von Liz ist. Liz macht eine abenteuerliche Portugal-Reise, bevor sie als reiche Wohltäterin nach England zurückkehrt.

»Eine packende Liebesgeschichte.«
Kirkus Reviews, New York

Die Party-Köchin

Roman. Deutsch von Edith Walter und Michaela Link

Nach dreizehn Jahren quält die inzwischen gut situierte Chefin eines Party-Catering-Service, Clytie Churchill, immer noch die Frage, ob ihr Stiefsohn Finn bei einem Unglücksfall auf See wirklich mit ihrem Mann Daniel ums Leben kam, oder ob die Briefe, die sie seit einiger Zeit bekommt, von ihm sein könnten. Nach einem Ärztekongress, bei dem Clytie für das leibliche Wohl sorgt, wird sie von Dr. Rabuse in ein französisches Schloß eingeladen. Dort erzählt sie dem Arzt in einer langen Nacht ihre bewegte Lebensgeschichte.

»Die begabte britische Autorin erzählt eine Geschichte, die einen wieder einmal hypnotisch in Bann schlägt.« *Publishers Weekly, New York*

Emma Watson

Roman. Deutsch von Renate Orth-Guttmann

Margaret Drabble nennt Jane Austens unvollendeten Roman *Die Watsons* »ein verlockendes, bezauberndes und überaus gekonntes Fragment, das mit Sicherheit ihren anderen sechs Romanen ebenbürtig gewesen wäre«.
Die nach dem Tod ihrer Mutter von der Tante adoptierte Emma ist mit neunzehn zu dem kränkelnden Vater und ihrer Lieblingsschwester Elisabeth zurückgekehrt. Ihr Bruder Robert wohnt mit seiner habgierigen Frau in Croydon; die zänkische Schwester Penelope hat scheinbar eine gute Partie gemacht; ihr Bruder Sam bemüht sich um beruflichen Erfolg als Arzt, und Emmas Schwester Margaret glaubt, Tom Musgrave zu lieben. Dies alles sind Austen-Figuren, aber Joan Aiken gelingt es mit großer Kunstfertigkeit, ihnen ein eigenes Gesicht zu geben.

Jane Austen im Diogenes Verlag

Emma

Roman. Aus dem Englischen von Horst Höckendorf
Mit einem Nachwort von Klaus Udo Szudra

Etwas schockiert waren sie ja, die vornehmen englischen Leserinnen zu Beginn des 19. Jahrhunderts, als ihnen da in den Romanen der Jane Austen Heldinnen gegenübertraten, die nicht ständig in Tränen ausbrachen oder in Ohnmacht fielen, die sich auch keineswegs überdimensionaler Tugenden oder unirdischer Vollkommenheit rühmen konnten – nein, Frauen, die unerhört realistisch und unsentimental geschildert waren, voller Fehler und Schwächen, jedoch mit liebenswürdiger Natürlichkeit. Eine aus dem Reigen dieser Frauengestalten ist Emma Woodhouse. Kapriziös, ein wenig arrogant, aber sympathisch, will sie Vorsehung spielen und versucht, ihre männlichen und weiblichen Bekannten miteinander zu verheiraten. Das geht natürlich ständig schief, und es gelingt ihr auf diese Weise, das stille, eintönige Highbury gründlich durcheinanderzuwirbeln. Schließlich kommt auch sie, die nie heiraten wollte, zu Vernunft und Ehemann.

»Als schöpferische Realistin, die ihren Gestalten die Substanz und die Last des wirklichen Lebens verleiht, ist Jane Austen von keinem lebenden oder toten Autor je überboten worden.« *John Cowper Powys*

Gefühl und Verstand

Roman. Deutsch von Erika Gröger

Teezirkel, Dinners und Bälle, Spazierfahrten, Picknicks und Reisen über Land – das sind die aufregenden Ereignisse, um die sich das Leben der feinen Leute in der englischen Provinz um 1800 dreht. Den Rest ihrer müßigen Tage verbringen sie an Kartentisch und Zeichenbrett, bei Musik und Literatur, mit Klatsch und Tratsch. Das spannendste Gesellschaftsspiel aber ist die Jagd nach der besten Partie. Ist man selbst schon versorgt, müht man sich nach Kräften, all seine Verwandten und Bekannten zu verkuppeln. Als lohnende Beute gelten dabei Vermögen und Ansehen. Ein gutes Herz und ein kluger Kopf zählen nicht, sogar Schönheit ist nur eine angenehme Zugabe.

»Der virtuos charakterenthüllende Dialog und der auf Dekor verzichtende, äußerst disziplinierte Erzählstil sind kennzeichnend für Jane Austen.«
Kindlers Literaturlexikon

Die Abtei von Northanger

Roman. Deutsch von Christiane Agricola

Catherine Morland, eine siebzehnjährige Pfarrerstochter, ist leidlich hübsch und unbedarft. Ihre Freundin Isabella Thorpe weckt ein gluhendes Interesse an den alten Schlössern und romantischen Heldinnen der Schauerromane. In Bath verliebt sich Henry Tilney, ein junger Geistlicher, in Cathertine. Als sein Vater, General Tilney, sie auf den alten Familiensitz Northanger Abbey, ein ehemaliges Kloster, einlädt, wird ihr gesunder Menschenverstand durch das Rätsel um den Tod der Hausherrin und durch die Avancen des großspurigen John, Isabellas Bruder, auf eine harte Probe gestellt... Jane Austen schreibt gefühlvoll, aber nicht sentimental, ironisch, aber nicht zynisch, und nimmt durch ihre einnehmend ungekünstelte Heldin die Gesellschaft und ihre Eigenarten aufs Korn.

»Am Schluß hat Catherine, deren Hineinwachsen in die Wirklichkeit psychologisch äußerst feinfühlig nachgezeichnet ist, das erworben, was sie zur echten Austen-Heldin macht: Selbsterkenntnis.«
Kindlers Literaturlexikon

»Nicht Emma Thompson, auch nicht Sandra Bullock oder Jane Campion ist die Heldin des cinematischen Augenblicks. So erstaunlich es klingen mag: Filmemacher und Publikum der schnellebigen, lärmenden mittneunziger Jahre haben sich mit Haut und Haaren einem stillen und überdies längst toten Idol verschrieben: der englischen Romanschriftstellerin Jane Austen.«
Süddeutsche Zeitung, München

»Jane Austen ist eine meiner liebsten Autorinnen.«
Emma Thompson

Die Liebe der Anne Elliot oder Überredungskunst

Roman. Deutsch von Gisela Reichel

Sir Walter Elliot lebt mit seinen drei Töchtern Mary, Anne und Elizabeth auf Kellynch Hall in Somersetshire. Eitelkeit und Adelsstolz haben den Witwer den nahenden finanziellen Ruin ignorieren lassen. Als die Familie den Herrensitz verlassen muß, zieht Anne zu ihrer mütterlichen Freundin Lady Russell, bei der sie Captain Frederick Wentworth wiedersieht. Vor acht Jahren hatte Anne seinen Heiratsantrag abgelehnt. Jetzt treffen zwei gereifte Persönlichkeiten aufeinander, die in allerlei Wirren und Turbulenzen der Adelswelt doch noch zueinander finden könnten...
Anne Elliot ist die aktivste, modernste Heldin Jane Austens.

»Jane Austens Bedeutung für die Vollendung des englischen Gesellschaftsromans des 18. Jahrhunderts wurde erst im 20. Jahrhundert gebührend gewürdigt.«
Der Literatur Brockhaus

»Austen war kein zahmes Huhn, das in seinem literarischen Vorgärtchen pickte, sondern das eleganteste satirische Talent des ausgehenden 18. Jahrhunderts.«
Elsemarie Maletzke / Die Zeit, Hamburg